我只看得见你
看不见别人

将 洒 下 的 光 藏 进 故 事 的 土 壤 里

光粒

子初酒
ZiChuJiuWorks
著

天津出版传媒集团
百花文艺出版社

图书在版编目（CIP）数据

如见你 / 子初酒著. -- 天津 : 百花文艺出版社，2024.9

ISBN 978-7-5306-8636-2

Ⅰ. ①如… Ⅱ. ①子… Ⅲ. ①长篇小说－中国－当代 Ⅳ. ①I247.5

中国国家版本馆 CIP 数据核字（2023）第 161170 号

如见你

RU JIAN NI

子初酒　著

出版人：薛印胜　**责任编辑**：张　雪

封面设计：白砚川　**版式设计**：顾　泊

出版发行：百花文艺出版社

地址：天津市和平区西康路 35 号 **邮编**：300051

电话传真：+86-22-23332651（发行部）

+86-22-23332656（总编室）

+86-22-23332478（邮购部）

网址：http://www.baihuawenyi.com

印刷：长沙鸿发印务实业有限公司

开本：880毫米 × 1230 毫米　1/32

字数：398 千字

印张：10.5

版次：2024 年 9 月第 1 版

印次：2024 年 9 月第 1 次印刷

定价：45.80 元

如有印装质量问题，请与长沙鸿发印务实业有限公司联系调换

地址：长沙县黄花镇黄花工业园三号

电话：0731-82755298

邮编：410137

目 录

C o n t e n t s

001 第一章 · 一见钟情

013 第二章 · 新婚之夜

024 第三章 · 口是心非

038 第四章 · 初吻动心

052 第五章 · 春日风暖

070 第六章 · 似曾相识

087 第七章 · 你想见谁

099 第八章 · 蜜月生活

113 第九章 · 相守一生

127 第十章 · 听见爱情

139 第十一章 · 重见天日

155 第十二章 · 一眼惊艳

目 录

C o n t e n t s

177 ...... 第十三章 · 离婚的约定

196 ...... 第十四章 · 重提约定

213 ...... 第十五章 · 那年初遇

224 ...... 第十六章 · 从头开始

238 ...... 第十七章 · 天道酬勤

254 ...... 第十八章 · 重新追求

273 ...... 第十九章 · 重归于好

297 ...... 第二十章 · 得窥天光

309 ...... 番外一 · 南极

313 ...... 番外二 · 日常

320 ...... 番外三 · 岁月长

325 ...... 番外四 · 假如

第一章 一见钟情

初春的早晨，薄雾弥漫，直到日光爬上窗台，空气才逐渐清明起来。

叶谙打开衣橱，挑了条米白色的长裙换上，然后坐在化妆台前认认真真地化起妆来。

半个小时后，她对着镜子看了看，确定没什么问题后，便收拾好东西出了门。谢家派来的车已经在外面等着，叶谙踩着高跟鞋走过去，同司机打了声招呼，弯腰上了车。

刚坐好，包里的手机突然响了。叶谙拿出手机，看了一眼来电显示，戴上耳机，按下接听键。那头传来小姐妹施双双颓丧的声音：“喂，起床了吗？”

叶谙说：“早起了，怎么了？”

施双双用生无可恋的语气说：“刚刚平台那边发来反馈，说是《宫梦流光》的成片没过审，要改部分台词，配音也要重录。”

叶谙去年大学毕业，和施双双还有施双双的朋友项泉，三个人合伙开了一间名为“希音”的配音工作室，承接各类配音业务。《宫梦流光》是工作室前阵子接下的一部动漫，还没有在平台上线。

听到施双双的话，叶谙微微蹙眉，问：“改动量大吗？”

“还好，不算太大，我和项泉已经在调整了。”

“你们先处理着，我现在有点事，办好了就过去。”

“又有事？”施双双觉得奇怪，问，“你最近到底在忙些什么？三天两头不见人影。”

叶谙笑了笑，说：“相亲。”

施双双只当她在胡扯，说：“别逗了，你还不如说你看上哪个小帅哥了，要去约会。”

叶谙被她说得一乐，笑道：“好了，不跟你开玩笑了，我真的有事，晚些时候再说。”

“行，那你先忙吧。”

“嗯。”

春光明媚，斑驳的日影不断从车窗上掠过。叶谙昨晚失眠到半夜，这会儿有些犯困，靠着座椅昏昏欲睡。车子一路往前，穿过林荫道，进入风景秀美的豪华别墅区，停在一幢花园式湖景别墅前。

车门被拉开，叶谙从迷糊中清醒过来，弯腰下车。视野骤然变得开阔，风迎面拂过，吹来淡淡花香。远处碧蓝的湖中水色荡漾，倒映着云影天光。

叶谙抬头，被光和影晃了下眼。她不由得想：不愧是谢家，这样的豪宅，称得上寸土寸金了。想到这天来的目的，叶谙定了定心神。

“叶小姐。”谢家的管家过来，替她引路。

叶谙收回视线，微微一笑，跟着管家穿过花园往里走。

客厅宽敞整洁，色调明净温暖，靠窗的桌子上摆放着一只素色瓷花瓶，瓶内是新折的百合花，花瓣上还带着露水。温若瑜一身淡青色旗袍，正坐在沙发上，轻声咳嗽着。

“谙谙来了？”见叶谙进来，她抬起头，露出笑脸。

叶谙上前，礼貌地唤道：“伯母。”

“来，坐。”温若瑜笑着招呼她坐下。

叶谙依言落座，白皙纤细的双手交叠搁在身前，嘴角微微弯起，做足了优雅文静的姿态。

“您身体不舒服吗，我陪您去医院看看？”她关切地问。

温若瑜摇摇头，说：“就是有点儿小感冒，不要紧。”

“这两天夜里凉，您多注意身体……”

很快有用人端了茶上来，趁着这空当，叶谙不露声色地打量了一下四周。瞥见她的举动，温若瑜笑道：“阿朔在楼上，我已经跟他说过了你要来，等会儿你们好好聊一聊……”

提及谢朔，叶谙抿嘴笑了笑，眼底闪过一丝不易察觉的异色。

怕叶谙觉得不自在，温若瑜没有跟她寒暄太久，轻咳两声，拢了拢胳膊上的针织披肩，从沙发上起身，道：“走吧，我带你上去见他。”

叶谙伸手扶住温若瑜的胳膊，跟着上了楼。

整个二楼空旷而安静，一件易碎的瓷器都没有摆，木质地板纤尘不染，透着冷清。走到书房外，温若瑜敲了敲门，喊：“阿朔。”

好半天，里头才传来回应：“什么事？”

隔着门，那声音听不太清。温若瑜没回答，直接推开了门。

一股沉闷的气息从屋里散出，有种久不见阳光的潮湿感，让人觉得寒意透骨。房间里窗帘紧合，没有开灯，昏昏暗暗，衬得屋子像是个罩了罩子的笼子。

借着门外投进去的光，叶谙看到了坐在屋内的人影——

男人穿着深色衬衫，肩膀挺阔，坐在沙发上，静默得仿佛一尊雕像，几乎要与背后的黑暗融为一体。他的轮廓英俊，肤色冷白，鼻梁高挺，眉宇间泛着阴郁之气，一双眼睛深若幽潭，窥不见底，也没有半点儿光亮。

听到开门的响动，他稍稍侧了侧头，幽深的眸子转过来，堪堪与叶谙对上。四目相接，叶谙不由自主地晃了下神。外间春光明媚，她却仿佛听见了雨声，清冷而又遥远——像是……很久前的那一晚。

“谙谙过来了。”温若瑜语气温和地冲谢朔道。

思绪被打断，叶谙回过神，跟在温若瑜后面进屋。收到温若瑜的眼神示意后，叶谙小心翼翼地在谢朔旁边坐下。隔着半个手肘的距离，她闻到男人身上淡淡的木质香味，冷冽如冬日初雪。

她看得见谢朔，但谢朔却看不见她，幽暗的眼底没起半分波澜。他沉默地坐着，丝毫没有搭理她的意思。

气氛有些尴尬，温若瑜看了看自己反应冷淡的儿子，只能笑着圆场：“他话少，见谁都这样。”

叶谙并未生气，弯起唇微微一笑。来之前她就猜到了会是这种场面。

“那你们自己聊，我就先出去了。”温若瑜道。

出屋之前，她不放心地回头看了一眼，见没什么异样，便放下了心，顺手带上了门。

屋内彻底安静下来，叶谙将目光重新转回谢朔身上。她静静地看着他，从冷峻的眉眼到微抿的薄唇，没有错过他的一丝神情变化。

谢朔这个人，平生的履历足以称得上“天之骄子”四个字，还是镀了金的那种。他出身豪门，天资聪颖，自小顶着耀眼的光环长大，过得顺风顺水。二十出头的时候，从国外留学归来，接过父辈手中的家业，随后在短短数年之间，凭借自身实力坐稳了谢氏少东家的位置。

一路走来，就跟开了挂一样。叶谙不止一次在财经杂志和网上看到过关于他的采访和报道，几乎都是溢美之词。而这近乎完美的一切，在他二十六岁时戛然而止。

这一年，他遭遇了一场车祸。自此，星辰失辉，天之骄子跌落神坛。

虽然谢家极力封锁消息，但是各式各样的流言还是传了出去，什么“车祸身亡”“变成植物人”“双腿残疾”……闹得沸沸扬扬，连谢氏的股票都受到了影响。

最初听到相关传闻时，叶谙其实并不相信，以为又是无良媒体在夸大其词制造噱头。像谢朔这种生来就拿了主角剧本的人，怎么可能突然之间落得这种结局。后来她多番打听，才知道谢朔真的出事了。

车祸以后，他重伤昏迷，在医院躺了两个月，命是捡回来了，可一双眼睛却看不见了。谢家花重金请了国内外的知名专家几番会诊，始终都没什么成效。他的余生很有可能都要在黑暗中度过。

因为失明，谢朔日渐阴郁消沉，脾气也变得古怪，经常把自己关在屋子里，谁都不肯理，请来照顾他的护工也接连被辞。

前阵子，他在浴室不慎滑倒，差点儿摔出了脑震荡。温若瑜吓得不轻，实在没办法，便听了谢朔爷爷的建议，决定给谢朔找个合适的姑娘结婚，一来可以贴身照顾他，二来有个人陪着，说不定能开解开解他，让他心情好些。

叶谙的一位表姑刚好和温若瑜是校友，得知这个消息，叶谙立刻瞅准机会，通过表姑的牵线搭桥，在一场宴会上认识了温若瑜。

以叶谙的出身，原本是高攀不上谢家的，但谢朔如今的情况摆在这里，家世相当的名媛千金未必愿意嫁过来，所以这方面温若瑜倒不是很在意，只要人品性格没问题即可。

温若瑜和叶谙相处了两回，对她的印象不错，便跟老爷子还有谢朔的父亲谢柏言提了提。老爷子和谢柏言见过叶谙之后，也都满意地点了头。

不过，其他人同意了，谢朔却不见得愿意。叶谙这天来这里的任务，就是过他这最后一关。

周遭安静无声。

仿佛过了一个世纪那么长，叶谙始终没等到谢朔开口，只能主动出声打破僵局："我应该不用做自我介绍了吧？"

以谢家对这桩婚事的重视程度，想必早已经把她的生平，包括过往有没有不良记录都调查清楚了，谢朔既然答应见她，自然也是清楚的。

谢朔依旧沉默不语，连眼皮都没有抬一下。叶谙顿时感到任重而道远，有些心累。温若瑜不在，面前的男人又看不见，她不用再装出温婉贤淑的样子，干脆放松下来，左右看了看。

房间里空气窒闷，光线暗沉沉的。叶谙起身走到落地窗边，揪住厚重的窗帘用力一扯，明媚灿烂的日光顷刻间如潮水般倾泻进来，将黑暗驱散。

谢朔在屋子里闷久了，猝不及防感知到阳光的热度，下意识动了动手指，薄唇也紧紧抿起。

叶谙扭头，瞥见他冷漠的侧脸，可能是久不见日光，透着病态的苍白。对于她擅作主张的举动，谢朔明显不太高兴，脸色阴沉下来，眉头紧皱。叶谙完全不怵他，重新坐回了他身侧，往后一靠。看谢朔这个态度，指望他对自己产生兴趣估计是没什么可能了，叶谙也懒得再做无用功，直接问他："你是不是不想结婚？"

谢朔没回答。

"如果你只是想应付伯母还有爷爷，根本不想结婚，我倒是有个提议。"

听到这里，谢朔终于有了反应。他转向她，语调平静无波："什么提议？"

叶谙道："我们约法三章，我答应你，结婚以后，不会对你有不切实际的幻想，也不会要求你尽什么责任和义务，我们互不干涉……怎么样？"

谢朔显然没想到她会主动提出这种约定，心里生出一丝疑虑，问："什么都不要求，你为什么要嫁给我？"

叶谙被问住，只好胡乱找了个借口："因为……我跟你一样，刚好也需要一段婚姻，而你是我的最佳选择对象。"

一个盲人，也能算是最佳选择？

谢朔忍了忍，没把这句话问出口。他心里清楚，她之所以这么选择，无非是看中了谢家的家世，而非他这个人。

"你反正要挑个人结婚，以后我们和平共处，各取所需，难道不好吗？”叶谙劝说。

谢朔垂眸，沉默良久，终于松口：“你能说到做到？”

叶谙立刻保证：“绝对说到做到。”

她微微倾身，凑到他面前，瞅了瞅他的神色，不确定地问：“你这算是答应了？”

淡淡的清香飘过来，失明后，谢朔的其他感官变得灵敏了许多，叶谙这样近距离地跟他说话，他甚至可以感觉到撩过颈畔的细微气息，如游丝钻入皮肤，带起若有似无的痒意。他稍稍别开脸，眉心蹙成了个“川”字。

见谢朔没反驳，叶谙松了一口气，心想，这事倒是比想象中要顺利。她心情大好，单手托腮，肆无忌惮地盯着谢朔瞧了起来。

英挺的眉，鼻峰如山，下颌弧线干净漂亮。这样的男人，哪怕此刻面色阴郁戾气加身，骨子里也透着优雅高贵。

叶谙鬼使神差地抬起手，想去碰一碰他纤长的睫毛。

谢朔虽然看不见，但隐约能感觉到她的呼吸就在咫尺之处。他等着她自觉离开，然而等了半晌也不见她有起身的意思，不由得蹙眉问：“你还有事？”

叶谙对上他幽深的眸子，瞬间清醒过来，心虚地缩回了手，说：“没。”

谢朔毫不客气道：“既然没事，你可以出去了。”

这可是明明白白的嫌弃，叶谙心口一堵，好心情瞬间消失无踪。就算二人是协议结婚，他也不用表现得这么嫌恶吧？她偏不如他的愿，故意说：“也不是一点儿事都没有，要不我们来聊一下婚礼怎么办？”

话音刚落，谢朔就道：“没有婚礼。”

叶谙再次哽住。谢朔现在这种情况，想举办什么盛大的婚礼确实不太现实，叶谙只能忍了，笑眯眯又说：“没有婚礼，结婚证总要领吧？你觉得我们哪天领证比较好？”

谢朔冷淡地吐出两个字：“随你。”

叶谙气结。想起待会儿还要去工作室，她也懒得再和他耽误时间，扔下一句“那我先走了”，便起身往外走。

走到门口，叶谙忍不住回过头，又看了谢朔一眼。日光刺眼，他一个人坐在那里，清瘦的身影透出几分落寞。叶谙心底泛起一丝复杂的情绪，缓缓合上门，转身下楼。

温若瑜见她这么快下来，不由道：“怎么不多聊一会儿？”

叶谙重新露出得体的微笑，语气温和道："伯母，实在不好意思，我工作室出了点儿急事，得赶过去处理，改天我再来看您。"

温若瑜以为他们聊得不愉快，心下有些惋惜，也不好强留，说："好，我让司机送你。"

叶谙走后，温若瑜上了楼。看着脸上没有半点儿喜色的儿子，她暗暗叹了口气，问："阿朔，你是不是对谙谙不满意？"

谢朔没有回答。

温若瑜上前，试着劝他："你现在这个样子，总得有个人在身边照料，你又不愿意再请护工。谙谙这姑娘虽然家世差了点儿，但看着知书达理、温柔大方，应该会照顾人……"

见他半天没回应，温若瑜只得叹息一声："你要实在不喜欢她，那妈再帮你挑一挑……"

谢朔淡淡道："不用了，就她吧。"

母亲和老爷子都满意的人，再怎么样也不至于太差。更何况，他现在这副模样，跟谁结婚都没什么区别。

终于等到他点头，温若瑜高兴不已，说："那等你爸爸回来，我跟他商量一下婚期。"

谢朔没再言语，幽深的眼底如死水般沉寂。

从谢家离开，叶谙让司机直接开去希音工作室。

这天是休息日，其他人都不在，工作室里只有临时过来加班的施双双和项泉。叶谙走到会议室门口，看见两个脑袋凑在一块儿，小声商量着什么。

听见脚步声，施双双抬起头，娃娃脸上笑出两个酒窝，喊了声："谙谙！"

叶谙走上前，问道："哪些部分要重录？"

"标红的这些。"施双双将修改后的剧本交给她，指了指用红笔圈出来的地方，说，"主要是你的台词。"

叶谙接过剧本，粗略地扫了一遍。确实她的台词改动最多，毕竟她配的是戏份最重的女主角。

项泉在旁边看了一眼时间，提议道："我订了外卖，先吃饭吧，下午我们再开工。"

吃完午饭，三个人一头扎进了录音棚。

等到录制结束，天已经快黑了，窗外暮色暝暝，似笼了一层纱。

从录音棚里出来，叶谙整理好文件，对施双双和项泉说："我最近要休个长假，可能有段时间不能过来了。"

闻言，施双双露出诧异的眼神，心想：叶谙一个工作狂魔，恨不得天天泡在录音棚里，居然也有想偷懒休假的时候？

项泉也有点儿意外，问道："休多久？"

叶谙想了想，说："我也不确定，大概半个月吧。回头我把手里的工作整理一下，这段时间你们辛苦一点儿，如果有比较重要的事情，打个电话给我就行。"

施双双瞪大眼问："发生什么事了，你突然要休这么久的假？"

"一些私事。"叶谙三言两语跟她解释不清楚，拿过了自己的包，转移了话题，"走吧，先去吃饭。"

施双双立刻道："赶紧走，忙了一下午，我都快饿死了。"

"你们去吧。"项泉说，"我晚上有事，就不跟你们一起了。"

"那我们先走啦。"施双双一心想知道叶谙请假的原因，火急火燎地拉着她出了工作室。

两个人乘电梯下楼，去了平时常去的一家餐厅。刚找到位子坐好，施双双就迫不及待地追问："到底怎么了？现在可以说了吧？"

叶谙神秘一笑，说："你猜？"

"听你这春心荡漾的语气，肯定不是什么正经事。"

叶谙端起手边的杯子喝了口水，慢悠悠道："结婚算不算正经事？"

"结婚！"施双双猛地拔高声调，瞪圆了双眼。

叶谙被她吓了一跳，忙示意她小声点儿。施双双看了看餐厅里的其他人，压低嗓音道："什么情况？你没开玩笑吧？"

叶谙放下杯子，抬起头说："好端端的我拿这种事开什么玩笑？"

施双双被这个突如其来的重磅消息砸得彻底凌乱了，差点儿转不动脑子，有些语无伦次地说："不是……你这也太突然了吧？你什么时候有的男朋友？怎么突然就跳到结婚了？"

"缘分来了，挡也挡不住……"叶谙冲她眨了下眼，笑得一脸甜蜜，说，"今天上午我去相了个亲，对方恰好是我暗恋多年的白月光，然后……我们一拍即合，决定领证结婚了。"

施双双再次惊了，问："你有暗恋的人？怎么从来没听你提过？"

叶谙挑眉道："要不怎么叫暗恋呢？"

这事怎么听都有点儿扯，施双双将信将疑地问：“谁呀？我认识吗？”

大学的时候，叶谙就是学校出了名的大美人，裙下之臣无数，却从未见她对谁动过心，也没见她谈过恋爱。到底是什么样的男人，竟然能让她“暗恋多年”，还这么快踏入婚姻这个“坟墓”，施双双很是好奇。

叶谙笑了笑，道：“你不认识。”

“那我就更想知道是谁了。你什么时候把人带出来给我们看看？”施双双追问。

“以后有机会……”叶谙顿了顿，提醒她，“这事你先不要往外说。”

“项泉也不能说吗？”

“他可以，其他人就先别告诉了。”

施双双点点头。

眼见施双双还要刨根问底，叶谙直接转移了话题：“对了，烜梦文化那边有个重点项目《药师》正在找配音团队，我这两天抽不出时间，你和项泉去联系一下，看能不能争取过来。”

烜梦文化是业内知名的文娱公司，在影视动漫等方面都有涉足，《药师》更是这家公司的知名大 IP，拥有庞大的粉丝群体。施双双有些信心不足，说：“烜梦那么大的公司，应该会找长期合作的团队吧？我们工作室才刚起来……”

叶谙笑了笑，鼓励道：“机会都是争取来的，不试试怎么知道？”

“也对。”施双双应着，忽然想起另一件事，问，“哎，烜梦是不是背靠谢氏来着？”

叶谙夹菜的动作一顿，问：“怎么？”

施双双两眼冒光，露出八卦的表情道：“你还记得谢家那位大少爷谢朔吗？”

叶谙眼神微闪，不动声色地说：“记得。”

“他之前不是出车祸了吗？听说变成植物人了，也不知道是真是假。”施双双叹了口气，说，“真可惜，我见过他的照片，长得还挺帅的……”

“你怎么就知道人家变成植物人了？”

“网上都这么传哪！还有说他瞎了的，而且好久都没听到过他的消息了……”

叶谙睨她一眼，淡淡道："你又没买他家股票，这么关心他干什么？"

施双双挑眉问："没买股票就不能八卦了吗？"

叶谙低下头，没再接话，脑子里却闪过先前在谢家见到谢朔的画面。

大概担心谢朔突然反悔不肯结婚，没过两天，谢家就急匆匆将婚期定好了。谢朔如今这种情况，叶谙自然不好奢求什么盛大的婚礼，结婚流程简化得只有领证，然后简单办个家宴。

对此叶谙毫无异议，表现得十分配合，迅速赢得了谢家上下的一致好感——当然，谢朔除外。

这男人就像一部没有感情的机器，软硬不吃。

婚期敲定的第二天，叶谙接到了一个电话，来自她那个仿佛不存在的父亲叶远年。

"谙谙，听你姑姑说你要结婚了？"电话接通，叶远年开口便问。

早在叶谙上初中的时候，她母亲夏瑾女士就和叶远年离婚了。离婚之后，叶谙交由夏瑾带走抚养，这些年，叶远年几乎没尽过当父亲的责任，所以父女俩关系冷淡，平常也很少联系，就跟陌生人差不多。

听到叶远年的询问，叶谙淡淡地"嗯"了一声。

"这么大的事，你怎么也不跟爸爸说一声？"叶远年一副关切的口吻，连连追问，"谢家是怎么打算的？婚礼什么时候办？"

"我们不准备办婚礼。"

"怎么能不办婚礼呢？这也太草率了，要不要爸爸出面替你……"

叶谙径直打断他："不用了，是我的意思，办婚礼太累，我不想折腾。"

察觉到她的冷淡态度，叶远年有些讪讪道："谙谙，爸爸没别的意思，只是担心你吃亏……"

叶谙不知道他这么着急打电话过来，究竟有几分是因为所谓的父女亲情，又有几分是因为谢家，他甚至连谢朔的情况都没问一句。或许在他看来，只要能搭上谢家，她嫁的是盲人还是瘸子都不重要。

她望着窗外，默然良久。

叶远年又说："那什么时候方便，你带他来爸爸这边吃个饭？"

叶谙敷衍地应了一声："以后再说吧。"

和叶远年聊完，叶谙拿着手机犹豫半晌，给夏瑾拨了个电话。

夏瑾几年前做过手术，身体一直不太好，现在在老家苏城的一所中学当老师。叶谙其实不想告诉她这件事，但拖到现在，不说也不行了。

电话很快接通，叶谙像往常一样关心了一下她的身体状况，随后才吞吞吐吐道："妈，我想跟您说件事。"

夏瑾问："怎么了？"

叶谙顿了顿，迟疑着说："我要结婚了。"

夏瑾听得一愣："你要……干什么？"

叶谙硬着头皮重复了一遍："结婚。"

这消息实在太过突然，夏瑾一脸惊愕地问："你什么时候谈的男朋友？"

叶谙吞吞吐吐："就……前不久……"

叶谙飞快将事情的来龙去脉跟夏瑾说了一遍，不过在事实的基础上编了点儿谎，说她和谢朔是自由恋爱，感情很好。至于谢朔眼睛看不见的事，她留到了最后才阐明。

"你是说他是个盲人？"听到这里，夏瑾立刻变了态度，"不行，谙谙，这件事情妈不同意……"

"妈！"叶谙皱眉打断她，"车祸受伤又不是他的错，这只是个意外，他以前能看见的……"

"以前是以前，现在他已经瞎了！"夏瑾情绪有些激动。

"可我就是喜欢他！"叶谙强硬道，"反正我已经决定了，不管您同不同意，我都要跟他结婚。"

自己这个女儿的个性，夏瑾也清楚，她决定的事，谁劝都没用。半晌，夏瑾才道："我明天去你那边。"

叶谙早料到会是这种结果，说："我帮您买票。"

隔天下午，天色阴沉，叶谙在车站出站口接到夏瑾。

她拎着个小行李箱，脸色不太好看，看到叶谙也不说话，显然心里憋着气。叶谙扬起笑脸叫了声"妈"，接过行李箱，先带她回了自己租住的公寓，将行李安置好，两人前往谢家。

路上，夏瑾还是不说话，叶谙只能试着劝她："妈，其实他是个很好的人，只是运气不好出了意外，这不是他的错，你不要对他有偏见。"

夏瑾微微皱眉，问："你就非得嫁一个……"

后面的话没说出口。

叶谙笑了笑，说："可是我只喜欢他呀，再说，他要不是瞎了，谢家还不一定看得上我呢。”

想起谢家的家世，夏瑾哽住，一时找不到反驳的话。

到了谢家，温若瑜和谢柏言都在，谢朔也难得给面子下了楼。

叶谙担心夏瑾看出端倪，走到谢朔面前，扬起笑脸亲昵地唤了他一声：“阿朔。”

谢朔还算配合，没有皱眉，也没有冷脸。

夏瑾打量他一番，忍不住有些惋惜。这人倒是生了一副好样貌，气质高贵不凡，言谈举止也不差，确实称得上出类拔萃，怎么偏偏就伤了眼睛！

当晚，叶谙和夏瑾留在谢家吃了晚饭，离开时，夏瑾的态度明显软化了许多。

叶谙趁热打铁：“怎么样？我说了他不差吧？”

夏瑾不置可否，问道：“他的眼睛，真能治好吗？”

叶谙点头说：“医生说，希望很大。”

夏瑾无奈地叹了口气，没再说什么。既然女儿愿意，那就随她吧。不管怎么样，谢家的家世摆在那里，她嫁过去至少不会吃苦，而且谢柏言和温若瑜也不像难相处的人。

得知两个人暂时不打算办婚礼，夏瑾没在这边久留，只待了两天就回了苏城。

第二章 新婚之夜

很快到了定好的婚期。

叶谙清早起来，换上自己特地准备的小裙子，化好妆在家等着。屋外春光明媚，花木沐浴在暖阳之中，欣欣向荣。叶谙望向窗外，心情不自觉也灿烂了起来。

约莫半个小时后，谢家的车到了。叶谙本以为，谢朔那大少爷脾气的人，肯定不会亲自过来接她，谁知上车后，却意外地看见他坐在里头，还是一副面无表情、生人勿近的冷肃模样。

听到叶谙上车的动静，谢朔仍旧冷着脸，没多大反应。叶谙也不生气，拢了拢裙摆，侧身靠着座椅，欣赏起美色来。

谢朔这天换了一身正装，白色衬衣外套着黑色西服，领口系着温莎结，袖扣精致，笔直的西裤没有一丝褶皱，看起来优雅又高贵，赏心悦目得很。就是脸臭了点儿，结个婚整得跟要上刑场一样。

叶谙看了他一会儿，忍不住起了逗弄他的心思，故意凑到他那边小声说：“谢先生，你今天很帅。”

黑暗中，女人身上的香味格外明显，呼吸也格外清晰，谢朔眉心一蹙，没搭理她。

叶谙自来熟地挽住他的胳膊，凑得更近，说：“礼尚往来，我夸了你帅，你不夸我漂亮吗？”

谢朔露出讽刺的表情，将胳膊往里收了收，仍旧没搭理她。他一个盲人，怎么知道她漂不漂亮！

叶谙压低了嗓音道：“你是不是想说，你眼睛看不见，怎么知道我漂不漂亮？”

温热的气息撩过耳际，谢朔侧了侧脸，与她拉开一点儿距离。

叶谙看着他英俊的面庞，歪头笑道：“你这明显就是思想觉悟不够，夸一个女孩子漂亮是男人情商的基本体现，根本不需要理由，也不需要真的看见。管她漂不漂亮，夸就对了。尤其我今天还是新娘子，就算我丑得山崩地裂，你也得说是天仙下凡。”

谢朔丝毫没有被说动。

叶谙说完，不忘强调：“当然，我一点儿也不丑。”

谢朔活到现在，还从来没见过像她这么话多又自恋的女人，而自己还要娶这个女人，心情顿时有些难以言表。他绷紧下颌，将脸重新转回去，对着前方，又成了一尊雕像。

叶谙撇嘴，默默吐槽：无趣。

她将视线下移，不经意瞥见他搁在身前的手。那双手手指修长，仿佛精心雕琢的艺术品，左手无名指上戴着一枚婚戒。修长如玉的手指与精致的婚戒相得益彰。

叶谙愣了一下，低头看向自己的左手——指间空空如也。早在前天谢家就让人送来了婚戒，但她早上忙着化妆、打瞌睡，完全忘记了这回事。

无论是因为什么结婚，这天这样的场合，表面功夫还是要做足的。

叶谙拿过自己的手包，窸窸窣窣翻了半天，终于从最里面翻出一个小巧的戒指盒。她取出戒指，刚准备往手指上套，看了一眼旁边顶着一张厌世脸的男人，忽然又顿住，嘴角勾出一丝狡黠的笑意，眼中碎光闪烁。

谢朔好端端地坐着，还没反应过来，手里就被塞了一个冰凉的小东西，他下意识蹙了蹙眉。

叶谙笑眯眯地将手伸到他面前，说：“替我戴上。”

谢朔屈起手指碰了碰，辨别出来是枚婚戒。他给了她一个“无聊”的表情，将戒指递还过去，语气平淡：“自己戴。”

叶谙拉下脸，愤怒地小声控诉：“渣男！”

谢朔微微皱眉，有些不解的样子。

叶谙嘟囔道：“求婚没有，婚纱照没有，婚礼没有，连个戒指都不肯帮我戴，嫁给你还不如嫁个纸片人！”

谢朔不为所动。

司机就坐在前面，也不知道有没有听见。大概是怕闹出去太难看，谢朔沉默了两秒，最后拈起戒指，朝叶谙抬起手。

叶谙见好就收，立刻笑盈盈地将左手放入他掌中，还仗着他看不见，得意地扬了扬眉。谢朔低头，轻轻捏着她的手，从纤细的小指往旁边移动，找到无名指，将婚戒缓缓套了上去。

因为看不见，他的动作很慢，指腹摩挲过叶谙指骨的触感被一点点放大，仿佛春日风暖，水面泛起涟漪。叶谙原本只是看不惯他老冷着脸，想逗逗他，可此刻心里却无端滋生出一丝异样的感觉。

听说无名指连接心脏，难道真这么玄妙？

她稍稍抬头，瞥见他低垂的眼睫和微抿的薄唇时，微微一怔。有那么一瞬间，她竟然从那张冷峻的脸上瞧出了些许温柔。突然间，叶谙觉得自己的胸口发出了扑通一声。她有些慌，耳根微热，连呼吸也乱了。

戒指被慢慢推至指根处，不等叶谙回神，谢朔已经松开她的手，重新坐好，恢复成先前的冷漠状态，脸上没有多余表情。

叶谙却不像他那样平静。她摸着手上的戒指，看了他一眼，心口那处的异样久久没有消散。她难得安分下来，坐回自己的位置，别过脸看着车窗外的风景，没再故意招惹他。

春和景明，人行道旁有海棠盛放，重重叠叠的花枝如烟霞映入眼中。

谢朔等了一会儿，没等到叶谙再吵闹，觉得有些奇怪。但他并不想关心她在做什么，缓缓合上了眼休息。

到了民政局，随行的保镖从车后拿了一架轮椅出来，放到谢朔旁边，扶他坐上去。毕竟不是在家里，路径不熟悉，还是坐轮椅更方便。

叶谙自觉地走到轮椅后，推着谢朔进了民政局。因为提前预约过，两个人很快办完手续，拿到了结婚证。

回到车上，叶谙翻看着手里的红本本，忍不住弯起了嘴角。一旁的谢朔仍是一副面无表情的模样，完全不见半分欣喜。叶谙侧头瞥他一眼，心知不能指望他搭理自己，便将结婚证收起，拿出手机打发时间。

车子停在谢家花园里，叶谙弯腰下车，随后绕到另一侧，抬手挽住谢朔的胳膊。谢朔突然被她动作十分亲昵地挽住，不由得蹙了蹙眉。他摸索到她的手腕，想拽开她。

这时一个年轻男人朝这边走了过来，叶谙立刻将谢朔搂得更紧了，人也依偎着他，露出一副甜蜜娇羞新娘子的模样。

“有人来了。”她低声提醒道。

这天这种场合，谢朔再怎么不高兴，也不好真的发火将她的手扒拉下去，只能冷着脸忍下了。

“哥。”

过来的是谢朔的堂弟——谢予然。

他的五官生得漂亮，皮肤白皙细腻，一双眼睛眼皮很薄，身上少年气较重，乍一看像个刚毕业的大男孩，只是现在他穿着正装，这种学生气被冲淡了不少。

据说谢朔车祸之后，谢柏言身体抱恙，谢家继承人的重担就落到了谢予然身上。可看他这副稚嫩模样，叶谙忍不住有些怀疑，他会不会把公司搞破产!

谢予然唤了谢朔一声，然后转向叶谙，目光落到她明艳动人的脸上时，稍稍停顿了一下，才礼貌地喊：“大嫂。”

叶谙颔首示意，回了他一个优雅端庄的微笑。她扶着谢朔缓缓往里走去，边走边小声提醒他小心脚下的路，做足了体贴姿态。

进屋后，叶谙在客厅里见到了特地从老宅赶过来的谢老爷子。老爷子头发花白，眉目慈祥，看着精神已不大好，谢柏言和温若瑜在一旁陪着。

叶谙扶着谢朔走到他跟前。

“阿朔。”老爷子拉着谢朔的手，眼角微湿。这是他最疼爱的一个孙子，没想到却……

在老爷子面前，谢朔终于收敛了身上的戾气，面色稍缓，唤了声：“爷爷。”

老爷子又转向叶谙，脸上笑意越发温和：“谙谙……”

叶谙上前一步，主动握住他枯瘦的手，微微笑道：“爷爷。”

老爷子颔首应了，拍了拍她的手背，将她的手同谢朔的手放到一起，嘱咐道：“以后，你们要好好的……”

肌肤相触，温热绵延，仿佛他们真的能执子之手与子偕老。

叶谙侧目瞥了谢朔一眼，这一回，他总算没有冷着脸甩开手。

这天的家宴很简单，除了谢予然，谢家这边没来什么亲友，所以氛围还算轻松。吃完午饭，叶谙返回自己租住的公寓，将自己的东西都收拾好，一起搬到谢家。一直忙到晚上，叶谙才清闲下来，跟着谢朔回了新房。

进屋后，谢朔脱了外面的西服，摸索着在沙发上坐下。他往后靠了靠，面露疲惫，抬手去松身前的领带。暖色灯光下，男人手指冷白修长，配上线条利落的下颌和隆起的喉结，透着几分慵懒和性感。

叶谙关上门，抬头瞥见他的举动，心口一跳，下意识停住了脚步。突然有点儿紧张是怎么回事？偌大的新房内，只有他们在，静得仿佛能听见彼此的呼吸声。

“你要洗澡吗？”叶谙勉强镇定下来，开口问道。

谢朔没回她，不过人却站了起来。

“你等等，我帮你拿衣服。”

叶谙进衣帽间替他拿了干净的毛巾和睡衣出来，伸手去扶他。然而她刚碰上他的胳膊，就被他无情地避开。他拒绝了她的搀扶，自顾自往浴室方向走去。

叶谙有些无辜。用得着这么嫌弃吗？

卧室到浴室的路线谢朔应该摸索过很多遍，虽然走得慢，但还算顺畅，没怎么磕磕绊绊。

叶谙按下心里的火气，跟在他后头进去，替他放置好换洗的衣物，本想问问他还有没有什么要帮忙的，可一扭头，对上他那张冷脸，瞬间打消了念头。就他这大少爷脾气，她还是别自找没趣了。

“有事叫我。”叶谙硬邦邦扔下一句话，转身回了卧室。

这时候，她才终于有时间认真打量自己的新房——

房间整体风格清冷，大概是考虑到谢朔失明，没放多少摆设，显得有些空荡。连通的衣帽间内，灯光色调偏暖，照在物品台的玻璃上，流光溢彩，有种梦幻瑰丽的美；阳台是全景落地窗，种着应季的花草，远处灯火迢迢在望。

其实，谢朔另外有自己的婚房，只不过房子正在重新装修，暂时还不能住进去。叶谙环顾一圈，最后将视线落到了卧室中央的大床上。双人枕，被套整洁，看不到一丝褶皱。

叶谙的脸微微一热，挪开视线，走到谢朔先前坐过的沙发前坐下，往后仰倒，整个人松懈下来。折腾一天，她实在有些累了。

浴室里响起水声，她听着听着，心里无端生出些许不真实的感觉。

这就结婚了吗？她不会是在做梦吧？

她心生恍惚，忍不住掐了自己一把。

“嘶——”

好疼，是真的，不是做梦，她真的结婚了。

灯光无声洒落，叶谙困意上头，慢慢耷拉下了眼皮。不知过了多久，就在她迷迷糊糊快要睡着时，浴室那边突然传来一阵乒乒乓乓的动静，好像是什么东西掉在了地上。

叶谙瞬间清醒，急忙跑了过去。

“你怎么了？”她隔着门问，里面却没回答。

不会是谢朔脚一滑摔晕了吧？

紧接着，又是一声响。

“谢朔？”叶谙心头一紧，不敢多耽搁，直接推门进去，“你没事……”

话音陡然顿住，叶谙望着眼前情形，呆了呆。浴室内水汽弥漫，谢朔赤身站在一片氤氲中，还没来得及穿上衣服，肩背处可见清润的水珠。听到叶谙声音的刹那，他飞快摸索过浴巾，围住了下身。

叶谙呆愣地发出最后一个“吧”的音节，倏地涨红了脸，脑子里仿佛有一把火轰然炸开。她甚至忘了回避，目光不由自主从上往下挪，从谢朔的脖颈看到胸膛，继而到腹部……宽肩窄腰，结实的腹肌，美术画一样的线条。

“谁让你进来的？”谢朔撑着旁边的置物台，冷声打断她的臆想，脸色黑得吓人。

叶谙终于回过神，面红耳赤地挪开了视线，说起进来的原因：“我……我听见响动，以为你摔倒了……”

置物台上倒着不少瓶瓶罐罐，其中一样还滚到了地上，显然是谢朔拿东西的时候不小心碰倒了，才会弄出刚才的动静。

叶谙顶着尴尬上前，将滚落在地的身体乳捡起来，放回原位，又将其他东西重新摆好。这个过程中，谢朔始终冷着张脸，好像被占了便宜的小媳妇。

“你要拿什么？我帮你拿。”摆好东西后，叶谙十分贴心地问。

谁知谢朔根本不领情，又是冷漠的一句：“出去！”

叶谙感觉自己的血压都飙高了不少。她深呼吸两下，侧身倚着置物台，长腿交叠，扬起下巴，故意挑衅他：“就不。”

谢朔的脸色沉得更厉害了，长长的眼睫低垂着，神色阴郁。

就在叶谙以为他会忍不住发作时，他却只是摸索着拿过旁边的浴袍，往身上随意一披，一言不发地往外走去。

叶谙撇了撇嘴，暗道：没劲。刚腹诽完，就听见嘭的一声——谢朔不小心撞到了玻璃门上。叶谙看得头皮一麻，自己都替他觉得疼。

谢朔却仿佛早就习以为常，连哼都没哼一声，扶着门，继续慢慢往外走。看他这样子，想来平时没少磕磕绊绊。叶谙微微一怔，心里的怒气突然就消了大半，忍不住想：算了，跟一个盲人计较什么！

她呼了口气，懒得再回卧室，走过去关上浴室门，直接开始脱衣服洗澡。温热的水流喷洒而下，水汽很快再次弥漫开来。叶谙被热气一蒸，脑子有些迷糊，等到洗完才发现，她是直接进来的，连睡衣都没拿。

指望谢朔给她拿衣服太不现实，她只好裹了浴巾，吹干头发出去。谢朔坐在床边，正掀开被子，准备上床睡觉。叶谙有点儿紧张，揪住浴巾边缘，轻手轻脚地往衣帽间方向走。走到一半，她突然反应过来一件事——谢朔又看不见，她就算在房间里裸奔都没问题，这么小心翼翼的干什么？

真是白费力气！

叶谙往那边看了一眼，确认谢朔根本没有注意到自己，于是大大方方松开手，进了衣帽间。衣橱里挂着不少今春新款的女装，想必都是专门为她准备的，叶谙看得心情愉悦，手从上面一一抚过，最后挑了一件颇合眼缘的红色丝绸吊带睡裙。

轻盈的布料落在身上，露出精致雪白的肩颈，裙摆到脚踝上方，纤细的踝骨若隐若现。叶谙满意地照了照镜子，又开始悠闲地进行睡前护肤，全程没避着谢朔。

嫁给盲人实在是太自由了，跟一个人住完全没有区别！

谢朔躺在床上，听着房间里不停歇的响动，轻微地蹙了蹙眉。

约莫半个小时后，叶谙才彻底消停。她走到床边，看见床上躺着的男人，伸手拽被子的动作一顿，先前的紧张感再次涌了上来——

虽说他们事先有约定，婚后互不干涉，却没有明确说过只做挂名夫妻，所以……如果等会儿谢朔要对她做什么，她是该拒绝呢还是该顺水推舟？

之前在浴室看到的画面闪过脑海，叶谙不自觉有些脸热。冷静了两秒，她小心翼翼坐到床上，慢慢将腿放上来，再慢慢躺下去，手紧紧地拽着被褥。床很大，两个人之间隔了一段距离，但叶谙还是感受到了来自身边的体温。

她轻轻将被子拉高到脖颈处，僵硬地侧过脑袋。视线内，男人安静地平躺着，眼睑轻合，鼻梁高挺，侧颜在灯光的映衬下显得英俊温柔。

睡着了？叶谙刚这么想，谢朔突然就动了。她吓得呼吸一窒，心都提到了嗓子眼儿，背也紧贴着床垫。然而，谢朔却只是翻了个身，将被子往上拽了拽，便再无其他动作。

窗外树影轻摇，叶谙紧张兮兮地等了半天，见他没有进一步的举动，才松了口气。看他那副冷淡的模样，明显就对自己没兴趣。叶谙放下心来，抬起手关了灯。

房间陷入黑暗，寂静中只有呼吸声隐隐可闻。叶谙本以为，突然跟一个才见过几面的男人同床共枕，自己会失眠，可事实出乎意料。大概是白天折腾得太累，再加上喝了点儿酒，她非但没有失眠，反而很快就睡着了。

迷迷糊糊中，依稀有雨声响起，落在枝叶间，清晰入耳……渐渐地，又换成了嘈杂的笑闹声，迷离混乱。过了一会儿，雨声又变得清晰。

昏暗而幽深的走廊里，灯影幢幢，身后不断有人追赶，她奋力奔逃着，奔逃着……终于看到了一个模糊的身影。她抬起头，望着那人的眉眼，朝他伸出手。如同溺水之人，拼命想抓住最后一根稻草那般。

一缕光照进来——画面陡然翻转。睁眼的刹那，叶谙脑中一片空白。她紧紧拽着床单，剧烈喘息着，额角有冷汗沁出。她已经很久没做过这样的梦了。如今梦醒了，雨声却好像还在耳边。

四周一片黑暗，叶谙平复呼吸，仔细听了半天，原来外面真的在下雨。沙沙绵绵的声响，不大，像蚂蚁爬过心上，带来一股莫名的焦灼感，仿佛与梦中情景交错重叠。

叶谙擦了擦额头上的冷汗，扭过脸想去看身旁的谢朔，却只看到一团黑。她犹豫了一下，想着谢朔眼睛看不见，应该影响不到他，于是抬手开了灯。屋内瞬间被亮光盈满，她转头看向一旁，却发现身侧的被窝是空的，谢朔根本不在床上。

人呢？叶谙愣了愣，赶忙环顾四周，最后在落地窗前的沙发上看到了一个静默的身影。也不知道他什么时候下的床，又这样坐了多久。

叶谙松了口气，皱眉道："你怎么起来了？"

谢朔沉默地坐着，好像完全没听见她的话。

叶谙抱着被子坐起来，提高了声调："这么晚了，你不睡觉，坐那儿干什么？"

谢朔仍旧没搭理她。新婚夫妻做成他们这样，也是没谁了。

叶谙忍不住头疼，有点儿不想管他，但终归没能硬下心肠。她叹了口气，掀开被子下床，穿上拖鞋，走到他旁边，好声好气地问："你到底怎么了？失眠吗？"

谢朔终于有了一点儿反应，不过只是循着她的声音动了下眼，仍旧没说话。叶谙在他身侧坐下，想起温若瑜提过他出车祸伤到眼睛后，偶尔会有头疼的症状出现，于是又问："你是不是哪里不舒服？头疼吗？"

谢朔还是沉默。

"我帮你按按？"叶谙说着，屈腿跪坐起来，伸手去按他的太阳穴。

结果她的手指才碰到谢朔的额角，就被他一把捉住。他的手带着点儿凉意，脸上神情疲惫而颓丧，找不到一丝生气，好像对世间的一切都漠不关心。他将叶谙的手拿开，重新"望向"虚空处，眼底一片死寂。

房间里的气氛冷下来，叶谙看见他这副模样，无端觉得他有些可怜，一时竟消了火气。曾经的天之骄子沦落到这种地步，连婚姻都要将就，确实过于凄惨了。叶谙看了看被他抓过的手，无奈地抿了抿嘴，起身出了卧室。

不多时，叶谙端着一杯加热过的牛奶回来，递到他面前，温和地说："我给你热了杯牛奶，你把它喝了，兴许能睡得好点儿。"

见他没反应，她直接抓起他的手去接牛奶杯子。然而，谢朔却一点儿都不领情。他皱了皱眉，直接推开："不用。"

因为他的动作，牛奶从杯子里荡出来，洒到了叶谙手上。叶谙彻底怒了："你这人怎么这么难伺候？我大半夜辛辛苦苦给你热牛奶，你倒好，全泼我手上了！烫死我了！"她擦了擦手背，将手伸到他眼前，语气委屈得不行，"你看，红了一大块……"

谢朔自然是看不见的，不过听到她近乎哽咽的嗓音，表情总算有了细微的波动。大概是怕她真出什么事，他蹙眉道："柜子里有烫伤药，自己去找。"

叶谙再次将牛奶递到他手边，语调像是小女孩儿在撒娇："那你把牛奶喝了。”

谢朔的手指碰到杯子外壁，终于没再拒绝。他摸索着接过去，轻抿了一口，随后神情微微一变。他抬起头，冷不丁开口：“你的手是什么做的，这种温度就能烫伤？”

灯光下，叶谙那只漂亮得可以摆拍的纤纤玉手完好无损，没有半丝烫伤的痕迹。她脸不红心不跳地说：“你难道没听过一个词，叫冰肌玉骨？”

“冰肌玉骨”四个字一出口，谢朔半晌无话。他心想，见过自恋的，没见过这么自恋的。

叶谙瞅了瞅他那仿佛便秘的脸色，重新挨着他坐下，说：“我这不也是想让你早点儿喝了牛奶去睡觉吗？大半夜的，你以为我愿意费这么大的力气给你演戏呀？”她放低了语调，带着些埋怨的意味道：“好心当成驴肝肺……”

大概终于想起来这是新婚夜，谢朔沉默片刻，淡声道：“你自己去睡，不用管我。”

叶谙却没起身，眼珠一转，朝他撒娇：“我刚刚做了个噩梦吓醒了，有点儿害怕，一个人不敢睡。”

谢朔显然已经对她失去了信任，下意识认为她又在胡扯，抬头反问：“你以前怎么睡的？”

叶谙理直气壮：“我以前都不做噩梦的呀！也不知道今天是怎么了，可能……可能是被你气的吧？”

谢朔明显不信。

“再说了，以前是以前，以前我没结婚，现在我结婚了，你作为我的丈夫，难道连这点儿担当都没有吗？”

结婚、丈夫……她进入角色倒是挺快，谢朔嘲讽地勾了勾嘴角。

“一点儿都不知道心疼老婆——阿嚏！”叶谙说着，突然打了个喷嚏。

虽然已经进入四月，但夜间的温度还是有些凉，何况她穿的是吊带睡裙。听到这声喷嚏，谢朔终于站了起来。叶谙嘴角一扬，接过谢朔递过来的牛奶杯子，对着他挺拔的背影比了个成功的手势。

就没有她搞不定的男人！叶谙将杯子放好，洗了个手，重新爬上床，在谢朔身侧躺下。被这么一通闹腾，谢朔还真有了些睡意，叶谙自己反倒睡不着了，翻来覆去，怎么变换姿势都觉得不舒服。

听着身旁窸窸窣窣的动静，谢朔侧过头问：“还害怕？”他顿了顿，又说：“害怕的话，把床头灯开着。”

叶谙刚好翻身对着他，黑暗中，虽然看不清模样，但传入耳中的声音却温和沉稳，让人心安。叶谙微微一怔，心想，如果没遭遇那些变故，他应该会是个很温柔的人吧。

她依言开了床头灯，昏黄的光如月色浅浅散开，落在枕畔男人脸上，勾勒出模糊的轮廓。

想到先前的噩梦，叶谙不着痕迹地往他那边挪了挪。她看着光雾中那张侧脸，神情渐渐变得怅然。她伸出手，白皙的指尖在他眉心上方停顿片刻，想碰触，最后却又收了回去。

良久，她无声说了句“晚安”，缓缓合上了眼。

窗外，春雨细细绵绵地下着，雨水洗过枝叶，清凌凌滴落。

第三章 口是心非

第二天早上，叶谙是被闹钟闹醒的。

谢朔眼睛不方便，不太能分辨白天黑夜，所以定了闹钟提醒。叶谙迷迷糊糊睁开眼，看到他掀开被子下了床。她努力勾了勾脑袋，还是没能起来，干脆又躺下睡了一会儿。

等到谢朔洗漱完换好衣服，她才彻底睡醒了。这天不用出门，谢朔换了一套家居服，叶谙靠在床头看他，视线掠及他头顶时，忍不住扑哧笑出了声。

眼前的男人虽然穿戴齐整，头发却没有打理好，有一小撮头发翘了起来，随着他的动作摇摇摆摆。他看不见，没法照镜子，自然也察觉不到。

一张英俊冷漠的脸，配上头顶一撮摇摆的呆毛，画风出奇地可爱。叶谙瞄了一眼，又瞄了一眼，倒在床上笑得不能自抑。听见她浮夸的笑声，谢朔蹙了下眉，不知道她一大早又发什么神经。

叶谙笑得眼泪都要出来了，好半天才缓和了，招手唤他："你过来一下。"

谢朔整理好衣服袖子，神情冷淡，明显不想搭理她。

叶谙只得穿上拖鞋下床，走到他面前，抬起胳膊去捋他的头发。谢朔下意识想挥开她的手，却被她按住肩膀，然后听到她说："别动！你头发翘起来了，你要是想这样出去，那我就不管你了。"

听见这句，谢朔终于没再动，脸色却变得很难看。叶谙踮着脚，用力地替他捋了捋，然而那撮呆毛却始终顽强地支棱着。

“你等一下，先别乱动。”叶谙趿拉着拖鞋小跑到卫生间，拿了定型喷雾过来，刚准备给他打理，忽然生出一个念头。她转身找到自己的手机，憋住笑，打开相机功能，悄悄对着他拍了张照，然后才继续帮他梳理头发。

“你想要个什么样的发型？”叶谙边喷定型喷雾边问，语气中透着兴奋，“中分？背头？要不……给你扎个小鬏鬏？”

她歪了歪脑袋，解释道：“小鬏鬏是现在流行的发型，很显年轻的，你要不要试试？”

谢朔瞬间绿了脸。在他彻底爆发之前，叶谙飞快地替他将那撮呆毛弄服帖，退到危险距离外，才笑嘻嘻地说：“好啦，跟你开个玩笑，大早上火气这么大，不怕伤肝吗？”

谢朔看不见她，拿她没办法，只能沉下脸，朝卧室外走去。大概担心她真给自己扎了个小鬏鬏，走出几步，他忍不住抬起手摸了一下自己的头发——结果因为分心，不慎绊到桌子，哐当一声，险些摔了一跤。

叶谙忙道：“你没事儿吧？”这回是真情实意的关心。

然而谢朔的脸色更加难看了。他稳住身形，扶着墙，头也不回地走了出去。叶谙瞪了他几眼。脾气真大。

洗漱完，叶谙换了条居家的长裙，下楼去吃早饭。谢柏言和温若瑜还有谢朔都在餐桌前坐着，谢朔已经开始喝起了粥。他的动作优雅斯文，是多年养成的习惯，浸润到了骨子里。

面对着谢柏言和温若瑜，叶谙秒变温柔画风，微微笑着问好：“爸，妈，早！”

温若瑜抬起头，笑得和善：“谙谙起来了？”

叶谙看了一眼谢朔，规规矩矩在他旁边坐下。

一顿饭吃得安静无声。吃完早饭，谢柏言去了公司，谢朔像往常一样回了楼上。

叶谙则被温若瑜叫到一旁，叮嘱了一番谢朔的生活习惯和平时喜好。说到最后，温若瑜握了握她的手，柔声道：“别的我就不多说了，你有时间的话就多陪陪阿朔。”

叶谙笑着点点头：“您放心，我会的。”

同温若瑜聊完，叶谙也回到了楼上。谢朔不在卧室，叶谙找了一圈，最后在书房找到了人。

书房很宽敞，连墙的书架一直铺设到最里侧，深色的窗帘紧紧合着，未露一丝光。房间里安装了人工智能系统，AI（人工智能）正用机械的声音在朗读着什么，谢朔坐在沙发上，静静听着。

叶谙推门进去，找到遥控器，开了窗帘，屋里瞬间亮堂起来。她挨着谢朔坐下，好奇地问："你这是在听什么？"

谢朔眼睫微垂，神情冷淡，没理她。叶谙撇了撇嘴，只能自己听。AI 阅读的内容是财经方面的新闻，她跟着听了一会儿，不自觉将目光落在了谢朔脸上。她脑子里突然冒出一个念头：婚纱照应该是没机会拍了，不如先拍张合照？

叶谙心下微动，悄悄拿出手机，调出自拍功能，不动声色地往他身侧挪，头也往他那边歪了歪。谁知她刚举起手机，就听到他冷冷道："你干什么？"

叶谙偏头，谢朔也恰巧朝她这边偏过脸，幽深的眸子正对着她，眉头微微蹙起。有那么一瞬间，叶谙甚至怀疑他没瞎。

两个人之间距离极近，呼吸可闻，暧昧丛生。叶谙心口怦怦直跳。她愣怔两秒，迅速拉开距离，说："你头上沾了东西，我帮你拿掉。"

她抬手，煞有介事地在他头上拈了拈。下一刻，谢朔毫不留情地拿开了她的手。一盆冷水兜头浇下，叶谙心底刚起的那点儿悸动瞬间消失，暧昧也风化成烟。

这时 AI 已经暂停阅读了，眼见谢朔准备换一本书继续听，叶谙立刻自告奋勇："老听 AI 读也挺没意思的，不如……我读给你听吧？"

谢朔微微侧头。叶谙自夸："我肯定比它读得好，难道你不觉得，我的声音很好听吗？"

谢朔未置可否，心中却不由得认同，她确实有一副好嗓子，干净清澈，所以即便话多了些，也不会让人觉得太吵。这一点，从她第一次踏入这里时他就知道了。

不等谢朔拒绝，叶谙就拿起书桌上的一本书读了起来。温柔的声音徐徐响起，似春水淌过。谢朔手指动了动，最终还是没有阻止她。

窗外阳光明媚，两个人坐在一处，看起来竟有几分温情。

"怎么样？是不是听着有感觉多了？"读完小半本书，叶谙得意地扬了扬眉。

谢朔仍旧一声不吭。叶谙口干舌燥，放下书站起身，打算去倒杯水喝。往外走时，她顿了一下，转头体贴地问："你要不要喝茶？还是给你煮杯咖啡？”

谢朔合上眼帘，面容清冷地说：“不用。”

叶谙已经习惯他这副无欲无求的样子，没强求，自己去了客厅。她刚到客厅，就见保姆周姨端着两杯茶，正准备往这边来。叶谙打了声招呼，伸手去接托盘：“我来吧。”

周姨笑了笑，将托盘转交给她。

“茶就放在旁边的桌子上，你要喝的话跟我说一声。”回到书房，叶谙捧着自己那杯茶，重新在谢朔身侧坐下。

悠闲地抿了几口茶，她抬头又说：“以后你想看什么，都可以找我帮你读。杂志呀，书哇，网上的新闻哪，都可以，我比 AI 智能多了……心情好的话，我还可以唱歌给你听……”

叶谙自认为已经足够温柔体贴了，谢朔就算不感动，至少也该对她态度好一些，谁知下一秒，却听到这男人冷漠的一句：“你很闲？”

叶谙心口一窒，险些没把手里的茶杯直接扣他脑袋上。就没见过这么难讨好的！她深呼吸两下，把原本给他的那杯茶也拿过来，喝了一口降火。喝完，她将茶杯放回原处，拿起手机刷了一会儿消息，随后起身去了趟洗手间。

等她回来，恰好撞见刚才还傲娇不肯喝茶的谢大少爷摸索着端起桌上的茶喝了一口。

叶谙下意识张口：“那杯……”

眼见他已经咽下去，叶谙提醒的话堵在了嗓子眼儿。

——你不是不喝吗？真是个口是心非的男人。

婚后三天，叶谙一直都在家陪着谢朔。叶谙自己倒不觉得有什么，以往不去录音棚的时候，她也常宅在家，反而觉得谢朔因为眼睛看不见，能娱乐的事情很少，就无聊多了。

叶谙只能想各种办法，没话找话逗谢朔开心，可惜谢朔始终不领情，要么对她爱答不理，要么冷言冷语地呛她。听温若瑜说，自从回家静养后，他几乎就没出过门，成天把自己关在房间里，再这么下去，迟早得憋出毛病来。

为了他的身心健康，叶谙决定忽悠他陪自己出去走走：“成天在房间里待着，你就不觉得闷吗？”

毫无意外，她一开口，就遭到了谢朔的冷淡拒绝。谢朔耷拉着眼皮，没理她。

叶谙锲而不舍："就到外面散个步，不去别的地方。"

谢朔仍旧没反应。叶谙看着他，忽然灵机一动，搂住他的胳膊，紧贴着他，凑到他耳边，娇娇软软地唤了声："老公……"

这声"老公"一出口，叶谙自己先起了一身鸡皮疙瘩，但她坚持着把话说完："你陪我去好不好？"

谢朔冰雕一样的脸上终于出现了一丝"裂纹"。他抽出胳膊，似乎十分嫌弃，蹙眉道："你自己去。"

叶谙立刻搂紧他，说："那不行，我答应了爸妈还有爷爷，要好好照顾你，怎么能丢下你一个人出去呢？"

谢朔侧过头，黯淡无光的双眼看着她，忽然冒出一句嘲讽："你是签了卖身契？"

叶谙顿时哽住。这说的是人话吗？

叶谙一口气上不来，差点儿原地爆炸。爱去不去，她不伺候了！她松开他，刚想起身出去，扔在一旁的手机突然响了，是施双双打来的。

叶谙拿着手机走到阳台上，按下接听键："喂？"

"新婚生活过得怎么样啊？"电话那头，施双双笑着问。

叶谙回头看了屋内死气沉沉的某人一眼，敷衍道："还行……你们跟烜梦那边谈得怎么样了？"

"我正想跟你说呢。"施双双语气烦躁，"这次可能有点儿悬。"

叶谙眉头微蹙，问："试音没通过？"

"试音倒是通过了，不过出了点儿别的事。"施双双话锋一转，"你晚上有时间没？出来约个饭，我们见面说。"

"好哇，约在哪儿？"

"等会儿我把地址发给你。"

施双双挂断电话，很快将餐厅地址发了过来。叶谙收起手机，回到室内，见谢朔仍旧安静地坐在那里。叶谙看了看他，想到刚才他那句嘲讽，气不打一处来，抓起旁边的抱枕砸了过去，没好气道："自个儿待着吧你！"

谢朔长这么大还是头一回被人用枕头砸，他蹙了蹙眉，有些蒙。

叶谙没再理他，到衣帽间换了条裙子，提着新买的手包，高贵冷艳地下了楼。这两天温若瑜不在家，叶谙在花园里撞见周姨，和她打了声招呼："周姨，我有事出门一趟，晚饭不回来吃了，家里如果有什么事情，您打个电话给我。"

周姨应道："好。"

春日的黄昏，天边云霞似锦，绚丽的色彩肆意铺染，连风都添了几分慵懒和缱绻。叶谙坐在车内，看着沿途的风景，想到谢朔那副模样，突然有些怅然。

这么好的天气，哪怕出来吹吹风，闻闻花香，也比躲在屋里强啊。眼睛看不到，总还能听、能感觉，难道他要困自己一辈子吗？

叶谙到餐厅时，施双双已经等了一会儿。

"我还以为你忙着过二人世界，约不出来呢。"

叶谙笑了笑，在她对面落座，随口问了句："怎么没叫上项泉一起？"

"他去参加同学婚礼了，明天才回。"施双双给她倒了杯水，推到她面前，"你呢？打算什么时候办婚礼？先说好了，我要当伴娘。"

叶谙接过水杯，回道："暂时不准备办婚礼，以后再说。"

施双双看着她，忍不住感慨："说实话，我到现在都不敢相信，你竟然真的闪婚了。"

叶谙笑笑，随手翻开了菜单。两个人点了餐，才聊起正事。

叶谙认真道："烜梦那边到底是怎么回事？"

施双双一脸郁闷地说："本来一切都顺利，发过去的试音文件也通过了，那边的负责人说约个时间跟我们面谈，结果你知道今天中午我碰见谁了吗？"

叶谙疑惑地问："谁？"

施双双不满道："吕弘！"

听到这个名字，叶谙立刻厌恶地皱了皱眉。去年九月，叶谙在一场跟甲方的饭局上认识了吕弘。吕弘对她有意思，借着给她工作室介绍资源的名义殷勤地追了她半个月，她始终不为所动，没给半点儿回应，也没有受他的恩。

吕弘因此恼羞成怒，不仅电话骚扰她，还搅黄了她手里已经谈好的一个合作。后来叶谙把他拉黑了，才清静下来。

"他说他在烜梦那边有关系，如果我们想要这个项目，就让你去找他。"说到这里，施双双忍不住骂道，"这人真的有病！一天天的阴魂不散！”

叶谙皱眉问：“他跟烜梦的谁认识？”

“他没说。”施双双看着叶谙，面露担忧，问，“现在怎么办？上回已经被他搅黄过一次了，这次又要忍吗？”

叶谙神色从容，淡淡道：“放心，这次他成不了。”

施双双眼一亮：“你有办法？”

叶谙嘴角微弯，一副胸有成竹的模样：“这件事情交给我，你等消息就行。”

施双双试探道：“难道你在烜梦也有熟人？”

叶谙抬头，笑盈盈道：“我没有，但我老公有哇！”

“所以……”她压低嗓音，朝施双双暧昧地眨了下眼，“我打算，回去勾引他。”

施双双诧异地眨了眨眼，没说一个字。

叶谙到家的时候，谢朔仍一个人在房间里坐着，仿佛一尊虔诚的“望妻石”。叶谙早把下午的不愉快给忘了，看他这副模样，上前关心道：“要洗澡吗？我帮你拿衣服？”

谢朔没说话，起身往浴室走，叶谙同往常一样，替他拿了睡衣，跟在后头进去。想到今晚背负的“艰巨任务”，放置好衣物后，叶谙没有急着离开，而是站在原地，琢磨要如何让他答应帮忙。

谢朔抬手解开衬衫扣子，感觉她似乎还在旁边没走，动作一顿，问：“还有事？”

叶谙心里想着事，话没经大脑，脱口就是一句：“要我帮你洗吗？”

话一出口，谢朔瞬间沉默了，脸上的表情变得一言难尽。叶谙随后反应过来，也觉得有些尴尬，立刻把嘴闭上，假装自己什么也没说。她视线一挪，恰好对上谢朔半敞的领口。他的衣扣被解开了三颗，露出小片胸膛和锁骨。叶谙一下子红了脸，急急忙忙转身往外走。

等到叶谙洗完澡，已经将近十一点。谢朔还没上床躺下，而是一个人在衣帽间翻找着什么。

叶谙走过去问他：“你在找什么？”

谢朔没理她，将一件衬衫挂好，转身往床边走。叶谙早习惯了他这副爱答不理的样子，没跟他计较，走到一旁的落地镜前。

光洁的镜面映出她高挑纤细的身影，纤秾合度。她今晚特意换了一条黑色吊带睡裙，头发蓬松垂落，拂过白皙精致的锁骨；修长的脖颈往上，是一张清丽面庞，晃眼的白与纯粹的黑相互映衬，似花盛放在暗夜里，魅惑勾人。嗯，很符合小妖精的形象。

叶谙满意地撩了撩头发，对着镜子飞了个媚眼。

她上床坐下，侧着身子倚在床头，看向谢朔。谢朔也刚上来，正准备躺下。看着他那张冷淡的脸，叶谙突然有点儿犯㞞。

她深吸一口气，回想了一下影视剧里勾引人的操作，以手撑额，将睡裙往上撩了撩，露出白皙修长的小腿，拖长尾音娇滴滴唤道："老公……"

一回生二回熟，这次叫老公好像没之前那么让人恶寒了。谢朔朝叶谙这边侧过头，幽深的眸子对着她，脸上没有多少情绪。叶谙一顿，差点儿忘了，这人根本就看不见。简直浪费她的表情！

她失望地收了浮夸的姿势，将腿缩回裙子里，扯过被子盖好。要勾引一个盲人，还真不是件容易的事，看来只能发挥自己的特长了。叶谙思忖片刻，挪到谢朔身边，娇声唤道："老公……"

谁知还没等她开口说什么，谢朔就一脸冷漠地合上了眼，完全没有搭理她的意思。

叶谙难以置信地瞪着他，原本满满的斗志顷刻间熄了火。她这是嫁了个什么男人？机器都比他有感情吧？叶谙泄了气，挫败地转过身，抬手关了灯。半点儿风情都不解，勾引他还不如去勾引一块石头！

大概是受睡前心情的影响，当晚叶谙做了一个梦，梦到她不断往谢朔身上黏，谢朔则不断将她推开……循环往复，仿佛电影重播。

混混沌沌中，她只有一个感觉：好累……

第二天早上，叶谙醒过来，发现自己确实睡到了谢朔那边，紧紧地挨着他，一只手还搭在他身前。

窗帘还未拉开，屋内光线晦暗，她抬头看见他安静的侧颜，突然愣了愣，一种异样的感觉漫上心头。叶谙屏住呼吸，小心翼翼将手挪开，想装作无事发生——就在这时，谢朔突然醒了。

叶谙顿时一僵。其实他们这张床足够宽敞，她的睡相也不是特别差，前几晚两个人楚河汉界分明，各自相安无事，没想到这天却越了界，还是她主动。

安静的空气中，弥漫着一丝丝的尴尬。

“早哇……”叶谙硬着头皮开口，试图缓和气氛。

然而，她的话音刚落，整个人就被无情地推开。谢朔蹙着眉头，起身下床，好像对她十分嫌弃。

叶谙一口气堵在胸口，差点儿没憋屈死。她将视线下挪，突然很想问一句：你一个正常成年男人，难道都没有需求吗？

谢朔自然听不到她的腹诽，兀自进了卫生间。

不解风情！叶谙抱着被子在床上郁闷地坐了一会儿，又对着他枕过的枕头拍了一巴掌泄愤，才下床。

因为早上的不愉快，叶谙整个上午都没怎么搭理谢朔。她拿了一本心理学相关的书，在一旁专心看着。

原本聒噪的人突然安静下来，谢朔反倒有些不习惯，总觉得她是不是出去了，可又能听见翻动书页的声音。他蹙了蹙眉，胸口无端涌起一股烦躁感。

日头渐高，屋内的温度也渐渐攀升，安静地坐了许久，谢朔觉得有些口渴，便轻咳了一声。他本以为叶谙会像往常一样关切询问，给他倒水，谁知却没得到任何回应。谢朔的脸色沉了沉。

一直到十一点多，周姨来叫他们吃饭，叶谙才放下书，过去扶谢朔。

谢柏言和温若瑜没在家，饭桌上格外安静。谢朔才动了两筷子，便放下碗上楼了。叶谙正吃得津津有味，见他冷脸离开，满头问号。

又怎么了？菜不合胃口吗？她看了看桌上的菜式，色香味俱全，都是厨房按照他的口味做的，没什么不对呀！

大少爷脾气，真难伺候！吐槽归吐槽，叶谙还是让周姨另外备了一盅汤，以防他下午饿肚子。

吃完饭，叶谙上了楼。谢朔依旧坐在他最钟爱的沙发上，阴沉着脸，不知道的，还以为谁得罪他了。

叶谙原本不想理他，但想到昨天晚上在施双双面前吹下的牛皮，又妥协了。做人嘛，就是要能屈能伸。

“你怎么了？胃不舒服吗？”叶谙走到谢朔面前，关切地问，语调温柔。

谢朔置若罔闻，没有半点儿反应。

“我给你倒杯水？”

谢朔还是没反应。

叶谙气结，深吸一口气道：“谢先生，看来我有必要给你科普一下——”她在他身侧坐下，抬头看着他说：“冷暴力也是家庭暴力的一种，我们这才结婚多久，你就家庭暴力我，太过分了吧？”

这么大一顶帽子扣下来，谢朔终于没再继续沉默，冷声说：“你是不是忘了你自己说过的话？结婚之后，互不干涉，不会有不切实际的幻想。”

叶谙一愣。正经跟他说话，他爱答不理，一谈这种问题，总能杠上一箩筐，这人怕不是杠精转世吧。叶谙被他气得肝疼，怒道：“就算是毫无感情的名义夫妻，那也不代表你就能对我使用暴力！

“再说了，这怎么就叫不切实际的幻想了？我又没要求你对我嘘寒问暖情深似海，基本的尊重总该有吧？

“跟你说什么都爱答不理，谁受得了？你要对我有意见，就直说……”

谢朔再次静默，双目幽深，薄唇抿成一条线。叶谙观察了一下他的神色，看他有松动的迹象，赶忙趁热打铁：“我再问你一件事，这回你可不能当作没听见了……烜梦文化这个公司你知道吧，它是谢氏旗下的吗？”

谢朔冷冷道：“你问这个干什么？”

叶谙往他那边凑了凑，趴在他肩头，换成了讨好的语气：“他们公司最近有个项目——”

话还没说完，屋外突然传来脚步声。门没关，叶谙闻声抬头，只见谢予然站在门口，正望向这边。大概是看到了屋内两个人亲密的姿势，他没有直接进来，而是先敲了敲门，轻声喊：“哥、嫂子。”

早不来晚不来，偏偏这个时候来。叶谙有点儿郁闷，但也只能暂时咽下剩余的话，松开谢朔，从他怀里起身。

谢予然来找谢朔是为了公司的事，叶谙不好旁听，便离开书房，回了卧室午休。

谢予然和谢朔大概聊了半个小时，最后谢予然准备离开时，谢朔突然说了句：“以后这些事不必问我，你自己处理就好。”

谢予然一愣。

光无声洒落，书房内陡然静下来。他看着谢朔那双黯淡无光的眼睛，脸上神情几番变化，似乎想说什么，可最后又咽了回去。

他走后，谢朔一言不发地坐在书房里，看起来比之前更加阴郁了。叶谙有些不放心，盛了一碗煲好的汤进去，轻声道：“我让周姨煲了汤，你要不要……”

她的话未说完，就被对方无情打断：“出去。”

看得出这位大少爷心情极差，叶谙没敢像往常一样招惹他，转身出去。都说豪门内斗厉害，叶谙严重怀疑，是不是谢予然说了什么刺激他的话，比如嘲讽他眼睛瞎了，让他退位让贤，以后不要再管公司的事……所以他才突然这个样子。

窗外，乌云蔽日，树影狂摇，有变天的迹象。果然，到了四五点的时候，忽然下了一场大雨。花叶零落一地，空气中弥漫着草木的清香。眼见谢柏言和温若瑜都回来了，叶谙不得不硬着头皮去叫谢朔吃饭。

“爸和妈回来了，让我叫你下楼吃饭。”她小心翼翼地伸手去扶他。

谢朔总算肯起身了，不过脸色苍白，身上也比平日多了几分戾气。叶谙扶着他的胳膊，全程安安静静，连呼吸都刻意放轻了。

一顿饭吃得十分压抑。

谢柏言突然抬头问谢朔：“下午予然是不是来过？”

谢朔淡淡地“嗯”了一声。

谢柏言看着他，顿了顿，说：“过几天我和你妈要出国待一阵子，公司这边他经验不足，你多教教他。”

谢朔微微垂眸，不置可否。虽然是很简单的对话，叶谙却听得胆战心惊。谢柏言这话是不是在暗示，要让谢予然彻底代替谢朔了？

吃完饭，谢朔沉默着从餐桌前离开。温若瑜看他走远，叹了口气，再次向叶谙托付重任：“谙谙，你有时间多开解开解他，劝他出去走走。”

叶谙面上微笑，内心却疲惫不已道：我已经很努力了。

其实，谢朔现在这个样子，她也能理解，曾见过高处风光，又怎么能忍受得了谷底黑暗？更何况，他是那么骄傲的人。

雨水浸润过的夜色，格外清新寂静。

浴室内，水声清晰传来。

叶谙将窗帘合了一半，倚在窗边看手机上接连不断的新消息。

项泉在工作室的大群里发了通知，并艾特了所有成员，说是后天开始跑录音棚，录新的广播剧。

施双双则私聊问叶谙：“你搞定你老公了没？”

叶谙按住说话键，用语音回她：“快了，今晚就搞定！”

话音刚落，开门声响起，叶谙抬头，看到从浴室出来的谢朔。他一身黑色睡袍，腰间带子松松系着，领口锁骨半露，面容冷峻，发梢有水珠滴落。

他对着这边，脸上的表情似乎在说：你又想干什么？

叶谙心有余悸。看来以后还是不要随便语音了。叶谙尴尬两秒，关掉手机，装作什么都没发生，蹑手蹑脚地越过谢朔，进了浴室。等她洗完澡出来，谢朔还没睡下，靠坐在床头，不知在想些什么。

见他发梢湿漉漉的，叶谙不由皱眉道："你怎么头发没吹干就出来了？"

谢朔仿佛没听到她的话，欠了欠身，准备躺下，叶谙忙拽住他的胳膊说："你这样就睡，小心明天头疼，先坐好，我帮你再吹吹。"

说着她飞快转身拿了吹风机过来，坐到床边替他吹头发。被她纤细的手指碰到额角时，谢朔下意识别开脑袋，往旁边避了避。

"你躲什么？"叶谙想也没想，捏住他的下巴，将他固定住，说，"别乱动，我帮你把头发吹干。"

这动作颇有几分暧昧，像是在调戏良家妇男。谢朔抓住她的手，蹙了蹙眉，不过却没有再避开。叶谙无语地瞥他一眼，慢慢松开了手，不免腹诽：这人吹个头发都这么扭扭捏捏，搞得跟被非礼的小媳妇一样。

她一只手举着吹风机，一只手拨弄着他的头发，身子前倾，几乎要靠到他怀里，顺势劝他："你别整天绷着脸好不好？你不累，我看着都累……高兴一点儿，多说说话，出去走走，不好吗？"

淡淡的体香萦绕在鼻间，还有发丝擦过锁骨，谢朔听着她的絮叨，眉头蹙得更深了。叶谙浑然未觉，依旧苦口婆心地劝着。片刻后，她关了吹风机，替他将头发梳理整齐，满意地说："好了。"

蓬松的碎发轻搭在谢朔的额角，投下浅浅的阴影，灯光将他英俊的五官衬托得更为立体。叶谙心下一动，忽然起了给他拍张照的念头。

可惜谢朔没有给她这个机会。他听到她说"好了"，就面无表情地拉过被子躺了下去。

叶谙也没指望他能感谢自己，自然地将吹风机放回原位，跟着上床躺下。想起白天的事，她钻入被窝里，凑到他肩膀旁边，伸出一根手指戳戳他，说："哎，你今天到底为什么不高兴？跟我说说？"

谢朔毫无反应，连眼皮都没掀。

叶谙用手枕着下巴，故意在他耳边吹气："说说嘛……"

温热的吐息拂过脖颈，撩起细微痒意，扰人心神，谢朔蹙了蹙眉，终于掀起眼帘，语气冰冷，满是不耐烦地问：“还睡不睡？”

果然是没有感情的机器，这样撩拨都没用。叶谙默然片刻，赌气道：“心里有事，睡不着。”

谢朔一点儿关心她的意思都没有，直接合上了眼。指望他主动问“什么事”不太可能，叶谙干脆放弃迂回策略，直接挑明了：“先前我跟你提的烜梦文化，你还记得吗？你能帮我和他们的项目负责人牵个线吗？”

谢朔没回应。

叶谙跟他解释：“是这样的，我的工作室最近在跟他们谈一个合作，本来都快要谈好了，结果被一个阴险小人背后使了绊子，我想跟他们的负责人聊一聊……”

她抬头，观察着他的反应，见他不为所动，一咬牙伸臂搂住了他，娇声喊：“老公……”

谢朔眼睫轻轻一动。

“我也不是非要怎么样，你只需要帮我引见一下，其他的我会自己解决。”

谢朔仍旧没应答。

“一个小忙而已，对你来说很容易的，你就帮帮我行不行？”叶谙忍住心里的恶寒，抱着他摇了摇，嗓音娇得能滴出水来，“求你了……”

下一秒，她的胳膊被拿开，男人淡漠的声音响起：“睡觉。”

这男人还能不能好了？叶谙简直要气成河豚，差点儿没忍住一脚把他踹下床。

感觉到她还紧贴着自己，谢朔稍稍侧身，伸手去推她。这一伸手，恰好触到一团温软。

“你——”叶谙的话戛然而止，整个人一僵。

谢朔的眼前满是黑暗，唯有手下触感柔软细腻。他无意识地动了下手指，捏了捏。

刹那间，一股血气直涌上叶谙的脑门。她瞪大眼睛，愣愣地看着自己胸前……那只手指修长的手。

结婚之后，仗着谢朔眼睛看不见，叶谙为图舒服轻便，晚上穿的都是吊带睡裙，领口开得极低，所以谢朔这么一伸手，几乎是肌肤相触。

温热细腻的触感在指尖蔓延，短暂地停顿后，谢朔终于反应过来自己摸到的是什么，也僵了一下，收回了手。

屋内一片死寂，空气仿佛凝滞不动。按照一般人的正常反应，叶谙这时候应该恼羞成怒，狠狠甩谢朔一巴掌的，可一切发生得太过突然，等她回过神来，已经错过了最佳应对时机。

她扬起手，对上男人失去焦距的双眼，半天没能扇下去。一个盲人，她还真下不了手。但就这么算了，又不甘心。最后，她抓起旁边的枕头，胡乱砸过去。谢朔被砸了个正着，接住枕头，脸色微沉。

叶谙羞恼的情绪还没消，捂着胸口瞪他，气愤道："求你帮忙你装没听见，占起便宜来倒是比谁都利索。"

大概是自觉有愧，谢朔难得没跟她计较，冷着脸抿了抿唇，说："先睡觉，明天打个电话给钟覆，让他替你去办。"

他将枕头放到一旁，侧过身，重新躺好。

叶谙微愣。钟覆？如果她没记错的话，好像是谢朔的助理。

发了一会儿愣，叶谙冷静下来，有些不确定地问："你……答应帮我了？"

谢朔背对着她，没回答。叶谙却乐呵起来，刚才的不愉快瞬间消散无踪。她往他那边瞄了一眼，心满意足地躺下，没再吵他。

不就是摸了下胸吗，反正都结婚了，也算不上什么大事。

第四章 初吻动心

翌日。

叶谙记挂着前一晚的事，吃完早饭就迫不及待地凑到谢朔面前，笑道：“昨天晚上答应我的事，你没忘吧？”

谢朔面无表情地报了一串电话号码：“钟覆的手机号码，你打给他。”

叶谙赶忙拿过手机，按照他报的号码拨了出去。

“喂，您好。”

那头传来礼貌的男声，叶谙开了外放，将手机凑近谢朔耳边。

“钟覆，是我。”

听到谢朔的声音，钟覆有点儿意外，自己已经有很长一段时间没接到过他的电话了。

“谢总。”

谢朔转过头向着叶谙道：“你自己跟他说。”

叶谙开心不已，将手机拿回，自己同钟覆聊了起来。

钟覆的办事效率简直堪比火箭，下午，烜梦总经理袁禾的助理就联系了叶谙，跟她约好了面谈的时间。

当晚，叶谙的心情格外好，看谢朔都自带一圈圣光。她体贴地替他放了热水泡澡，还添了安神的精油。

谢朔听着她忙前忙后的响动，面上没多少表情。

“你好好泡个澡，晚上就没那么容易失眠了……”浴室内香气弥漫，叶谙语调温柔，“我就在外面，有事你喊一声。”

谢朔仍旧顶着张厌世脸，沉默不语。叶谙正高兴着，被冷脸相对也不生气，看了他两眼，出了浴室。回到卧室后，叶谙翻出笔和本子，坐到沙发上，试着给工作室做一个短期规划。

夜深人静，窗外月色轻落，与屋内的灯光融在一处，光影重叠，如同旖旎梦境。叶谙盘腿坐着，脑袋低垂，神情专注，长长的睫毛上覆了一层清辉。

满室静谧，笔尖划过纸张的声音不断响起。许久，身后传来响动。谢朔从浴室出来，只觉得房间里比平日安静许多，好像回到了结婚之前，他一个人的时候，那样冷清空寂。

叶谙来了以后总是吵吵闹闹，他起初觉得聒噪，慢慢地，竟然也习惯了。他正分神想着，冷不防哐当一声。他撞到床头柜，险些跌倒。

叶谙闻声抬头，急急忙忙扔了纸笔，跑过来问："没事儿吧？"

谢朔拂开她搀扶的手，一言不发上床坐下，神情阴郁。又不高兴了。

叶谙看他这样，无声地叹了口气，转身收拾衣服去洗澡。谢朔静静地坐在床上，睁着眼睛。

浴室的水声，窗外的风声，还有枝叶摇曳的声音……一点儿细微的响动都那样清晰，可他能看见的，依旧是漫无边际的黑暗。

白天与黑夜，在他眼中无甚区别。膝盖上的撞伤隐隐作痛，提醒着他如今的自己有多狼狈。不知道过了多久，水声停了，有脚步声在屋内徘徊。随后，床铺下陷，身上的被子被扯开，一只手撩起了他的睡袍，抚上小腿，那指尖还带着微微凉意。

谢朔蹙起眉头问："你干什么？"

叶谙拿着药油，跪坐在他身侧，抬头瞥见他过分冷肃的表情，忍不住一乐。一个大男人，怎么老是一副生怕被她占便宜的样子？

她恶趣味一起，将身子倾向他那边，然后伸出食指和中指，沿着他小腿一寸寸往上爬，嗓音放得娇柔而魅惑："老公，今晚夜色这么好，不如……我们做点儿什么？"

淡淡的幽香飘过来，有发丝垂落在腿间，谢朔阴沉着脸，冷不丁冒出一句："事情没办好？"

叶谙愣了一下，反应过来他指的是什么，笑道："办好了。"

谢朔一脸冷淡道："办好了，就消停点儿。"

他说着，将腿挪开，准备躺下。

叶谙一口气险些没上来——这男人简直无趣到了极点！想到他刚

帮自己解决了一件大事，叶谙勉强忍住火气，粗暴地拽过他的腿。

谢朔刚要缩回，被她强行按住："别动！"

"你腿上都是瘀青，也不知道叫人帮你抹药。"叶谙吐槽两句，将药油倒在伤处，替他揉了起来。

谢朔微微一怔，良久未动。

"这个力度够吗？"叶谙揉了几下，抬头问道。倘若谢朔没有失明，此刻应该能够看到她眼中毫不作假的关切。

"疼的话，你忍一忍。"没等到回答，叶谙继续低头替他按揉，乌黑的长发自肩头滑落，与她雪白的侧颊映衬分明。

其实家里备了盲杖和轮椅，但谢朔这个人骨子里太过骄傲，执意不肯用这些东西，宁愿磕磕绊绊弄得遍体鳞伤也要自己行走，仿佛这样就不用面对自己失明的事实。

药油的味道慢慢散开来，伤处渐渐起了灼热感，悄无声息地蔓延至四肢百骸。灯光落在脸上，似乎也有了温度，谢朔微垂着眼帘，静默不语，长长的睫毛投下淡淡的阴影。

半晌，叶谙直起身，道："好了，我明天再帮你揉两次，瘀青应该很快就能散了。"

她替他整理好睡袍，拿着药油下床，去卫生间洗了个手。此时已经将近十二点，叶谙困得眼皮直耷拉，一沾枕头就睡着了。

不知道是因为泡了澡，还是受她感染，谢朔也难得没有失眠，很快便有了睡意。就在他迷迷糊糊即将入睡之时，旁边窸窣一动，一个柔软的身体贴了过来。

叶谙睡得香甜，亲昵地偎着谢朔，一只手还搭在了他胸前。谢朔被惊醒，下意识抬手，想推开她，可脑子里突然闪过昨晚碰到她胸的尴尬一幕。他顿了顿，担心再发生那样尴尬的事，迟疑片刻，最终放下手，随她去了。

翌日，叶谙是在谢朔怀里醒来的。

男人身上气息干净，似春日暖阳，有种令人心安的感觉。叶谙睁开眼，迷迷糊糊地看了一眼，又无力合上。她的大脑仍是混沌的，下意识把他当成抱枕，搂着他蹭了蹭。

谢朔就这样被她蹭醒了。于是下一秒，叶谙的胳膊又被无情拿开。

叶谙彻底清醒了。经历过上一回，她已经能平静地对待自己睡着睡着就喜欢往他那边滚的行为，此刻十分淡定地撑着床坐起来。

“早。”她摸到床头柜上的遥控，打开了落地窗帘。

朝阳透亮明净，洒进来，淌了一地。叶谙伸了个懒腰，抬起下巴，将整张脸都置于阳光下。她莹白的肌肤沐浴着阳光，通透如玉。

她转头朝谢朔道：“今天天气这么好，我们待会儿去花园坐坐好不好？我读书给你听。”

谢朔一如既往地没什么反应，摸索着下床，去了卫生间。叶谙也没指望能一蹴而就，撇了撇嘴，掀开被子，起床换衣服。

上午叶谙依旧没能忽悠谢朔出门，只在书房陪他读了一会儿书。叶谙跟袁禾约的面谈时间在下午三点半，吃过午饭，叶谙化好妆出了门。

她先去了工作室，找施双双和项泉开会。得知叶谙要和袁禾面谈的消息，施双双当即便震惊了。她原本以为叶谙所说的老公在烜梦有熟人，顶多就是底下的项目负责人之类的，没想到竟然直接请出了老板。

“你老公到底是什么人？怎么会认识烜梦的老总？”施双双忍不住偷偷问她。

叶谙想了想，说：“算是……豪门大少爷吧。”

施双双震惊了。

开完简短的小会，叶谙让施双双陪自己去烜梦。上了车，施双双仍有些不敢相信：“你老公真是豪门大少爷呀？”

叶谙系好安全带，弯唇一笑：“你也可以当他不是。”

到了烜梦，两个人在前台的引领下进了会客室。没过一会儿，袁禾过来了，是个四十来岁的中年男人，面容儒雅，有些发福，身边跟了一位女秘书。

“叶小姐，您好。”袁禾伸手。

“袁总，您好。”叶谙和施双双起身，伸手回握。

简短的招呼过后，袁禾就直入主题，开始谈合作事宜，一点儿也没耽搁。钟覆并没有告诉袁禾叶谙的身份，袁禾也聪明地没有提及。约莫二十分钟后，袁禾离开，换了负责《药师》这个项目的制片人兼导演过来和她们谈。

对方是位行事干练的职业女性，跟她聊完，叶谙才知道，她本来就打算跟叶谙这边合作，连合同都已经在起草了。所以即便叶谙不找谢朔帮忙，《药师》这个项目她们工作室也是可以拿下的。至于吕弘，对方压根儿不认识，听都没听说过。

从烜梦离开，叶谙和施双双返回工作室，又重新开了个会，商量了一下配音的具体安排。忙完已是华灯初上。施双双提议一起去吃火锅，叶谙看了一眼时间，说："你们去吧，我得回家了。"

今晚谢柏言和温若瑜不回去吃晚饭，家里只有谢朔一个人，她不太放心。施双双忍不住挑了下眉："急着回家陪你老公？"

叶谙羞涩一笑："没办法，他太黏我了。"

施双双受不了她这股腻歪劲儿，捋了捋身上的鸡皮疙瘩，挥手让她走："行了，赶紧走吧。"

回到家，晚饭已经准备好了，谢朔也自己下了楼。

叶谙心情愉悦，放下包，笑眯眯过去扶他，说："我回来了。"

对于她的殷勤示好，谢朔依旧置若罔闻，没有半分回应。叶谙也不生气，扶他到餐桌前坐下，自己去洗了个手，而后坐到他身侧，像往常一样替他夹菜。

晚间，两个人洗完澡上床躺下，叶谙忽然凑到谢朔枕边，说："我过几天就要开始跑录音棚了，以后可能得早出晚归……"她挨着他的肩膀，伸出手指戳了戳他，继续说："所以，你明天可不可以陪我去花园里散散步？不用太久，就半个小时——不，一个小时！"

谢朔冷漠地合上眼，一副与他无关的模样。

"你是不是想说，跑录音棚跟你出去散步有什么关系？关系可大了！"叶谙一本正经地向他解释，"我们结婚还没多久，爸妈肯定不会同意我为了工作天天早出晚归。他们一直都希望你能振作一点儿，多出门走动，如果你明天能陪我出去散步，说不定他们一高兴，就松口答应我了。"

谢家急着让叶谙嫁过来的最重要原因，就是想找个人贴身照料谢朔，不然也不会丝毫不计较家世。很多事虽然没有明言，但叶谙心里门儿清，所以这几回出门，她每次都是办完事就立刻赶回来，片刻都不敢耽搁。

"你就当帮我个小忙，好不好？"

等了半晌，还是不见回答，叶谙用小指勾起一绺头发，在谢朔颈边扫了扫，嗓音娇俏："好不好嘛！"

谢朔眼睫微动，突然冷声开口："不想睡的话，就下去。"

叶谙脖子梗了梗。铁石心肠，是他本人了。看着那张毫无波动的脸，叶谙气得险些又砸他一枕头。她瞪了他一眼，愤愤地拽过被子，翻身睡了。

第二天上午，叶谙像往常一样，在书房读书给谢朔听。

窗外日光明媚，她翻开一本书，说："今天天气这么好，我去花园里读给你听吧？"

谢朔冷着张脸，没有理会她。

叶谙拽了拽他的衣袖，软磨硬泡："房间里太闷了，我胸口不舒服，嗓子也难受，得去外面透透气。"

谢朔不为所动。叶谙将书一合，故意赌气道："你不陪我出去，我就不读了。"

谢朔掀起眼帘，神色淡淡地对着书桌方向唤了声："小谢。"

"小谢"是书房 AI（人工智能）的昵称，也不知道是谁给取的。

"主人，请问有什么吩咐？"

"继续读上回的书。"

"好的，主人。"

AI 很快开始朗读。

叶谙高声截断："不许读！"

AI 停下来。

谢朔语声淡漠道："继续。"

"闭嘴！"

AI 被他们这么一弄，差点儿出现故障。

叶谙气得肝疼，就没见过这么难搞的男人，软硬不吃，让他出个门就跟要他命一样。

谢朔也沉下了脸。两个人正僵持着，屋外突然响起敲门声。叶谙平复了下情绪，换上笑脸，过去开门。

周姨站在门外，冲叶谙笑了笑，又往里看了一眼，说："大少爷的一位朋友过来了，说是来探望大少爷。"

谢朔闻言，缓和了脸色，起身往外走。

叶谙陪着他出了书房。一到客厅，就见沙发上坐着一位身穿酒红色衬衫的年轻男人。他长着一双桃花眼，五官俊美，是招女孩子喜欢的长相。

男人姿态闲散，打量着走过来的叶谙，似笑非笑，语气懒散："谢朔，不够意思呀，结婚怎么也不通知一声？"

“有事吗？”谢朔在一旁坐下，问道。

“没事就不能来看你吗？”男人转向叶谙，话却对着谢朔道，“不介绍一下？”

谢朔停顿了一下，言简意赅地说出两个字：“叶谙。”

男人看着叶谙，勾唇一笑：“弟妹好，江时衍，谢朔的大学同学。”

叶谙微微笑着颔首：“你好。”

这人跟谢朔简直不是一个画风，叶谙心里还堵着，见他们关系似乎不错，识趣的没有多待，起身道：“你们慢聊，我去切点儿水果上来。”

叶谙走后，江时衍扭脸转向谢朔，打趣问：“这么漂亮的老婆，谁给你找的？”

谢朔没搭话。

长得再漂亮，他也看不见。

“最近怎么样？”说笑两句，江时衍终于认真了些。

谢朔淡淡道：“老样子。”

江时衍看着他黯淡无光的双眼，想起他曾经的模样，心里有些不是滋味地说：“你也别老在家待着，有空出来跟大家聚一聚，都一年没见你露过面了。”

谢朔想起刚刚和叶谙的争执，没应声。

江时衍清楚他的脾气，也没再劝，往后靠了靠，又聊起其他：“今天找你还真有点儿事，我那边有个项目，不知道你感不感兴趣……”

叶谙将切好的水果端过去后，就一个人回了楼下，没有打扰他们。

约莫半个小时后，江时衍准备离开，谢朔陪他一同下楼。叶谙正和周姨闲聊，见状忙上前道：“怎么这么快就要走了？留下吃个午饭吧。”

江时衍笑道：“饭就不吃了，我下午的飞机，待会儿还有事。”

叶谙本想多个人活跃下气氛，听他这么说，也不好多留，只得笑着道：“这样啊，那就不耽误你了，有时间多过来坐坐。”

叶谙是真希望他能常来，谢朔不爱搭理她，总不至于连朋友兄弟都不搭理。

“好。”江时衍看了她和谢朔一眼，上车离开。

被江时衍这么一打岔，谢朔和叶谙僵持的局面暂时缓和，恢复正常。

叶谙没再计较先前的事，挽上谢朔的胳膊，好声好气地磨他：“下都下来了，出去走走好不好？就一会儿。”

谁知谢朔毫不犹豫地扒拉开她的手，转身往回走。叶谙刚平复下去的火气再度冒了上来，恨不得直接把他打晕拖出去。谢朔上了楼，没再去书房，而是回了卧室。一进屋，他就坐到了沙发上。

叶谙跟着进去，看到他死气沉沉的模样，心口登时又一堵。她没忍住脾气，直接问：“你到底跟不跟我出去？”

谢朔仍旧沉默，没理她。

叶谙彻底忍不住了：“你是打算这样关自己一辈子吗？我知道，你眼睛看不见，心里难受，可你这样成天把自己关在房间里，什么都不管什么也不问，能解决问题吗？”

结婚以来，这还是叶谙头一次毫不避讳地在谢朔面前戳破他眼睛瞎了这个事实，之前她一直都避免提及，甚至连相关的字眼儿也有所注意，就怕伤到他的自尊。但有些事，一味地逃避，根本不是办法。

“爷爷年纪那么大了，身体也不好，还要天天担心你，你就不能振作一点儿？现在医学这么发达，万一哪天能治好呢？”

谢朔的脸色越来越难看，修长的手指蜷了蜷，手背上青筋毕露。他紧绷下颌，终于没再沉默：“我记得，我们婚前有过约定，互不干涉。”

又是这一句，别的记不住，这种事情倒是记得清楚。

叶谙压下心头的酸涩，嗤笑一声：“是吗？我有说过这话？什么时候说的？有录音吗？有白纸黑字签过协议吗？”

谢朔瞬间黑了脸。叶谙双手抱胸，看着他，决定将无赖耍到底：“退一万步讲，我就算说过又怎么样？口头约定的事，我现在反悔了，不行吗？”

这几年，谢朔在商场上应对过形形色色的合作对象，还从没遇到过像她这么理直气壮耍无赖的人。他阴沉着脸，重新切入到一言不发的模式。

“我再问最后一遍，你到底跟不跟我出去？”叶谙提高了声调。

谢朔仍旧没应声。看来不下点儿猛药是不行了。叶谙突然几步上前，直接坐到了他大腿上。

谢朔还没回过神，怀里就多出一个柔软的身体，一股淡淡的馨香扑鼻而来。叶谙抬起胳膊，勾着谢朔的后颈，身子往前一倾，红唇凑到他唇边，柔声道：“你去不去？”

谢朔蹙了蹙眉，对方的呼吸就在唇畔，他甚至能感受到潮湿的热意。下一秒，他唇上覆下两瓣柔软。但只是轻轻贴住，并无其他举动。

谢朔一贯冷淡的脸上终于浮现一丝愣怔。霎时间，周遭静了下来，仿佛只有二人浅浅的呼吸声。就在谢朔回过神，想推开叶谙时，唇边的柔软却主动离开了。叶谙搂着他的脖子，脑袋往下，脸贴在他颈侧，再开口时，语气沮丧："你就不能哄我一次吗？"

她纤长的眼睫扫过他颈侧的肌肤，隐约带了点儿湿意。谢朔动作微顿，心仿佛被什么轻挠了一下。许久，他松开眉头，说道："下去。"

"不下！"叶谙没想到他还不肯改变主意，气性一上来，索性跟他拗到底，纤细的胳膊紧紧搂着他，耍赖道，"你今天不答应我，我就不下去了！"

谢朔看不到她的表情，也不知道她此时到底是个什么模样，只能依据她蛮横不讲理的语气想象。思及此，他的胸口突然生出些许无奈的情绪。

不得不承认，她确实很会磨人，威胁、装可怜、撒娇……来回切换自如，偏偏他还没法跟她较真。沉默片刻，谢朔淡淡开口："不下去，是想我抱你出门？"

嗯？是她理解的那样吗？惊喜来得太快，叶谙一时有些反应不过来，问："你肯出门了？"

谢朔忽然抬手揽上她的腰，似乎真想抱起她。男人修长的手指隔着布料落在腰间，叶谙这才意识到自己这个姿势过于暧昧，赶忙松开手，从他身上下来。她的视线掠及他两瓣薄唇时，脑中闪过刚刚的吻，脸不由得微微一热。

刚才她血气上头，只想着跟他较劲，不觉得有什么，现在冷静了，反倒不自在起来。她摸了摸自己的唇瓣，又看了他一眼，心道，感觉好像还不赖?

这么一想，脸越发烫了。谢朔没她那么多心理活动，平静地站起身，慢慢往外走。

叶谙伸手扶住他，殷勤地问："要不要给你拿墨镜？"

"不用。"

春阳明媚，铺满整个花园，置身于日光下的刹那，谢朔的眼睫和指尖都动了动，有些不太习惯这样强烈的感觉和温度。

叶谙生怕他反悔，忙挽住他的胳膊，扶着他往前走，边走边提醒他脚下的路。二人穿过碎石小径，走到花园里专供休息的桌椅前坐下。

天高云淡，风中弥漫着花草的清香。叶谙用手肘撑着桌子，托腮望着眼前人，语带笑意："怎么样，出来走走，是不是感觉心情开阔多了？"

谢朔神情淡淡，没回她。

叶谙也不生气，对着他的脸欣赏了一会儿，转头望向四周。暮春时节，园子里大部分花都过了盛期，只余一小部分花还在烂漫绽放着。姹紫嫣红，嵌在盈盈绿意中。

叶谙侧头问谢朔："想不想知道你眼前都种了什么花？"

不等他回答，叶谙便自顾自描绘起来："你的右前方种的是玫瑰，红色的；再往前，有一株西府海棠；左边角落里，开紫色花的，看着眼熟，但是不知道名字……"

他们身后不远处的花架上藤蔓缠绕，青葱绿意间有几朵小花冒头，随风柔弱地打着战儿。

说着说着，叶谙觉得有点儿安静，于是灵机一动，学了两声猫叫。

"好可爱的猫咪！"她故作惊喜。

谢朔毫无反应，连眼皮都没动一下。叶谙又学了两声鸟叫。谢朔还是没反应。

叶谙不由得有些泄气："我这么卖力地表演，你好歹给点儿反应行不行？"

听见这话，谢大少爷终于掀了掀眼皮："你当我三岁小孩？"

叶谙撇了撇嘴，"你不是三岁小孩，你是成年人……"顿了顿，小声嘀咕，"可也没见你有成年人的需求。"

一点儿情趣都不懂！

她以为自己声音很小，然而失明后的谢朔听力好得出奇，偏偏就听清了最后那句。他十指交叉，对着她这边问："什么需求？"

叶谙一顿。该接话的时候半个字都撬不出来，不该接话的时候，接起来比谁都快。

"没什么。"叶谙飞快转移了话题，"我刚刚模仿得像不像？"

谢朔垂眸，不予置评。果然，该接话的时候又不搭理人了。叶谙撑着下巴同他抱怨："其实，我们配音很不容易的，什么都要学，什么都要会，给人配，给小动物配……经常一进录音棚，就得待到半夜……"

大概是看她说得太凄惨，谢朔终于大发慈悲地搭了腔："既然这么辛苦，为什么还要干？”

叶谙随口接道：“为了生活呀，不工作你养我吗？”

谢朔本想像平常一样冷冷嘲讽一句，可脑子里却突然闪过结婚之前他了解到的关于她的一些情况——

父母离异，各自有了家庭，大学毕业自己开工作室……不过是个二十来岁的小姑娘，生活对于她来说，确实不容易。

他脸上神色淡下去，没再说什么。

叶谙歪头看着谢朔，忽然又道：“老这么坐着也挺无聊的，不如我们来玩游戏吧？”

她拿起搁在桌上的手机，指尖轻划过屏幕，积极推荐：“不玩要操作的，玩那种知识问答的小游戏，你不用看，我念给你听就行。”

叶谙打开一个小程序，刚准备念题目，想到什么，又将手机放下，说：“你渴不渴？我去拿点儿水果过来。”

不等谢朔回答，她已经起身，脚步声飞快远去，四周再次安静下来。

微风拂面，阳光落在身上，暖意融融，渐渐有些热。谢朔垂眸，安静地坐着，隔了许久，搁在桌上的手指才轻微地动了一下。

叶谙回到室内，直奔厨房，从冰箱里拿了新摘的草莓，到水池边洗净。

周姨见状忙过来：“我来吧。”

叶谙抬头一笑：“没事儿，马上就好了。”

周姨看了一眼屋外，有些诧异地小声问：“今天肯出门了？”

叶谙笑盈盈地眨了下眼：“是呀。”

洗完草莓，她又急匆匆出了屋。远去的脚步声重新返回，谢朔眼睫一动。

“洗了点儿草莓，你要是想吃别的，我让周姨帮你准备。”叶谙在他旁边坐下，将洗好的草莓放到桌子上。

谢朔没吭声。叶谙默认他不想吃别的，拿了一颗草莓喂到他嘴边：“来，尝尝，我刚刚吃了一颗，还挺甜的。”

谢朔不太情愿地张开了嘴。

叶谙又往自己嘴里塞了一颗草莓，将手机解锁，打开小程序，开始念题。

是问答类小游戏，内容涉及古今中外天文地理等各个方面。叶谙一道题一道题念过去，谢朔难得配合地一一回答。不知不觉，果盘里的草莓只剩下两颗，叶谙关了手机，说："不玩了，休息一会儿。"

肚子被草莓撑得有点儿饱，她环顾一圈，提议道："要不要起来走走？"

谢朔没动。叶谙伸手去拽他的衣袖："坐久了容易长小肚子，而且我们刚刚才吃了那么多草莓。"

她说着，探头往他腰腹处瞄了瞄，好奇道："说真的，你成天这样在屋子里坐着，就不怕你的腹肌保不住吗？"

谢朔这天穿的是件休闲衬衫，腰间的布料堆起褶皱，看不出到底有没有腹肌。叶谙又瞄了几眼，好奇地问："哎，你有八块腹肌吗？"

谢朔冷着张脸，完全不想理会她这种无聊的问题。见他不说话，叶谙忍不住有点儿担忧："不会以前有，现在没有了吧？"

她顿了顿，又说："要不我帮你数数？"

谢朔扶着桌子站起来，脸上的表情一言难尽，好像她说了什么了不得的虎狼之词。

叶谙跟着起身，伸手扶住他，一边往旁边花径上走，一边念叨着："我说的都是实话，坐久了真的容易长小肚子，为了你的腹肌，你最好多出来走走……"

日头渐高，阳光下，两个人的影子几乎融在了一处。

晚上，温若瑜从外面回来，得知谢朔这天有出门走动，十分高兴，叶谙趁着这个时机，提了一嘴她过两天要开始跑录音棚的事。

闻言，温若瑜脸上的笑容淡了，温和地说："谙谙，你既然已经嫁进了谢家，就没必要再那么辛苦……"

叶谙忙道："大概十来天就能配完，耽误不了太长时间，以后我会尽量少接剧。"

温若瑜微微蹙眉，还是不太赞同。

"妈。"一旁的谢朔突然开了口，淡淡道，"这事她跟我商量过，我答应了。"

叶谙一愣，转过头，诧异地看着他。这天太阳打西边出来了，他竟然会帮她说话？

谢朔开了口，温若瑜也不好再说什么，只能默许了。

吃完晚饭，回到楼上，叶谙看了谢朔好几眼，忍不住问："你刚刚……为什么帮我说话？"

谢朔没回她，兀自去了书房。

又开始不理人了！叶谙实在搞不懂谢朔的想法，又忙着回工作群里的消息，便没跟过去，一个人在卧室阳台上待着。

十几分钟后，谢朔从书房回来，突然将一张黑卡递到她面前。

叶谙愣了愣："你……"

谢朔道："这张卡你拿好，要用钱从这里走账。"

叶谙回神，诧异地睁大了眼睛道："你终于幡然醒悟，意识到自己对我有多恶劣，决定痛改前非弥补我了？"

听到这话，谢朔脸一黑，将卡收了回去："不要算了。"

他说完，转身回了室内，丝毫不给她考虑的机会。

看着他离开的身影，叶谙慢慢回过味来，应该是白天自己抱怨工作太累，所以他才突然想着给她钱花。这位大少爷难得做了一件有觉悟的事，叶谙忍不住弯了弯嘴角。

回复完工作消息，叶谙收起手机，也进了屋。谢朔沉默地坐在沙发上，长长的眼睫垂下。叶谙突然生出几分错觉，感觉他像被抛弃的小动物，颇有些可怜。

"卡呢？"她走到他面前，伸手问。

谢朔抬头问："你不是不要？"

叶谙夸张地说："谁说我不要了？"

谢朔却没再理她，神情冷漠。嗬，还摆起脸子来了。

"你说了给我的，不能说话不算话。"叶谙挨着他坐下，探头看他随意搁在腹部的手。

他的手指修长素净，原本捏在指间的卡不知去了哪里。就这么一会儿，卡应该还在他身上。叶谙想了想，视线往下，落在谢朔的裤兜处。然而他的兜口没露任何东西，窥不到究竟。趁他不注意，她飞快将手伸进去掏了掏。左边的裤兜是空的，难道在另一侧？

纤细的手指隔着薄薄一层布料在谢朔的大腿处来回摸索，激起一阵酥麻的感觉，他眉头一蹙，猛地按住了那只作怪的手，语气不善："干什么？"

叶谙还没意识到不妥，理所当然地回答："找卡呀！你藏哪儿了？"

等看清谢朔发青的脸色，感受到按在手背上的力度，以及手下温热的触感，她才反应过来，这动作……似乎有点儿暧昧。

气氛突然变得诡异。

叶谙的耳根渐渐泛起薄红，她用力挣了挣，将手从他兜里抽出来，表情微窘。“不给算了，不稀罕。”为了掩饰自己的尴尬，叶谙小声道。

其实她并不缺钱，早在结婚的时候，温若瑜就给过她一张卡，每个月会有一笔不低的生活费打在卡上，只是她基本没动过。

谢朔眉头紧蹙，沉默片刻，从另一只兜里掏出了卡，递给她。叶谙本来还想傲娇一下，又怕他当真收回去，便没再跟他闹，抬手接过了。

她偏头，重新看向身侧的男人。灯光静静洒落，勾勒出谢朔冷峻的侧颜，连睫毛上也镀了一层光辉。这位大少爷这天还挺好的，又是陪她出去散步又是给她钱，虽然态度不那么令人愉快。

叶谙心里起了一个念头，趁机凑过去，轻声道：“我就要跑录音棚了，我不在的时候，你每天自己出去走走好不好？让周姨陪你也行。”

谢朔面无表情，仿佛没听见她的话。叶谙伸出手指点了点下巴，继续试探：“要不然，你跟我一起去录音棚？”

谢朔终于有了反应，将脸转向她这边，突然开口：“想知道我先前为什么帮你说话吗？”

叶谙带着疑惑等他说话。

“你在家，太吵了。”说完，他一脸冷漠地起身。

叶谙盯着他的后脑勺，气得半晌说不出话来，刚才的愉悦心情瞬间消散无踪。

就不该对他这种人抱有希望！他要是会说人话，海水都能倒流！

第五章 春日风暖

两天后，温若瑜和谢柏言一起出了国，去谈海外的合作，顺便联系新的医学教授，替谢朔治眼睛。

他们走后，叶谙也和烜梦签订了合同，正式开始了配音工作。烜梦那边催得急，只给了十二天的时间，众人都不敢懈怠，打起十二分的精神赶工。

第一天录制到九点半才结束。回到家，夜已经深了，叶谙推开卧室门，发现谢朔正安静地靠在沙发里，眼微微合着，似乎睡着了。

叶谙下意识放轻了脚步，蹑手蹑脚地进屋。谁知谢朔还是听到了响动，睁开眼睛，朝这边“看”过来。

叶谙只好上前道：“怎么不去床上睡？”

谢朔没回她，扶着沙发扶手站了起来。

叶谙凑近，故意逗他：“总不会是在等我吧？”

这话一出，谢朔的脸色立刻黑了黑。他没理她，兀自朝浴室方向走去。

叶谙也不恼，心情愉悦地弯了弯唇，替他去拿睡衣。洗完澡，谢朔便上床躺下了。叶谙却没急着去睡，而是拿了剧本，窝在沙发上看明天要录的台词。她看着看着，脑子有些迷糊，忍不住打了个哈欠，冷不防听见床上传来一个声音：“还不睡？”

谢朔不知何时醒了，正撑起身子皱着眉。叶谙听他语气不悦，问道：“是不是吵到你了？”

其实她已经很小心了，可是谢大少爷的睡眠质量实在太差，有时候一晚上能醒好几回，一点儿响动都受不了。

“对不起呀，我明晚去书房。”叶谙合起剧本，起身走到床边，掀开被子上床。

谢朔难得没有发火，只是问她：“你们每天都这么晚？”

叶谙忍着困意回他：“不一定，有时候会早一些，这次主要是因为赶进度。”

谢朔没再多问。叶谙看了看他，忽然心念一动，凑到他耳边说：“其实我也可以早点儿回，只要你愿意每天出门走动两个小时。”

谢朔的脸色冷了下来。“随你。”他冷漠地扔下一句，重新合上了眼睛。

叶谙如同被浇了一盆凉水。这人怎么说变脸就变脸呢？

之后几天，叶谙晚上尽量回得早了些。十天后的下午，《药师》的配音工作终于全部完成，众人都松了口气，决定去吃顿大餐庆祝一下。

叶谙不好扫兴，也跟着一起去了。等聚餐结束回到家，已将近十点。接连几天超负荷工作，叶谙已经筋疲力尽，瘫软在沙发上，一根手指都不愿意动弹。谢朔坐在一旁，看着似乎比之前又消沉了些。

叶谙也不指望他能尽点儿丈夫的责任关心一下自己，哑着嗓子同他道：“终于完工了，明天就不用再跑录音棚了，天气好的话，我陪你出去走走。”

谢朔依旧沉默，没说话。叶谙忍不住道：“哎，我好歹也是你老婆，都累成这样了，你就不能稍微表示一下关心吗？”

谢朔面无表情地说：“你少说两句话，养养你的嗓子，会比我的关心更有用。”

叶谙一口气堵在心头，差点儿吐血。冷血无情的男人！她愤愤起身，收拾衣服进了浴室。洗完澡，叶谙困得连眼皮都睁不开，掀开被子，倒床便睡。谢朔听着她绵长的呼吸声，隔了许久才入睡。

第二天早上，叶谙再次趴到了谢朔怀里，一只胳膊还搭在他腰间。谢朔蹙了蹙眉，像往常一样将她推开，不过这回动作却放得很轻。

直到日上三竿，叶谙才睡醒。被窝里实在太舒服，她不想起来，靠在床头玩了会儿手机。正当她准备下床时，卧室门突然被推开。谢朔立在门口，身如玉树，一双失了焦距的眸子深不见底。

似乎不确定她有没有起床，谢朔在门口站了一会儿才慢慢往里走。

叶谙看着他走到床边，奇怪地问：“怎么了？”

谢朔停下脚步，微微蹙眉道：“还不去吃早饭？”

他是特意来叫她吃早饭的吗？叶谙有点儿受宠若惊，忙掀开被子下床。“这就去。”她顺势又问了句，“你吃过了吗？”

谢朔不冷不淡地“嗯”了一声，转身又出去了。

叶谙看着他的背影，心道，哪天他能等她一起吃早餐，那才真叫奇迹发生。

叶谙下楼吃了早饭，返回楼上。书房门没关，她走到门口，一眼就能看到里头静坐的身影。谢朔这天穿了一件黑色衬衣，尺寸贴合，看着比平日清瘦一些，气质也更冷冽。他戴着蓝牙耳机，正在听书。

叶谙敲门进去，挨着他坐下，低声说：“今天嗓子不舒服，不能念书给你听了。”

谢朔没什么表示，好似并不在意。

叶谙又说：“这么干坐着也无聊，我们出去散步吧？”

她伸出小指，勾了勾他的手背。谢朔神色淡淡，没有避开，显然已经对她的小动作习以为常。

“跟你说话呢，你能不能给点儿反应？老公……”叶谙勾住他的小手指，往前凑了凑，正打算再冲他撒撒娇，突然瞥见了他下巴上一道细小的伤口，血迹已经干涸。她忙问：“你下巴怎么了？”

谢朔没回答。

叶谙倾身凑过去，抬手碰了碰：“破皮了，怎么弄的？”

指尖触及伤口，泛开细微疼痛，还有温热的气息靠近，谢朔蹙了蹙眉，扭脸避开，顺手摘下了耳机。

叶谙攀着他的肩膀，锲而不舍地凑近去看，整个人几乎要跌入他怀里：“你早上是不是刮胡子了？我去拿创可贴，帮你处理一下。”

她说着，从沙发上起来。谢朔下意识拒绝：“不用。”

叶谙立刻一脸严肃道：“不成，必须用！万一伤口发炎了，恶化留疤怎么办？你是我男人，别的我都可以不在乎，但脸必须好看！”

谢朔不再拒绝。叶谙说完，趿拉着拖鞋急匆匆跑出了屋。不一会儿，她拿着棉签和碘酒还有创可贴风风火火地跑回来，跪坐在谢朔身侧。

谢朔抬手去挡她的动作，被她毫不留情地拿开，严肃警告：“别乱动！”纤细的手指蛮横地扣住谢朔的下巴，不容他挣脱。谢朔眉头紧蹙，懒得跟她争辩，任由她捣鼓。

叶谙边用棉签替他涂碘酒，边语重心长地教育他："你自己不方便刮胡子怎么也不叫人帮忙？以后别这样了，幸好伤口不深。"顿了顿，她突然语气兴奋地问："哎，要不以后我替你刮吧？"

她似乎对给他梳头、刮胡子这类琐事十分感兴趣，每回说到总会格外兴奋。

"你会？"谢朔淡声吐出两个字。

叶谙噎了一下："我可以学呀！学这个应该不难吧？"

谢朔不置可否。用碘酒消完毒，叶谙将一张创可贴粘在了谢朔的伤处。这样冷峻严肃的一张脸，配上下巴上的创可贴，画风清奇，看起来有些滑稽。

叶谙忍俊不禁，拿着碘酒出屋，将它放回了医药箱。等她一走，谢朔就面无表情地将创可贴给撕了。

叶谙回来，看见他下巴上空无一物，登时怒火中烧地问："你干吗把它撕了？"

谢朔没理她，一脸高贵冷峻的表情，仿佛在说：我这么尊贵的脸上怎么能出现创可贴这种东西？

叶谙气结，道："我再去拿一张给你贴上，你要敢再撕，我就再给你贴上！看谁拗得过谁！"

大概是怕她胡搅蛮缠跟他硬杠到底，谢朔忽然站了起来，说："不是要出门？"

说完他抬步就往外走，叶谙愣了一下才反应过来，他这是答应出门散步了？为了一张创可贴，他居然妥协了？她费心费力地撒娇勾引居然比不过一张创可贴？叶谙的心情委实有点儿复杂，她瞥了一眼他下巴上的伤，气闷地跟着出了屋。

下午，叶谙又去了一趟工作室。《药师》的配音虽然录完了，但后续还有一些收尾工作需要处理。

刚到工作室楼下，身后忽然传来一声："叶谙？"

叶谙闻声扭头，看见眼前的瘦高身影，语气微讶："蒋学长？"

"好久不见。"蒋宇赫走上前，脸上笑意温润。

蒋宇赫是叶谙在大学认识的学长。他家境优渥，母亲在电视台工作，曾经请叶谙给一个纪录片配过音，一年前他因为工作出了国。没想到会突然见到他，叶谙有点儿意外地问："你什么时候回国的？"

“上周刚回。”蒋宇赫笑道，“办事路过这附近，想起你工作室在这边，顺道过来看看，没想到这么巧。”

叶谙笑笑，礼貌邀请：“上去坐会儿？”

蒋宇赫看着她含笑的眉眼，应了声“好”。

叶谙带他上楼，进了工作室。创业资金有限，所以叶谙这家工作室租用的地方不大，一眼就能扫视完。

施双双早已经过来了，看见蒋宇赫，也惊讶地喊：“学长？”

蒋宇赫微笑着打了声招呼。叶谙将人领到会客室，三个人坐下叙了会儿旧，蒋宇赫忽然问：“这周六的声优盛典，你们收到邀请了吗？”

市中心的会馆在本周六要举办一场声优盛典，为了更好地宣传《药师》，邀请了一些圈内知名的配音大师出席，烜梦那边出面替叶谙拿到了参与资格。

叶谙点点头，问道：“你也要去吗？”

蒋宇赫颔首道：“主办方跟我是朋友，请我过去摄影，你们如果有需要帮忙的地方，可以找我。”

他顿了顿，目光落在叶谙明艳动人的面庞上，又说：“好久没见了，什么时候方便，一起吃个饭？”

这里坐着两个人，他的注意力却全在叶谙身上，施双双看了看他们，选择了默默旁观。

“这几天我都有事，暂时可能抽不出时间。”叶谙笑着婉拒。

听到回答，蒋宇赫有些失望，不过脸上还是挂着笑说：“那就等你忙完吧。”他看了眼时间，站了起来，“我不耽误你们工作了，周六见。”

叶谙跟着起身，送他出去。等蒋宇赫离开，叶谙刚转过身，就对上施双双揶揄的眼神。

施双双感慨道：“想不到，我们这位学长还挺长情。”

叶谙瞥她一眼，走到自己的办公桌前坐下，打开了电脑。

施双双在旁边坐下，侧头看向她这边，托着下巴说：“其实我觉得学长人挺好的，长得不差，脾气温和，家境也不错，很适合当男朋友……”

叶谙抬头提醒她：“我已经结婚了。”

“你是结婚了，可他不知道哇！”施双双撇撇嘴，又说，“他一回国就来找你，很明显是对你还没死心，指不定哪天就直接挑明跟你告白了，你还是想想该怎么回复吧。”

叶谙微微蹙眉，蒋宇赫对她有意思这件事她很早就看出来了，当初他甚至还表示过要资助她办工作室，只不过被她委婉地拒绝了。

施双双放下手，叹道：“说真的，你要是真想清净些，不如直接公开结婚的事，毕竟你这桃花可是旺得很，走了一波又来一波。”

叶谙沉默片刻，不置可否，开始工作。这一忙起来，就忘了时间。等回过神时已经过了六点，叶谙干脆给周姨打了个电话，告诉她自己不回去吃晚饭了，然后和施双双还有项泉一起去了楼下的餐厅。

“有件事要跟你们说。”叶谙看着他们道。

施双双疑惑道：“什么事这么严肃？”

“我之后会继续休假，工作室这边可能要你们多费心……”叶谙平静地说。

施双双闻言道：“你不是都休过婚假了吗？怎么还要休？”

叶谙笑了笑，说：“想回家多陪陪家人。”

项泉皱起了眉头：“你这假要休到什么时候？”

叶谙想了想，说：“我也说不准。”

施双双狐疑地瞅着她，问：“是不是你老公他家里不让你出来工作？”不怪她怀疑，毕竟豪门圈子里离谱的规矩一大堆。

叶谙没有直接回答，只是说：“不是完全不接活儿了，有比较好的本子我还是可以接，只不过不能像以前那样，差不多两个月接一次这种频率……回头我们找个时间重新定一下工作室的分红——”工作室是他们合伙开的，其中叶谙出资最多，拥有最大话语权。

施双双忍不住打断她：“你真的要这样吗？不再想想？”

叶谙却道：“我已经决定了。”

施双双动了动唇，还想说什么，可见她神情坚定，只得放弃了。

吃完饭，三个人坐了一会儿，很快就散了。叶谙到家时差不多九点。周姨还没去休息，见她回来，有些忧心地告诉她谢朔这天晚上又没吃多少东西，看起来状态很差。

叶谙皱了皱眉：“冰箱还有牛奶吗？”

周姨点头道：“有。”

“您先去休息吧，我煮杯牛奶给他。”

叶谙先去厨房热了牛奶，然后才上楼，可打开卧室的门，发现里头一片漆黑。她本以为谢朔不在屋内，开了灯却看见他站在落地窗前，修长的身影透着落寞。

“你怎么了？”叶谙端着牛奶走过去，轻声说，“白天不是还好好的吗？我不过就是出了一趟门，怎么又不高兴了？”

谢朔没理她，依旧静默地立着。

“周姨说你晚上没吃多少东西，是不是胃不舒服？我给你煮了杯牛奶，你趁热喝了，省得晚上又难受睡不着。”

见他没反应，叶谙拉起他骨节分明的手，去握杯子。谢朔神情冷淡地抽回了手，随后转过身，摸索着在一旁的沙发上坐下。

得，又坐下了。叶谙无奈，跟着坐过去问：“干什么？心情不好吗？”

谢朔丝毫没有搭理她的意思。叶谙眼珠一转，故意凑到他面前，语气暧昧：“是因为我晚上没有回来陪你吃饭吗？”

她自我感觉良好地歪了歪头，拉长语调：“没想到你这么离不开我呀，那我以后尽量早点儿回来陪你好了……”

谢朔被她的厚脸皮给打败了，终于动了动眼睫。

“你是不是想要我喂你，你才肯喝？”叶谙重新拉过他的手，将杯子蛮横地塞到他掌中。

谢朔皱眉。叶谙强硬地握住他的手指，威胁道：“你不喝的话，我真喂你了呀！”

或许是怕她当真胡搅蛮缠强行喂自己，这回谢朔没再推开。叶谙盯着他慢慢将牛奶喝下，忍不住腹诽：多大岁数了，还跟个小孩子一样，非得让人哄着。

等他喝完，叶谙接过空杯子，放到了客厅。

卧室里不能放杯子之类的易碎物品，否则他要是半夜睡不着起来瞎晃荡，就危险了。放好杯子回来，叶谙紧挨着谢朔坐下，跟他聊了工作上的事。他一如既往的冷淡，一副漠不关心的模样。

叶谙有点儿憋闷，忍不住捏紧拳头在他眼前虚张声势地挥了两下：让你不理我！见他没反应，她放心大胆地对着他那张脸“为所欲为”起来，捏捏鼻子，拧拧面颊，动作都没落在实处，只是虚假的手势。

屋内灯光静谧柔和，纤细的手指投下灵活的影子，在光中变幻着。叶谙仿佛找到了新的乐趣，玩得兴致勃勃。灯下男人面容安静，眸子幽深，纤长的睫毛宛如一把小刷子，微微往下垂着。她看得心里发痒，按捺不住，伸出一根手指轻轻碰了碰。

淡漠的声音冷不丁响起：“你在干什么？”

叶谙指尖一颤，急忙缩了回来，正襟危坐道：“没干什么呀。”

谢朔微微蹙起眉头，不太相信。事出反常必有妖，突然变得这么安静，不像是她的性子。而且，他闻到了她身上的香味，浅若游丝，带点儿雨后玫瑰的清雅，萦绕在鼻尖。

叶谙对上他的表情，有点儿心虚，突然想起什么，凑到他下颌处问："你的伤怎么样了？"

伤口已经结了痂，细小的一道，头发丝儿一样，叶谙捏住他的下巴，想看得更仔细一些。微凉的指尖扣上来，谢朔下意识抬手去抓，恰好抓住她的手腕，纤细的一截，不堪盈握。

叶谙被他抓得有点儿疼，只得松开他的下巴，嘟囔道："看一下而已，你这么紧张干什么！难道我还能占你便宜不成？"

谢朔拿开她的手，不予置评，那表情仿佛在说：你还真能占我便宜。

叶谙看不得他这副模样，气性一上来，干脆扑过去趴在了他肩头。"老公，时间还早，不如……我们做点儿什么？"她偎着他，仰起头在他耳边吹了口气，嗓音软而媚，暗示性十足。

谢朔已经习惯了她每隔两天总要作一回妖，脸色丝毫未变，问："你想做点儿什么？"

叶谙抬起手，轻轻搁在他的领口，慢条斯理地拨弄着他衬衫的第一粒扣子，指尖在他脖颈凹陷处刮了刮，吐气如兰："你说呢？"

这回语调里还添了些许娇羞。下一秒，她的胳膊毫无意外地被拽下，谢朔如往常一样扒拉开她，一脸冷漠地起身。

没意思！大木头！叶谙腹诽一番，顺势倒在他刚刚坐过的位置，侧身倚着，甩掉拖鞋，抬起脚，对着他的小腿肚子轻轻踢了一下。

本以为谢朔不会在意，谁知他却脚步一顿，扭过了头。他个子高，颀长的影子覆下，再加上双目幽深，有种强烈的压迫感。

叶谙悠闲惬意的姿势一僵，脚尖也绷紧了。她觑着他的脸色，屏住呼吸，慢慢缩回了脚，将旁边的抱枕拿过来抱着，假装什么也没发生。管他怎么质问，她不承认就行，反正他又看不见。

谢朔"盯"了她片刻，终于开口："帮我把睡衣拿过来。"他说完，转身往浴室方向走。

叶谙瞪着他。他现在使唤她倒是使唤得顺手！叶谙捶了一下抱枕，勾身坐起，穿好拖鞋，去衣帽间替他收拾衣服。

次日下午，《药师》的官方微博发布了第一版片花，相关词条登上了热搜前排。叶谙作为主配，也受到了不少关注，涨了一批粉丝。

转眼到了周六，声优盛典举办的日期。吃过早饭，叶谙走到书房门口，望着屋内谢朔的身影，定定地看了一会儿，嘴角微弯，摇曳生姿地走了过去，娇声喊："老公……"

谢朔原本在喝咖啡，刚抿下一口，就听见矫揉造作的一声，随后一个柔若无骨的身体贴了上来。杯子里的咖啡险些洒出，他蹙了蹙眉，抬起头对着她，淡漠冷峻的脸上，明明白白地写着一行字：一大早的，你又作什么妖？

对上他嫌弃的表情，叶谙特意摆出的娇媚笑脸凉了凉，差点儿破功。这男人，太难搞了。想到接下来要做的事，叶谙脑壳一疼，整个人差点泄劲。

她深吸一口气，勉强稳住心态，决定改变策略，走循序渐进路线。她就不信，还搞不定他了！"咖啡好喝吗？"她把话题引到他手中咖啡上，声音放得轻柔，"我亲手煮的，没让周姨帮忙。"

谢朔眉间褶皱一深，露出疑似"原来是你煮的，难怪这么难喝"的表情，他停顿两秒，将咖啡递还给她，道："糖放多了。"

这一瞬间，叶谙萌生了直接把杯子连咖啡砸他脑袋上的冲动。她到底为什么想不开，要嫁给这样一个男人！单身不好吗？独自美丽不好吗？为什么要折磨自己？

半晌，叶谙才冷静下来。算了，她人美心善，不跟他一般见识。

"是吗？那我下回少放点儿糖。"她调整好情绪，勉强扯出一个笑，接过咖啡杯放到旁边的茶几上。她一扭头，发现谢朔站了起来，急忙过去挽住他的胳膊问："你去哪儿？我陪你。"

谢朔脚步一顿，转过脸，表情难以描述。须臾后，他吐出三个字："卫生间。"

"哦。"她尴尬地松开了手，目送他离开。

视线内，男人背影修长，宽肩窄腰……除了性格一言难尽，其他没毛病。其实自己嫁得也不算太差，叶谙心里稍微宽慰了些。

不一会儿，谢朔从卫生间出来，叶谙再度殷勤地迎上去。谢朔没推开她，任由她紧贴着自己，神色淡淡，似乎在等待她新一轮的胡搅蛮缠。

叶谙酝酿了几秒钟，仰起头，轻声开口："老公，我有件事想跟你说……"

谢朔的语调毫无起伏："什么事？"

叶谙道："今天下午我要去参加一个很重要的活动……"她故意顿了顿，手指在他胳膊上划来划去，隔着衣袖，似撩拨似撒娇。

谢朔等了半天没等到她的下文，以为她只是想出门，跟他打声招呼，不甚在意地轻"嗯"了一声。

叶谙看着他，小心翼翼地探出第一步："你……到时候能不能陪我一起去？"

谢朔眼睫一动，神情变了变，眸色幽深，良久没回应。

叶谙感觉情况不太对，又让步一些："你不想去呀？那活动结束，你能不能来接我？"

她搂着他的胳膊，靠在他肩头，尽量让自己的语气听起来十分可怜："其实是这样，我告诉大家我结婚了，但是他们都不相信，所以我一冲动，就跟他们吹嘘说，你会去接我，你要是不去，我的脸会被'打肿'的，太丢人了……"

谢朔还是没说话，周身气息冷冽。叶谙有点发怵，扯了扯他的衣袖，硬着头皮和他讨价还价："就在外面接我一下，不下车都行。"

谢朔突然转过脸来，语气嘲讽："你就不怕让人知道，你嫁了个盲人？"

他面上神情阴郁，整个人添了戾气，双眼幽深，如同她第一回在这里见到他时。叶谙一愣。不等她回答，谢朔已经一把拽开她，径直出了屋。

四下里寂静无声，有风拂过，身后浅色的窗帘如水波起伏。叶谙看着他离开的方向，许久未动，白皙的手指紧握，眼底隐约闪过一丝怅然。

下午，晴转多云，日光时有时无。叶谙看着房间里一言不发的某人，头痛不已。自从上午的不欢而散之后，谢朔没再跟她说过一句话，连中午吃饭也绷着张脸，死气沉沉的。

叶谙揉了揉额角，走到他面前，温和劝道："还不高兴呢？你不想去我又不能绑了你去，至于生这么大气吗？"

谢朔仍旧紧绷着脸，一言不发。

叶谙觉得自己这辈子的耐心和好脾气都被眼前这男人磨光了，再这样下去，她迟早会立地成佛、飞升成仙。等了片刻，没等到回应，她懒得再哄他，自顾自去了衣帽间。

衣橱里，当季的新衣整齐地挂着，有日常穿的，也有比较正式的礼裙，款式各样，琳琅满目。结婚之后，谢家在物质方面对叶谙没有半分亏待，甚至不用她开口，管家就会置办妥当衣服首饰。

叶谙抬头扫过，心情顷刻间就被治愈了。没什么是一柜子漂亮衣服不能解决的！她清亮的眸子里泛起灼灼光彩，兴奋地取下衣架上的新衣，一件一件试了起来。长裙、短裙、小衬衫、修身长裤……

谢朔坐在外头，听着里面窸窸窣窣的响动，蹙了蹙眉。

最后，叶谙终于从一众衣裙当中选出了一条红色裙子和一条白色裙子。红色张扬亮眼，白色仙气飘飘，各有千秋。她拿着两条裙子在镜子前比了又比，纠结半天，始终没能做出决断。

她突然转身，出了衣帽间，小跑着到谢朔面前，满含期待地问："你觉得红裙好看还是白裙好看？"

谢朔自然不会理她，而且脸色更加难看了，好像又被戳中了什么不可说的点。叶谙对上他黯淡无光的双眼，方才反应过来，换了个问法："你喜欢红色还是白色？"

谢朔仍旧没搭理她。叶谙的那股兴奋劲儿降了降，本想抱着裙子离开，脑中忽然灵光一现，下一秒，她直接将两条裙子都扔到了谢朔怀里。

柔软的布料砸过来，带着淡淡的清香，谢朔眉头紧蹙，阴沉着脸抓起腿上的一团。他抓的恰好是红色那条。

在他动手丢出去之前，叶谙飞快从他手中抢走了裙子，顺道连剩下的那条也拿走了，笑盈盈道："原来你喜欢红色呀，那就红色吧。"

她嘴角一弯，心满意足地扬着下巴走远了，留下谢朔坐在原处，一张脸黑得仿佛能滴出墨来。

叶谙回到衣帽间，换上了红色裙子，鲜妍明丽的颜色，衬得她眉眼更加生动。裙子长及脚踝，曲线贴合人体，衬得她腰间盈盈一握，细细的带子绕过她精致的肩颈，莹白中一点红，格外惹眼。

换好衣服，叶谙又拿出十二分的耐心化了个美美的妆。光洁的镜面内，映出叶谙姣好的曲线。她拎着裙摆侧了侧身，披散的长发堆在身前，锁骨若隐若现，一侧蝴蝶骨翩然欲飞。她走近半步，耳坠随着她的动作轻轻晃动着，泛开细碎的光。

叶谙眨了眨长睫，嘴角一勾，露出个满意的笑。回到卧室，叶谙从床头柜的抽屉里，翻出了新婚夜之后就被雪藏起来的婚戒。她拈起婚戒，缓慢地套入左手无名指，而后拿过包，袅袅娜娜地朝屋外走去。

谢朔早在她换裙子的时候就已经离开卧室，去了书房。叶谙推开书房的门，一丝寒意拂过面颊。窗前光影稀薄，谢朔正冷着脸坐在沙发上，看起来心情差到了极点。叶谙停在他面前一步之外，居高临下地看着他。

光透过落地窗漫进来，勾勒出谢朔静默的侧影。他这天穿的是一件白衬衫，一条黑色长裤，领口扣子松开一粒，气质清冷高贵，颇有几分书里描绘的贵公子的感觉。

叶谙无声叹了口气。她原本没打算再理他的，但看他这个样子，自己要真这么走了，他心里指不定又会乱想些什么。

想到温若瑜和谢柏言的叮嘱，叶谙耐着性子开口："你到底在气什么？我又不是今天才知道你眼睛受伤的事，早在结婚之前这事就已经明明白白讲开了，我要是介意，就不会答应嫁给你。这半个多月，我有哪一分哪一秒因为这个嘲讽过你？我都不在意，你自己在那儿瞎脑补什么？"

她说到最后一句嗓音低了低，像是夫妻间寻常的埋怨，谢朔一贯冷淡的脸上起了一丝波澜。

叶谙又问了他一遍："再给你个机会，要不要去接我？"

谢朔还是没说话，眼睫低垂，神情莫测，不知在想些什么。看来普通方法是没用了，叶谙回忆了一下第一次逼他出门时的方法，决定故技重施。

她上前一步，侧身坐到他腿上，细白的胳膊搭上他脖颈。一回生二回熟，这些天她时不时缠着他答应这答应那，次数多了，已经没了刚开始的害羞和紧张，甚至还体会到了几分逗弄他的乐趣。

叶谙搂着谢朔的脖子，倾身凑到他面前，嗓音又轻又软："真不去吗？"

谢朔果然习惯性地蹙了蹙眉。叶谙又往前凑了些许，白皙纤细的手指故意在他颈间轻轻划来划去，娇柔地说："你说话呀……"

本以为谢朔会像往常一样铁青着脸毫不留情地将她推开，可他这天好像被刺激过头了，竟然不按常理出牌，忽地抬手搂住了她。

叶谙一愣，立刻感觉到大手掌紧贴在自己后腰处。隔着一层布料，温度攀升，几乎要灼伤肌肤。

空气有一霎的凝滞。温热的气息撩过鼻尖，叶谙从头到脚都僵了僵。她平常也就是仗着谢朔对她毫无兴趣才敢在他身上肆无忌惮地闹腾，可现在……情况完全超出了她的预想。

他这是要干什么？被刺激到脑子出问题了吗？

谢朔揽住叶谙的后腰，循着她身上的香气往前凑了凑，似是要吻她。二人之间距离极近，叶谙甚至能清晰看到他纤长的睫毛。他的气息浅浅撩过肌肤，手掌也顺着布料缓缓往上，异样的感觉向着她的四肢百骸蔓延，暧昧丛生。

心口扑通一下，叶谙猛地醒神，一把推开他，跳了起来。她耳根烫得惊人，心慌意乱，开口却中气十足："不去算了！"她说完，转身飞快出了屋，脚步声凌乱，像是落荒而逃。

谢朔怀里一空，满目黑暗中，只余下似有若无的馨香。他脸上神情并无多大波动，冷白修长的手指朝掌心屈了屈，随意地搁在腿上。

房间里寂静无声，有浮动的影映入窗内。不知过了多久，他突然轻微地扯了下唇。

一直到出门上了车，叶谙都还没平复下来，心口的跳动声急促。她脸上的热度久久未散，靠着座椅，冷静片刻，摸了摸无名指上的婚戒，忍不住吐槽自己：真是没出息，才抱一下就招架不住了。她抬头，望向车窗外，不知想到什么，眼底突然浮起一丝恍惚。

盛典三点开始，叶谙两点四十分赶到了会馆外。

午后日光耀目，叶谙推开车门下车，抬头看了看会馆的大门，将头发撩到肩后，下巴微扬，挺直腰背，踩着高跟鞋气场十足地往里走去。她的红色裙摆被风拂起，张扬夺目。

施双双和项泉已经到了，叶谙踏入大厅，在旁边的休息区找到了他们。施双双看着她，满眼惊艳："你今天这一身也太漂亮了，绝对艳压全场。"

叶谙微微一笑，问她："其他人呢？"

施双双道："去观众席了。"

除了她们，这天工作室其他人都只能作为观众坐在台下，不能上台。

随后，三个人跟着烜梦安排的工作人员前往后台。叶谙一进去，里面的人齐刷刷投来了目光。这里都是圈内的知名配音，有两位叶谙还曾经有过合作，算是认识。

叶谙上前跟他们打了声招呼，然后在一旁坐下，不断有打量的目光朝她投来，她已经习惯了，也无所谓。施双双瞥见她左手无名指上的婚戒，凑到她耳边小声道："你打算公开了？"

叶谙笑了笑，没否认。

很快，盛典开始。叶谙上台出场，身影娉婷，一袭红裙摇曳，精致漂亮的脸上流光潋滟，让人想起皓月初升，顷刻间便吸引了所有人的目光。

台下，有人窃窃私语：

"谙谙姐今天好漂亮……"

"哎，你们看到没有，她戴了戒指……"

蒋宇赫此时正在旁边拍照，视线扫到叶谙无名指上的钻戒时，愣了愣。

六点左右，盛典结束。主办方准备了晚宴，邀请大家一起去附近的酒店吃饭。

叶谙从后台出来，一眼就看见了等在外面的蒋宇赫。

"学长。"她礼貌地问好。

蒋宇赫的目光掠过她的左手，眼神复杂，似乎想问什么，却又问不出口。

叶谙也没遮掩，抬手拢了下头发，坦然自若地问道："一起过去吗？"

明亮的灯光下，她的五指纤细素净，莹白如玉，婚戒镶嵌的钻石折射出瑰丽耀眼的碎光。

蒋宇赫被钻石光芒刺痛了眼睛，笑得有些勉强："好。"

注意到他的视线，叶谙抬起左手，笑了笑，说："哦对了，上回忘了说，我结婚了。"

虽然已经猜到，但听她肯定地说出，蒋宇赫还是微微变了脸色，追问："什么时候的事？"

叶谙笑道："就上个月。"

蒋宇赫差点儿维持不住笑脸，停顿片刻，才生硬地说了句："恭喜。"

叶谙的笑意盈满眼眶："谢谢。"

之后的晚宴上，蒋宇赫始终兴致寥寥，没怎么说话。施双双坐在叶谙身侧，看了看蒋宇赫，又看了看眼前这张到哪儿都能招蜂引蝶的脸，忍不住啧啧感叹："我还以为你至少会潇洒个几年，没想到居然英年早婚，从此失去了一大片森林。"

叶谙轻晃着酒杯，语气平淡："我又不想头顶一片绿，要森林干吗？"

施双双无言以对。

吃完饭，夜已经深了，灯火镶嵌在夜色里，闪闪烁烁。从酒店出来，叶谙感觉头有点儿晕，正准备下台阶时，听到施双双激动道："谙谙，那是你老公的车吗？"

叶谙抬头，顺着她的视线望过去，看见不远处停着一辆迈巴赫。

车内光线昏暗，从外面看，分辨不出谢朔到底在没在里头，但光是这辆车就足够吸睛了。走在后面的蒋宇赫也投去了目光，随即一滞。

叶谙没否认，转头笑道："我先走了……"

她说着下了台阶，在众人的注目中一步一步走远。上车后，她瘫软在座椅上，扶了扶昏沉的脑袋，看向旁边。身侧的位置上空无一人，谢朔果然没有来。叶谙心底闪过一丝失落，侧目望向车窗外。夜景繁华，灯火明明灭灭，让人有种恍惚感。过了一会儿，她从包里拿出手机，发现施双双给她分享了一个八卦论坛的帖子。

主帖内容是下午叶谙在声优盛典上的几张照片，原本发帖人只是在晒她的颜值，可底下的评论却跑偏画风，扒起了她的衣着首饰：

"有人注意到没，叶谙身上这条裙子好像是C家今年的新款……"

"还有她手上那枚钻戒，没有七位数绝对拿不下……"

"听说她嫁入豪门了，老公特别有钱。"

…………

叶谙随意翻了翻，将手机放回去，靠着椅背，慢慢合上了眼。

车子驶上高架，灯光飞快掠过，像电影帧数。这一路，叶谙睡得有点儿沉，直到到家了被司机叫醒，都还有点儿迷糊。

她进屋上楼，谢朔如往常一样，在他钟爱的沙发上坐着，面上没有一丝表情。叶谙走到他面前，看着他，忽然忍不住扑哧一乐："你知不知道，你这个样子，真的很像一尊望妻石？"

她脚下踉跄，摇摇晃晃往前栽倒，手搭上他的肩头。

酒气扑面而来，夹杂着淡淡的香水味。谢朔蹙起眉头问："喝多了？"

叶谙搭着他的肩，倒坐在一旁，抬起另一只手，白皙的指尖比出一个表示“一点儿”的手势，歪着脑袋说：“还好，就比正常水平多出了那么一点点。”

灯光落在她脸上，晕开一片胭脂红霞。她歪头说：“我酒量可好了……”

谢朔的眉头蹙得更深了。叶谙软绵绵地往他身上一靠，睁大眼睛端详着他，微醺的眸子水光潋滟，隐约含了一丝恍惚。她忽然伸手，去抚他紧蹙的眉头，口中喃喃道：“还不高兴呢？你怎么总是不高兴呢……”

纤细的指尖触上来，谢朔下意识避了避，抬手捉住她的手，然后就觉得掌心被硬物硌到了。他顿了一秒，才反应过来，那应该是婚戒。

她还戴着婚戒？

叶谙被他捉住手，也不挣扎，只弯着眉眼笑嘻嘻道：“别不高兴了，我唱歌给你听好不好？”

谢朔确定她是喝多了，毫不怜香惜玉地将她的手拿开，没有搭理她。

“我唱歌很好听的，不骗你……”

叶谙攀着他的肩，不太稳当地站起来，摇摇晃晃去了另一个房间。不一会儿，她抱了把吉他回来，左右瞅了瞅，没发现小凳子或者坐垫之类的东西，索性脱掉鞋，直接坐到了谢朔前面的地毯上。

红色裙摆铺陈在地，她抱着吉他，微微侧头，纤细的手指轻轻拨弄起来。

夜深人静，灯光温柔洒落，淡淡的光泽覆了她一身，让她的面容看起来有些模糊，仿佛开了几倍的滤镜。

谢朔自然是看不见眼前画面的，但他听到了吉他声，是他不熟悉的曲调，轻快、悠扬。前奏过后，响起女生的轻哼声，仿佛从遥远的地方传来。

轻哼结束，歌声终于响起，干净清澈，不疾不徐地飘入谢朔耳中。像春阳洗过葱茏草木，月华漫过指尖心上，万物从蛰伏中苏醒，悄然生长。

歌词走文艺清新风格，满是青葱年少的气息。谢朔静静坐着，明明眼前是无边黑暗，却恍惚看见了春日的草坪，晴空风暖，少女沐浴着阳光，轻声哼唱。他的心似乎被什么触动了一下，涟漪轻起。

两个人结婚以来，他一直把她当成一个可有可无的存在，对她的一切都不屑关心。可这一刻，他突然很想看一看她的模样。

叶谙低垂着眼睫，边弹边唱，神情专注，像是沉浸在了旧日的时光里。她连唱了两首，才停下来，抱着吉他起身，眼中神采奕奕，显得有些亢奋：“怎么样，还可以吧？”

谢朔仍旧沉默，不予置评。叶谙也不生气，将吉他小心放到一旁，转身在他身侧坐下，说：“我会的乐器可多了，钢琴我也会，以后弹给你听好不好？”她像是醉了又像是没醉，脸上红晕未褪，紧紧偎着他，几乎趴在了他怀里。

“你别总皱眉头，说不定哪天你的眼睛又好起来了呢？”她攀着他的肩，仰起头看他，清亮的眼底只映着他一个人，里头依稀隐藏着极深的眷恋，“就算万一……不也还有我陪着你吗？别怕，我会一直陪着你，不会让你一个人的……”

她语气轻若呢喃，谢朔眼睫微微动了一下，难得没有嫌弃地将她扒拉开。“你要开心一点儿……”她搂着他，轻声呢喃，脑袋在他肩窝蹭了蹭，猫儿一样。

谢朔神情微怔，她细软的发丝拂过他肩颈，他甚至清晰地闻到了她发间的清香。下一刻，一只柔软的手覆上了他的手背。

叶谙将他的手捧起来，灯光下，他的手指修长干净，宛如美玉，养眼得很。“你的手长得真好看……”叶谙捧着他的手，胡乱摆弄着。忽然，她说，“指甲有点儿长了，我给你剪剪吧？”

谢朔没有应答，旖旎气氛瞬间全无。谢朔实在不明白，她为什么这么热衷于给他打理这种小事，一会儿梳头发一会儿刮胡子，现在又想着给他剪指甲。

叶谙放下他的手，兴奋地起身，打算去拿指甲钳，突然想到什么，又坐下了：“不行不行，听说晚上剪指甲记性会变得不好，还是明天早上起来再帮你剪吧。”

谢朔有些讶异。她脑子里成天装的都是些什么？

“对了，我之前说要帮你刮胡子的！”叶谙只消停了一秒，又重新兴奋起来，趴到他肩头去看他的下巴，“你胡子长出来没？”

谢朔还来不及反应，下巴就被她摸了个遍。

“不扎手，还没长出来。”她的语气有点儿失望，“怎么不长快一点儿呢？”

谢朔面无表情，脸色隐隐发黑。叶谙仰脸看着他，自顾自又说：“我小的时候有个娃娃，我可喜欢她了，每天都要给她梳头发，穿衣服，画眉毛，不过她是女孩子，不用刮胡子，她也不长指甲……”

谢朔的脸色彻底黑了，“叶谙。”他终于开口。

这还是叶谙头一次听他叫自己的名字，不由得有些迷糊：“嗯？”

“去洗澡。”他给出冷冰冰的三个字，像是忍无可忍。

叶谙摇摇头：“你先洗。”

谢朔蹙眉道：“我去客卧。”

叶谙还是摇头，语气中带了一丝执拗：“不行，我得在外面等着你洗，不然万一你不小心摔了，或者磕了碰了，没个人在，很危险的……”

听到这句，谢朔微微一怔。原来，她每晚守在外面，是这个原因。

“你等着，我……我去帮你拿睡衣……”

叶谙说着，攀着他的肩从沙发上起身，刚要迈开脚，忽然酒劲上头，站立不稳，又往后倒去。

这一倒，恰好倒在了谢朔的身上。谢朔被砸了个正着，鼻尖擦过她后颈，闻到一股幽香，是她身上的味道。他看不见，只感觉她在自己腿上动来动去，不安分得很。

“别乱动！”他忽然抬手按住她，眉头紧皱。

叶谙的腰被一只大掌扣住，感受到耳后鼻息温热，似乎比平时急促了些，便乖乖停下了。她坐在他怀里，长长的眼睫上下眨了眨，神情懵懂。

谢朔将手往上挪，摸索着揽上她的肩，肩头没有布料遮挡，肌肤温热，可以感知到纤瘦的骨骼。大约是懒得跟醉鬼计较，他难得没粗暴地将她推开，而是好脾气地揽着她起身，扶她在自己的位置上坐下。

叶谙抓着谢朔胸前的衣服，纤白的手指攥紧，将布料抓出褶皱。她仰起头，视线恰好对上他光洁的下颌和隆起的喉结，流畅的线条滑入领口内。这样的角度，看着格外性感。

酒精在脑内作祟，眼前灯影迷离，人像是置身梦中，神思恍惚。叶谙眯了眯眼，忽然按捺不住，直接对着他的喉结吻了上去。

第六章 似曾相识

一夜昏沉，醒过来的时候，天光大亮，叶谙睁开眼，望着天花板，脑袋还有些晕。身畔被窝已经空了，温度凉透了，卧室里也寂静无声。

呆愣了一会儿，她才坐起身，揉了揉额角。昨夜的画面一点点闪回，她其实只醉了个四五分，所以记忆还算清晰。记得自己嘲笑了谢朔像望妻石，给他弹了吉他唱了歌，最后……还一时鬼迷心窍，吻了他——虽然吻的只是喉结。

当时他什么反应来着？叶谙仔细回忆了一下，好像就是整个人顿了两秒，然后松手放开她，自己去洗澡了？想到这里，叶谙不由得扶了扶额，这样都没能乱性，这个男人……没救了……

她摸到床头柜上的遥控，开了窗帘，掀开被子下床。洗漱完，叶谙下楼吃早餐，恰好撞上了谢朔。

他刚吃完，准备回楼上。餐厅里光线明亮，他一身宽松的家居服，面色平和，看起来格外温文儒雅。得益于他的双目失明，即便经历了昨晚的事，两个人再度相见，也没有多少尴尬。

叶谙甚至坦然自若地说了声“早”。反正他看不见，她做过什么，醉酒时的窘态，他都只能脑补。

谢朔没回应她，脚步停了停，随后沉默地上了楼。叶谙看了一眼他颀长的背影，习以为常地收回目光。

周姨从厨房端了一份早点出来，搁在她面前。是热腾腾的红豆薏米粥，香气扑鼻。吃完早餐，叶谙回到楼上，例行每日的公事——关心谢大少爷。

她进书房时，谢朔正安静地坐着，什么也没做，似乎在等她来。叶谙挨着他坐下，拽了拽他的衣袖，说："我们今天中午出去吃饭，让周姨休息一天好不好？"

谢朔侧过脸。叶谙满脸兴奋，眸子里闪着细碎的光芒："我们结婚这么久了，都还没一起出去吃过饭呢。"

谢朔将头转了回去，冷漠的声音响起："想吃哪家的菜，打个电话，让人送过来。"

叶谙眼底的星光骤然灭了，心情也不那么美好了。她被他气得脑壳疼，忍不住强调："出去吃和叫人送到家里，感觉是不一样的。出去吃，吃的是氛围，是情调！"

谢朔毫无波动地问："你想要什么情调？"

叶谙噎住。这种男人，不"注孤生"，天理何存？

"你前面二十几年到底是怎么过来的？有女孩子搭理过你吗？"

谢朔没说话，从他的表情可以看出，他觉得这个问题很无聊。

叶谙差点儿忍不住又暴走了。

过了一会儿，她平复下心情，改变策略，开始威胁他："给你两个选择，要么，我们出去吃；要么，我下厨做给你吃！"

叶谙料定以这位大少爷龟毛的性格和对她的嫌弃，绝不会以身试毒吃她做的东西。然而，万万没想到，谢朔抛出一句："你想做，没人拦你。"

叶谙有些蒙了，他怎么又不按常理出牌？"我跟你说，我做饭很难吃的，说是黑暗料理都不为过，你真的要尝试吗？"

叶谙头一次这么不遗余力地黑自己，可惜没什么效果，谢朔神色淡淡，又沉默了。叶谙简直没辙了。

"出去吃个饭有那么难吗？你居然宁愿忍受我的黑暗料理，都不愿意出去……"她嘀咕两句，不情不愿地摸过了手机，开始上网查食谱。

房间里重新安静下来，谢朔以为她在生气使性子，等了一会儿，还没听到动静，不由蹙了蹙眉。恰好他喉咙发痒，有些不舒服，便掩嘴轻咳了两声。

叶谙抬起头："怎么了？你感冒了？"

听语气不像是还在生气，谢朔止住咳嗽，淡淡道："没事儿。"

下一秒，一只手就覆上他的额头，掌心温凉。叶谙探了探他的额头，松了口气："没发烧，还好。"不过她还是不放心，放下手机起身道：

“我去帮你倒杯热水。”

谢朔听着她脚步声走远，没有阻拦。很快，叶谙便端着一杯水回来，拉起他的手去碰杯子，叮嘱道：“有点儿烫，你别急着喝，先冷一会儿。”

谢朔摸索着接过杯子，问她：“几点了？”

“十点。”

叶谙看了一眼窗外，这天太阳有点大，确实不适合出门，也就随他去了。十点半，叶谙下楼做饭，做了个简单的三菜一汤——当然，不是黑暗料理。

其实她确实会做饭，厨艺也还可以，只不过谢大少爷自小锦衣玉食养尊处优，舌头难免被养得刁了些，所以最后也就给了个“还行”的评价。

吃完饭，叶谙又开始顺杆儿往上爬：“我这么辛苦做饭给你吃，你下午是不是该陪我出去散散心？”

谢朔停顿了两秒，破天荒没跟她冷脸，应了句：“晚一点儿。”

叶谙险些以为自己听错了，高兴道：“那等太阳快下山的时候吧，那时候外面没那么热。”

她瞥到他的手，忽然想起什么，双眼一亮道：“对了，我昨天晚上是不是说要给你剪指甲来着？”

谢朔的脸色瞬间黑了。叶谙浑然未觉，等他吃完，收拾好碗筷，便兴致勃勃地拉着他剪起指甲来。

午后日光炽烈，四下里静谧无声，她低着头，神情专注，长长的眼睫宛如两把小扇子，时不时轻眨一下，落下浅浅的阴影。谢朔则全程冷着脸，面无表情，宛如一尊雕像。他修长的手指在日光的映衬下，白得几近透明，甚至可以看到皮肤下的青筋。

叶谙忍不住皱眉，小声说：“怎么感觉你又瘦了？”

谢朔没搭话。叶谙用手指圈了圈他瘦削的腕骨，眉头皱得更深了。时光悄然流过，两个人坐在一处，画面格外温馨安宁，有种岁月静好的错觉。

剪完指甲，叶谙又拉着谢朔去了卫生间，研究剃须刀的用法。不过，她研究了一会儿就放弃了，因为她舍不得用自己宝贵的脸做实验，也不敢直接对着谢朔上手，万一手抖，把他弄破相就完了。

四点多，日头西斜，两个人去花园走了走。微风习习，阳光逐渐变得柔软，叶谙心情愉悦，开始得寸进尺：“老公，以后我每天都陪你出来走走好不好？”

谢朔没理她。叶谙戳了戳他的胸膛，声音娇软：“好不好？”

谢朔还是没理她。

“你不说话，我就当你答应了。”

将花园逛了一圈，叶谙扶谢朔在躺椅上坐下，问：“我们有段时间没去爷爷那边了，过两天要不要去探望一下？”

谢朔微微眯眼，总算应了一声：“嗯。”

叶谙跟着在一旁坐了，托腮看着他。光影昏黄，将画面染旧，勾勒出谢朔俊朗的轮廓，叶谙脑海里忽然闪过昨晚的最后一幕——她仰脸，吻在他喉间。

心口传来细微悸动，她身子稍稍前倾，离他更近了些，好奇地问：“哎，你上学的时候，暗恋你的女孩子多吗？有没有跟你表白的？”

谢朔合上眼，没回答。叶谙小声嘀咕：“就算有，肯定也被你给气走了。”

她将手枕在脸侧，继续盯着他看，看着看着，困意上头，竟合眼睡了过去。谢朔听着耳边绵长的呼吸声，缓缓睁开了眼。

天色一点一点暗下来，最后一抹残阳没入天际，夜幕降临。

叶谙是在一阵咳嗽声中醒来的。夜风清冷，她迷迷糊糊睁眼，看到旁边掩嘴轻咳的身影，忙道：“你怎么不叫醒我？”

她坐起来，摸了摸他的手，冰冰凉凉。“冷你也不知道吭声，感冒了怎么办？”叶谙边责问边扶他起身，回屋后给他倒了杯白开水。

当晚，谢朔果然感冒了。没发烧，但一直咳个不停，伴随最严重的症状，是头疼。当初他车祸时脑部曾受到撞击，不仅导致双目失明，还留下了头疼的后遗症，现在这一感冒，头疼也犯了。

之前，叶谙只听温若瑜提过一嘴他偶尔会犯头疼，并没太放在心上，这次亲眼看到他头疼时的样子，才知道有多严重。

刚开始两天，他几乎整晚都无法入睡，叶谙半夜惊醒过来，就见他脸色惨白，青筋毕露，脑门上满是汗，连枕头都湿透了。偏偏他还闷声不哼，强忍着。叶谙用热毛巾替他敷了又敷，始终没什么用，最后实在看不过去，只能拿了止痛药过来。

“你吃点儿止痛药好不好？”

叶谙扶他坐起，让他靠在自己肩头，将止痛药送到他嘴边。之前出车祸在医院治疗的时候，谢朔没少被灌药，所以对吃药十分反感，紧抿着唇不肯张嘴。叶谙看着他发白的双唇，心里一揪一揪地难受，不自觉放轻了语调："就吃一粒好不好？"

她身上清香浅淡，裹着暖意，谢朔抿唇熬了一会儿，终于在她的温言劝说下勉强张了嘴。

叶谙喂谢朔吃了药，将装温开水的杯子放到一旁，转过身搂住他，轻抚着他的脑袋，像哄小孩子一样哄他："没事了，很快就不疼了，不疼了……"

她仰起头，眼底不知何时泛了红。谢朔吃过药，原本觉得好受了些，听到她的话，瞬间感觉脑壳又一阵抽痛，额角青筋也鼓了起来。他捏住她纤细的手腕，强撑着不适，拽开了她。

因为头痛，他手下力度有些失了分寸，叶谙的腕骨都险些被他弄折了，白皙的腕间一圈红痕醒目。

叶谙捧着手腕，看到他紧绷着脸，一副受了羞辱的模样，不由得有些无语。都什么时候了，还这么要面子。她腹诽几句，懒得跟他计较，看了看他头上的汗，轻声问道："你好点儿了没？要不要洗个澡再睡？"

谢朔没答话，摸索着下了床，边咳嗽边往浴室走。叶谙心中不忍，跟着下去，替他拿了新的睡衣，又给他放好了洗澡水，添了安神的精油。

安置妥当，她转过身，想叮嘱他不要泡太久，视线却不经意落在他身前。黑色睡衣领口松松垮垮半敞着，有些凌乱，露出冷白色的肌肤，脖颈和锁骨处汗涔涔的，荷尔蒙气息浓烈。再往上，是一张病美人的脸，额前碎发微湿。

叶谙耳根一热，倏地红了脸。

"你别泡太久，有事叫我一声。"她在心里唾弃自己一番，面红耳赤地收回视线，叮嘱完就急匆匆出了浴室。

听到关门声，谢朔才开始脱衣服，原本就松散的睡衣随手一扯便落了，露出结实的肩背，线条随动作起伏。水汽袅袅，弥漫开来。

回到卧室，叶谙用手扇了扇风，让脸上的热度散去。她以前怎么没发现，自己这么经不起诱惑呢？冷静了一会儿，叶谙走到床边，将床单被罩都换了新的，随后开窗通了通风。

谢宅坐落的区域是有名的富人区，风景秀美，环境也无可挑剔。此刻夜深人静，窗外月色清明，微风拂过面颊，别有一番意境。

远山浸在月色里，绵延起伏。叶谙抬目望向远处，忽然又生出几分惆怅，这么一病，只怕他又要消沉一阵子了。她费了那么多心思，眼看着终于让他恢复了点儿生气，搞不好全白费了。

泡过澡，谢朔的状态好了许多，重新回床上躺下，没多久就睡着了，后半夜也没再闹腾。

叶谙却心有余悸，睡得不怎么安稳，中途醒了两三次，每次醒来，都要下意识往旁边看一看，担心他又出什么状况。可能是太过紧张，天快亮的时候，她又梦到了那个熟悉的场景——

漫长的昏暗走廊，她奋力奔逃着，耳边夜雨清寒……

谢朔的感冒持续了大概一周。因为这事，谢柏言和温若瑜特地从国外打了电话回来询问，连老爷子也过来了一趟。叶谙趁这个机会要来了谢朔的病历单，认真研究了一番。

一周后，谢朔终于好转。叶谙心力交瘁，松了一大口气，正想补一下这几天缺失的睡眠，谁知烜梦那边突然联系她，问她愿不愿意尝试录制《药师》的主题曲。

叶谙会唱歌，而且唱得不差，之前工作室接的广播剧，她除了配音，也包揽过主题曲。《药师》的导演就是听了她之前的作品，才有了让她试一试主题曲的念头。光录歌倒是花不了多少时间，叶谙没怎么犹豫便应下了。

下午一点，她同谢朔打过招呼，便匆匆出门，前往录音棚试音。

烜梦这边负责主题曲的，是业内知名的词曲作家陆传，据说脾气不好，出了名的挑剔。

叶谙一进控制室，就见一个穿着棕色上衣的中年男人坐在靠里的凳子上，四十来岁的模样，面容清癯，手里拿着一份纸质文件，眉头紧蹙着，看得出心情很烦躁。

导演领着叶谙走到他面前，介绍说：“这位是陆传老师。”

陆传抬起头。

叶谙礼貌一笑：“陆老师，您好！”

陆传上下扫她一眼，眼神里明显表达着一个意思——这又是走哪家后门塞进来的花瓶，别糟蹋我的作品。

“既然来了，赶紧开始吧！”他没耐心客套，掸了下手中的纸张，示意开始试音。

叶谙也没想和他套什么近乎，转身去了录音室的话筒前，戴上耳机。很快，陆传开始播放歌曲 demo（试样唱片）。主题曲名为《山鬼赋》，取材于屈原《山鬼》篇，词曲风格独特，带着阴谲瑰丽的意蕴。

开头起调很低，中间还有一段持续时间较长的哼吟，调子高，而且不能中断。这歌确实有点儿难度，难怪陆传不看好她。

叶谙认真听了两遍，打起十二分的精神开口。

刚开始，陆传还漫不经心，到第二句的时候，他眸光微动，抬起了头。轻缓的女声传入耳中，有种难得的干净质朴，词曲中的感情也把握得不错。陆传终于换了态度，神情渐渐变得专注起来。等她结束试音，陆传看着她，忽然问："学过声乐吗？"

叶谙愣了下，答道："断断续续学过一年。"

"后来怎么不学了？"

叶谙微微一笑："本来也不是这个专业，因为兴趣随便学学，刚好家里有点儿事，就耽搁了。"

陆传盯她片刻，说了句："可惜了。"

叶谙没再接话，等着他宣布结果。

陆传起身说："我把 demo（试样唱片）给你，你回去练一练，三天后正式过来录。"

从录音棚出来，叶谙走到了园区外面的街道上。看着眼前繁华热闹的街景，她又忍不住开始琢磨，什么时候能把谢朔忽悠出来陪她逛街就好了。

空气中飘来诱人的香味，她循着香味望去，看到不远处有家糖炒栗子店，不由得食指大动，快步走过去，买了一袋新鲜出炉的糖炒栗子。

买完栗子，叶谙转过身，打算去路边拦辆车。这天家里司机有事不在，她又懒得自己开车，所以只能打车。刚走到路边，一辆黑色小轿车忽然停在她面前。

车窗降下，露出一张俊秀的脸——谢予然。

叶谙愣了愣。谢予然单手搭着方向盘，问她："嫂子是要回去吗，我送你？"

叶谙有点儿迟疑地问："不会耽误你的时间吧？"

谢予然笑了下："当然不会。"

"那麻烦你了。"叶谙没再推托，拉开车门上了副驾驶座。

她跟谢予然不熟，不好像在谢朔面前那样随意，系好安全带后，就抱着板栗袋子拘谨地坐着。

车内的气氛有些尴尬，过了一会儿，谢予然忽然问她：“听说大哥最近生病了？”

叶谙从发呆中回神，偏头道：“有些感冒，不过已经好了。”

正说着，前方突然拐出一辆违规车，险些迎面撞上来，谢予然一个急转避开，叶谙也跟着往旁边一栽。

很快有交警过来，拦下违规车辆。

谢予然扭脸问：“没事儿吧？”

叶谙重新坐稳，摇摇头。

谢予然没再同她说话，专注地看向前方。

大概是平常配多了小说剧本的缘故，叶谙看着他，脑子里突然闪过一个可怕的念头：谢朔的车祸不会是他策划的吧？

谢朔出事之后，最有可能掌管谢氏的人就是他，换言之，他是最大的受益人，完全有下手的动机。想到这里，叶谙仔细梳理了一下去年谢朔出车祸的前因后果——

据她打听到的消息，谢朔出事是在去年三月份，当时温若瑜一个人出国散心，回程时谢朔去机场接她，结果在半路上被一个酒驾司机给撞了。不过，那司机伤得更重，送到医院没一会儿就抢救无效去世了，连追责都麻烦。

而在这之前，谢柏言正准备卸下肩上的重担，将大权正式交到谢朔手中，退居幕后过过轻松的养老生活。谢朔的行程，一般来说只有身边亲近的人才会清楚，如果这场车祸里真暗藏着什么猫腻的话，那谢予然的嫌疑就很大了。

叶谙越想越觉得可怕，偷偷往嘴里扔了颗栗子压惊。到谢家后，谢予然和谢朔打了声招呼就离开了，说是晚上有饭局。

叶谙抱着糖炒栗子凑到谢朔身边，语气轻快地问他：“我在外面买了糖炒栗子，味道还不错，你要不要尝尝？”

谢朔觉得，她有时候就像个小孩子一样，对什么都感兴趣，吃零嘴也能高兴半天。他没回她，一脸不感兴趣的表情。

叶谙也不恼，将纸袋子放到一旁的柜子上，走到床边。床上扔着一条浅杏色的家居裙，是她出门之前换下的，当时走得急，忘了收。她拿起裙子，原本打算去衣帽间，但瞥了一眼屋内存在感几乎为零的某人后，便直接脱下衣服裤子，在床边换了起来。

反正他又看不见，没什么好遮遮掩掩的。

谢朔听着屋内窸窸窣窣的响动，往她这边“看”了一眼，蹙眉问：“你在干什么？”

叶谙惊讶于他竟然会关心自己，愣了愣，随后十分坦然地说：“换衣服哇。”

叶谙将换下的衣服收拾好，去卫生间洗了个手，重新拿过糖炒栗子，在他身侧坐下。

“真不吃呀？”她故意将纸袋子在他鼻子前晃了晃，诱惑道，“很香的。”

香甜的味道散开来，谢朔板着张脸，依旧不为所动。叶谙从袋子里掏出一颗栗子剥好，递到他嘴边：“尝尝嘛，我特地从外面带回来的。”

栗子挨着唇瓣，尚有余温。谢朔抿唇沉默片刻，终于张开了嘴。

“怎么样，是不是还不错？就是有些凉了，没刚出炉的时候味道好。”叶谙笑着说，又替自己剥了一颗。

落地窗外，斜阳向晚，天边烧起绚丽晚霞，映得山峦草木都染了一层辉泽。叶谙想起先前在车上的疑惑，犹疑着开口：“问你个事儿，你跟你弟弟……关系好吗？”

谢朔转过脸面向她，双目幽深，似乎在探究什么：“怎么突然想起来问这个？”

“没什么，就是有点儿好奇，随便问问。”

叶谙当然不能直说，毕竟对谢朔来说，谢予然是跟他一起长大的弟弟，而她不过是个外人，万一他觉得自己在挑拨离间就不妙了。

“我听说，他很小的时候就被寄养在你家，你们应该很亲近吧？”叶谙尽量小心斟酌着字句。

谁知，下一秒，谢朔就直接戳破了她：“你在想什么？”

叶谙一慌，尝试装傻：“啊？没想什么呀！”

谢朔露出一个“我是瞎了不是傻了”的表情，说：“车祸的事已经让人查过了，与他无关，你如果怀疑他，找到证据再说。”

叶谙没想到他这么轻易就猜透了她心里那点儿小九九，登时不知该说些什么。不过也是，如果这点儿脑子都没有，他当初也坐不稳那个位置。谢家家大业大，谢柏言不会把唯一的儿子养成傻白甜。

“你操心这些干什么？”谢朔问。

叶谙小声嘀咕：“我这不是关心关心你吗？好歹我们也是

夫妻……”

谢朔沉默两秒，随后将脸转回去，淡淡道：“这些事不用你操心。”

叶谙不爽他的语气，一气之下将手里刚剥好的一颗栗子强硬地塞进了他嘴里。谢朔被塞了个猝不及防，眉头一皱。

叶谙扬起下巴说：“只剩两颗了，不吃可就没有了。”

塞都塞了，谢朔拿她没办法，只能冷着脸吃下。等他吃完，叶谙瞅着他，趁他不备，又将最后一颗塞进了他嘴里。

随后，也不管他的脸色有多难看，她飞快地挪到了沙发一角，说：“没了！最后一颗都给你了！”

谢朔“盯”着她这边，面色铁青，一副想发火却又只能隐忍的模样。

叶谙撇嘴道：“对你这么好，你还不领情，就没见过你这种人，好心当成驴肝肺……”

听着她的抱怨指责，谢朔冷脸半晌，最终还是吃掉了嘴里的栗子。他不高兴，叶谙却心情愉悦，冲他得意扬扬地挑了挑眉。

结婚这么久，叶谙也差不多摸透了他的脾性，他这人虽然喜怒无常，但毕竟是名门世家养出的继承人，基本涵养还在，就算再生气，也不会对她动手。

栗子吃完了，叶谙也没再闹他。她侧倚着沙发，摸过手机，刷起微博来。她这个话多的闭了嘴，整个房间瞬间变得十分安静。

因为感冒，谢朔这几天夜里都没怎么睡，精神有些不济，便靠着沙发眯了一会儿。等到他睁眼，四下里还是寂静无声。他往旁边“看了看”，什么也看不见，仔细听了听，也没听到声音。

他不确定叶谙还在不在，可又拉不下面子开口叫她，只能干坐着。自我纠结了几秒钟，他尝试伸手往旁边摸索了一下。叶谙正懒散地倚着沙发，裙子被蹭到了腿根处，堆叠在一起。她看八卦看入了迷，完全没注意到身侧人的动静。

于是，谢朔这一摸索，就摸到了她的大腿。谢朔一愣，叶谙也一愣。她抬起头，一时没反应过来，呆呆地问：“你摸我腿干什么？”

谢朔一时无言。

空气瞬间凝滞。谢朔面无表情地收回手，一副什么事也没发生的模样，起身往外走去。

叶谙难以理解他的行为，不禁想：是你摸了我的腿吧？为什么还这么理直气壮？

休息了一晚，第二天叶谙才开始练歌。

她拉着谢朔进了琴房，体贴地替他搬了一张摇摇椅，扶他坐下，还给他准备了一杯热茶，说："你什么都不用干，坐在这儿听就行。"

这些日子，谢朔的脾气已经快被她磨平了，面无表情地坐在椅子上，任由她折腾。

琴房靠窗的位置摆着一架钢琴，用布罩着，看起来应该有段时间没人碰过了。"你会弹钢琴吗？"叶谙将布罩掀开，看了一眼谢朔修长素净的手指，好奇地问。

谢朔微垂着眼睫，没回她。显然，是会的。谢大少爷这种十项全能的天之骄子，会钢琴也不是什么稀奇事。

叶谙抬手拨弄了几下琴键，转头又问："我可以用一下这架钢琴吗？"

听到钢琴声的谢朔一动不动，意思很明显：你用都用了，还问什么？

见他不搭话，叶谙默认他同意，将陆传给她的曲谱放到钢琴架子上，坐下弹奏起来。

日光穿窗而入，白皙纤细的手指在琴键上跳跃着……谢朔看不见，只能靠琴声想象画面。他靠着椅背，当真安静地听了起来。

因为不熟悉谱子，再加上很久没碰过钢琴，叶谙弹得不是很顺，一首曲子断断续续，停顿了好几次。等到第二遍的时候，才顺畅了些，她边弹边就着曲子，小声地哼唱。

练了半个多小时后，叶谙收起手，扭头去看谢朔，结果发现他安静地合着眼，十指交叉搁在身前，似乎睡着了。

日影无声，落在他身侧不远处。他脸上的神情很放松，平静温和，完全不像清醒时那样总冷着脸，拒人于千里之外。

叶谙到嘴边的话不由自主咽了回去，她也安静下来，凝神看着他，像是回到了很久以前。过了一会儿，她起身，拿了毯子，轻手轻脚走到他身侧，替他盖上。

盖好后，她抬头，目光落在他薄唇上，像是受了什么蛊惑，忍不住俯身一点一点凑近。就在她吻上他唇瓣的瞬间，谢朔长睫一动，突然睁开了眼。

叶谙一惊，慌忙退开。摇摇椅本来就不太稳当，叶谙这一退，不小心撞到椅子，直接跌坐在了他身上。

谢朔彻底醒了，睡梦中的温和神态消失不见，露出一贯的冷漠神色。他无奈道："你又干什么？"

叶谙心慌意乱，梗着脖子道："没干什么呀，看你睡着了，给你盖床小毯子。"

谢朔蹙起眉，似乎不相信她的话，叶谙抢在他开口之前倒打一耙："我弹的曲子有这么催眠吗？你居然睡着了？"

谢朔懒得跟她胡搅蛮缠，想坐起来，却被她压着没法动弹。他顿了下，蹙眉提醒："还不下去？"

"下来就下来……"叶谙小声嘀咕一句，从他身上下来。

这人果然还是睡着的时候比较讨人喜欢。她回到钢琴前重新开始弹奏，谢朔随手扯了扯身上的薄毯，继续听琴。

接下来两天，叶谙每天都会拉谢朔到琴房练琴，谢朔虽然仍旧不爱搭理她，但也没有表现得太排斥。

三天后，叶谙按照约定时间前往录音棚录制《山鬼赋》。

录制过程十分顺利，向来要求严苛的陆传这回竟然没怎么挑刺，录制结束还给了她一张名片，说期待再次合作。

录完歌的第二天，温若瑜和谢柏言因为担心谢朔，提前回了国。叶谙事先并不知道，所以他们到家的时候，恰好撞上她搂着谢朔的腰，在朝他撒娇，场面一度十分尴尬。

于是，两个人搬去婚房的事被提上了日程。

为了方便照应，谢柏言替他们准备的婚房就在同一个小区。三层独栋别墅，顶楼有游泳池，重装的时候还专门增加了许多便于盲人生活的设置，比如室内电梯、人工智能系统之类的。

对于谢朔来说，换了住的地方，一切都得重新适应。他仍旧不肯用盲杖，坚持每天从房间这一头走到那一头，慢慢熟悉房子的布局。

叶谙在一旁陪着他，耐心地帮他指明路径。不管怎么说，有点儿事做，总比他每天在房间里坐着发呆强。

等谢朔终于能够像之前一样凭着感觉在房子里顺畅走动，叶谙又将目标转移到了外面的花园，开始每天缠着他去花园里散步，熟悉新的路径。日子一天一天过去，两个人朝夕相处，仿佛过着与世隔绝的生活。

谢朔渐渐不再那么排斥叶谙的陪伴，情绪也日渐变得平和。卧室、书房、阳台……几乎每一个角落都留下了他们的痕迹。

暮春过后，进入夏天。

六月底，谢朔迎来了再一次的复明治疗。主治医生是国际知名的医学教授岑青彦，他刚从美国回来，开了一个私人医疗研究所。

出发前一晚，谢朔洗完澡，又一个人在沙发上静坐。

叶谙挨着他坐下，问道："怎么还不去睡？"

谢朔一如既往地没有搭理她。叶谙趴在他肩头，抬头看着他冷峻的侧脸。灯光为他的线条添了一丝柔和，显得鼻梁更加高挺。他的睫毛很长，微微往下垂着，沾染了一层浅浅的辉泽。

叶谙小心翼翼地伸出手指，在他眼睫前拨弄了一下，轻声说："你是不是又睡不着？"

明天就要动身去进行复明治疗了，她感觉得出来，他的情绪明显变得不太一样。谢朔没说话，只习惯性地蹙了蹙眉。虽然他一直对治疗持悲观态度，但临到这个时候，多少还是会有些情绪波动。

叶谙歪头提议："要不，我给你唱首安眠曲？"

谢朔一声不吭。见他不搭理，叶谙又说："我这两天在网上学了一套头部按摩手法，有助于睡眠，要不给你按按？"

她清亮的眼中泛着光，脸上满是跃跃欲试的神情。谢朔仍旧不予理会。叶谙也不管他愿不愿意，跪坐在沙发上，直起身子，双手捧住他的脑袋往另一边侧了侧，告诉他："别动啊！"

然后她白皙的指尖落在他两侧太阳穴，替他缓慢地按了起来。力度有些轻，但动作还算标准。叶谙没有谢朔高，她只能极力挺直脊背帮他按，可按了几下，她的胳膊和腰就都有些酸，于是低头道："你太高了，这个姿势不好按，要不，你躺下来？"

说着，她扶住他的肩，打算让他躺在自己腿上。然而手突然被握住了，叶谙抬头，谢朔英俊的面庞映入眼底，眼神幽深，眉头微微蹙起。他捏住她纤细的指尖，放到一旁，一脸不想让她碰的表情，说："你自己去睡。"

虽然经历了许多次这样的情形，但叶谙心里还是忍不住冒火。她到底哪里不如他意了，三天两头这么嫌弃？

"不按拉倒！"叶谙气得肝疼，狠狠瞪他一眼，起身去倒了杯水。

等她回来，谢朔还一动不动地坐着。叶谙看着他黯淡无光的双眼，有些无奈。算了，又不是第一天这样了，跟他较什么真！

“要不要喝水？”她缓和了语气问。

谢朔没回答。叶谙眼底浮起一丝怅然，看了他一会儿，将水杯放下，重新坐到他身侧。

“其实我也不困，你实在不想睡的话，我们来玩个游戏？”她歪头凑到他面前，笑嘻嘻说，“很简单的，我在你手上写字，然后你猜我写的什么。”

谢朔面无表情，丝毫没有理她的意思。叶谙气结，只好使出撒手锏，抬起胳膊搂住他的脖子，整个人几乎要挂在他身上，耍赖道：“如果你猜对了的话，我就保证今天晚上和明天一天，绝对不烦你不吵你，尽量不出现在你面前，怎么样？”

见他不答，她贴得更近了：“我说到做到，绝不反悔。”

耳畔吐息湿润，似薄雾在皮肤上洇开，谢朔不由微微蹙眉。叶谙也不管他答应不答应，拉过他的手，开始在他掌心写字。白皙的指尖轻轻划过，带起细微痒意。叶谙先写了一个“谢”字，抬起头问他：“什么字，你猜？”

谢朔薄唇微抿，没说话。

叶谙拉着他的手，摇了摇：“猜一下嘛！”

可能是被她吵得烦了，谢朔终于开口：“谢。”

叶谙又写了个“谙”字。

谢朔停顿了一下，说：“谙。”

灯光静静洒落，覆在他们身上。叶谙写了好几个字，谢朔几乎全猜中了，她抬头看了他一眼，露出一丝狡黠的笑意，说：“最后三个字了，如果你再猜对，我就认输。”

她捏着他的手指，飞快又写了三个字。谢朔没察觉到不对劲，习惯性地一个一个念出：“我……爱……你……”

叶谙立刻接话：“有多爱？”

谢朔变了脸色。看见他瞬间变得难看的脸色，叶谙忍不住笑倒在他怀里。她重新搂住他，眼角眉梢神采飞扬：“原来你一直都暗恋我呀！真看不出来……”

谢朔的脸色越来越黑，几乎能滴出墨来。

“唉，可是跟我表白的人太多了，你脾气又那么差，我得好好考虑考虑才行……”叶谙说着说着开始得意忘形，搂着他胡作非为，甚至戳了戳他那张万年冰山脸，说，“要不然你再说一遍，我刚才没怎么听清……”

下一秒，腰猛地被扣住。谢朔沉着脸将叶谙往怀里一按，一只手掐着她细软的腰肢，一只手沿着她小腿摸索到她膝盖处，往腿弯下面一横，随后——直接抱起了她。

什么情况？叶谙身体陡然腾空，下意识搂住了他的脖子，双眼瞪得老大：“你……干什么？”

谢朔没有回她，只是抱着她一步一步往床边走，面色阴沉。叶谙瞥了一眼越来越近的床铺，反应过来什么，心头一跳，天天吐槽他性冷淡，难道这次不冷淡了？这也太突然了吧？

叶谙有点儿慌。虽然她确实有那么点儿馋他的身子，但也没想过这么突然就……就在她想入非非时，谢朔停在床边，忽然毫不留情地将她扔了下去。被扔到床上的叶谙一脸蒙。谢朔绕到另一侧，掀开被子上床，没再管她，仿佛她就是一个无关紧要的东西。

叶谙气得简直要疯了。从未见过如此离谱的操作！他还是不是男人了！叶谙难以置信地看向他，感觉自己受到了侮辱，登时火冒三丈，不管不顾地朝他扑了过去。谢朔还没来得及躺下，就被她扑倒在床。

“你太过分了！”叶谙扑在他身上，一通乱扒拉，形象全无，气鼓鼓地说，“竟然扔我！有你这么对女孩子的吗？”

谢朔紧皱起眉头，察觉到她没有消停的意思，蓦地一个翻身，将她压制住。

“闹够了没？”他沉声道。

“没——”叶谙一抬头，对上他冷厉的眼神，瞬间熄了火。

这是一个居高临下的禁锢姿势，谢朔沉沉的阴影覆在叶谙脸上，她仰面看着他，突然有点发怵。谢朔的黑色睡袍被她刚才那一通扒拉，领口散开，露出锁骨和大片冷白的胸膛。

叶谙目光掠过，呼吸一窒。明知道不该多看，却又挪不开视线。暧昧在无形之中滋生，空气似乎停滞了，静得仿佛能听见彼此的心跳声。

叶谙盯着谢朔的领口处，无端有些紧张。她尝试着动了动手脚，却被他更用力地压住，动弹不得。他气息灼热，她拽紧身下的被子，感觉整个人都被他的气息包裹，连呼吸间都是他身上的味道，耳根渐渐开始发烫。

她抿了抿唇，说：“开个玩笑而已，你这么认真干什么？”

谢朔沉着脸压制了她一会儿，慢慢松开手，从她身上下来。叶谙见他睡袍系带都松了，抬手扯了扯他的衣襟，替他将衣服掩好。谁知谢朔完全不领情，一脸淡漠地挥开她的手。被他们这么一闹，床上一片凌乱，谢朔看不见，也分不清方向和位置，叶谙只得帮他整理床单和枕头。

“你往这边来一点儿……”她边提醒他边爬起来，打算从他身上跨过去。

她刚迈开腿，冷不防谢朔侧了下身，将她绊倒。叶谙猝不及防，再次扑倒在他身上，还跟他来了个亲密接触，双唇磕在他肩头。谢朔感觉锁骨被重重磕了一下，皱起眉头问：“你又闹什么？”

叶谙趴在他胸前，脑中空白了两秒，随后抬起脸，理直气壮地说：“谁又闹了？这次是你自己乱动，把我绊倒的！鼻子都快被你撞塌了！”

她说着，揉了揉自己引以为傲的漂亮鼻子。知道叶谙惯会倒打一耙，谢朔没跟她做无谓的口舌之争，抬手想将她扒拉开。两个人都穿着睡衣，这样的姿势，他可以明显感觉到紧贴在胸膛处的柔软。

黑暗中，他落下手，碰触到温热的肌肤，没有布料遮挡，只有一根细细的带子。他本能地避开，往上挪了挪，修长的手指从后背摸索至肩头，似是在描摹图画。

肩带被他无意识挑落，叶谙一愣，低头看了一眼，说：“现在该我问你想干什么了吧？”

谢朔动作一顿。下一秒，他拿开手，冷声道：“下去！”

下去就下去，真以为谁想占你便宜呢！叶谙气闷地撇了撇嘴，将肩带撩回去，单手撑在他身侧，不紧不慢地往旁边爬。不知道是不是错觉，她感觉谢朔的呼吸似乎重了些。爬到另一侧后，她扯过被子，替他盖好，怕他着凉，还贴心地往上拽了拽。

做完这些，她的心情好了点儿，然而，她还没来得及躺下，谢朔忽然又蹙着眉头来了句：“以后睡觉多穿件衣服。”

什么意思？他这是嫌弃她穿得太暴露？叶谙瞪大眼睛，以为自己产生了幻听。在家睡觉穿少一点儿怎么了？叶谙简直要被他气得奓毛了，一怒之下，脱口道：“就不！我还要不穿呢！”

谢朔的脸又黑了一个色号，表情也变得难以描述。他翻了个身，几秒后，抛出一句：“你试试。”

简短的三个字，干净利落，叶谙却从中听出了威胁之意。叶谙哽住，最终也没敢再出声顶回去，只对着他的背影无声做口型：试就试，谁怕谁？

她嘴上虽然这么说，人却默默挪开了些，龟缩到一旁，抱紧被子，关了灯。就他那喜怒无常的脾气，指不定什么时候又发疯了。

屋内陷入沉寂，黑暗中只余呼吸声。因为睡前的这个小插曲，叶谙许久都没有睡着。这一晚，她做了一个梦，梦到谢朔双眼复明了。

日光照进透亮的玻璃窗，窗外花木繁盛，谢朔立在大片的暖光之中，身姿挺拔，眉目冷峻，一双眸子恢复了昔日神采。他看着她，轻声问：“我们是不是在哪里见过？”

第七章 你想见谁

第二天一大早，叶谙便和温若瑜陪着谢朔去往岑青彦的医疗研究所。

研究所位于城西，远离市区，环境清幽。叶谙本以为这位岑教授年纪很大，见到人才发现，岑教授不过四十来岁的模样，戴着一副金丝眼镜，穿一身白大褂，看起来儒雅温和。

他已经将谢朔从去年到今年的所有治疗情况都细细研究过了，并依据情况做出了初步的治疗方案，所以到现在才安排谢朔过来。

到研究所的第一天，主要是对谢朔进行一个细致的检查，然后细化治疗方案。而一个治疗过程走下来，至少需要一个月，温若瑜有其他事情要忙，不能全程陪同，第二天就离开了，留下叶谙在这边照料。

第三天上午，所有的准备工作就绪，正式进入手术流程。在送谢朔进手术室之前，叶谙突然倾身给了谢朔一个拥抱。她将下巴扣在他肩头，一改平日的嬉皮笑脸，柔声道：“我在外面等你。”

她的手往下滑，握住谢朔的手，与其十指紧扣，随后又用力地握了握，似是在安慰他不要害怕。

长廊尽头，天光自窗口漫入，澄澈透亮。从他怀里起身时，叶谙的目光扫过他从始至终淡漠平静的眉眼，微微叹了口气，然后踮脚在他脸侧落下一吻，轻如微风拂过水面。谢朔微微一怔。

手术室的门缓缓合上，叶谙立在原地，目送谢朔进去，良久未动，但紧攥的手指透露出了她的紧张。

等待的时光总是格外漫长，一分一秒都仿佛被无限延伸。长长的走廊里，偶尔响起脚步声，窗外树影晃动，阳光穿过枝丫，叶谙低头坐在手术室外的椅子上，斑驳的光影落在她纤瘦的身影之上，平白为她添了几分脆弱。

等了足足四个小时，手术室的门才再次被打开。叶谙猛地抬头，随即站起身急匆匆地跑过去。大概是坐得太久，奔到门口时，她腿一麻，双膝微屈，险些当场表演了一个“跪地俯首”。

谢朔躺在病床上被人推出来，眼睛上蒙了一圈纱布，麻药劲儿还没有过去，人也还未清醒。

岑青彦摘下口罩，冲叶谙道：“具体能不能恢复，要等之后观察一段时间再看。这些天每天按时换药，避免强光刺激。”他顿了顿，又道：“还有，他很可能会出现头疼的症状，必须有人二十四小时陪护，有任何状况，随时通知我……”

叶谙看了一眼谢朔，点点头，在心中逐一记下注意事项。回到病房，叶谙在床边守了一个小时，谢朔才清醒过来。

“你感觉怎么样？”叶谙握住他的手，轻声问。

谢朔薄唇失了血色，整个人看着有些虚弱。他动了下脑袋，想坐起来，叶谙忙按住他：“你身上麻药劲儿刚过，先别乱动，好好躺会儿。”

此时正值黄昏，天边云霞铺染，晚霞穿过窗户斜斜照入，绚丽如锦。叶谙回头望了一眼，起身走到窗前，将窗帘拉了拉，只留下离病床较远的一点儿空隙，地上的光影也只余了浅浅一道。

拉好窗帘，她坐回床边，替谢朔掖了掖被子。谢朔精神不济，不一会儿又睡了过去。叶谙就坐在床边，耐心地陪着他，落在他身上的目光格外柔和。

直到三个小时后，谢朔才稍微恢复了些体力。叶谙扶他坐起来，端过已经特意调配好的营养粥，准备喂他。

“我让人给你煲了粥，你吃一点儿？”

她舀了一勺粥，轻轻吹了吹，递到他唇边。谢朔下意识别开脸，抬手握住她的手腕，想自己来。他的手有些凉，也没多少力气。

叶谙无奈，将他的手拿开，说：“刚做完手术，你就别逞强了，小心把碗摔了。”

她重新舀了一勺，送到他嘴边，语气强硬：“张嘴！”

谢朔微微蹙眉，显然不怎么高兴，但到底还是张开了嘴。叶谙一勺一勺地喂他吃着，耐心细致，两个人谁也没有说话。窗外夜幕已落，墨青底色上星辰点点，弯月悄悄探出云层。

等到喂完谢朔，叶谙腹中咕隆作响，她才想起来自己还没吃饭，赶紧端了自己那份饭菜去外面吃。谢朔靠坐在床头，听着她忙碌的脚步声，忽然想起进手术室之前，鼻间萦绕的馨香和落在颊边的那轻轻一吻，是他的错觉吗？

因手术后头部不能碰水，所以这段时间谢朔只能选择泡澡。

晚上，叶谙替他放好洗澡水，见他身体虚弱，有些不放心："你自己能行吗？要不要我帮你？"

她瞥了一眼他领口的衣扣，跃跃欲试。但谢朔并没有给她这个机会，直接拒绝了她："不用。"

叶谙有些遗憾，只得叮嘱一句："那你当心些，别让眼睛碰到水，洗好了就叫我。"

她转身出去，搬了椅子坐在浴室外面，捧着岑青彦给的检查结果和术后注意事项，低头认真看了起来。

里头很快响起断断续续的水声，一门之隔，动静格外清晰。叶谙听着水声，心底渐渐升腾起几分怪异感觉，她按捺不住，回头看了一眼。磨砂玻璃门内水雾蒸腾，什么都看不清，但她却无端耳根发烫，心跳也不稳。

谢朔洗澡的时间有点儿长，好在中途没出什么状况。水声停歇，叶谙算着时间等他穿好衣服，然后推开门进去扶他出来。

病房的灯光是白色的，照在他脸上，衬得他皮肤冷白如雪。他眼睛上蒙着的纱布未拆，细碎的黑发搭在额前，配上高鼻薄唇，有种病弱的美。叶谙拿了吹风机过来，小心地帮他吹头发，边吹边问："头疼不疼？要不要给你拿些止疼药？"

谢朔的回答仍旧是不带感情的两个字："不用。"

他的头发被叶谙弄得蓬松凌乱，看着添了几分可爱，高冷形象大打折扣。叶谙抬头看了看，忽然感觉自己像是在撸狗，还是那种毛茸茸的大狗，忍不住弯起嘴角，故意加大力度在他头顶揉了好几把。

谢朔蹙起眉头，薄唇动了动，似乎想斥责什么，却又咽了回去。

替谢朔擦完脸，叶谙才去洗澡。病房内，安置有专门的陪护床位。所以到这边来之后，叶谙没再跟谢朔睡同一张床，而是睡在旁边的床上。

洗完澡，叶谙关灯躺下，不一会儿就听到旁边传来翻身的窸窣响动。

“你睡不着吗？”她稍稍撑起身子，担忧地问，“还是哪里不舒服？”

谢朔这回总算没有再沉默，他轻咳一声，说：“帮我倒杯水。”

叶谙重新开灯，掀开被子下床，替他倒了一杯白开水。确认水温合适之后，她小心地扶谢朔坐起身，将杯沿凑到他唇边。谢朔就着她的手喝了两口，别开脸表示不喝了。

叶谙将水杯放回去，看了一眼时间，才九点多，估摸着他也睡不着，于是说：“现在时间还早，你睡不着的话，我读本书给你听？”

谢朔没应声，但也没拒绝。通常他摆出这副模样，就是表示默许。

叶谙十分不客气地爬上了他的床，然后摸过手机，打开阅读软件。还没等她动手找书，一篇小说推送自动跳了出来——《豪门大少爷宠妻日常》。

叶谙本想点“X”将它关闭退出，动手之前看了一眼身侧的谢朔，突然冒出一个想法。她弯了弯唇，改变主意，点开了推文链接。

这篇小说的内容很简单，大致就是单纯善良的女主嫁给豪门大少爷后的甜宠日常，全文围绕“甜宠”二字，秉承不跑题不费脑的基本原则，从头到尾毫无虐点，甜到发齁。

在叶谙用娇娇柔柔的嗓音念出第一段的时候，谢朔就皱了皱眉。但他向来高冷寡言，也懒得出声阻止。

于是，很快，病房里响起了如下浮夸感叹——

“女主的婚礼好浪漫哪！玫瑰花海，皇家乐队……”

“女主生日的时候，她老公送她的礼物是一艘游艇，这也太宠了吧？好羡慕！”

“结婚纪念日，她老公竟然专门买了一座岛给她！！！这是什么神仙老公，呜呜呜……”

“我也想要一个这样的老公，嘤嘤嘤……”

谢朔从头至尾未出一言。见谢朔的脸色隐隐发黑，叶谙拿开手机，故意趴到他怀里，戳了戳他的胸口，说：“老公，你什么时候能给我买游艇啊？”

谢朔蒙着眼睛，面无表情。叶谙抬头看了他一眼，手指在他胸前轻轻挠着，语调变得十分委屈：“不买游艇的话，买宝石也行，要独一无二皇室专用的那一种……”

谢朔仍不出声。见他还不回应，叶谙顿了顿，语调越发委屈，像是要哭出来："那……不买宝石的话，带我去看极光行不行？我们结婚这么久，都还没度过蜜月……"

谢朔额角青筋一跳，终于忍无可忍。他将叶谙在他胸口作怪的手拿开，冷漠道："回你自己的床上。"

话音一落，他就被对方一把抱住。叶谙趴在他肩头，假意哽咽道："老公，你怎么可以这样对我？你是不是一点儿都不爱我？嘤嘤……"

谢朔紧抿着唇，脸上乌云密布，不过却没再开口，也没动，任由她在身上肆意闹腾。过了一会儿，叶谙意兴阑珊，自己收了哭腔，放开他，忍不住吐槽："你这人怎么一点儿情趣都不懂？"

谢朔没理她。小说念不下去了，叶谙将手机放到一边，抬手摸了摸谢朔眼睛上蒙的纱布，轻声问："眼睛痛吗？有没有什么感觉？"

谢朔捉住她的手指拿下来。叶谙也不指望他会回答，对着他被蒙住的眼睛琢磨片刻，忽然又问："哎，问你个问题，假如你明天能复明的话，你第一个想看见的人，是谁？"

回应她的，仍旧是沉默。

叶谙戳戳他的肩膀："说说嘛，你最想看见的人是谁？"

谢朔原本不想理她，但脑海里突然闪过进手术室之前，她抱着自己说的那一句话："我在外面等你。"

谢朔的心仿佛被什么轻挠了一下。片刻后，他淡淡开口："除了你，这里还有别人？"

叶谙想了想，好像确实没别人了，如果他明天真能复明的话，那第一个看见的人，要么是医护人员，要么就是她。叶谙突然高兴起来，笑着说："这么说，你第一个想看见的人，是我？"

想看见和看见分明是两个意思，但她故意曲解，谢朔也没反驳。病房内的灯没关，开了小小一盏，柔和的辉泽在他们之间晕开，朦胧如雾。

叶谙弯起嘴角，缩在他怀里，轻声说："睡吧，明天你就能见到我了。"

谢朔感受着她绵长的呼吸，久久没有入睡。他在想她刚刚问的那个问题：复明后，第一个想见的人是谁。

——只是，明天，真的能恢复吗？

恢复自然没有他们想得那么快，日子一天一天缓慢过去，半个多月后，岑青彦才来替谢朔拆除纱布，确认最终结果。

这日是个阴天，太阳被掩在重重云层后。叶谙站在谢朔面前，看着他眼上的纱布被一层一层拆去，心悬到了嗓子眼儿。最后一层遮蔽去掉，谢朔长睫颤动，慢慢睁开了眼睛。眼前混沌一片，他看到一个模糊的影子，依稀有光从眼帘边缘漫进来。

“感觉怎么样？”头顶响起一个声音，却不是谢朔平日熟悉的嗓音。

见谢朔不说话，岑青彦抬手在他眼前晃了晃。叶谙则屏住呼吸，上前握住了谢朔的手。

覆在手背上的掌心温暖，谢朔闻到熟悉的浅香，睁着眼睛努力想看清她，却怎么也看不清。眼前甚至有一团黑雾慢慢扩大，驱散了白光。

他觉得双目酸涩，疼痛丝丝缕缕蔓延，直至脑内深处，每一根神经都仿佛被拽动，眼泪不受控制地坠下来。他紧紧地抓着叶谙的手，脸色惨白，手背上青筋毕露。

感觉到手上的力度，叶谙慌忙抱住他问：“你怎么样？”

岑青彦看见他的反应，也微微变了脸色，上前查看。很快，谢朔被推走，重新进行细致的检查。叶谙等在走廊里，盯着诊室紧闭的门，脸色有些发白，平日明亮生动的眸子黯淡无光。

时间一点一点过去，叶谙也不知道自己等了多久才终于听到开门的响动，可双腿却发软，难以迈开。以前她不明白为什么谢朔总那么悲观，直到这一个月亲身陪他经历治疗过程，才知道这样的折磨有多残忍。

一次次尝试，一次次燃起希望，最终却又失望，怎么能不难过？

岑青彦走到叶谙面前，摘下口罩，叹了口气。叶谙心口一揪，四肢的力气仿佛被抽空了，差点儿站立不稳。

她担忧地问：“要再动一次手术吗？”

岑青彦摇摇头道：“手术动得越多，对他双眼的损伤越大，他现在的情况，暂时不适合再动手术，否则……恐怕会造成难以修复的伤害，建议接下来采取药物治疗……”

似乎怕打击到她，岑青彦停顿了几秒钟，才继续道：“还有，失明的时间越长，他痊愈的可能性也越低，你们要做好心理准备。”

叶谙勉强开口：“辛苦您了。”

谢朔被送回了病房，叶谙坐在床边陪他。微风拂动窗帘，病房里寂静无声。叶谙知道谢朔清醒着，只是不愿意说话。她轻轻握住他瘦削苍白的手，心中有些难过。

两天后，岑青彦的团队给出了一份药物治疗的方案。

谢朔的情绪明显消沉了许多，越发比以前不爱说话，叶谙看他这副模样，就算有心开解他，也开不了口，只能寸步不离地在一旁照料着。

温若瑜每周会过来探望两次，在得知手术结果之后，整个人也跟着憔悴了不少。天气渐渐变得炎热，叶谙闲得无聊的时候跟医生学了一些按摩的手法，方便给谢朔按摩穴位。

八月中，一个疗程结束，仍旧没有太大的效果，岑青彦便让谢朔先回家休养，他们会尽快研究新的治疗方案。离开之前，岑青彦跟叶谙聊了许久，话里表露的意思大致是：谢朔这种情况，以目前国内外的医学水平，治疗成功率不太高，究竟能不能复明，什么时候能复明，很难说。

简而言之，就是看天意。叶谙的心情低到谷底，没敢把这些话告诉谢朔。然而，他似乎早就猜到了，回到家后又恢复了以前的颓废状态，整日把自己关进书房里。叶谙想安慰他也不知道该从哪里入手。

回家后的第三天，恰好是老爷子的生辰。

这种日子，谢朔就算再不愿意出门，也得过去老宅那边。今年这个生辰，老爷子没有大办，只准备了一个家宴，不过，谢家家大业大，亲戚们齐聚一堂，人也不少。满堂喧嚣热闹，看起来其乐融融。

谢家的亲友叶谙大部分都不认识，同样地，他们也不认识叶谙。得知她是谢朔的太太，不少人都露出惊讶好奇的表情，仿佛看到了什么人间奇景。

叶谙一身浅色长裙，挽着谢朔的胳膊，始终保持优雅从容的微笑，时不时低声同他说两句话，做足了小鸟依人的姿态。

大概是谢朔的表情太过冷淡，大家虽然好奇，却没人敢上前八卦，也没人敢询问他眼睛的情况，都只是礼貌性地打声招呼，最多也不过对着叶谙夸赞几句。

午宴过后，老爷子向叶谙问起了谢朔这次治疗的情况。叶谙笑了笑，没敢说实话："手术还算顺利。岑教授说，复明的事不能着急，要慢慢来。"

老爷子活到这把年纪，什么没经历过，怎么会听不出她这是在挑好话安慰自己，但也没戳破。他看了看旁边越发瘦削的孙子，微微叹了口气，没再继续这个话题。

两点多的时候，叶谙嫌客厅吵得慌，又见谢朔一脸的不耐烦，便扶着他去了外面的院子里。老宅的院子很大，像是旧时的庭院，种了不少花花草草，后门的转角处还搭了一个葡萄架。叶谙陪着谢朔在葡萄架下坐了一会儿，突然听到了两个中年女人低低的交谈声。

“那谁的眼睛真治不好了？”

“要能治好早治好了，你看都折腾多少回了？”

“真是可惜了，老爷子以前那么宝贝他……”

“再宝贝也没用，他现在走路都要人扶，还能干些什么？”

话音未落，其中一个女人瞥见了葡萄架下的人影，赶忙拽了另一个女人一下。话语声戛然而止，两个人的脸色霎时惨白一片。

绿藤缠绕的葡萄架上，葡萄青翠欲滴；葡萄架下谢朔一言不发地坐着，面色阴冷。

阳光穿过缝隙斑驳洒落，明明是再晴朗不过的天气，空气中却透着一股寒意，气氛焦灼而尴尬。不等叶谙开口回击，那两个人就心虚地溜走了。

叶谙看了看谢朔的脸色，刚想安抚他两句，谢朔突然站了起来。叶谙忙扶住他，问：“去哪儿？”

谢朔道：“回去。”

看得出他心情极差，叶谙没敢多说，扶着他回了客厅。谢朔以身体不适为由，跟老爷子打了声招呼，要先行离开，叶谙自然也跟着一起走。谢柏言和温若瑜还有事，要留到晚上。

上车后，谢朔一动不动地靠着座椅，薄唇微抿，面容冷峻。叶谙被他这副模样弄得忐忑不安，也闭紧了嘴巴，不敢刺激他。夏日炎炎，车内冷气开得低，再加上旁边坐着一个低气压的人，叶谙只觉得凉飕飕的，白皙的胳膊上起了一层细小的鸡皮疙瘩。

她忍不住抬起手捋了捋，顺道用眼角余光瞥了谢朔一眼。犹豫片刻，她伸出手，轻轻地覆在了他的手背上。谢朔的手指微动，却没有挪开。

一路无话。回到家，谢朔上楼，直接进了书房。

叶谙倒了杯茶放到桌子上，在他身侧坐下，柔声问：“你累不累？要不要睡一会儿？”

谢朔没回她。叶谙陪着他静默了一会儿，随后深吸一口气，调整出一个笑容，起身坐到他腿上，双手搂住了他的脖子，轻柔道：“你不想睡的话，我读书给你听？”

她抬起手，白皙的指尖抚过他眉头。谢朔抬起头，暗沉无光的眸子正对着她。

手指不出意料地被捉住，叶谙本以为他会像以往一样，冷着脸让她下去，或者直接扔她下去，那样的话她就可以顺势逗他一逗，让他忘记先前的不愉快。

谁知他却突然扣住她的腰，一个翻身，将她直接按倒在了沙发上。叶谙猝不及防，惊愕地瞪大了眼。她还来不及反应，谢朔修长的手指就顺着她的胳膊摸索而上，抚过她的锁骨和脖颈，准确地捏住她的下巴。随后，他俯身亲了下来。

谢朔身上的气息扑面而来，清冷如冬日初雪。叶谙已经彻底惊呆了，直到两瓣薄唇落在她的眼睑下，她才稍微回了些神。谢朔的唇有些凉，连带着吻也是凉的，一下落在眼皮上，一下落在眉心，毫无章法。

叶谙无语，就不能好好亲吗？似乎听到了她的心声，谢朔捏在她下巴处的手指往上移，指尖按住她嫣红的唇瓣，随后凉薄的吻春风拂水般掠过鼻尖，落在她的唇上。

谢朔并没有给她缓冲的时间，强势而直接地抵开了她的唇。叶谙被他亲得整个人都蒙了，她愣愣地看着近在咫尺的纤长睫毛和冷峻面庞。唇齿间是前所未有的陌生气息，叶谙脑子里渐渐变得晕晕乎乎的，她不由自主地抬起了下巴，眼睫也不安地上下忽闪着。

夏日天晴，遮阳窗帘落下，缝隙间漏进些许摇曳的天光。

叶谙颈间忽然一痛，谢朔的唇不知何时挪到了她脖颈一侧，修长如玉的手也松开她的下颌，落在了别处。她身上的浅色长裙布料轻软，被对方毫不怜惜地揉出褶皱，如云堆叠。

叶谙被痛感惊醒，总算反应过来不对劲儿，下意识往后缩了缩。他这天这阵仗，完全不像是唬她，更不像是开玩笑……可她也没过分招惹他吧？不就是搂了下脖子？平时也没见他有多大反应，怎么今天就爆发了？

叶谙陷在沙发里，脑中一团乱，一时竟然不知道该反抗还是该顺从。混乱中，她感觉一只修长有力的手摸索到了肋下，似乎想找裙子拉链，却怎么也摸索不到。

一切来得太突然，叶谙不由得有些害怕。她抬手抓住他的胳膊，指尖因用力而泛白。她尝试着将他往外推了推，想跟他商量一下能不能循序渐进，让她先做好心理准备，然而下一秒，她纤细的手腕就被对方捏住，扣在了沙发边缘。她的双腿想蜷起，也被对方死死压住，动弹不得。

“你冷——”

“冷静一些”几个字还没说完，空气中倏地响起布帛裂开的声音。叶谙肩头一凉，漆黑的双眸猛然瞪大，抬头对上谢朔清冷淡漠的面容。他高鼻薄唇，幽深的眸子里散着浓重的戾气。

他这根本就是在发泄情绪。叶谙心底一寒，刚刚因他的亲吻而生出的那一点点情动也瞬间消失殆尽，取而代之的，是令人发冷的屈辱感。她清醒过来，抬起另一只手用力去推他，双腿也开始挣扎：“你干什么？快放开我！”

她纤细的手胡乱地拍打着，却起不到多大的作用，手腕也几乎要被他折断。跟他比起来，她那点儿力气简直小得可怜。

“谢朔……你知不知道你这是婚内强暴！”叶谙竭力嘶喊一声。

此话一出，对方的动作终于短暂地停顿了一下。趁着这空隙，她探出胳膊，抓起掉落在地的抱枕，猛地砸到他头上。

谢朔松了手，叶谙拼着一口气推开他，挣脱出来，狼狈地跌坐到地板上。她顾不得疼，飞快从地上爬起，光着脚踉跄几步，狠狠地撞上旁边的书桌。

书桌被她这么一撞，桌角搁着的白瓷茶杯滚下来，落地开花，清脆的一声响。碎瓷片溅到她光裸的脚背上，茶水洇开，漫至足底。

“你疯了吗！”叶谙紧紧地扶着桌子，头发散乱，呼吸不稳，胸口剧烈起伏。裙子的肩领部分已经被扯坏，残破地挂在身上，她不得不抬手拽住。

谢朔听到茶杯摔碎的声音，似乎也清醒了不少。他倒坐在沙发上，修长的手指撑着眉心，没再有其他动作。不同于叶谙的狼狈，他身上衣裤尚齐整，甚至连衬衣领口的扣子都只松开了一颗，一副清冷模样，仿佛刚才发疯的人并不是他。

叶谙看着他，恍然间想起很多事情，他知道的和他早已经忘记的……她的眼角慢慢泛了红，鼻头酸涩，眼底聚起泪光，却被她强行憋回去。

“你心里难受，冲我发什么火？又不是我害你变成这样！我跟你结婚之后，有哪一点对不住你，你要这样羞辱我？你把我当成什么了？”说到最后，她的声音哽咽。

谢朔微微垂眸，静默不语。

“你……”叶谙顿了顿，说不下去了，也不想再面对他。她抬手揩了一下眼角，绕过地上的碎瓷片，赤足往外走去。

叶谙刚踏出书房，就看见了站在不远处的周姨。她显然已经听见了里头的动静，脸上神情有些担忧。叶谙愣了一下，只觉得难堪。她仓皇别开眼，拽紧被撕破的裙子，飞快进了卧室。

衣帽间的灯自动亮起，叶谙靠着衣橱闭目片刻，情绪平复后，从里面挑了件宽松舒适的家居裙换上。换好衣服，她又去了卫生间洗脸梳头。光洁的镜子内，映出一张有些狼狈的脸，红唇微微肿起，俨然一副被摧残过的模样。

叶谙望着镜中的自己，一只手撑着洗脸池，另一只手伸出食指碰了碰唇。还有些疼。她皱了下眉，往镜子前凑近，又扬起脖子，扯开衣领，发现颈侧和锁骨那里都有瘀痕和吻痕，胸口也隐隐作痛。

洗完脸，叶谙没心情干别的事，一个人坐在窗边发呆。落地窗外，日光明透，草木峥嵘，隐约能听见蝉鸣声，衬得屋内如静止的影像。

不知过了多久，敲门声突然响起。叶谙转头，只见周姨出现在门口，脸上带着笑，说："我炖了点儿木瓜银耳莲子羹，莲子是我小侄女特意从乡下摘的，要不要尝一尝？"

叶谙先前在老爷子那边没吃多少东西，现在倒真有些饿了。她起身，弯了弯唇，道："好哇。"

周姨闻言，心里松了一大口气，将盛好的莲子羹端了进去，放在旁边的桌子上。白瓷碗中的莲子带着清香，卖相十分好看。叶谙在桌子前坐下，捏住小勺，低头慢慢吃了起来。

周姨在旁边看着，欲言又止半天，最终开口道："我在谢家待了十几年了，大少爷差不多是我看着长大的……"

听到这话，叶谙抬起了头。

周姨看着她，说："其实，他从前不是这样的，只是这两年发生了太多事，他的眼睛又看不见，心里难受……"

叶谙怔了怔，似乎想起了什么往事。她垂下眼，盯着碗中的莲子，低声说："我知道。"

如果不知道，她又何至于一腔孤勇，不管不顾地嫁给他，赔上自己的后半生？

"有什么事，你多担待些，别放在心上……"周姨唠叨了几句，怕她不爱听，就打住了，转而又柔声问，"味道怎么样？是不是煮得太烂了？"

叶谙笑了下："没有，味道挺好。"

吃了一碗莲子羹，又跟周姨唠了半天嗑，叶谙感觉通体舒畅，心里的郁气也消散了不少。六点左右，太阳下山，她再次推开了书房的门。房间已经被打扫干净，落地窗外夕阳满天，谢朔仍旧坐在原来的位置，身影落寞。

叶谙在门口站了片刻，进屋走到他面前，道："我们谈谈？"

谢朔缓缓抬起头，朝向她这边。

叶谙在一旁坐下，缓缓开口："我知道，你不喜欢我，也从来没把我当成过你的妻子，但不管怎么说，当初结婚是你我各自都同意了的，哪怕你心里再不情愿，再不耐烦，至少也给我一些基本的尊重……"

她顿了顿，看见他眼睫轻轻动了一下，面上也有了一丝表情。

"结婚这么久，我自认为没有对不起你的地方，该做的能做的我都做了。你不喜欢我，我不强求，也不怨你，早在结婚之前你就跟我说明白了，这一点你没有错，是我自己非要……"

后面的话没说完，她鼻头微酸，别开脸望向窗外，似乎在调整自己的情绪。

"说白了，你跟我结婚，就是为了找一个人照料你的生活，那我们不如做个约定，如果哪天你的眼睛治好了，能看见了，我们就离婚，互不相干。"

远处天际云霞铺染，夕阳映在玻璃窗上，晕开一幅绚烂的背景图。谢朔将手搁在腿上，修长素净的手指微微蜷了蜷。他一双幽深的眸子正对着她，脸上神情让人捉摸不透。

良久，他终于开口，嗓音不似往日低沉："如果，我好不了呢？"

叶谙回望着他，目光静静落在他脸上，澄澈的眼底泛起恍惚神色，仿佛回到了久远的记忆之中。晚风拂过窗帘，她轻声道："那我们就继续做夫妻。"

第八章 蜜月生活

把话都挑明之后，两个人之间的气氛冷淡下来，仿佛一朝回到了结婚前。当然，冷不冷淡，谢大少爷都是那张面瘫脸，无甚区别。

偌大的别墅里，静得仿佛一潭死水。当晚，叶谙同往常一样替谢朔收拾了衣服，安置他洗澡，不过自始至终都没跟他说话。

谢朔感觉到她的转变后，也变得比往日更加沉默了。洗完澡，他又恢复了刚结婚那会儿的习惯，一个人坐在沙发上，对着落地窗发呆。

叶谙从浴室出来，看见他落寞的后脑勺，下意识往那边走去，走了几步，反应过来自己还在生气，立刻又顿住，头也不回地转身向床边去。她上床躺下，心里却无端烦躁，辗转反侧半天，都没能酝酿出睡意。

不知过了多久，身畔终于传来响动，熟悉的气息悄无声息地漫过来。叶谙别扭地往床边挪了挪，和他拉开一段距离，用后背对着他。

谢朔听见她的动静，顿了顿，慢慢合上了眼睛。

这一晚，叶谙睡得不怎么好，第二天早上起来，眼周多了圈淡淡的青色。吃过早饭，谢朔去了书房，她哪儿也没去，抱着手机窝在卧室沙发上打哈欠。她微眯着眼，点开微博，发现《药师》又在热搜上挂着。

在叶谙陪谢朔去研究所治疗的这段时间，《药师》已经上线播放，点击和反响都相当不错。再加上烜梦舍得砸宣传，网上话题热度持续飙高，连带着叶谙录制的主题曲也火了一把。不仅如此，烜梦好像还特地给她个人砸了宣传，最近她微博粉丝的数量以肉眼可见的速度在增长，超话什么的也人气暴涨。

叶谙点进话题里看了一会儿评论，突然收到施双双的消息。

“在忙吗？”

叶谙回道：“怎么了？”

“最近有几部剧想找你配音，你要不要接？”

叶谙想了下，回道：“你把剧名列给我，我看看。”

她确实好久没接剧本了，正好找点事做分散一下注意力，省得在家跟谢朔冷战。施双双原本以为她又要说没时间，看到这样的回复，心下一喜，立刻便将剧名发给了她。整个上午，叶谙都在和施双双聊配音的事，没踏入书房一步。

夏日天气多变，午饭过后，一场急雨倾盆而下，雨滴砸落在枝叶间的声音，格外催眠。叶谙裹着薄毯，在房间里睡得昏天暗地。隐约中，她听到门被推开，一个人走了进来，脚步声很轻。

叶谙努力撑起眼皮，只看到一个大致的轮廓。但她实在困得厉害，没管他，又将眼皮落下了。

叶谙再次醒过来的时候，雨已经停了，窗外重云堆叠，天色晦暗，隐隐有再来一场的趋势。她起身到阳台上透气，突然接到温若瑜的电话，让她和谢朔晚上过去吃饭。

她回屋洗了把脸，不情不愿地去书房找谢朔。推开书房门，就见谢朔一个人靠在沙发上，也睡着了。

窗帘只开了一线缝隙，些许光线漏进来，他侧着脑袋，眉头微微蹙起，薄唇轻抿，仿佛连睡梦中都有不如意的事。他冷峻的脸上有种病弱的苍白，唇色也浅，看起来憔悴了不少。

叶谙立在不远处，看了他片刻，暗叹了一口气，认命地去拿了毯子过来，小心翼翼地替他盖上。刚将毯子覆上他身前，叶谙的手就被按住，谢朔缓缓睁开了眼睛。虽然知道他看不见，叶谙还是心慌了一下。这种时候被抓包，实在是太尴尬了。

他的手有些凉，手指修长，叶谙无端想起昨天被他捏住手腕压在身下时的羞耻画面，越发觉得尴尬。她将手往回缩了缩，用力挣开了他。

谢朔起身坐直，毯子从他身上滑落下去，堆在腰际，遮住两条大长腿。

叶谙不想他误会，梗着脖子解释了一句：“妈刚打电话过来，让我们过去吃饭。”

——所以，我才不是故意要关心你。

谢朔没说什么，从沙发上起身，也不知道有没有领会到她的意思。叶谙不情愿地抬手，扶上他的胳膊，陪他下楼。

温若瑜倒是没发现他们之间的不对劲儿，还当和往常一样。吃晚饭的时候，温若瑜的目光突然落在叶谙的手腕上，问："谙谙，你手腕怎么了？"

叶谙愣了一下，低头看了看，白皙的腕间，手指掐过的淤痕格外显眼。

谢柏言也抬头看了过来。叶谙往谢朔那边瞥了一眼，若无其事地笑了笑，说："没什么，昨晚睡觉的时候不小心撞到床头柜上了。"

谁撞床头柜会把手腕撞伤？温若瑜不是智力障碍者，自然看得出这伤不可能是在床头柜上撞的。她捕捉到叶谙瞥向谢朔的眼神，隐隐猜到什么，没再问下去。

饭桌上气氛变得有些微妙。温若瑜顺着她的解释说了句："待会儿让人找些药给你抹一抹。"

叶谙微微一笑，轻应道："嗯。"

一旁的谢朔听见她们的对话，握筷的手顿了顿，一贯冷淡的脸上闪过一丝波澜。

过了一会儿，温若瑜忽然又道："你们要不要找个地方出去散散心，把蜜月补上？"

叶谙原本在喝汤，听到这么突如其来的一句，险些被呛到。

谢柏言也颔首表示同意："是该出去散散心。"

叶谙看了谢朔一眼，他面色平静，似乎没有听到这话。

"谙谙有没有什么想去的地方？"温若瑜又问。

叶谙笑了笑："我都可以，看阿朔的意思。"心中却想着，就谢朔那恨不得把自己锁死在房间里的样子，会同意跟她出去度蜜月？

温若瑜也看了眼谢朔，笑得温和："那你们自己商量。"

晚间，又下了一场雨。

叶谙洗完澡，意外地发现谢朔没坐在沙发上，而是靠坐在床头，不过脸上神情仍旧冷淡，不知道在想些什么。

叶谙秉承着"冷战期间绝不主动搭话"的原则，坐到床边，慢慢将腿放上去。

谢朔听着身侧的动静，冷不丁开口：“你想去哪儿？”

叶谙愣了愣，一时没明白他是什么意思，问：“什么去哪儿？”

谢朔面上闪过一丝不自在，顿了顿，淡淡道：“不是说要度蜜月？”

他认真的吗？叶谙简直惊呆了，她瞪大眼，难以置信地看着谢朔。

半晌，终于从谢朔那张万年冰封的脸上捕捉到了几分别扭的情绪——如果她没有会错意的话，他现在的举动，是在为昨天的事向她道歉示好？

这可真是太稀奇了！但叶谙并不想这么轻易地原谅他。当然，最主要的原因是一时之间她确实也没想好要去哪里，于是她说：“南极。”

谢朔微微蹙眉。

叶谙重复一遍：“我想去南极。”

谢朔静默了几秒，问：“你去南极干什么？”

“去南极看企鹅呀！”

谢朔明显不可理解。叶谙瞅了瞅他面上几近崩裂的表情，扬起下巴，嘴角也微微翘起，说：“怎么，南极就不能度蜜月了吗？”

大概听出了她是在故意为难自己，谢朔没再说话，重新沉默下来，长睫微垂，薄唇抿成一条直线。

叶谙心里那口闷气总算消了，神情愉悦，语气却幽怨：“你不想去南极的话，那就当我没说吧。”

她说完，将头发撩到一边，侧身躺下。谢朔靠在床头静坐了许久，才跟着躺下。这一晚，叶谙睡得十分舒坦，不仅如此，还做了一个梦。

她梦到自己当真和谢朔去了南极度蜜月，冰天雪地里，两个人被一群圆嘟嘟的企鹅围绕着，其中一只还主动扑到了她怀里。她开心地抱着怀里的企鹅蹭了蹭，越蹭越觉得不对劲儿，这企鹅身上怎么这么暖和？手感还硬邦邦的？

她皱着眉头睁开眼，发现自己抱的原来不是企鹅，而是谢朔。他显然已经被她蹭醒了，睁着眼，似乎在考虑要不要把她扒拉开。

叶谙这才完全醒过来。天光从窗外漫进来，落在床边，有些刺眼。叶谙尴尬了两秒，松开手，起身下床，假装什么也没发生。

吃完早饭，叶谙去了工作室，签下了一份给一部古装剧中女主角配音的工作合同。之后几天，她一直在跑录音棚，不太能顾得上谢朔这边，谢朔也变得越发沉默了。

一周后，配音工作完成，叶谙才开始认真计划度蜜月的事。

谢朔的眼睛每周都要进行检查，所以地方不能选得太远。叶谙纠结半天，最后定了本市周边一个叫“千月山”的风景区。据说那里月景和湖景特别美，谢氏在那边也有度假酒店。

做好规划，叶谙去书房找谢朔，结果刚出卧室，就见周姨领着两个快递员模样的人上了楼。那两个人搬着一个半人多高的大纸箱，不知道里面装的什么。

叶谙一脸疑惑地问：“这是什么？”

周姨示意快递员撤去纸箱，一只半人高的企鹅出现在眼前，看起来像是智能机器人，外表仿得惟妙惟肖。

叶谙目瞪口呆，只听周姨笑呵呵道：“这是大少爷让人送来的。”

大概是想证明这只“企鹅”的确非常智能，其中一个搬箱子的人按了一下开关，然后企鹅就扑棱着它那小小的鳍翅，边走动边发出萌萌的声音：“主人，我好喜欢你呀！”

叶谙对着面前的机器人——哦，不，是机器鹅，大眼瞪小眼呆愣了半晌。谢朔这是脑子突然出什么毛病了吗？最终，企鹅被暂时安置在了卧室，搬运的工作人员临走之前还给了她一份智能宠物饲养说明书。

叶谙拿着说明书，心情委实有些复杂。她上前，尝试着抬手摸了摸它的脑袋。刚摸上去，萌萌的声音又响起：“主人，我饿了。”

叶谙憋不住，扑哧一乐。没想到，它还挺可爱的。叶谙按照说明书上的提示，按下喂食按钮，给它喂了食，又摸了摸它的小翅膀，研究了一会儿，才转身去书房。

谢朔在窗边坐着，仍旧是那副万事都漠不关心的高冷模样，跟卧室里乖萌可爱的小企鹅形成了鲜明的对比。叶谙走过去，在他面前停下，勾起嘴角问道：“那只企鹅是你让人送来的？”

谢朔没否认，连眼都未抬一下。还真看不出来，他竟然也会送人礼物。叶谙心里仿佛开了成簇的花儿，她在他身侧坐下，歪头向他那边说：“我选好了度蜜月的地方，在千月山，你觉得怎么样？”

谢朔终于没再沉默，淡淡道：“随你。”

叶谙将手肘撑在腿上，托着下巴，看了他片刻，觉得差不多可以结束冷战了。毕竟对于谢大少爷来说，能做到这个份儿上，已经是天降红雨，十分难得了。

她问他：“你要不要去摸摸你买回来的小企鹅？”

谢朔没搭话，显然并不想做这么无聊的事。叶谙直接抱住他的胳膊，将他拽了起来：“去摸摸，还挺可爱的！”

谢朔一脸的嫌弃，却没挣开她，任由她拽着到了卧室。叶谙抬起他的手，放到了企鹅的脑袋上，说：“来，跟你的男主人打声招呼。”

企鹅立马发声：“主人，我好喜欢你呀！”

谢朔面无表情。叶谙忍俊不禁，低头说：“你是不是只会这一句呀？”

萌萌的声音立刻反驳：“不是的！不是的！”

叶谙忍不住笑出了声，靠在谢朔身上，抬头道：“我们给它取个名字吧？”

谢朔依旧面无表情。叶谙眼底笑意更深了，故意道：“家里已经有小谢了，不然，叫小朔？”

谢朔的脸黑了。叶谙说笑两句，没再逗他，转而拽拽企鹅的小翅膀，轻声问：“你是男孩子还是女孩子呀？”

“主人，我是女孩子。”

“那就是女儿了。”叶谙想了想，说，“不如就叫音音吧？”

叶谙拉着谢朔逗弄了一会儿新添的“女儿”，才下楼吃饭。

二人之间弥漫了几天的阴霾终于烟消云散。

动身前往千月山的那日，是个万里无云的好天。

叶谙和谢朔到达山中的度假酒店时，身上出了一层薄汗。

非节假日，前来旅游的游客不多，大堂内人影寥寥。谢朔坐在轮椅上，戴了一副墨镜，仍是那副冷漠的表情，浑身上下透着生人勿近的气息，完全不像是来度蜜月的。

办好入住手续，叶谙推着他乘电梯上楼。他们订的房间在二楼，随行的保镖小于替他们将行李拿进屋后，转身去了隔壁。谢朔从轮椅上起身，摸索着在旁边的沙发上坐下，抬手摘了墨镜。

叶谙打开行李箱，将衣服挂到衣橱里。窗外落日西斜，这个时间点，已经来不及去哪里玩，两个人决定休息一晚，明天再出门去玩。

整理好衣服，叶谙走到阳台上。晚风拂面，天边云霞肆意铺染，远山连绵如波。叶谙在阳台上站了一会儿，转身回到室内，见谢朔神情疲惫，问道：“你要不要去洗个脸？”

谢朔捏了捏眉心，站了起来，叶谙伸手去扶他。

酒店不比家里，房间布局和摆设他都不熟，所以也没法走动自如。叶谙将他扶到洗手池边，拉起他的手，放到水龙头上。

洗完脸，谢朔扭头道："替我拿条毛巾。"

叶谙从衣橱里拿了毛巾，没递给他，而是直接抬手帮他擦。

谢朔微微低头，任由她动作。他现在已经不排斥让她帮忙打理一些琐事，有时候甚至还会主动开口，要不是总爱冷着张脸不搭理人，他们还真有几分老夫老妻的感觉。

擦完脸，叶谙扶他到阳台的藤椅上坐下。不一会儿，小于送来了晚餐，还有一盒洗净的葡萄。

暮色四合，最后一缕晚光也被群山敛去。吃过晚饭，两个人坐在阳台上，叶谙赏山间夜景，谢朔则闭目养神。

墨青色的天幕上，明月斜挂，月华静静洒落，与人间灯火相映衬。

叶谙剥了一颗葡萄，递到谢朔唇边，谢朔已经习惯了她的喂食，直接张嘴衔住了。叶谙收回手，又给自己剥了一颗。

初秋的风微凉，拂过鬓边，两个人悠闲地坐着，也没说话，享受着远离尘嚣的安宁。叶谙赏了一会儿月，转头看向谢朔。男人面容安静，眉眼被月色浸染，添了几分温柔，还有些许不真实。

她微微仰脸，望着他，眼底闪过一丝怔然，忽然道："问你个问题，你以前……有什么印象深刻的事吗？"

谢朔闻声转头，对着她。叶谙目光幽深，放轻嗓音："比如说，遇见过一个小姑娘……"

谢朔眉头微动，不明白她想说什么。叶谙笑笑："我随便问问，没有就算了。"

她很快收回目光，拿起一颗葡萄，低头剥开，长睫微垂，侧脸覆上一层柔辉。剥好后，她将葡萄递到他嘴边："再吃一颗。"

谢朔张嘴，然而这次他大概是距离没把握好，不仅含住了葡萄，还碰到了她的手指。白皙的指尖被他的薄唇抿住，一股酥麻迅速蔓延至四肢百骸，令她一愣。

天地间仿佛突然静了下来，夜幕空远，暧昧在夜色下悄然滋生。

下一秒，叶谙飞快将手指缩回。她指尖发烫，耳根发烫，连心口也是热的，明明有夜风拂过，却起不到丁点儿清凉作用。

静默片刻，谢朔扶着桌子起身，难得主动开了口："早些去睡吧，明天还要出门。”

叶谙回过神，脸上染了一层薄红，连忙伸手去扶他。

度蜜月，果然容易出事。

翌日，两个人起得有些迟，吃完早餐已经快十点。

叶谙软磨硬泡拉着谢朔出门，在楼下的庭院里转了转。谢朔多少有些别扭，始终冷着张脸。

下午，两个人去了旁边的温泉山庄。早在之前，叶谙就一直想忽悠谢朔陪自己去泡温泉，可惜一直没忽悠成功，这天总算达成愿望。

温泉池在室外，池边种了几株桂树，正是花开的时节，幽香阵阵，老远便能闻到。叶谙换好泳衣，裹了件浴袍，等了片刻，谢朔也从更衣室出来。

叶谙扶他走到温泉池边，原本还没觉得有什么，可当谢朔抬手抽了腰间系带，将浴袍褪下时，她不由自主地呆了呆。谢朔身上只余一条泳裤，其他地方一览无余，宽肩窄腰，翘臀长腿，身材比例恰到好处。

叶谙耳根一烫，微微红了脸，呆愣两秒后，才褪了自己身上的浴袍，扶他下水。没有布料相隔，她白皙的手指攀在他胳膊上，能清晰地感受到他精瘦的肌骨，指腹仿佛被火灼烧，热意直蔓延到脸上。

池中水波荡漾，她扶他靠边坐下，忍不住又看了他一眼。她这才感觉到，比起很早以前，他看着瘦削了许多。

谢朔靠着池壁，微微合眼，侧颊慢慢被水汽染湿。叶谙收回视线，没再看他，张开双臂在池中来回游动起来。游了一会儿，她感觉四肢有些发软，又回到了谢朔身侧，靠在池边休息。

这个姿势，温泉水刚好漫过她胸前，忽上忽下地荡漾。她两条笔直修长的腿浸在水中，白得发光。她不说话，整个温泉池就彻底安静下来。谢朔靠在旁边，听不见她的声音，突然觉得有些不习惯。

他掀起眼睫，正想转向她那边，眼前倏地闪过一道模糊的光影。谢朔愣住，然后睁大眼睛，仔细看了看。然而四周仍是一片黑暗，什么也看不到，刚才的那道光影仿佛只是他的幻觉。

桂花飘悠悠落下，叶谙被温泉水泡得昏昏欲睡，耷拉着眼皮眯了一会儿，转过身换了个姿势。她趴在池边，后肩蝴蝶骨白皙精致，翩然欲飞。

谢朔听到动静，往她的方向侧了侧头。

"你如果想喝饮料的话，跟我说一声。"叶谙侧头枕在细白的胳膊上，指尖拈了一簇掉落的桂花，百无聊赖地旋转着。

谢朔对着她，眼前蓦地又出现了一个模糊的影像，看不清具体轮廓，仿佛一团墨随意涂在纸上。他一顿，确定不是幻觉后，尝试着伸手去碰了碰。

叶谙正趴在池边昏昏欲睡，冷不防一只手落在后背，她下意识瑟缩了一下，光裸的肌肤上起了细小的疙瘩。她扭过头，愣愣地看着正把手放在她背上的男人，有点儿茫然地问："你……干什么？"

手下触感温滑细腻，谢朔停顿两秒，没什么表情地收回了手。叶谙很是疑惑。谢朔眼前的影像很快又消失不见，化为无边黑暗。他睁大眼睛等了一会儿，没等到光影再出现，失望地合上了眼。

叶谙本就无聊，看他这样，忍不住又起了逗弄他的心思。她倚着池壁，绷紧脚尖，在他小腿肚子上踢了一下，踢完还暧昧地蹭了蹭。

谢朔重新扭过脸。叶谙仗着他看不见，得意一笑，然而还没得意完，脚下忽然一软，整个人往前栽去。她双膝一跪，下意识伸臂抱住他，而后脸就直直撞在了他腰腹处，来了个亲密接触。

这个姿势实在太过羞耻，叶谙当场僵化，脸涨得通红。池中水汽蒸腾，几乎要闷得人喘不过气来。叶谙保持着僵化的姿势，半晌忘了反应，直到头顶传来男人沉沉的嗓音："还不起来？"

叶谙心一颤，回过神，赶忙扒着他的胳膊起身。但可能因为她在水中泡得太久，再加上刚才磕到膝盖，所以还没等她站直，脚下又是一软。于是，她又以一个投怀送抱的姿势，准确地扑入了他的怀里。

周遭水雾萦绕，热气侵入每一个毛孔，叶谙趴在谢朔身前，感觉心跳陡然加快了许多。她只穿了泳衣，谢朔上身更是不着寸缕，二人这么一抱，相互贴合，几乎没有半点儿阻隔。她可以感受到他结实的胸膛，他也能感受到怀中的软玉温香。

叶谙抬头，看到他下颌和薄唇，短暂地呆愣了一秒，随后慌忙松手起身，扒住水池边缘站稳。为了避免他误会，她还特地解释了一句："我不是故意的。"

然而，这话说出来，反倒有种"此地无银三百两"的感觉。

谢朔微微蹙了下眉，没言语。自从老爷子生辰那天之后，叶谙明显比以前安分了许多，除了晚上睡觉会不自觉地滚到他怀里，很少再肆无忌惮地往他身上黏。

刚刚她扑过来的时候，他确实下意识以为她又要开始作妖了，谁知她非但没有，还出言解释。她这样，倒让他有些不习惯了。

见谢朔蹙眉不说话，还一副不太高兴的样子，叶谙怀疑他可能是不相信自己的话。毕竟她的前科太多，已经成了既定印象。她也懒得再解释了，索性靠着池壁，大大方方地盯着他瞧了起来。

宽厚的胸膛，精瘦的腰身，赏心悦目得很。谢朔听不到叶谙的声音，不知道她在干什么，只隐隐觉得不对劲儿，但又不好开口直问。

叶谙有些困了，打了个哈欠，说："我去上面睡会儿，你还要泡吗？"

谢朔没回答，只是撑着池壁直起了身。叶谙心领神会，伸手去扶他。两个人离开温泉池，擦干身上的水珠，裹着浴巾在池边的躺椅上休息。

谢朔是平躺，叶谙是侧躺。水雾氤氲，浅浅散过来，裹挟着淡淡的桂花香。她将下巴枕在胳膊上，侧过头继续看他，心底泛起隐秘的欢喜。她看着看着，微翘的眼睫慢慢垂落下来，安静地睡着了。

在度假酒店待了两天后，两个人转换地点，去了千月山周边一家临湖的民宿客栈落脚。

晚霞漫天，映得楼墙如染画彩。客栈是偏古韵的风格，木质地板，房间有一个小阳台，种着不少花草，花藤从底下缠绕上来，浸在晚光里，随风招展。

叶谙看得心情愉悦，决定摆桌子在阳台上吃晚饭。客栈提供晚饭服务，不过点菜要自己下楼，叶谙让谢朔在房间里等着，一个人出了屋。谢朔坐在椅子上等了将近半个小时，也没等到叶谙回来，不由蹙起了眉头。

小于没跟着下去，在屋内守着谢朔。谢朔又等了两分钟，有些不放心，吩咐道："下楼去看看，她怎么还没回来。"

这里地处偏僻，孤身一人很容易出事。小于应下，刚走到门口，叶谙就拎着打包的饭菜出现了，小于赶紧接过她手里的东西。

"我回来了。"叶谙进屋，冲谢朔道。

谢朔神情淡淡，没多大反应，好似刚才担心的并不是他。将饭菜摆到阳台桌子上后，小于便离开了。叶谙走到谢朔身侧，扶他去卫生间洗手。

洗完手，两个人在阳台上落座。除了饭菜，还有一小瓶果酒，是客栈老板娘送的，这天所有顾客都有份。叶谙给谢朔夹了菜，坐到旁边，将外观雅致的果酒瓶子打开，闻了闻，笑着说："客栈老板娘送了我一瓶果酒，说是自家酿的，闻着还挺香，不过你不能喝。你在吃药，不能沾酒。"

风轻柔拂过，谢朔也闻到了浓郁的酒香，却没表现出多少兴趣，只蹙了蹙眉。叶谙便拿了个小杯，自斟自酌起来。晚光笼在她脸侧，辉泽熠熠，衬出几分靡丽风情。

果酒味道香甜，尝起来似乎一点儿都不醉人，叶谙忍不住多喝了几杯。可她万万没想到，这酒后劲大。刚开始她还只是觉得头有一点点晕乎，等到晚上洗完澡，酒劲儿就一股脑儿上来了。这一次她比上回醉得还要厉害，直接坐到了谢朔腿上，搂着他的脖子，黏黏糊糊不肯下去，娇声喊："老公……"

温温软软的嗓音响在谢朔耳畔，呼吸喷洒间还带着残留的酒气。他一听她这语气，就知道她又喝醉了。

"你怎么又不理我？"

满目黑暗中，感知格外清晰，更显得对方每一个举动都是撩拨。谢朔被她闹得头疼，只好抬手捉住了她肆意作怪的手。正要让她下去睡觉，忽然听到她轻声问："你真的不记得我了吗？"

谢朔一顿，觉得她这话有点儿奇怪，好像他们早已相识一样。他握着她的手，微微低头，等着她接下来的话。然而她却不再说了。

她伏在他怀里，抬起另一只手，白皙的指尖抚过他眉间褶皱，嗓音轻柔，神色认真："你别总是皱着眉头闷闷不乐，医生说，你要多出来走走。只有保持积极乐观的心态，眼睛才能好得快……"

谢朔揽在她后背处的手顿了顿，须臾，他问她："你怎么知道，我就一定能好？"

"因为……有我呀！"叶谙眉眼一弯，捧住他的脸，眸底仿佛藏了无边月色，她坚定地说，"大不了，我做你的眼睛，你看不到的，我替你看，我说给你听……"

谢朔微微一怔，心口似乎被什么轻触了一下，泛起阵阵涟漪。不等他再说什么，叶谙忽然松开他，起身踉踉跄跄地走到一旁的窗台处，而后倚着飘窗缓缓坐下。

夜空广袤，一轮明月高悬，月光皎洁，静静洒落在荡漾的湖面之上。"这里的月色好美呀！"叶谙目露惊艳，想跟谢朔描绘一下眼前美景，奈何词汇量实在太过贫瘠，除了干巴巴的"好美"两个字，一时之间居然想不起其他词。她搜肠刮肚好半天，脑子里忽然灵光一现，道，“我念首诗给你听吧？”

谢朔没应答。随后，轻柔的女声响起，含了一丝醉意：“春江潮水连海平，海上明月共潮生。滟滟随波千万里，何处春江无月明！江流宛转绕芳甸，月照花林皆似霰……”

谢朔最开始面无表情，听到后来面色逐渐缓和，仿佛当真看到了诗中景象。心想，这么长的诗，也难为她还记得。不知过了多久，叶谙的声音渐渐低下去，屋内渐渐恢复安静。她伏在膝头，已经合上了眼，乌发铺满后肩。夜风穿窗而入，裙裾飞扬。

良久没听到叶谙的动静，谢朔担心她就这样在窗台上睡了过去。他站起来，凭着感觉往那边走了走，皱眉唤道：“叶谙？”

数秒后，叶谙睁开眼睛，抬起头，一脸的高贵冷艳：“叫我干什么，愚蠢的凡人？”

说完这句，她又重新合上眼，趴了回去。谢朔看不见，以为她还醒着，沉声道：“不早了，上床睡觉。”

良久没等到回应。谢朔确定她是真醉狠了，站立片刻，到底不好不管她。他向前走了几步，伸手摸索半晌，终于摸到了她细软的发丝。

他顺着她的头发往后摸索，随后一只手揽住她后背，绕过她肋下，另一只手沿着她的胳膊往下，滑过腰间，最后停在膝弯处。他的动作实在太过繁琐，叶谙原本已经睡着了，这一来又被他弄醒了。她睁开眼睛，靠在他肩头，长睫轻颤，懵懵懂懂地看着他。

昏黄灯光下，眼前的男人眉眼英俊，仿佛一如当年。叶谙神色顿时有些恍惚，平日清亮的眸子也仿佛聚了一层雾霭。谢朔将叶谙横抱起，转身往床边走。因为不熟悉环境，他走得很慢。

就在他走到床边，弯腰将她放下时，一只手突然抚上他的面颊。那双手指尖纤细，可能是在窗边待得太久，还带着凉意。

随后，两瓣温软的唇凑了上来，不再像上回那样，吻在他的喉结上，而是准确地落在他的唇上。气息芬芳，触感轻软，谢朔动作一顿。

叶谙勾着他的后颈，浅尝辄止地亲了他两下，然后松开手，偎着他无力地往下滑。她将脸靠在他身前，蹭了蹭，嗓音轻若呢喃：“你一定会好起来的……”

柔软的身体滑入怀中，谢朔单手揽住她，神情微怔。黑暗中，他闻到她发间散发的幽香，浅若游丝。夜彻底静下来，他垂眸，眼底幽深。

默然片刻，他小心地扶她躺下，摸索着扯过被子，替她盖好。

一窗之外，月色清明。

第二天，直到日上三竿，叶谙才醒过来。她的酒劲儿散了，头却还有些痛。她抱着被子坐起身，手掌撑住脑袋按了按。

屋外朝阳灿烂，叶谙抬头便看见谢朔正站在阳台上，长身玉立，日光覆了满身。难得他这天竟然没消沉地待在屋里，而是主动去了外面。

叶谙看着他的背影，脑中闪过昨天晚上的一些画面。大部分她都记不清了，只记得自己洗完澡，又肆无忌惮地坐到了他腿上，搂着他的脖子跟他闹腾……

喝醉酒，果然容易暴露本性。扶额坐了一会儿，叶谙掀开被子下地，往阳台上走去。

听到身后的脚步声，谢朔也没回头，似乎沉浸在了什么事情中。

叶谙上前，看了看他的眼睛，不放心道："你要晒太阳也别对着眼睛，医生说了，你的眼睛不能受强光刺激。"

谢朔侧过脸，对着她，面上神情淡淡："酒醒了？"

想起昨晚的事，叶谙有点儿心虚："我以为那个酒度数不高，不醉人，没想到后劲儿这么大。"

谢朔神情依旧淡淡，不过也没见有不高兴的样子，面色甚至还算得上温和。远处湖面上，碧波荡漾，已经有游人身影。站立片刻，谢朔忽然道："还不去洗漱，今天不出门了？"

叶谙回过神，立刻转身道："马上！"

她边往卫生间走边回头看，心里嘀咕：他今天……心情好像不错？

洗漱完，叶谙陪着谢朔下楼吃早饭，而后按照计划继续逛周边其他景点。这天要去的是客栈附近的一座寺庙，叫千月寺，听说特别灵验。

寺庙坐落的位置偏僻，环境清幽，游人很少，一踏入其中，幽凉之气就迎面拂来。庭院里古树参天，落叶飘悠悠从枝头坠下，一位僧人正在洒扫。

原本这座寺庙不在叶谙的计划之内，是昨天买饭的时候听人提起，她才临时起意，决定过来拜一拜，替谢朔祈福，希望他的眼睛能早日被治愈。

当人无能为力的时候，总爱将希望寄托于上天神佛。谢朔明显不信这些，一脸的漠然。叶谙低声哄他："心诚则灵，就当求个心安好了。"

她挽着他到正殿前，点了香塞到他手中，拉着他一同跪拜许愿。离开寺庙的时候，两个人路过一个求签的摊位，摊主穿着旧式的长袍，拿着把扇子，颇有几分高深莫测的感觉。

叶谙拽住谢朔，说：“那边可以求签，我们过去求支签好不好？”

谢朔仍旧一脸冷漠，叶谙也不管他愿不愿意，强行拉着他过去，抽了一支签。

“我看看。”

签文显示“病树前头万木春”，寓意上好。叶谙高兴得眉开眼笑，边往外走边同他道：“病树前头万木春，说不定这次回去你就能好了！”

大抵是被她的情绪感染，谢朔眉宇间难得也有了几分温和的神情。

第九章 相守一生

二人的这个蜜月没有度太久，五天后就返程回了家。

回家后的第二天，谢柏言突然病倒了。他是在股东会议上昏倒的，据说当时场面十分混乱。

接到谢予然的通知电话后，叶谙急忙陪着谢朔赶往医院。路上，谢朔始终眉头紧皱，叶谙也有些不安。这个时候，谢柏言要是真撑不住，谢氏必定又是一片血雨腥风。

赶到医院，谢予然特地下来接他们。

“哥。”见到谢朔，他快步上前，语气有些焦灼。

谢朔问：“发生什么事了？”

谢予然一边往里走一边跟他大致说了下情况。集团旗下的一个子公司出现债务问题，亏损严重，高层们在争论要如何处理，另外还有一个 AI（人工智能）投资项目问题也不小。

“我怀疑背后有人在做局。”末了，谢予然道。

谢朔闻言，皱眉问：“查到是谁了吗？”

谢予然犹豫了下，说：“可能跟章家有关，不过暂时没找到证据。”

谢朔屈起手指，沉思不语。

此时，谢柏言的病房外正站着三位中年男人，他们在小声商讨着什么，看起来像是谢氏的高层。见到坐在轮椅上的谢朔，三人露出了讶异的神色。自从去年的车祸之后，他们几乎就再没见过谢朔在公开场合露面了。

谢朔看不见，也没和他们打招呼，直接让叶谙推自己进了里面的病房。

谢柏言已经脱离了危险，不过人还没清醒。温若瑜正守在病床边，眼眶有些红。

“妈。”叶谙推着谢朔上前，轻声问，“爸怎么样了？”

温若瑜抬起头，看见他们，整理了一下情绪，说：“是劳累过度引起的，医生说暂时没什么大碍，不过得静养一段时间。”

外面又响起三位高层的说话声，像是因为什么事情起了争执。

温若瑜往外看了一眼，皱起眉头，冲谢朔道：“阿朔，你和予然陪他们回公司一趟吧，不要在这里吵到你爸爸。”

谢朔沉默片刻，拍了拍叶谙的手背，示意她推自己出去。见到谢朔从病房里出来，三个人立刻停下了争执。谢朔虽然久不露面，但积压的余威尚在。叶谙站在他旁边，明显感觉到了大家对他的忌惮。

一行人出了医院，各自上车回谢氏总部。谢朔十指交叉，靠着真皮座椅，双眼微合，似是在闭目养神，又像是在思忖着什么。

叶谙还是头一回亲身经历这般阵仗，未免有点儿紧张。她一改平日的聒噪，安静地坐着，一双素手交叠搁在腿上，十指白皙如玉。车内寂静无声，空气有些沉闷。她的手不自觉地往下滑了滑，这一滑，恰巧碰到谢朔被西裤包裹着的大腿。

男人睁开眼睛，朝这边微微侧头，眼睫纤长，眼底幽深。叶谙心脏一颤，慌忙收回了手，假装无事发生。结婚这么久，她还从没在他面前这么气弱过，感觉自己突然从作天作地的小妖精变成了一只瑟瑟发抖的小白兔。

谢朔等了片刻，没等到她开口，淡声问：“有事？”

叶谙立刻摇头，摇完才反应过来，他看不见。她稳下心神，问道：“你是要去公司开会吗？”

谢朔淡淡“嗯”了一声。

叶谙本想问他“那我待会儿要不要回避”，话到嘴边又觉得多余，他想让她回避，自然会开口，她安心跟着就是。

一路上，叶谙没再出声。秋阳灿烂，车水马龙的繁华街道两侧高楼林立，蓝天白云均沦为背景。车子停在集团大楼地下停车场，叶谙先行下车，而后伸手去扶谢朔。谢朔从车上下来，身形挺拔，一抬头，有种浸润在骨子里的慑人气场。

叶谙将他扶到轮椅上坐好，推着他往里走。虽然她此刻内心忐忑，但好在生了一副明丽张扬的相貌，挺直脊背，端出高贵冷艳的姿态，勉强也能镇得住场子。

钟覆早已在电梯口等着，叶谙推着谢朔在他的引路下穿过走道，进了会议室。会议室中间是一尘不染的会议长桌，桌后的落地玻璃窗流光溢彩，几乎可以俯瞰整座城市。叶谙扶着谢朔在主座前坐定，其他人也纷纷落座。

主座上只摆了一把椅子，叶谙扫视一圈，觉得自己委实有点儿多余，正打算跟谢朔说自己出去等他，钟覆已经让人添了一把椅子，放在旁边。

叶谙坐也不是不坐也不是，一抬头，又对上许多道陌生视线，顿感压力极大。之前她一直安静地站在谢朔身边当陪衬，也没有吸引太多的注意力，但现在场合一变，她位于主座，大家的目光便都集中了过来，眼神里带着明显的揣度意味。

谢朔结婚的事并未对外宣扬，所以大家以为她只是个专门照顾谢朔的护工，还在思索：这么严肃的会议，她掺和进来是怎么回事？

叶谙神经紧绷，脑海中天人交战了几秒钟，最终还是决定回避。她凑到谢朔耳边，小声问："我出去等你？"

温热的气息拂过耳际，谢朔似乎这才意识到她的存在。他停顿了一下，低声吩咐钟覆："带夫人去我的办公室。"

在众人惊异的眼神中，钟覆轻声应下，领着叶谙到了谢朔以前的办公室，并安排一位女秘书留下照料，随后返回会议室。叶谙在办公室里的沙发上坐下，瞬间放松了下来。

穿着职业套裙的女秘书泡了一杯茶放在她面前的茶几上，不动声色地暗暗观察着她。心想，她们这位谢总以前在公司是出了名的冷面无情不近女色，没想到闷声不响就结了婚。这可是公司头号大新闻！绝对值得一个热搜！

叶谙不习惯有人看着，便学着谢朔的模样，抬头淡淡道："你去忙吧，我一个人坐会儿。"

"好，您有事随时叫我。"女秘书按捺住心中的好奇，端出标准笑容，转身出去，带上了门。

叶谙心下一松，扭头环顾四周。谢朔的办公室风格冷硬，用色多是冷色调，靠墙的橱柜里摆着不少书，往里的一侧连接着独立的休息室。叶谙起身走到办公桌前，想看看有没有他以前的照片之类的私人物品，却一点儿他的痕迹都没发现。看来他的确很久没过来了。

扫视一圈，她重新坐回沙发上，忍不住担忧起来。她既担心医院里的谢柏言，更担心会议室里的谢朔。如今谢朔眼睛看不见，也不知道能不能应付得了现在的局面。

与此同时，公司的某个聊天群里，已经炸开了锅——

“哎，你们刚才看到没有，谢总回来了！”

“说清楚些，哪个谢总？”

“就是之前那位，不是小谢总。”

“真的假的？之前那位不是出车祸成植物人了吗？”

“我还看到谢总身边跟了一个女人，你们说会不会是咱们总裁夫人？”

“不可能吧？没听说谢总结婚了呀！”

“反正我觉得关系不一般，你们什么时候见谢总带女人来过公司？”

…………

约莫半个小时后，钟覆敲开了办公室的门：“夫人，谢总请您过去。”

这么快就结束了吗？叶谙有些意外，连忙起身跟着钟覆返回会议室。高层们都已经散去，里面只剩下谢朔和谢予然。

谢予然朝她打了声招呼：“嫂子。”

叶谙笑笑，走到谢朔身侧，重新将他扶到轮椅上，推着他往外走。太阳已经西沉，窗外暮色暝暝。到了停车场，谢予然另外开车离开，叶谙则和谢朔坐车回医院。

车内气氛沉闷，叶谙的心态比来的时候好了些，没再那么紧张，不过偏头看到谢朔那张冷肃淡漠的脸，还是有些发怵，全然不敢像平常一样赖在他身上胡作非为。

她安静地坐着，眼观鼻、鼻观心，白皙修长的双腿斜斜并拢，非常符合一个花瓶应有的姿态。他们回到医院时，谢柏言刚清醒不久。他靠着枕头坐在床头，看向谢朔，问道：“你刚刚去公司了？”

谢朔“嗯”了一声，神色淡淡。

谢柏言咳嗽两声，又问：“这事你能接手处理吗？”

谢朔陷入沉默。他已经缺席将近两年，眼睛又看不见，很多事情只怕有心无力。谢柏言也知道这太过为难，看了看谢朔黯淡无光的眼睛，没再说什么。

当晚，叶谙和谢朔没有留在医院陪护，而是回了家。

洗完澡，叶谙从浴室出来，发现卧室里不见了谢朔的人影，于是去书房找他。路过客厅时，她看见他独自坐在客厅阳台上，手里端着一杯红酒。他没开灯，整个人陷在晦暗的夜色里，身形落寞。

叶谙本想上前，却无端迈不动脚。她忽然想起曾经的他，天之骄子，意气风发，眼中星辰璀璨，而如今却只能困于黑暗中，寸步难行。

一丝悲伤涌上心头，叶谙立在原地静静地看了他良久，随后转身去柜子里取了一只高脚杯过来，在他身旁坐下，自顾自拿起红酒瓶，给自己倒了半杯酒。

听到她倒酒的响动，谢朔侧了侧头。他还以为，她会像平常一样劝他不要喝酒。叶谙端起酒杯抿了口酒，静静看向远处。

谢朔等了一会儿，没等到她出声，有些奇怪。她平日不是一向话多吗？怎么今天这么安静？又过了一会儿，叶谙终于开了口，然而说的却是："你杯子里没酒了，要给你添点儿吗？"

谢朔不置可否，却将杯子放到了桌子上。叶谙给他添了半杯酒，然后继续保持静默，仿佛她过来纯粹只是为了陪他。

夜风拂过，清凉如水。许久，谢朔手中的酒杯再次见底，叶谙轻声问："还要吗？"

谢朔放下杯子，面色温和了许多，起身道："回房睡吧。"

叶谙心下微松，将酒瓶和杯子收拾了，和他一起回了房。上床躺下后，叶谙侧过脸看向谢朔，忍不住道："爸现在身体不好，公司的事你如果能帮一帮他，也挺好的……"

谢朔沉默了下，淡声道："这些事不用你操心。"

叶谙小声道："我要是能不操心就好了……"

声音虽小，但谢朔却听清了。他其实知道她在担心什么，无非是怕他继承不了家业，她也跟着倒霉吃苦，没人再给她钱花。他合上眼，没再理会她。叶谙见他神色冷淡，只能咽回剩余的话，关了灯。

第二天上午，谢予然和钟覆带着一沓文件过来了。这回，谢朔没让叶谙避开，让她陪着一起去了书房。叶谙挨着他坐下，全程安分守己，仿佛隐形人。

三个人聊的是出问题的那个投资项目，叶谙原本听得还挺认真，直到突然瞥见谢予然脖子上的一道红痕，像是牙齿印，被衣领遮住了大半，暧昧得很。

她发现了什么！叶谙瞳孔微张，露出惊愕之色。不过只有短短一秒，一秒过后，她不着痕迹地挪开视线，端正坐好，继续听他们说话。

一个多小时后，谢予然和钟覆离开。

叶谙按捺不住八卦的小火苗，拽了拽谢朔的衣袖，小声问："哎，你弟弟……有女朋友吗？"

谢朔蹙起眉头："你问这个干什么？"

"我刚刚看到他——"叶谙本想说"刚刚看到他脖子上有牙印"，可又觉得堂而皇之跟他讨论这种事情不太妥当，于是转了口，"没什么，我看他年纪也不小了，如果没女朋友的话，给他介绍一个。"

谢朔露出一个"你是不是吃饱了闲得没事儿干"的表情，没理会她无聊的问题，将一沓资料递到她面前："读一下这些。"

叶谙没动。

——态度这么恶劣，还想我给你当免费阅读器？

叶谙一脸高贵冷艳地说："我嗓子不舒服，读不了。"

谢朔立刻蹙起了眉头，收回资料，铁青着脸在沙发上坐下，周身气息冷冽，整个书房的温度仿佛都降了下来。

叶谙看他这副模样，又有些不自在。这人就不能稍微服个软吗？每次一不高兴就甩脸色！想让人帮忙也不知道说两句好话哄哄，气死了！她深呼吸两下，压下火气，慢吞吞挪到他身侧，愤愤地抽过他手里的资料，带着怨念读了起来。

谢朔指间一空，听到熟悉的嗓音，紧蹙的眉头渐渐舒展开来。

过了一会儿，叶谙将资料念完，去客厅里倒了两杯茶。她折回书房，将其中一杯茶递给谢朔，口中抱怨："问你什么都不搭理，就知道支使我干活儿，我又不是你的工具人。"

谢朔端着茶杯，薄唇紧抿，忽然抛出一句："我不清楚。"

叶谙愣了一下，反应过来他是在回答先前那个"谢予然有没有女朋友"的问题，不由得疑惑道："他不是你弟弟吗？他有没有女朋友你不知道？"

"他没带人回过家。"谢朔眉间露出一丝不耐烦，显然不想继续这么无聊的话题。

叶谙本来就是一时好奇，听他这么说，也没再多问。

谢朔喝了两口茶，忽然又说："拿我的手机过来，给江时衍打个电话。"

叶谙依言去拿了他的手机，翻出江时衍的号码拨了过去。下午江时衍就来了家里，还带来了另外一位面容清俊的年轻男人，叫言斐，据说也是谢朔以前的朋友。

他们和谢朔在书房聊了半个多小时才离开。江时衍和言斐走后，叶谙又陪着谢朔去了医院探望谢柏言。

当晚，谢朔没再坐到阳台上消沉饮酒，只让叶谙帮忙读了两份文件，然后便睡了。之后几天，他都在忙着处理公司的事，其间谢柏言出了院，转到家里静养。

转眼临近中秋，谢朔重新清闲下来，叶谙担心他又回到以前的消沉状态，便怂恿他陪自己出门逛街。

"我已经好几个月都没有出门逛过街了，你陪我去一次好不好？就一次！"她抱着他的胳膊，软磨硬泡。

谢朔面色冷淡道："你想去，让小于陪你。"

叶谙瞪大眼，满脸的难以置信："你老婆逛街，你让别的男人陪？"

听见这句，谢朔蹙了下眉，说："那你就自己去。"

"我不要！一个人逛街太没意思了。"她双手搂着他的胳膊摇了摇，语气娇柔，"你就陪我去嘛，大不了我不逛商场，我们就在街边走走，散散心，保证不让你拎大包小包。"

谢朔仍旧不为所动。叶谙松开他的胳膊，改为搂住他的腰，下巴扣在他肩窝，低声撒着娇："求你了，好不好？"

温热的呼吸浅浅拂过颈间，谢朔突然想起她之前喝醉时趴在自己怀里喃喃细语的情形。

她应该是真心希望他好起来吧？

谢朔的心底无端软化几分。半晌，他淡声开口："一个小时？"

叶谙原本还趴在他肩头装可怜，听到这句愣了一下，立刻抬头讨价还价："两个小时。"

就知道她最会得寸进尺，给她三分颜色她就能开染房，给她根羽毛她就能飞上天，谢朔才变好的脸色立刻又恢复了冷漠。

一见情况不对，叶谙立刻妥协："算了，算了，一个小时就一个小时，我们去换衣服。”

她拽着他起身，去卧室换了衣服，打电话叫上小于陪同。

秋日的天，空明澄净，风拂过，带着阳光的气息。虽然叶谙很想带谢朔去热闹一些的街市，但考虑到他的情况和身份，最终选择了自己大学附近的一条旧街，旁边有个公园。

因不是周末，路上行人不多，既安静，空气也好。两个人三点四十分出的门,到公园时将近五点,太阳已经往西,日光斜照,温度适宜。

下车时，叶谙跟谢朔商量：“今天不坐轮椅了，我扶你走？”

谢朔“嗯”了一声。

路边绿化带间隔种了几株桂树，香气随风远飘，散满整条街。

“你以前来过这里吗？”叶谙偏头问。

太久没逛过街，谢朔听着周遭往来的声音，有些不习惯，说：“我大学没在国内读。”

叶谙知道他在介意什么，一只手沿着他的胳膊往下，与他掌心贴合十指相扣，低声说：“没人看我们，而且都是陌生人。”

谢朔薄唇紧抿，没说话。叶谙又开玩笑说：“就算真的有人看，也是因为你长得帅，他们羡慕嫉妒。”

听见耳边熟悉的笑，谢朔的面色缓和了些。她总是这样，懂得自己宽慰自己，好像全然不在意旁人的眼光。

日头越来越低，远处天际渐渐晕开锦霞，街景也被染上了一层绚丽的光。走着走着，叶谙突然在前面路边看到了一家花店。店铺不大，但花的种类却挺齐全，姹紫嫣红，成团成簇，从里摆到外。

“那边有个花店！”叶谙抱着谢朔的胳膊，语气兴奋，“我们去看看。”

她拽着谢朔到了花店外，扭脸跟他商量：“不买衣服，买花行不行？”

谢朔淡淡道：“家里不是种了？”

叶谙无语。这人怎么就这么不解风情呢？

“那不一样嘛！”叶谙拽着他的手，晃了晃，说，“你还没买过花送我呢，好不容易出来一趟，买束花送我难道不应该吗？”

谢朔默然不语，一脸“随便你”的表情。

得到他的默许，叶谙高兴地转过头，看了看店里的花，最终将目光落在中间的红色玫瑰上。那一簇鲜艳饱满，如美人笑靥。

她高声道：“老板，给我拿一束玫瑰，不用太多，九朵就可以。”

老板抽了九枝玫瑰，熟练地修剪好，扎成一束，包装好，递给她。

叶谙接过，抱在怀里闻了闻，勾起嘴角，眉眼弯弯。她拉了下谢朔，说：“付钱。”

谢朔转过头对着她，英俊冷漠的脸上写着四个大字：我没带钱。

叶谙始料未及。想想也是，他眼睛看不见，怎么会带钱？

叶谙抱着玫瑰花，刚才的那点儿甜蜜变成了尴尬。最终，她在老板诡异的目光中，自己付了钱。算了，她手里拿着他给的卡，四舍五入，这花也算他买的了。这样一想，叶谙又开心起来，一只手抱着花，一只手挽着谢朔，拐向另一条相对宽阔热闹的街。

行人来来往往，举目皆是寻常人间烟火。迎面走来一对小情侣，还背着书包，像是还未毕业的青葱学生。叶谙想到什么，松开谢朔的胳膊，改为牵住他的手，侧过头说：“我牵着你走好不好？”

谢朔轻蹙眉头。没等他答应，叶谙已经向前半步，转了个身，正面对着他。她牵着他的手，倒退着走，说：“前面都是平路，你直接走就可以了，不用怕。”

谢朔眉头蹙得更深了，似乎很不情愿，但还是依言迈开了步子。二人一个倒退一个往前，一步一步，缓慢走过长街。

不断有路人投来或好奇或异样的目光，叶谙却全然不在意，眼底只映着谢朔的身影。走了一段距离，她忽然慢慢松开他的手指，指尖往下滑，一点一点远离，退到一旁。

谢朔骤然失去引导，停下了脚步。他下意识地伸手，想抓住什么，却抓了个空。夕阳斜照，浮光在指间跳跃，晚风温柔拂过面庞。谢朔立在原地，一贯淡漠从容的脸上，渐渐浮现一丝茫然。

耳畔喧嚣不断，但对于他，却是无边黑暗，如置深海。叶谙抱着花，在几步之外静静看着他，仿佛穿过一段漫长时光，窥见他少年意气风光无限的当年。

那是多久远的记忆了？叶谙看着看着，眼角慢慢泛了红。

等了片刻，仍没等到人，谢朔蹙起眉头，唤道：“叶谙。”

无人应答。

“叶谙！”他茫然四顾，又唤了一声。

叶谙眼角湿润，回过神后，她重新走到谢朔面前，伸手去碰他修长的手指。

“我在这里。”她说。

谢朔反手将她的手抓住，用了很大的力气，捏得她指骨生疼。叶谙强压下心头酸涩后，仰起头，得意扬扬道：“现在知道我的重要性了吧？看你以后还敢不敢对我爱答不理！”

谢朔沉下脸，面色铁青。

眼见他就要在大街上发火，叶谙赶忙抱住他，安抚道：“跟你开个玩笑，别这么小气。我也是想让你平常好好配合，积极治疗嘛！你难道不想快一点儿看见吗？”

谢朔的脸色这才稍微缓和了些，但仍紧抿着唇，不说话。叶谙挽着他的胳膊，扶着他继续往前走：“医生说，你最近的情况比以前好了很多，说明多出来走走还是有用的。只要你好好配合，总有一天一定能看见的……”

“如果不能呢？”他忽然打断她。

又是这一句。叶谙心口发涩，停下脚步，仰脸看着他。夕阳照在他俊朗的侧脸上，辉泽熠熠。良久，叶谙扬起一个笑，轻声说：“你忘了？我们之前约定过，你的眼睛如果好不了，我们就做一辈子夫妻。”你看不见的山川美景，我替你看；你想走的路，我陪你走；我做你的眼睛。

做一辈子夫妻……听着叶谙轻柔的声音，谢朔神情微怔，忽然忍不住想问她：陪着一个盲人蹉跎一辈子，甘心吗？

叶谙说完，又重新挽住他，故意道：“再说，你不是很烦我吗？那就更要配合一点儿。这样你就会很快好起来，也就能跟我离婚远离我了。”

谢朔突然觉得这话有些刺耳，动了动唇想说什么，最终却没开口。

晚霞满天，风穿过喧嚣街道，吹散浮光。马路对面，乌泱泱的一群人当中，突然响起一个声音：“哎，那不是叶谙吗？”

其他人纷纷看过去。夕阳余晖，一男一女缓缓前行着，男人的眼睛明显出了问题，需要小心搀扶引路。

“旁边那个是她老公吗？”

“长得好帅呀！”

“哎，她老公……怎么看着有些奇怪？”

“是不是眼睛看不见？”

众人瞬间沸腾起来，仿佛看到了什么惊天大八卦。

“不是说她嫁入豪门了吗？怎么是个盲人？”

“不会是搞错了吧？”

…………

回家后，叶谙将买的玫瑰花修剪一番，用瓶子插起来，放到了卧室。

次日上午，叶谙照旧在书房读书给谢朔听。这两天她挑战的是纯英文的外国名著，读得稍微有些艰难，偶尔还需要谢朔开口指点。

叶谙边读边想，兴许她该多学几国语言，挖掘一下自己的潜能。一个小时后，她口干舌燥，合上书，将桌上早已经倒好的茶水一口气灌了大半杯。

她捧着茶杯休息了一会儿，又让谢朔躺下，开始给他进行头部按摩。她低着头，眼睫微垂，后颈白皙，侧脸在窗外天光的映衬下光洁如细瓷。

大约按了二十分钟，叶谙扶谢朔起身，看着他的眼睛，突发奇想道：“我觉得你可以趁自己复明之前，去学习一门技艺——盲人按摩。”

谢朔睁开眼，面无表情地对着她。

“真的。”叶谙手指酸麻，在空中抓了抓，活动几下，说，“听说眼睛看不见的人，其他感官会变得格外灵敏，比如说触觉，所以学按摩要比普通人容易。”

她忽然凑到他面前，问：“你的触觉会比以前敏感吗？”

熟悉的浅香随着她的凑近飘入鼻间，呼吸温热，喷洒在脸上。谢朔将头往旁边侧了侧，没有理会她的鬼扯。叶谙心下好奇，按捺不住地伸出一根手指，在他喉结上极轻地碰了碰。下一秒，她的手就被捉住。

叶谙笑道：“原来是真的呀！”

谢朔冷着脸，蓦地扣住她细软的腰，往怀里一拽。叶谙猝不及防撞入他怀中，她看着近在咫尺的英俊面庞，愣了愣。

二人间出现了片刻的静默，呼吸可闻。

谢朔低低开口，似压着什么情绪：“不想那天的事再来一次，就安分点儿。”

他扔下这句话，便毫不留情地松开她，起身往书房外走去。

那天的事……叶谙脑中闪过一些凌乱画面，倏地红了脸。

那天，也是在这张沙发上，虽然当时闹得很不愉快，但他们确实差一点儿就……她甚至还记得那天他手指的力度，以及俯身亲吻她时的感觉。手掌触及的沙发似乎也突然变得滚烫起来，叶谙不自在地蜷起手指，耳根热意久久未消。她不断地说服自己，不就是轻轻碰了下，至于吗？

下午，叶谙裹着薄毯，在卧室午休了一个小时。睡醒后她拿过手机，刚解锁屏幕，就收到施双双甩过来的一条论坛链接。

施双双问："谙谙，这是真的吗？"

叶谙愣了下，点开链接，看到帖子标题——"配音圈女神叶谙嫁了个盲人！！！"

主楼："昨天在外面偶遇了叶谙和一个男人，那男的眼睛看不见，应该是她老公，楼主当场就惊呆了！"

下面附了一张照片，正是昨天叶谙和谢朔逛街时的偷拍照。照片似乎是拍照人隔了很远的一段距离拍摄的，画质不太清晰，叶谙露了正脸，谢朔只有小部分侧脸。

底下评论很热闹：

"天哪！"

"人间迷惑？之前不是说她嫁入豪门了？所以到底哪个才是真的？"

"嫁入豪门跟嫁给盲人不冲突吧？说不定正是因为对方瞎了，所以才让她嫁过去呢？"

"叶谙这颜值，嫁给一个盲人，太可惜了吧？"

"只有我一个人觉得，这个男人看着还挺帅吗？"

"人在现场，看背影确实很帅。"

…………

叶谙大致扫了两眼评论，退出来，回复施双双："他眼睛确实看不见。"

施双双惊得手机都差点儿掉了。之前叶谙不是说对方是豪门大少爷吗？怎么突然就成盲人了？

叶谙继续回复："前段时间，我就是在陪他治疗。"

施双双恍然，难怪每次叶谙提到她老公，总是一副神神秘秘的样子。

"怎么之前都没听你说过？他是从小这样还是……"施双双问。

叶谙不想多说，只回复："意外受伤。"

施双双有些惋惜，没再多问，发了个"抱抱"的表情过去，说："祝你老公早日康复。"

叶谙随后点开了微博，发现微博也沦陷了。前阵子《药师》大火，再加上工作室砸的宣传，她人气飙升，涨了不少粉，所以这桩爆料一出，粉丝们立刻炸开了锅：

“哇的一声哭出来，我女神人美声甜，为什么要嫁给盲人？”

“就这么一张糊图，谁信谁傻。”

“人家想嫁谁就嫁谁，又没犯法，你们管得也太宽了吧？”

…………

叶谙看着微博底下粉丝的争吵，思忖片刻，再次从抽屉里翻出了雪藏已久的婚戒。这一次，她连谢朔那枚也翻了出来。

谢朔不在卧室，叶谙在书房找到他，挨着他在沙发上坐下，朝他伸出手道：“手给我。”

谢朔不解。见他没反应，叶谙直接抓过他的左手，替他将婚戒套了上去。

谢朔摸着无名指上的戒指，不明白她这番举动的用意，蹙眉问：“干什么？”

“你先别摘，等我拍个照。”叶谙说着，将自己那枚婚戒也戴上。

她拉着谢朔的手，放到旁边的桌子上，然后将她的手覆在他手背上，露出两枚婚戒。摆好姿势，叶谙拿起手机拍照，拍了好几个角度，总觉得不够唯美。她想了想，匆匆跑回卧室，从昨天买的玫瑰花里面抽了一枝出来，又跑回书房。

她重新拉过谢朔的手，覆到自己的手背上，说：“别动啊，就拍下照。”

谢朔虽然看着不太耐烦，却也配合她没有动。叶谙将玫瑰花摆在手边，找了个好看的角度，重新拍照，这次终于拍出了一张满意的。拍完她就不管谢朔了，抱着手机坐到一旁开始修图。

谢朔被她弄得莫名其妙，摸了摸指间的婚戒，似乎想摘下，但最后还是放弃了。

叶谙捣鼓半天，修好图，确认没什么问题之后，发了条微博。

“叶谙 V：我们很好，谢谢大家关心 [爱心]。”

还附带了一张两个人手戴婚戒的图。微博刚发完，底下评论就爆了：

“如鱼饮水，冷暖自知，好吧，姐姐觉得幸福就好！”

“作为一个手控，我觉得这对 cp（情侣）可。”

“有钱、长得帅还瞎，是我的理想型，这样他就看不见我的丑了[微笑]。”

“也是我的理想型[微笑]。”

…………

大概因为叶谙平日比较低调，严格来说也不算娱乐圈的人，所以大部分的评论比她想象中要平和许多。虽然还是有嘲讽和质疑，但并不显眼，很快就被淹没在了众多评论里。

解决完这些，叶谙松了一口气，扔下手机，靠在沙发上。谢朔不知何时也坐到了她旁边，叶谙偏头，瞥见他无名指上没有摘掉的婚戒，勾了勾嘴角，心情愉悦。

她忽然想起一件事，趴在他肩头问：“过两天就是中秋节了，你有没有想好送我什么礼物？”

谢朔掀了掀眼帘，淡淡道：“不是给你卡了？缺什么自己买。”

叶谙一时无语。一点儿浪漫都不懂的男人！

傍晚时分，钟覆抱着一个文件袋过来了，叶谙刚好在和施双双还有项泉商讨工作室的中秋活动事宜，便将书房让给他们，去了客厅阳台上。

光影被半开的窗帘隔断，谢朔靠着沙发，听着钟覆汇报的调查结果，神情冷肃。半晌，他修长的手指轻轻动了动，吩咐道：“继续查，小心些，不要打草惊蛇。”

“是。”钟覆应下，准备离开。

谢朔想起什么，忽然又叫住他：“等等。”

钟覆驻足，等待新的指示。

“准备一份中秋礼物，给……”谢朔顿了顿，将到嘴边的话又咽了回去，“算了。”

钟覆听得一头雾水。谢朔也觉得自己有点儿莫名其妙，怎么会把叶谙胡搅蛮缠的话放在心上？他按了按眉心，淡淡道：“你去吧。”

钟覆看了看他，怀着满腹疑惑离开。

第十章 听见爱情

中秋当天，叶谙陪着谢朔去了老爷子那边吃团圆饭。

二人回到家时，已是深夜。叶谙看到朋友圈有人晒电影票根，心念一动，同谢朔商量：“我们看电影好不好？不出去，就在家里看。”

谢朔一言不发，脸上明显写着“看不见，不感兴趣”。

叶谙搂着他的胳膊，软着调子撒娇：“你看不见可以用听的呀，就当陪陪我，我都好久好久没有看过电影了。”

她边说边将他从沙发上拽起。谢朔被她缠得没办法，最后只能默许了她的要求。叶谙将他拽到影音室，挑来挑去，挑中了一部评分很高的悬疑恐怖片。

反正有人陪着，也不用担心会害怕。叶谙用投影仪设置好播放，和谢朔在沙发上坐着，还拿了一条薄毯盖住下半身。很快，电影开始放映，起先画面很暗，之后才一点点亮起来。

这部电影画面和音效都是一流，恐怖氛围也渲染得十足。影音室里黑漆漆一片，只有眼前屏幕上有光，越发显得气氛阴森。

叶谙盯着屏幕，神情紧绷，连大气都不敢喘一下。她怀里原本抱了一个抱枕，电影里突然冒出一个带音效的恐怖画面，她吓得抖了一下，抱枕就滚落在地。她也没弯腰去捡，改为抓住谢朔的手。他的手指修长如玉，抓着还蛮有安全感。

谢朔感受到抓在手上的力度，面无表情地朝她这边“看”了一眼，虽然看着不太高兴，但也没挣开。片刻后，又是令人毛骨悚然的一声。这回叶谙吓得直接搂住了谢朔的胳膊，手指紧紧揪着他的衣服。

谢朔实在不明白她，既然这么害怕，为什么还要选恐怖片？

“哎，你听到那个声音没有？”叶谙缩在他怀里，看着屏幕，小声道。

怀中身体柔软，馨香浅淡，胸前的吐息也温热。谢朔靠着沙发，突然生出几分燥意来。

没听到回应，叶谙抬起头，对上一张冷漠的英俊面庞，薄唇近在咫尺，呼吸可闻。这样暗的环境，又是这样紧紧相贴的姿势，太容易滋生暧昧。叶谙感觉心口漏了一拍，脸上渐渐升腾起热意。她抬头静静地看着他，都忘了还在放电影。

须臾，一只有力的手揽上她的后腰，顺着脊背往上摸索。晦暗中，她看到他的喉结轻微地动了一下，气息好像也重了些。

叶谙无端紧张起来，下意识抿了抿唇。然而，下一秒，她就听到低沉的一声：“胆子这么小，就别看了。”

仿佛冷水兜头浇下，叶谙忍不住皱眉。谢朔说完，扯了扯腿上的毯子。没有直接把她从身上扒拉下去，估计是他最后的仁慈。

叶谙心里空落落的，脸上露出几分不满的神情。她松开他，坐回原位，忍不住小声吐槽：“一点儿情趣都没有，真搞不懂你这种人是怎么娶到老婆的。”

声音虽小，但谢朔听觉灵敏，还是听到了。他抬起头，冷不丁说：“这个问题，得问你自己。”

言外之意，你是我老婆，我为什么会娶到老婆，该问你。

她简直要被他气死了，猛地一拽毯子，不高兴道：“我脑子进水了行吧？”叶谙将毯子揉成一团，越想越气，甚至抓起地上的抱枕，猛地砸过去。

谢朔被砸了个正着，忽然冒出一句：“你这是欲求不满？”

叶谙当即就红了脸，又羞又恼，像只被踩到尾巴的猫，高声反驳：“谁欲求不满了？你才欲求不满！”

听到她奓毛的声音，谢朔无端生出几分久违的愉悦情绪，轻轻牵了下唇。瞥见他嘴角的弧度，叶谙只觉得越发羞恼了，仿佛在大庭广众下裸奔，尴尬到连脚趾都在发麻。她没处发泄，一气之下踹了谢朔一脚。

谢朔冷不防被她踹中，抬了下眼。

大屏幕上，恐怖片还在孤独地放着，音效诡异。但叶谙已经没心情再看了，将电影快进到结局，看完后，起身将放映设备关掉。

谢朔始终没动。叶谙往他那边看了一眼，不想管他，气呼呼地往外走去。等她走到门口，身后仍旧没有任何动静。她回过头，看着昏暗中模糊的身影，有些无奈。她犹豫了一下，又走回他脚边，将掉落的抱枕拾起，没好气地说："不看了，准备洗澡睡觉吧。"

谢朔撑着沙发站起身，刚迈开腿，眼前突然出现了几重幻影，一团一团旋转晕开，脑部一阵剧痛。他的身形晃了一下，险些摔倒。

叶谙赶忙扶住他，问："你怎么了？"

谢朔在她的搀扶下站稳，抬手按了按额角。

自从蜜月回来后，眼前出现幻影的情况基本就没再出现过，他还以为之前那次只是偶然，没想到这天又出现了。

"你没事儿吧？要不要叫医生过来？"叶谙扶着他，满脸担忧。

片刻后，刚才的幻影消失不见，谢朔眼前又是一片黑暗。他放下手，缓和片刻，说："你明天联系一下岑教授，跟他约个时间，就说我要过去再做一次检查。"

"好。"叶谙应下，扶他回卧室坐下，看着他的眼睛，仍有些不放心地说，"我给你按按头？"

这回谢朔完全没推拒，十分配合地躺了下来。他枕在她腿上，闻着她身上熟悉的淡香，微微合眼，不知不觉睡了过去。

叶谙给他按了许久，手指有些酸，便停下了。她低头，凝神看着他，长睫微垂。谢朔静静地躺着，面容比平日温和沉稳许多，鼻梁如峰，在一侧覆下淡淡的阴影。叶谙看得心下微动，忍不住伸出手指，白皙的指尖轻轻划过他鼻梁弧度。刚划至他的鼻尖，她的手就被捉住。

谢朔睁开眼，眸子幽深，叶谙呼吸一窒，无端有些紧张。他似乎有些疲累，也没问她偷偷摸摸在干什么，直接抓着她的手坐起来。

叶谙松了口气，理了理被他弄乱的裙子。谢朔握着她的手，只觉得掌中指骨纤细柔软，下意识地揉了揉。叶谙感到莫名其妙，不过她手指酸痛，这么一揉确实舒服了许多，也就没抽回来，随他去了。

次日，叶谙打电话给岑青彦那边，同岑青彦预约了再次就诊的时间，在一周后。

出发前一晚，叶谙洗完澡躺在床上，有些心神不宁，怎么也睡不着。这一次谢朔倒是比她平静许多，合眼躺着，一点儿响动也没有。

叶谙盯着天花板，忽然凑到他那边问："你说，会不会这次你突然就复明了？”

谢朔睁开眼，转过脸对着她。

叶谙说：“我有一种强烈的感觉，你这次能复明。”

谢朔沉默，半晌，勉强说了句：“早点儿睡吧。”

翌日清早，叶谙陪谢朔再次前往研究所，这回温若瑜因为有事，没有一同过去。

朝阳烂漫，车子离开市区，驶入研究所。上一回过来还是初夏，绿荫葱茏，一转眼就已经到了落叶枯黄的季节，路旁绿植上秋露未干，空气中也散着凉意。

岑青彦见到他们，先询问了一下这两个月谢朔的相关情况，随后才开始对他进行全面的检查。

叶谙在检查室外冷清的走廊里站了一会儿，缓慢地走到旁边休息区坐下。不知道是不是因为有过一次经验，她这次的心情平静了许多，没再像上回那样手脚发软，但终归还是有些担心。

检查室里，谢朔安静地躺着，一束光照入他眼内。

许久后，岑青彦关了灯，扶他起身，抬手在他眼前晃了晃，问道：“你最近眼前有没有出现过残影？”

谢朔答道：“有过两回。”

岑青彦脸上出现了一丝喜色：“看来治疗方案起作用了，你先留在这边观察半个月，可以的话，再动一次小手术。”

经过这么多回，谢朔早已经习惯了失望，所以听见这话，并没有太多的情绪波动。希望越大，往往失望就越大。

走廊里，偶尔有脚步声响起。叶谙正忧心地等待着，突然被一个小男孩撞到。这孩子八九岁模样，差不多到她腰间，眼睛上蒙了几圈白色纱布，因为站立不稳，双手抱着她的腿。

“对不起……”意识到撞了人，小男孩不安地小声道。

“没关系。”叶谙蹲下来，看了看他身后，轻声问，“小朋友，你怎么一个人在这里，爸爸妈妈呢？”

小男孩紧张地抿了抿唇，说：“他们……在工作……”

他的语气有种说不出的失落，看来是父母只顾着工作，无暇照顾孩子。

叶谙还想再问，身后突然传来开门的响动。

是岑青彦和谢朔出来了。她双眼一亮，赶忙起身迎上去，问岑青彦：

“岑医生，情况怎么样？”

岑青彦笑道：“情况比之前要好很多，可以尝试第三个方案了。”

叶谙心下一喜，有些激动地握住了谢朔的手。谢朔感受到手上的力度，眼睫轻轻动了一下。

“辛苦您了。”叶谙道了谢，推着谢朔的轮椅转了个方向，准备回专人病房，却看见刚刚撞上来的小男孩还一脸无助地站在原地，神情茫然。

叶谙心有不忍，重新蹲下身问：“小朋友，你住哪个病房，我叫护士姐姐送你回去？”

小男孩说了病房号，恰好就在谢朔病房的隔壁。

叶谙环顾一圈，没看到护士，于是顺路将小男孩送到了门口。

“以后别一个人乱跑了，不安全，要去哪里就让护士姐姐带你去。”叶谙摸了摸他的脑袋，叮嘱道。

“谢谢姐姐。”小男孩点点头，缓缓松开了她的手。

叶谙陪着谢朔回到病房，很快有人送了午餐过来。谢朔没吃几口就放下了筷子，叶谙看他这个低沉样子，不由得有些发愁。

“怎么了？是不是菜不合胃口？”她耐着性子问，“你想吃什么，我去帮你准备？”

谢朔淡淡道：“不用，我不饿。”

叶谙小声嘀咕：“都瘦成什么样了，还不好好吃饭……”

她也没什么胃口再吃了，将一切收拾干净后，扶他去病床上午休。

等谢朔睡着，叶谙一个人去外面买了些生活用品。回来路过楼下草坪的时候，她又撞见了先前那个眼睛受伤的小男孩。这次小男孩不是独自一人了，负责照顾他的护工也在旁边。他安静地坐在长椅上，手里抱着一个魔方。

之前叶谙送他回病房的时候，和护工打过照面，护工大概认出了她，低头冲小男孩说了句什么，小男孩立刻抬起头，朝四周“看”，稚嫩的脸上满怀期待。他的眼睛被纱布蒙着，无法视物，只能依靠声音辨别。

叶谙走过去，蹲下身说：“你好哇，又见面了。”

小男孩露出一个拘谨的笑，礼貌地喊：“姐姐。”

叶谙看了一眼他手里的魔方，问：“你在玩魔方吗？”

小男孩点了点头，并主动将魔方往她面前递了递，小心翼翼地问：

“姐姐，你可以陪我一起玩吗？”

“可以呀。”见时间还早，叶谙笑眯眯地接过魔方，坐下陪他一起玩了起来。

没过多久，乌云蔽日，秋风大作，忽然下起了雨。叶谙没带伞，赶忙和护工一起带着小男孩回了楼内。

走廊那头，几名医务人员推着一个急救病人，火急火燎地往急诊室方向冲，殷红的血渗透了病人手腕上缠着的纱布，看起来触目惊心。叶谙忍不住驻足，目送这个病人被送进急诊室。之后，她从其他人的议论当中得知，那人是因为接受不了打击，一时想不开才选择了自尽。

叶谙听得心有戚戚，想起病房里的谢朔，加快了回去的脚步。回到病房时，谢朔已经起来了，正安静地靠坐在床头，像一尊雕像，还是病美人雕像。

“你醒了？”

叶谙无端松了口气，放下东西，倒了一杯白开水，坐到床边递给他。

谢朔接过喝了两口，递还给她。

叶谙将杯子放到一旁，柔声问：“饿不饿？要不要吃些东西？”

谢朔摇了摇头，感觉双眼有些酸涩。

叶谙无奈，想叹气，又想起岑青彦的叮嘱：要让谢朔多保持愉悦心情。她只好拿出手机，打算找些有意思的东西逗他开心。结果刚点开微博首页，一条微博小说推送就映入了眼帘。

叶谙被吸引住目光，看了几行后，扑哧笑出了声。谢朔听见她突然的笑声，不知道她又在闹什么，有些莫名其妙。

“我读一本小说给你听好不好？”叶谙往他那边挪了挪，笑盈盈道。

说完，不等他反应，叶谙清了清嗓子，对着手机声情并茂地念了起来。

“总裁，夫人已经进手术室了，可以取下她的眼角膜了。”

“她有说什么吗？”

“回总裁，夫人说麻烦您把离婚协议签了……”

叶谙刚念完，就忍不住伏在谢朔腿上笑个不停。过了一会儿，叶谙憋住笑，又翻了翻其他的小说。

“下面还有挖肾的、抽血的、换心的……”她抬起头，伸出手指戳了戳他的肩膀，说，“你们这些总裁都这么残暴的吗？”

谢朔懒得理她。蓦地，叶谙担忧地问：“你不会也想挖我的眼睛给你换上吧？”

谢朔一声不吭。

“小说里都是这么写的，要治好一个人的眼睛，就得拿另一个人的眼睛来换，你不会也是这么打算的吧？”叶谙心有戚戚道。

谢朔一脸冷漠地对着她，脸上的表情仿佛在说：你是智障吗？

叶谙等了两秒，没等到他开口，自己忍不住先笑了。她凑到他面前，近距离看着他，有些泄气：“你就不能赏脸笑一下吗？结婚这么久，都没见你笑过。”

谢朔闻到她身上轻浅的香味，是他这半年来最习惯的味道。

蓦地，他眼前又出现了模糊的光影，而且这次比前几次都要明显。他的手指拽紧被单，一动不动地盯着她，想看得更清晰一些。然而，光影还是慢慢消失了，黑暗重新淹没了眼前的一切。

见谢朔不吭声，叶谙伸出手指戳了戳他的脸。不知道是不是离得太近的原因，她总有种他在看自己的错觉，耳根忍不住微微发烫。

气氛变得微妙起来。正心猿意马时，叶谙突然打了个喷嚏，一绺碎发垂落眼前，带了几分湿意。

“我刚刚淋了雨，现在去洗个澡，你别到处乱跑，有事就叫我或者护士。”她掩饰住自己的心虚，匆匆起身进了浴室。

谢朔没应声，安静地坐在床头，似乎在等待下一次光影的出现。

第二天刚起床，叶谙便感冒了。

刚开始只是鼻塞和轻微的咳嗽，她没太放在心上，谁知到晚上竟然发起了烧。她没敢再往谢朔那边凑，吃了退烧药后，一个人缩在被窝里，时不时咳嗽几声。

谢朔被她的咳嗽声吵得睡不着，蹙起眉头翻了个身。叶谙从他翻身的动静中听出了不耐烦，沙哑着嗓子道：“是不是吵到你了？”

她将被子往头顶一蒙，嗓音顿时沉闷起来：“这样呢？还能听见吗？”

不等谢朔回话，她又把脑袋冒了出来，大口呼着气：“不行，太闷了……”她顿了顿，又提议道：“要不，给你准备两个耳塞？”

谢朔很是无奈。都这个时候了，她还有心情说笑。“吃药没？”虽然不太想搭理她，但谢朔还是关心地询问了一下。

“吃了……”叶谙咳嗽两声，将被子往下拉了拉，说，“就是普通的感冒，明天应该就好了，你先忍一忍……”

她脑袋昏昏沉沉，没一会儿就睡了过去。谢朔听着她那边的动静，过了许久才睡着。叶谙这一睡，就睡到了日上三竿。她睁开眼，下意识往旁边看了看，谢朔已经不在床上，病房里也安安静静的，没有半点儿声响。

以谢朔的脾气，通常情况下是不会主动出门的。叶谙觉得奇怪，起床搜寻一圈，还是没见到他的人影。难道被岑青彦叫走了？可怎么都没通知她一声？叶谙越想越不对劲儿，心里有些担忧，匆匆忙忙洗漱完，出去寻谢朔。

路过隔壁病房时，恰好撞上医护人员领着昨天那个小男孩去换药。叶谙同小男孩打了声招呼，顺道询问医护人员有没有看见谢朔。

医护人员还没回答，小男孩就说："我先前听护士姐姐说，有人从楼梯上摔下去了。"

叶谙闻言腿一软，旁边的医护人员也补充道："是有位病人受伤了，送去急救室了，你要不过去看看？"

叶谙脸色惨白，顾不得再问，急急忙忙往急救室的方向跑去。她感冒还没好，头重脚轻，一路上好几次差点儿摔倒。

到了地方后，急救室的门紧紧关闭着，叶谙不能强行闯进去看个究竟，只好在外面等着。她正想找人问问，通往电梯方向的拐角处突然传来响动，她转头，看到谢朔坐在轮椅上，正由人推着往这边来。

叶谙不自觉红了眼眶，急急奔过去，蹲下身握住他的手，嗓音带了一丝颤意："你没事吧？"

谢朔听着她慌乱的语声，开口道："我没事。"

他身后，另一个声音也响起："谙谙，你别急。"

叶谙闻声抬头，这才注意到温若瑜的存在。她微愣，喊道："妈。"

温若瑜笑盈盈地看着她，说："阿朔他没事，我过来看他，顺道推他出去转转。"

叶谙对上落在自己身上的数道目光，后知后觉有些尴尬。她松开谢朔的手，又看了他一眼，讪讪解释："我听医生说，有人摔倒了，还以为是你……"话未说完，她的耳根已经红透了。

她索性也懒得再解释了，站起身问温若瑜："妈，您什么时候来的？"

温若瑜微微一笑，说："早上来的，听说你感冒了，就没吵你。"

三人回到病房，叶谙重新去卫生间洗脸换衣服，温若瑜则陪着谢朔在床边说话："刚才谙谙急得都快哭了，妈看得出来，她是真心喜欢你，这些日子多亏有她……你呀，也别老对人家冷言冷语的，平时多关心关心她，要是把人气走了，妈看你上哪儿再去找这么好的女孩子……”

谢朔听着她的絮叨，想起先前叶谙发颤的嗓音，沉默不语。

卫生间的门被推开，叶谙走出来，咳嗽了两声。

温若瑜没再絮叨，站起身问：“怎么突然感冒了？找医生看过没？要不要回家休息一阵子？”

叶谙笑了笑，说：“不要紧，我吃过药了，烧也已经退了，过两天就好了。”

她边说边端过先前倒好的白开水喝了两口，然后问：“您晚上在这边住吗？”

温若瑜摇摇头。见叶谙脸上没什么血色，她有些不放心地说：“你要是实在不舒服，就先回去，我另外找人过来陪护。”

叶谙瞥了一眼旁边面无表情坐着的谢朔，心道，就他这大少爷脾气，找谁来只怕都扛不住。

“不用了妈，我真没事。”

温若瑜顺着她的视线看了一眼，没再坚持，拉着她又说了些关于谢朔眼睛的情况。

约莫一周后，叶谙的感冒才彻底痊愈。

这日是难得的好天气，她拉开窗帘，看了看外面灿烂的秋阳，回头笑着冲谢朔道：“今天天气真好，待会儿我们出去……”

话音未落，门口突然传来响动，隔壁的小男孩出现在屋外。他眼睛上的纱布已经去掉，一双眸子乌黑懵懂。他扶着门框，小心翼翼地看着叶谙，像是怕认错人。

叶谙愣了一下，起身走过去，问道：“你的眼睛……能看见了？”

小男孩听出叶谙的声音，点了点头。

“真的吗？”叶谙笑着蹲下身，看着他的眸子道，“恭喜你呀！”

“谢谢姐姐。”小男孩也抿起嘴角笑了，露出两个小小的酒窝，认真地说，“姐姐，你长得真好看！”

叶谙被他的话逗得一乐，摸了摸他的脑袋，问：“那你是要回家了吗？”

小男孩点点头，说：“我是来跟姐姐说再见的。”他看了看病床上一直沉默不语的谢朔，小声问：“哥哥的眼睛也看不见吗？”

叶谙跟着回头看了一眼，脸上的笑容淡了下来：“是呀。”

小男孩歪头想了想，小声又问：“我可以过去跟哥哥说话吗？”

叶谙笑道：“当然可以。”

她巴不得有人能陪谢朔说说话，尤其是小孩子。对着小孩子，他总不至于胡乱发脾气。小男孩走到病床边，见谢朔神情淡漠，有点儿紧张。叶谙笑着将他的小手放在谢朔的手背上，给了他一个鼓励的眼神。

小男孩握住谢朔的手指，轻轻叫了一声“哥哥”。

谢朔没回应。

叶谙低头问：“你想跟哥哥说什么？”

小男孩大着胆子爬上床，伸出小胳膊抱了抱谢朔，说道：“哥哥，你别不开心，我抱一抱你，你的眼睛就会像我一样好起来了。”

稚嫩的声音响在耳边，谢朔眼睫微微动了动，终于有了些许反应。

小男孩走后，叶谙忍不住道：“你看人家小孩子都比你乐观，你就不能高兴些吗？”

她从桌上拿了个橘子，坐到床边，边剥边絮叨：“说不定你也跟他一样，这次做完手术就好了呢……”

橘子的香味飘散开来，叶谙掰了一瓣橘肉，去掉上面包裹的白丝，递到他嘴边：“来，吃橘子。”

谢朔默默张开嘴。叶谙又给自己掰了一瓣。这样你一瓣我一瓣的，很快就分完了一个橘子。她正想再拿一个，忽然听见一句：“要不要出去走走？”

叶谙一口橘子噎在喉咙里，以为自己听错了。“你……刚刚说什么？我没听清。”她咽下橘子，不确定地问。

谢朔神色如常道：“不是说天气很好？要不要出去走走？”

上回来这边治疗，叶谙不知道要费多少口舌才能哄他出去走动一次，没想到这一次他却自己主动提出要出去走走。

“好哇！”叶谙顾不得再吃橘子了，赶忙扶谢朔下床，推了轮椅过来。身后窗帘上光影浮动，叶谙看了一眼谢朔冷峻的侧脸，忽然发觉，这几天他脾气似乎好了许多，也没那么喜怒无常了。难道真转了性子了？

楼外，秋阳斜照，梧桐树参天而立，缤纷落叶随风盘旋着掠过地面，空气中也飘散着淡淡的花香。叶谙推着谢朔穿过草坪，到了林荫道上之后，谢朔便没再坐轮椅，由叶谙扶着慢慢往前走。

许久后，两个人走累了，在路边的长椅上坐下。远处隐隐传来钢琴声，调子十分模糊，叶谙随口问谢朔："好像有人在弹钢琴，什么曲子，你能听出来吗？"

本以为谢朔会像往常一样不愿搭理她，谁知他却破天荒开了口："《秋日私语》。"

眼睛看不见，果然听力就会格外突出。

"你会弹吗？什么时候弹给我听听？"叶谙随意道。

谢朔没再回答，叶谙也没继续追问，而是歪头盯着他看了起来。目光从他的眉眼鼻梁，缓缓挪至双唇，叶谙心底怦然一动。她忽然想，如果这一次，他和那个小男孩一样，也能成功治好眼睛，那她以后就再也无法这样肆无忌惮地看着他了吧？

他们有过约定，等他复明，这段名义上的婚姻就算结束了。

想到这里，叶谙不由有些怅然。一片落叶掠过谢朔身侧飘然落地，她忍不住轻轻唤了他一声："谢朔。"

谢朔下意识回头，就趁这个瞬间，叶谙往前凑了凑。

于是，谢朔的唇"恰好"碰上了叶谙的唇瓣。

谢朔愣住。

叶谙直起身，先发制人道："你突然亲我干什么？"

谢朔蹙了蹙眉，没有反驳她的指责。他看不见，自然也不知道刚刚的举动是她故意促成，实际上是她占了自己的便宜。叶谙看着他，偷偷勾起了嘴角，眼底闪着晶亮的光。

"算了，看你也不像故意的，我就不跟你一般见识了。"她厚着脸皮摆出一副大度模样，转移话题，"这么坐着挺无聊的。我让人拿本书过来，读给你听？"

谢朔没有反对。远离尘嚣闹市，这样的环境，再适合读书不过。

叶谙起身，找到附近的工作人员，请他帮忙去借本书过来。谁知对方随手一拿，恰好是一本泰戈尔的诗集。秋日天高云淡，阳光穿过枝叶，斑驳光影落在并肩而坐的两个人身上。叶谙将诗集放在腿上，一页一页翻开，缓缓读了起来——

我听见爱情，我相信爱情

爱情是一潭挣扎的蓝藻

如同一阵凄微的风

穿过我失血的静脉
驻守岁月的信念
我相信一切能够听见
甚至预见离散，遇见另一个自己
而有些瞬间无法把握
任凭东走西顾，逝去的必然不返
…………

温柔的嗓音徐徐响起，似春日暖风，融化严冬冰雪。谢朔静静听着，一贯冷冽的眉眼渐渐变得温和起来。某一瞬间，他忽然觉得，倘若余生注定要在无边黑暗里度过，有这样一个人陪着，做一辈子夫妻，似乎也不错。

不知过了多久，谢朔耳畔的声音一点一点低下去，最后消失于柔软的风中。他肩头一沉，一个脑袋歪了过来，暖热透过衣衫，蔓延到他身上。

四下里突然静下来，无尽黑暗中，谢朔仿佛听到落叶飘悠悠坠地的声音，听到风穿过枝丫的声音，还听到了肩头轻浅的呼吸，似许多个清晨，他从黑暗中醒来，她就在枕侧，气息绵长。

叶谙白皙纤细的手指从书页间滑落，恰好滑到谢朔手边。他感觉到她指尖冰凉，怔然片刻，修长的手指轻轻动了动，将她微凉的手裹入自己温暖的掌中。

枯叶如蝶，膝上诗集被风翻过，停在某一页。

第十一章 重见天日

由于谢朔的积极配合，这一回的治疗要比上回愉快许多。叶谙甚至感觉，自己就像是同他来度假的，每天完成例行的检查和换药之后，便在研究所内散步闲坐，日子过得相当悠闲。

唯一遗憾的是，半个多月后，奇迹并没有发生——谢朔没有像她私心里希望的那样，突然复明。叶谙问了岑青彦几次，岑青彦的回答都是“情况比之前好，但能不能复明还不确定”，导致她严重怀疑他只是在安慰自己。

离开研究所的那天也是晴空万里，车窗外的街景渐渐变得繁华，行人熙熙攘攘，各有各的悲欢。叶谙看着身侧沉默不语的谢朔，担心他难过，伸手轻轻地覆住了他的手背。谁知谢朔非但没有表现得多消沉，反而顺势将她的手握在掌中，轻轻揉捏了起来。

叶谙突然有些疑惑地想，最近一段时间，他好像喜欢上了捏她的手，时不时就会握着捏两下，也不知道这算个什么爱好。

叶谙看了看被谢朔揉捏得发热的手指，想抽回来，可想到他刚受了打击，心情应该不太好，只好忍下，由他去了。

从研究所回来后，叶谙发现谢朔整个人变了许多，不再像之前一样死气沉沉。虽然他仍旧不爱说话，但明显有了生气，也愿意出门走动了。

这天下午，叶谙正在书房给谢朔读书，谢予然突然过来了。见他们有事要谈，叶谙便放下书，起身出去了。其实在公事方面，谢朔对她还算信任，很多文件都会直接给她，从无疑虑。但谢予然不同。他似乎对她存在偏见，所以基本每次他单独过来，她都会尽量避开。

谢予然目送叶谙出去，转头看向谢朔，忽然说："哥，你最近好像……开朗了许多。"

谢朔神色微顿，低头抿了口茶，并未回应他的话。谢予然也没继续这个话题，转而和他聊起之前那个投资案的后续事宜。两个人聊了约莫半个小时。

离开时，谢予然路过楼下客厅，看到厨房里叶谙正兴致勃勃和周姨学做甜点。她穿着一身宽松的居家服，一头长发绾起，脸上笑意明媚。

其实，谢予然一直对这个突然冒出来的嫂子没什么好印象，总觉得她就是个贪图富贵的花瓶，但现在却不得不承认，她嫁过来之后，大哥的确变了不少。

他掠了两眼，没有多停留，收回目光，大步往外走去。叶谙完全没有注意到他的经过，一门心思跟着周姨研究甜点的做法。她们这天做的是桂花糕，做好后，叶谙自己先尝了一块，感觉味道还可以，立刻开心地端着一碟上了楼。

书房门开着，叶谙进去才发现谢予然已经离开了，谢朔正一个人坐在沙发上，单手撑着额头，一副若有所思的模样。听到脚步声，他放下了手，修长的手指微微蜷起。

叶谙端着糕点坐到他身侧，笑道："我亲手做的桂花糕，要不要尝一尝？"

谢朔转过脸对着她，露出了怀疑的表情。叶谙笑容一僵。最近谢大少爷的脾气好了许多，但这挑剔的毛病还是一点儿都没变。叶谙也不管他愿不愿意，用叉子叉了一小块，递到他嘴边："来，尝一块。"

大概是怕她又跟他闹腾，谢朔勉为其难地张开了嘴。叶谙看着他吃下，一脸期待地问："怎么样？"

谢朔如实回答："还可以。"

能得到他这个评价，叶谙已经很满意了。她又叉了一块喂给他："那再吃两块。"

谢朔顺她的意又吃了几块，叶谙怕他腻，就没再喂给他，自己将剩下的给吃了。吃完，她瞥见谢朔的嘴角沾了一些桂花糕碎末，懒得拿纸巾，直接伸出手指去帮他抹。谁知才刚抹了两下，她的手腕就被对方捏住。

谢朔捏着她的腕骨，抬头对着她，眸子幽深。叶谙是侧坐在沙发上，倾身向他的姿势，他这番动作，使得气氛陡然暧昧起来，仿佛回到了那天在影音室时的情形。

她心头微跳，下意识往外抽了抽手，他却顺势往前一滑，握紧了她的手指。男人面容冷峻，手指修长，这样的动作无端带了一丝撩拨意味。

就在叶谙揣测谢朔要做什么时，他忽然握着她的手放到腿侧，揉捏了起来。

还真揉上瘾了是不是？叶谙无语了片刻，毫不留情地将手抽出来，说："我还没擦手。"

谢朔掌中一空，似乎有些意犹未尽。叶谙起身拿纸巾擦了手后，坐回他身侧，看了看窗外的天色，说："我们有好几天没出过门了吧？明天找个地方逛逛好不好？"

谢朔将手收回，放在腿上，说："后天晚上有个慈善晚宴，你如果想凑热闹，让予然带你过去。"

叶谙闻言，双眼一亮，挨着他问："你去吗？"

谢朔淡淡道："我不方便。"

叶谙登时泄了气："你不去那我去有什么意思？"

听到她的话，谢朔偏过脸向她这边，反问："你不是说，跟我在一起没意思？"

叶谙噎了一下，梗着脖子不肯承认："我什么时候说过？"

她不过是偶尔嫌弃他这个人无趣而已。谢朔薄唇微抿，没跟她争论。叶谙趴在他肩头，看着他光洁的下颌，按捺不住，伸手挠了挠，低声说："不过，你有时候确实挺让人生气的……"

话音未落，她的手又被捉住。这回，谢朔倒是没再揉捏她的手指。他捉着她纤细的手静默了片刻，忽然说："你想去什么地方，可以自己去，不用总待在家。"

如果他一直都好不了，她这样陪着，迟早有一天会厌烦的。虽然他也不知道她到底哪来的耐心，能陪他到现在，还事事关心。

听出他的言外之意，叶谙微微一怔。她抬起头，望着他的眼睛，动了动唇，想说些什么，却又不知道该说什么。谢朔这个人喜怒无常，万一哪句话又戳中他伤口就不好了。

过了一会儿，叶谙蛮横地搂住谢朔的脖子，故意扬起下巴道："怎么，有人陪你你还不乐意吗？”

谢朔只觉得怀中身体柔软，熟悉的幽香飘入鼻间。他没说话，也没把她推开，问道：“不去晚宴，你想去哪里？”

“你答应啦？”叶谙受宠若惊地睁大眼。这位大少爷最近真是越来越好说话了！

“还没想好，等我想一想。”叶谙端起空盘子，高高兴兴地离开了。

谢朔靠着沙发，听着她远去的脚步声，眼前突然又掠过了一道光影。

虽然最终他们没有去参加慈善晚宴，但很快，就迎来了另一个不得不参加的宴会——谢柏言的生日宴。

这两年谢家出了太多变故，整体气氛低迷，所以今年生辰，谢柏言决定办个小小的宴会庆贺一下，散散颓气。

当天下午，化妆师提前过来帮叶谙做妆造。叶谙衣橱里雪藏已久的漂亮礼裙终于派上了用场。她挑了一件白色晚礼裙，大方优雅，化的妆容也偏温婉。她看着镜子里的自己，忽然有种还在新婚夜的感觉。

化好妆，她又替谢朔挑了一套正装，白衬衫黑西服。

谢朔换上衬衫，从衣帽间出来，手里拿着一条深色领带，问她：“领带会打吗？”

这还是他头一回主动找自己帮忙打理，叶谙立刻点头：“会。”

她上前，接过他手里的领带，踮脚将领带绕过他的后颈，这个姿势，两个人离得很近，叶谙能感受到谢朔温热的呼吸，一点点喷洒在她的肌肤上。

叶谙其实没怎么给人打过领结，动作有些生疏，往里绕的时候，指尖不小心刮过他的喉结。她心头一跳，下意识抬头去看他。谢朔只轻微地蹙了下眉，并无其他反应。

叶谙垂下眼睫，努力将所有注意力都倾注在手中的领带上，然而心跳却不受控制，节拍全乱。她的耳根不自觉地开始发烫，热度渐渐蔓延到脸上，甚至连白皙的指尖也染上了粉色。

怕他察觉到自己的异样，她刻意屏住了呼吸。片刻后，她将领结推上去，目光掠过他下颌，假装镇定地替他整理了一下领口，说：“好了。”

说完，往后退了半步，人也松懈下来。谢朔从容挽起衣袖，又道：“替我拿块手表过来。”

衣帽间里有专门的玻璃表台，里面摆了不止一块手表，而且都价格不菲。叶谙看了看，转头问："拿哪块？"

谢朔言简意赅地扔出两个字："随你。"

看不出来他还挺信任她的审美，她低头，依照自己的喜好挑了一款，拿到谢朔面前，捧起他的手，替他戴上。

叶谙戴手表的时候，不可避免地会碰到他的手腕，莫名地，她心跳有些不稳。其实，平日里比这更亲密的接触也不是没有，但大多都是她故意闹腾，现在这种安静时刻，哪怕只是指尖相碰的轻微触感，都会被无限放大。

他的呼吸就在发顶，她低垂着眼，更加不敢抬头。戴好手表，她又贴心地替他将衣袖整理好，一丝褶皱也未留。

少时，谢朔穿好外套，抬步往外走。手工定制的西服勾勒出他流畅的身体线条，从肩到腰，完美贴合；下身西裤笔挺，腰间皮带紧扣。这一换装，他整个人比之前添了不少气势，看起来冷肃迫人。

叶谙脑中忽然闪过很早之前看到过的画面，那时他还未失明，一身西装从媒体的聚光灯下走过，意气风发，高贵优雅，可谓当之无愧的天之骄子。

谢朔走出几步，察觉到叶谙没跟上来，微微侧头问："怎么了？"

"没事。"叶谙忙上前走到他身侧，小心地挽上他的胳膊。她心口扑通数声，似乎里面住进了一只小鹿。

宴会的举办地点定在离市区较远的一处庄园内，二人提前到达，找了一个房间待着。晚上六点，宾客们陆续到来。巨大的水晶吊灯悬在天花板上，映得满堂通明。宴会厅内，衣香鬓影，觥筹交错。

外头喧嚣热闹，谢朔却丝毫不感兴趣，安静地坐着，神情冷淡。叶谙在房间里陪了他一会儿，觉得这种时候两个人都不出去招呼有些不妥，于是走到他面前，好声好气问："我们要不要出去看看？"

谢朔微微蹙眉，沉默不语。叶谙看他这副模样，心下无奈，正想劝一劝他，结果还没开口，谢朔忽然站了起来。

叶谙又惊又喜："你肯出去了？"

谢朔没说话，只是将手递给了叶谙。她忙高兴地过去，扶他坐到轮椅上，推着他出了屋。进入宴会厅，耀目的光铺天盖地袭来，笼在他们身上。男人容颜如玉，女人眉眼精致，俨然一对璧人，一出现，便吸引了大半的目光。

到了谢柏言面前，叶谙微微一笑，说：“爸，生日快乐。”

谢柏言微微颔首，也露出温和的笑容。

到场的宾客里，有许多人还不知道谢朔失明的事，这一见面，都露出了异样的神情。谢柏言旁边站着一位面色温和的中年男人，见到谢朔，他笑着道：“阿朔，有些日子没见你出来了。”

谢朔听出他的声音，打了声招呼：“章叔。”

察觉到谢朔似乎有排斥不安的情绪，叶谙弯腰凑到他耳边，悄悄说：“我们去人少的地方？”

谢朔面色稍缓，“嗯”了一声。

叶谙推着她，往僻静处去，没走多远，身后忽然传来轻柔的一声：“阿朔。”

叶谙转过头，只见两步之外立着一个穿淡蓝色礼裙的年轻女人，身形窈窕，面容清雅，举止温柔。叶谙心里咯噔一下，突然有种不祥的预感。

“好久不见。”女人上前，目光扫过叶谙，落在谢朔身上。

谢朔的表情十分平静，半点儿波澜都未起。

“我上周刚回国，本来打算去看你，又怕你不方便……”她说着，忽然转向一旁的叶谙，“这位是……”

谢朔淡淡道：“我太太。”

女人冲着叶谙微微一笑：“你好。”

叶谙也露出一个得体的笑容：“你好。”

对方不动声色地打量了叶谙两眼，将目光重新落回谢朔身上，问：“你的眼睛好些了吗？”

听到这个问题，谢朔的脸色冷了冷。没得到回应，女人脸上的笑容差点儿维持不住。正尴尬时，谢予然端着一杯酒从旁边走过来。

“哥，嫂子。”谢予然顿了下，转向蓝裙女人，开口道，“沐晴姐。”

见到他，章沐晴又恢复了大方的笑容，轻声道：“予然。”

谢朔忽然拍了拍叶谙扶在肩膀上的手，低声说：“走吧。”

叶谙回神，推着谢朔往一旁走去，留下谢予然和章沐晴在原地叙旧。

叶谙扶着谢朔在角落里的沙发上坐下，戳了戳他，小声质问：“老实交代，是不是你前女友？”

谢朔一脸不耐烦地答道：“不是。”

叶谙歪头追问："那就是……前暧昧对象？"

谢朔靠着沙发，双目微合，没再理会她无聊的问题。

过了一会儿，叶谙又回头看了一眼，发现刚才搭话的女人走到了章峻丰的身侧。叶谙戳了戳谢朔，问："她是你那位章叔叔的女儿吗？"

谢朔不情愿地抬起头，淡淡道："养女，从亲戚那边过继过来的。"

叶谙立刻扭头："知道得这么清楚，你们是不是从小一起长大的？"

谢朔解释道："她十几岁才被收养。"

意思是算不上青梅竹马。但在叶谙看来，四舍五入这也算是。她想了想，觉得有些奇怪，既然章沐晴是章峻丰的养女，而章家跟谢家又有商业上的往来，那论家世和交情，当初谢朔最好的结婚对象不应该是章沐晴吗？正好还能来个商业联姻，一举两得，怎么最后挑来挑去，反而让她捡了便宜？

难道是章家见谢朔眼睛瞎了，没法继承家业，看不上他？可这样的话，章沐晴应该也默认了这个选择，那她现在为什么还一副旧情难忘的样子？后悔了吗？

叶谙不由得脑补了一出虐恋情深的戏码，她趴到谢朔肩头，小声问："谢家和章家不是向来有交情吗？怎么你当初没和章沐晴结婚？"

谢朔掀了掀眼帘，语气嘲讽："章家当成联姻工具培养出来的女儿，会舍得嫁给一个盲人？"

原来真是这个原因。叶谙仰起头，看着灯下谢朔冷峻的面容，眼珠一转，又道："那这么说，如果当初章家同意的话，你就会娶她喽？"

她以为他会默认，谁知，他却言简意赅地扔出两个字："不会。"

"为什么？"叶谙纳闷。

谢朔却没再言语，显然不想回答。

叶谙伸出纤白的食指，挠了挠他的下颌，追问道："为什么？你说实话，我保证不生气。"

大概是怕她一直缠问，谢朔沉默片刻，终于开了口："没什么理由，我不喜欢她。"

叶谙下意识道："可你也不喜欢我呀！"

谢朔没想到她会在这个问题上钻牛角尖，一时无言。当初选择跟她结婚，很大一个原因是老爷子生了病，他那时又心灰意冷，就顺势随他们安排了。见他沉默，叶谙心底泛起酸涩的感觉。虽然一直都知道他不喜欢自己，但这会儿直白地戳破，她还是忍不住会难受。

她垂眸，眼前是他修长如玉的手，忍不住伸出小拇指，在他手背上轻轻刮了下，借此掩饰自己的那点儿心思。

谢朔只当叶谙是无聊，顺势握住她柔若无骨的手，习惯性地揉捏了起来。叶谙登时更加心堵了。她抬头，瞥见他万事不放心上的淡漠神情，气不打一处来，猛地抽回了手，起身说："我去趟洗手间。"

说完，她就踩着高跟鞋走远了。谢朔掌中一空，听她话里似乎带着怒气，一脸不解，不知道哪里又招惹她了。

叶谙走出好几步，突然意识到这是在晚宴上，不能失态，脚步又慢了下来。灯光笼在她身上，勾勒出她的窈窕身姿，削肩细腰，裙摆如花枝摇曳。

不远处，有参加宴会的宾客窃窃私语——

"哎，那就是谢家的媳妇？"

"是哪家的女儿？以前怎么好像没见过？"

"这是头一回出来吧？长得倒是挺漂亮……"

…………

章沐晴立在一旁，听着传入耳中的评头论足，忍不住也投去了目光。

叶谙一路目不斜视地走出宴会厅，进了洗手间。她站在洗手池旁，情绪冷静了些。算了，本来就是毫无感情的协议婚姻，早就说好了的，跟他生什么闷气？

叶谙洗了手，对着镜子照了照，确定妆容没花后，转身走了出去。谁知等她回到宴会厅，却发现章沐晴不知何时结束了跟谢予然的叙旧，坐到了谢朔身边，在跟他说着什么。

叶谙心口一堵，瞬间感觉自己头顶飘了一朵绿云。她深吸一口气，踩着高跟鞋仪态万方地走过去，挨着谢朔坐下，然后嘴角一弯，故意亲昵地唤了声："老公。"

她搂着谢朔的胳膊，盯着他，心中默念：你敢皱眉，敢嫌弃，今晚我跟你没完！好在谢朔已经习惯了她时不时地作妖，没皱眉也没露出嫌弃的表情，神情甚至称得上温和，给足了她颜面。

叶谙满意了，依偎着他，抬头看向侧身而坐的章沐晴，展开一个纯良无害的笑容："你们在聊什么？"

看见她和谢朔亲昵的姿态，章沐晴面上闪过一丝愣怔，似乎十分意外。她迟疑地说："我看他一个人坐在这边，怕他不方便，所以过来问问有没有需要帮忙的。"

叶谙还想说什么，谢朔突然将她的手裹入掌中，柔声道："怎么才回来？"

看着他们旁若无人的亲昵动作，章沐晴大概也感觉到了自己的多余，抿唇坐了片刻，微微一笑道："既然你没事，那我就先去伯母那边了。"

谢朔没挽留，章沐晴脸色有些僵硬，起身离开。

章沐晴一走，叶谙就敛了笑，瞪着谢朔。她瞪了半天，谢朔毫无所觉，依旧波澜不惊地捏着她的手指。

怎么又忘了，他看不见。叶谙泄了气，只得收起眼神，没再白费功夫。她攀着他的肩，凑到他耳边，恶狠狠地小声警告："虽然我们约法三章，互不干涉，但你要是敢在还没离婚的时候勾搭上别的女人，我就废了你！"

谢朔仍旧没作声。叶谙揪住他的衬衣，不依不饶："听到没有？"

谢朔忽然松开她的手，修长的手指撑住额角，眉头紧皱，一副难受的模样。叶谙顾不得再和他闹，赶忙问："怎么了？又头疼了？还是眼睛疼？"

谢朔也不回答，只是疲累地闭了闭眼。叶谙伸手去扶他，问："要不我扶你回房休息？"

谢朔没反对，叶谙推着他出了宴会厅，忽然又想起一件事，低头问他："之前你弟弟说的那个在背后做局的章家，是刚刚那位吗？"

谢朔"嗯"了一声。

那他和章沐晴之间就更不可能有什么关系了。叶谙放了心，推着他回了先前休息的房间，扶他在床边坐下，轻声道："你先睡一会儿，等可以回家了我再过来叫你。"

谢朔脱下外套，抬手扯开领结，因为他的动作，衬衣领口下的小片锁骨微露。叶谙瞄了两眼，扶他躺下，替他将外套和领带放到旁边，确认他盖好了被子，才转身出屋，轻轻关上了门。

听到关门的响动，谢朔睁开了眼，起身坐起来，神色清明得很。

叶谙回到宴会厅，看到正在和人交谈的温若瑜，走过去，叫了声："妈。"

"谙谙。"见她过来，温若瑜停下交谈，看了看她身后，问，"阿朔呢？"

叶谙道：“他不太舒服，我刚扶他回房间休息了。”

温若瑜闻言道：“待会儿你陪他先回家吧，这里有我们就行。”

“好。”叶谙应下，视线落在温若瑜身侧的年轻姑娘身上。

现在已经是十一月份，这姑娘却还穿着一条黑色的齐膝小短裙，露出纤细修长的小腿。她漂亮的脸蛋上一双眸子潋滟，眼尾微微上挑，像狡黠的狐狸，又像高傲的猫。她也在不动声色地打量叶谙。

温若瑜向叶谙介绍：“这是小狸，你辛叔叔的女儿。”随后又向辛狸介绍叶谙。

都介绍完毕后，温若瑜说道：“你们年纪差不多，以后可以多聊聊。”

叶谙与辛狸对视一眼，点头致意。

温若瑜转过头，笑着拍了拍叶谙的手，道：“走，我带你去见一见你的叔伯阿姨们。”

温若瑜领着她，一路同过来的宾客寒暄。一番应酬下来，叶谙也被灌了个四五分醉，脑袋有些晕。到九点左右，她看了一眼时间，估摸着差不多了，便跟温若瑜打了声招呼，准备和谢朔先回家。

温若瑜叮嘱了几句，让司机送他们回去。叶谙上楼，原本是打算去谢朔休息的房间叫他，忽然听见阳台上传来奇怪的细微响动。她下意识往那边走了走，探头一看，猛地瞪大了眼睛。

阳台上光线晦暗，隐约可以看到两个紧贴的身影，其中一个穿着黑色齐膝短裙，裙摆下两条细腿白得晃眼，应该是辛狸。

她正将一个男人堵在角落里，踮脚亲着。那男人瘦瘦高高，从身形看，有几分眼熟。就在叶谙揣测是谁时，那个男人忽然拽下辛狸的胳膊，低低呵斥了一声——听嗓音，分明就是谢予然！

谢予然和辛狸！叶谙满脸震惊，险些以为自己醉酒产生了幻觉。眼看他们似乎要离开阳台往这边来，叶谙赶忙转身，假装什么也没看见，匆匆走到谢朔休息的房间。

她推开房门进去时，谢朔已经起身，在床边坐着，冷峻的脸上神情淡淡，透着一丝疲惫。

“我跟爸妈打过招呼了，我们先回家吧。”叶谙拿过旁边的西服外套，直接撑开替他穿上，又为他整理好衣领，扶他出屋。

路过客厅时，叶谙又看了一眼，阳台上辛狸和谢予然的身影已经不见了，仿佛刚刚所见都是她的幻觉。

初冬的夜，薄雾清寒，冷月斜斜挂在梢头。车内开了暖气，叶谙原本还想跟谢朔说会儿话，可被暖气一熏，酒劲儿上涌，直接靠在他肩头迷迷糊糊睡了过去。

谢朔听着颈畔轻浅的呼吸声，也有了睡意，眼前再度出现隐约的光影，时有时无。

月光微凉，车子穿过薄雾，一路前行，驶入花园。到家时，叶谙还没醒，谢朔抬手，摸索着在她胳膊上拍了拍。

叶谙睁开眼，抬头看向车窗外，迷糊地问："到家了？"

司机打开车门，扶谢朔出来。叶谙跟着下车，习惯性地挽住他的胳膊。冬夜天寒，她只穿了一条长裙，胳膊和锁骨都露在外，一从车中出来，肌肤上就起了一层细小的疙瘩。

夜风拂过，叶谙觉得冷，打了个寒噤，下意识朝谢朔靠去，整个人紧贴着他。对方身上暖热的体温透过布料传来，让人觉得分外温暖安心。

她挨得太紧，谢朔指尖碰触到她细滑的肩头，顿了一下。他扶她站稳，脱下外套，摸索着给她披上。外套上残留着谢朔身上的气息，干净冷冽，如冬日松柏。

叶谙微微一怔，抬头望向他。夜色朦胧，男人眉眼冷峻，睫毛细密纤长，裹在薄雾里，恍惚和许久以前的画面重合。

"走不了了？"见叶谙半晌不动，谢朔低声问。

"能走。"叶谙回过神，挽住他的胳膊，边借着夜色看他，边往别墅里面走。

光从前面漫过来，暖意融融。叶谙的脚步踉跄，谢朔总觉得她会跌倒，进卧室后，干脆抽出胳膊，改为揽着她的肩。卧室的布局他了若指掌，即便没有指引，也能行走顺畅。

他揽着她，在沙发上坐下。叶谙刚睡醒，还有些迷糊，倒下后软着身子往他那边靠，整个人都趴在了他怀里。

这天这种场合，谢朔也不可避免地沾了酒，只是没叶谙喝得多，呼吸间夹杂着淡淡的酒气。叶谙靠在他身前，感受着他胸口细微的起伏，片刻后，抬起了头。

谢朔利落的下颌弧线映入她的眼帘，她忍不住伸出手指，在他性感的喉结上轻轻点了点。今晚不知怎么，谢朔竟然没有阻止她的动作。他靠着沙发，眼睑微合，任由她肆意妄为。

叶谙瞅着他的反应，细白的指尖大着胆子又往上爬了爬。在她的指尖碰触到下颌时，谢朔终于捉住了她的手，搁到腿上，习惯性地揉捏了两下。

叶谙看着他，心仿佛被钩子一下一下钩着，钩得她蠢蠢欲动，欲念横生。有酒精作祟，人总容易比清醒时大胆些。于是，几秒后，她脑子一热，仰起头，对着他的喉结亲了亲。

叶谙凑上来的时候，谢朔并不意外。每回她喝了酒，总喜欢亲他，像是天真烂漫的小姑娘一样，可她不知道这样的撩拨有多危险。

见谢朔没反应，叶谙的胆子越发大了。她索性跪坐起来，捧着他的脸，对准他的唇亲了下去。灯光静静洒落，落地窗外暗影浮动，谢朔闻到了熟悉的幽香，随后缓缓抬起手，搁在了叶谙的后腰处。

很多时候，单纯的感知要比视觉更为刺激，也更容易勾动人。因为有遐想的空间。叶谙长睫微垂，捧着他的脸，低头细细亲了几下，心满意足地松手离开时，腰却突然被扣住。她愣怔着抬头，一只修长干净的手顺着肩骨摸索而上，捏住了她的下巴，指尖恰好顿在她唇边。

在她反应过来之前，谢朔温凉的唇便覆了上来。与她的和风细雨不同，他轻易便抵开了她的唇瓣，攫取着呼吸。扣在她腰间的手掌也微微用力，阻止了她的后退。

叶谙微微瞪大眼睛，漂亮的瞳孔内倒映着近在咫尺的眉眼，连细密的睫毛都清晰可见。唇齿间很快全是他的气息，隔了好一会儿，她才懵懂地抬起手，放在了他肩后。

夜深人静，朦胧的影子投在玻璃窗上，与外间的月色交融，有种水月镜花的虚幻感。

叶谙抓着谢朔的衬衫，覆在眼睑下的睫毛上下扑闪，脑子也越来越混沌。等她再度回神时，人已经倒在了沙发上。肩头的凉意让她轻微地瑟缩了一下，忍不住屈起了白皙长腿。

然而，谢朔却没有停下的意思。他俯身撑在她上方，眸色深沉，喉结滚动，向来冷峻淡漠的脸上明显出现了情动的痕迹。

叶谙紧张地抿了抿唇。其实，对于这件事，她并不排斥，只要他别像上回那样纯粹发泄怒气就行。毕竟，他们都已经结婚大半年了。这样想着，她挪开了抵在他身前的手。

谢朔察觉到她的动作，俯身低头。他看不见，但嗅觉和触觉格外清晰，黑暗中，感官的作用也被无限放大。落地窗外，夜风拂过，树影轻轻摇曳，一片残留的叶从枝头飘落。

蓦地，角落里响起一个突兀的声音："主人，晚安！"

明明是十分乖萌的声音，此时此刻响起，却透着诡异。沙发上的两个人双双顿住，表情也一僵。

"主人，晚安！"又是重复的一声。

像一盆冷水兜头浇下，两个人好不容易酝酿起来的感觉也瞬间凉透。叶谙呆愣半晌，看到角落里的"小企鹅"时才想起来，前几天她闲得无聊，给它设置了一个晚上定点说"晚安"的模式，一直忘了关掉。

她到底是为什么要设置这么幼稚的模式？原本的旖旎气氛被尴尬替换，叶谙的酒也醒了大半，好半天后才艰难开口："那个……明天还是把它搬到书房吧。"

虽然是智能机器，但这么在卧室放着，总归不太方便。

谢朔撑着上半身，没说话，脸色有些冷，看得出不怎么高兴。叶谙看了看他，心道：不怪我，这只坏事的机器鹅是你自己买的。

等了几秒钟，没等到谢朔有进一步的举动，叶谙觉得有些冷，于是蜷起修长的双腿，将滑落的肩带拢回去，裙摆也往下拽了拽。

谢朔听到她的动静，也起身坐到一旁。他的衬衫下摆被从裤腰里拽了出来，领口扣子开了一颗，露出小片肌骨，脖颈处隐约泛开红痕。两个人各自占据沙发一头，相对无言，清醒且尴尬。

谢朔两条腿分开而坐，一只手搭在膝头，脸上的不快久久未消。叶谙蜷着双腿，瞥了一眼他身下，想起他刚刚的反应，小声问："你……没事吧？"

谢朔蹙起眉头，沉默不语。许久后，他撑着膝盖起身往衣帽间走，似乎想收拾衣服洗澡。叶谙忙跟过去，替他安置好一切，不过却没再扶他。

不多时，浴室内响起清晰的水声。叶谙重新回沙发上坐下，脑中闪过先前的情形，耳根发烫，忍不住抬手捂住了脸。

他今晚，也喝醉了吗？其实，谢朔一直以来的冷淡，叶谙大概也能理解。虽然两个人已经结婚，但他眼睛看不见，她对他来说，就是个连模样都无从知晓的陌生人。

设身处地想一想，如果是她，某天双目失明，又突然塞给她一个陌生男人当丈夫，她心里肯定也无法接受。更何况，谢朔自小便是天之骄子，难免心高气傲，现在这样，已经是大半年朝夕相处后软化的结果。

他心里，应该在慢慢接受了吧？

因为这一小段插曲，两个人洗完澡上床躺下时都有几分不自在。尤其叶谙，手脚怎么摆都感觉不对。她裹着被子，辗转反侧，毫无睡意。

枕畔突然传来谢朔的声音："睡不着？"

叶谙看他一眼，酝酿了一会儿，凑到他身侧，迟疑着轻声说："我刚刚认真地想了下，在你的眼睛复明之前，我们要不要试着好好相处？"

虽然她一直期盼他的眼睛能快些复明，但这一天什么时候能到来，谁也说不定，他们总不能一直这样下去。既然已经不能改变，为什么不试着往前走一走呢？

叶谙说完，久久没有得到回复。四下里安静无声，叶谙也不知道自己为什么会突然说这些话，或许是因为喝了酒，或许单纯只是因为今晚气氛恰好，又或许……是因为心底深处隐藏的那点儿念头。

谢朔睁开眼睛，眼前依然一片黑暗。他忽然想起许多只有声音没有画面的场景，大多都是这半年来的点点滴滴。有些事情，他似乎已经不知不觉习惯了——比如说，她的存在。他从一开始的排斥甚至是厌恶，到现在的心平气和。

屋内安静了许久，就在叶谙以为对方不会回应时，耳边突然响起低低的一声："嗯。"

叶谙愣了一秒，随即高兴地从背后搂住了他，嘴角勾起。

这个姿势，她胸前的柔软恰好压过来，谢朔眼睫微动，先前平息下去的感觉似乎又起来了些。然而，还不等他有什么动作，双目忽然一阵剧痛，痛楚直蔓延到脑内，像是有无数双手在拉扯着神经，耳朵也嗡嗡作响。

他闭上眼，侧了侧脑袋，手指紧紧地抓着被单。叶谙原本还高高兴兴地偎着他，察觉到不对劲，赶忙支起身子问："你怎么了？"

黑暗中，什么也看不清，叶谙只好开了灯，转头就见谢朔眉头紧皱，唇色发白，脖颈处筋脉鼓起。

"你是不是今晚忘吃药了？"叶谙慌忙将他扶起，连声问，"还是喝了酒的原因？"

谢朔没回应，只是默默忍着痛。

叶谙顾不得再问，慌慌张张下床拿了药过来，倒了杯温开水，喂他吃下。喂完药，她揽着他，手指贴在他额角轻轻按着，像往常帮他按摩一样，轻声安抚："你以后别沾酒了……"

过了许久，谢朔渐渐平复下来，脸色也好了许多。

他最近头痛的次数似乎有些频繁，叶谙心里不安，低头轻声道："我们过两天要不要再去岑教授那里看看？"

谢朔靠在她肩头，闻着她身上淡淡的沐浴乳香，虚弱地"嗯"了一声。眼底似乎有微弱的光漫进来，他想睁开眼睛，却疲惫不已，仿佛有千钧的重物压在眼睑之上。

叶谙小心翼翼扶他躺下，给他盖好被子，柔声说："你不舒服就叫我，别忍着……"

她坐着看了他一会儿，确定没事了，才关灯挨着他躺下。她偎在他肩侧，从被子底下摸索到他的手，与他十指相扣。谢朔闭着眼，只觉得脑中昏昏沉沉，很快便睡了过去。

夜阑人静，窗外薄雾轻笼，月色清冷。

这一晚，谢朔睡得格外沉，醒过来的时候，朝阳已经穿过落地窗，潮水般漫了进来。他如往常一样，动了动眼睫，缓慢地睁开眼。原以为又会是漫无边际的黑暗，不料有光骤然刺入眼底。他的眼睛不习惯这样突如其来的光亮刺激，顿时感到一阵酸涩和疼痛。

他合上眼，又睁开，反复几次，终于勉强适应。而看到眼前光亮的刹那，他整个人愣住了。一切太过突然，他甚至分不清到底是在梦里还是在梦外。命运的转折似乎总是这样，让人猝不及防，突兀得仿佛在开玩笑。

就像当初，他毫无征兆地遇上车祸，沉睡过后，睁眼面对的，便是一个黑暗世界。任凭他如何竭力挣扎，如何愤怒狂躁，如何怨恨难消，都无济于事。前二十几年的风光傲气，一朝折尽。

而如今，在他近乎习惯这样的黑暗之后，一觉醒来，又恢复到了当初。仿佛这一段漫长的黑暗时光，不过是一场噩梦。某天清晨，他睁开眼，噩梦就醒了。

谢朔眼前先是模糊的白，隐隐闪着彩色光晕，渐渐地，光亮一点一点晕开，画面也变得清晰。他看到浅色的被子，深色的沙发，还有流光溢彩的落地玻璃窗。不同的颜色混杂在一起，冲击着视觉。

随后熟悉的脚步声响起，一个身影出现在视线中——是个年轻姑娘。

她穿着一条素净轻软的白色睡裙，身量苗条，腰肢纤细，一头乌发蓬松地披在肩后，裙摆下小腿白皙修长。她推开落地窗，走到阳台上，朝阳覆了她一身。

从这个角度，谢朔可以看到她轮廓精致的侧颜，眉细而长，鼻悬如玉，红唇娇艳，每一寸都恰到好处。

冬日暖阳笼在她脸上，衬得肌肤胜雪，通透细腻，隐约可见浮开的淡淡辉泽。她微微闭眼，呼吸了一下新鲜空气，整个人浸在日光中，有种虚幻的感觉。

——你复明后，第一个想见的人，是谁？

——除了你，这里还有别人？

谢朔曾经设想过很多次复明时的情形，也设想过很多次第一眼见叶谙的画面，却从未想过，会是在这样平凡而普通的一个清晨。

平凡得没有一点儿征兆。就像寒冬冰雪悄无声息消融，偶然推开窗，一抬眼就见天光乍破，春江水暖，窗外花已开。

时光仿佛凝滞。谢朔靠在床头，静静地看着叶谙。

许是察觉到屋内的动静，叶谙忽然转过头来，嫣红唇边绽开一个明艳的笑，对他说：“早哇。”

第十二章 一眼惊艳

“早哇。”

熟悉的女声响起，和平常一般无二。

恍惚了好一会儿，谢朔才将这些时日一直陪伴在耳边的声音和眼前这张精致明艳的脸重合到一起。

原来，她是这个模样，确实如她自己所言，是个美人。

叶谙在阳台上站了一会儿，觉得有些冷，又转身走回卧室。她见谢朔一动不动地坐在床头，神情怔然，不由得奇怪道：“怎么了？又不舒服？”

谢朔回过神，看着她，一时间竟不知道该做何反应。

声音是熟悉的，但人却陌生。

叶谙走上前在谢朔身侧坐下，担心他是晚上着凉了，于是伸手去探他的额头。

“好像有些烫……”叶谙说完，恍然意识到可能是自己手太凉，于是又将手伸进被子里暖了暖。

她离得近，谢朔能看见她细密纤长的睫毛微微翘起，小扇一般，还有细腻光滑的侧颊，红唇轻抿着，颜色姣好。

暖了一会儿手，叶谙重新去探他的额头。这一回，她的手腕被抓住了。谢朔握着她纤细的腕骨，将她的手拿下来，却没有像往常一样揉捏，只是看着她。

叶谙越发奇怪了。谢朔睡眠质量不好，通常都比她醒得早，这天不知道怎么回事，居然醒得比她还要迟，连她起身洗漱的动静都没把他吵醒。现在他醒过来了，又坐在床头一直发呆。

“是不是头痛？我给你拿药过来？”叶谙耐着性子轻声问。

她说着就要起身，谢朔拽住她的手，终于开了口：“不用。”

听他语气如常，似乎没有难受的迹象，叶谙便以为他只是早起心情不好，说：“头不疼的话，起来洗漱，准备吃早饭吧。”

她抽出手，往衣帽间走，没再管他。毕竟这位大少爷一向阴晴不定，隔三岔五就要抑郁消沉那么一回。

谢朔看着她窈窕的身影，不知怎么，耳边突然回响起一句话：“如果哪天，你的眼睛治好了，能看见了，我们就离婚，互不相干。”

脚步声渐远，谢朔静静地坐了片刻后，掀开被子下床。刚迈出一步，眼前的光影突然又变得模糊起来，他双目一疼，趔趄着撑住了床。

黑影和光晕交错，仿佛水波微微漾动。过了许久，他的视线才恢复清晰，但仍有少许暗影残留。他抬起手，捏了捏眉心，等到眩晕感平息了些，才继续往一旁走去。

等他洗漱完，叶谙已经如往常一样，替他将要穿的衣服准备好了。

“这两天有些冷，我给你添了件毛衣。”

叶谙伸手过来扶他，随后将衣服递到他手中，转身出去。

她自己也换了一身家居常服，米色打底，宽松休闲，看着温婉素净。

谢朔回头看了她一眼，将手中毛衣扔到一旁，解开睡袍系带。换好衣服出屋，卧室外是熟悉的格局，但摆设却十分陌生，比起他失明前，少了许多易碎物品。

餐厅内，朝阳斜斜照入，桌上摆着一瓶花，花瓣饱满，在光影下显得娇艳欲滴。谢朔困于黑暗中太久，乍然重见天日，看什么都觉得赏心悦目。以前他鲜少留意这些，如今却只想多看几眼。

直到在餐桌前坐下，喝了半碗粥，谢朔都还有一种不真实感。他忍不住偏头，又看了一眼坐在旁边的叶谙。她正捏着小勺子，低头在喝粥，纤长的睫毛微微垂着，面容安详。

真的能看见了。只是眼前暗影一会儿出现一会儿消失，搅得谢朔双目酸涩，心神不宁，总疑心下一秒就要重新陷入黑暗中。他放下碗，说：“等会儿打个电话给岑教授，问他今天有没有时间，我要过去一趟。”

冷不丁听到这么一句，叶谙抬起头，愣了愣，问：“这么急吗？”

她昨天晚上的确有说让他再去找岑青彦看看，但预想的是两天后。

谢朔抬起手，修长的手指撑了撑额角，淡淡“嗯”了一声。

见他脸色不对，叶谙也放下了碗，伸手扶住他，问：“头又疼了？我扶你去吃药。”

谢朔任由她搀扶着起身上楼，吃过药后，靠在沙发上闭目养神。叶谙总觉得他这天有些不对劲儿，可又说不出哪里不对劲儿。

趁着他休息的空当，她给岑青彦那边打了个电话。

“时间约好了，今天下午过去。”挂断电话，叶谙扭头道。

谢朔合着眼，“嗯”了一声。

叶谙伸手去扶他：“你先去床上睡会儿？”

谢朔睁开眼，眼前的画面模糊了许多，像冬天蒙了水雾的玻璃，连她的脸也只有大概的轮廓。他极力想看清她，却怎么也看不清。

叶谙扶他起身，站起来的瞬间，他一个趔趄，险些摔倒。她连忙横臂揽住他的腰。谢朔靠在叶谙身上，感觉视线越发模糊，摸索着将她抱住。他的手指隔着布料摩挲而过，叶谙脊背一麻，几乎承受不住他的重量，耳根也红了。

“没事吧？”她抬头问。

谢朔摇摇头，叶谙半揽着他到床上躺下，替他盖好被子，准备离开。

谢朔下意识拽住她的手腕，问：“你去哪里？”

叶谙一愣。他平常不是一向都嫌弃她聒噪，恨不得离她三丈远吗？怎么突然变得这么黏人了？

“我去收拾行李。”她说。

谢朔也反应过来自己这番举动有些奇怪，不太自在地松开了手。叶谙替他将被子往上拉了拉，转身去了衣帽间。

等她出去，谢朔便坐了起来。他听着衣帽间的动静，始终没有闭眼。他现在不太敢睡，怕一觉睡醒，又是无边黑暗，窥不见任何光亮。过了好一会儿，眼睛实在支撑不住，他才重新躺下，合上了眼。

这一觉睡得不太安稳，脑子里仿佛有无数团光影在搅弄不停，等他再睁眼时，外面日头已经很高了。他按了按额角，撑着床坐起身。

叶谙推门进来，见他醒了，坐到床边问：“还不舒服吗？”

谢朔感觉一切都是虚幻的，也没多想，习惯性地抓住她的手，仿佛这样就能安心下来。叶谙的手被他抓得有些疼，她小心地扶他下床，说：“中午了，起来吃饭吧。”

谢朔紧紧地抓着她的手，到了卫生间门口才松开。他洗了脸，跟着叶谙下楼吃饭。

在餐桌前坐下，叶谙按照往常一样给谢朔夹了菜。谢朔抬头瞥她一眼，心底掠过一丝异样的感觉。

吃完午饭，叶谙便陪着谢朔前往医疗研究所。路上，她给温若瑜打了个电话，告知她和谢朔去复诊的事。

谢朔坐在一旁，静静望着车窗外热闹而陌生的街景，恍若仍在梦中。

叶谙聊完电话，转过头，见他一副心神恍惚的模样，便偎向他这边，抱着他的胳膊说："马上就到了，你要是不舒服，就先睡一会儿。"

谢朔将视线收回，侧过脸。只见她亲昵地偎在自己肩头，长睫微垂，一副困倦模样。她的发丝轻扫过他的下颌，带起细微的痒意。不一会儿，她自己反倒睡了过去。

谢朔垂眸，看了她许久。

到了研究所，同之前一样，谢朔跟着岑青彦进诊室检查，叶谙在外面等待结果。

窗外草木枯黄，空气中弥漫着秋冬的萧索，叶谙觉得冷，搓了搓手指，坐到一旁。

屋内，岑青彦替谢朔做完细致的检查，脸上露出惊喜的笑容："从目前的情况来看，你的眼睛差不多恢复了大半。你先留在这边治疗观察一阵子，等情况稳定下来再说。"

谢朔从手术台上起身，眼前再次闪过暗影。他闭眼缓和了下，忽然道："我复明的事，麻烦您先保密，不要告诉任何人。"

岑青彦估摸着他大概是不想让人担心，点了点头，又问："包括你太太吗？"

谢朔略一停顿，说："包括我太太。"

叶谙在外面等了半天，终于听到开门的响动，急忙迎上去问："岑教授，怎么样了？"

岑青彦看着她，顿了下，仍旧是那套换汤不换药的说辞："他的情况最近好了不少，留下来观察一段时间，我再试试新的治疗方案。"

听到这话，叶谙倒也没觉得有多失落。毕竟经历过前几回，现在的她已经能淡然面对。她看了一眼谢朔，怕他心里难受，紧握住了他的手。

感受到手上的力度，谢朔也不动声色地瞥了她一眼。

到病房安顿好之后，叶谙同前几回一样，坐在病床边陪他说话解闷："你困不困？不困的话我陪你出去走走？"

下午四点多，日光还有些刺眼，谢朔双目酸涩，淡淡道："明天再去。"

叶谙想了想，摸过手机，又说："那我读小说给你听？"

谢朔想起前两回她读的小说内容，对此毫无兴趣，一脸冷漠道："不用。"

这也不用那也不用，他今天怎么这么难伺候？明明上回他还主动提出要出去走走，听她读诗集来着。

看着他沉默不语的样子，叶谙有些无奈，伸手覆上他苍白的手背，挤出一个笑："别不开心了，岑教授都说了，你的情况已经在慢慢好转，兴许要不了多久，你就能复明了。"

谢朔抬头，对上她脸上的笑和眼中的关切，神情微怔。其实他并非不开心，只是太久没见到光亮，突然恢复正常，一时有些不适应。而且，现在双眼情况还不稳定，他多少有些担忧。

见谢朔依旧沉默，叶谙索性抓住他的手，往他身侧凑了凑。"你昨天晚上不是才答应我要好好相处吗，怎么今天又不理我了？"她靠在他肩头，戳了戳他的胸膛，语气带了几分娇蛮，"我再次提醒你，你这样可是家庭冷暴力。"

她挨得太近，这样亲昵的姿势，他一低下巴就能碰到她的额头，鼻尖拂过轻浅的发香，视线内是她嫣红的唇。

谢朔将脸别开少许，低声问："上次的诗集还能找到吗？"

终于听到他开口，叶谙立刻高兴地松开他起身："能，我去拿！"

脚步声远去又返回，她很快找来了诗集，重新在床边坐下，轻缓的女声在病房内响起，悦耳动听。

我听见回声，来自山谷和心间
以寂寞的镰刀收割空旷的灵魂
不断地重复决绝，又重复幸福
…………

谢朔边听她读诗边看着她，目光由她脸上移至她捧着诗集的手上。她的手生得很漂亮，十指纤纤，白皙素净，指甲修剪得整齐光洁，透着淡淡的粉色。

谢朔的手指微动，险些习惯性地抓过她的手握在掌中揉捏。叶谙浑然未觉他的异样，低头静静地读着诗。

斜阳向晚，落日沉入群山后，夜幕笼下。

晚上，谢朔洗完澡，没多少睡意，便倚在床头坐着。叶谙从卫生间出来，见他又在静坐发呆，脑壳不由得一疼，暗暗思忖，昨天不是还好好的吗，难道每来复诊一次，他都要出一次心理问题？

“怎么还不睡？”

叶谙在他身侧坐下，觉得有些冷，干脆将脚放上来，伸到了被子里。

谢朔掀起眼帘，转过头看向她。她刚洗完澡，身上带着沐浴乳的清香，灯下皮肤素净清透，几乎能窥见细小的绒毛。

她总爱凑得很近跟他说话，之前他看不见，没多大影响，可现在，他一垂眸，就瞥见了她精致的锁骨和睡衣领口往里的莹白。

“你先睡。”谢朔不动声色地别开眼，淡声说。

叶谙简直被他这反复无常的心情磨得没脾气了，她侧身靠在床头，抬手在他眼前做了个凶巴巴捏他鼻子的动作。当然，只是虚假的动作，她的指尖并没有碰到他的脸。

捏完鼻子，她又按捺不住，虚虚碰了碰他微翘的睫毛。

已经能看到一切的谢朔暗自一惊。原来，她平时在他面前，是这个样子。

大概是怕被他发现，叶谙很快便收起了小动作，重新趴在他肩头说：“你睡不着的话，我再帮你按按头——”

话音未落，她突然扭脸打了个喷嚏。冬夜天寒，虽然病房内开了暖气，但她搁在肩头的手指仍旧冰凉。

谢朔看了一眼她身上单薄的睡衣，将被子往上拉了拉，说：“睡吧。”

本以为她会回到旁边的陪护床位上去，谁知她却直接关掉灯，挨着他躺下了，手还搭上了他的胳膊，仿佛是在家里。病房内陷入黑暗，身侧轻浅的呼吸拂过他的肩侧，渐渐变得绵长。谢朔偏头，看着枕边模糊的轮廓，心里浮起一种怪异感觉。

复明第一天，失眠在所难免，谢朔睁着眼，格外清醒，直到凌晨两三点才勉强入睡。

第二天清早，醒过来的时候，谢朔恍惚了一瞬，以为昨天的复明是做梦。他下意识转头，看到近在咫尺的安静面容后，才总算有了真实感，勉强安下心来。

朝阳穿过窗帘缝隙，漏进屋内些许。他盯着枕畔姣好的睡颜，抬手轻轻碰了碰。指尖触到细腻皮肤，温暖且真实。躺了一会儿，谢朔轻手轻脚掀开被子，准备下床，结果才挪动了一下，叶谙就醒了。

她侧过脸，睡眼惺忪地朝他说了声“早”，勾身坐了起来。

谢朔停下动作，看着她。

叶谙穿上拖鞋，摸过桌子上的手机看了眼时间，然后绕到床的另一侧来扶他，说起今天的安排：“今天天气挺好，等会儿我们可以出去走走。”

眼前再度闪过暗影，谢朔没拒绝她的帮忙，任由她扶着自己进了洗手间。到了洗脸池边，叶谙将牙刷和漱口杯递给他，告诉他毛巾的位置，随后便转身出去了。

谢朔对着镜子里的自己看了一会儿，才开始刷牙。

等两个人都洗漱完，早餐也送过来了。

冬日暖阳融融，穿过窗户斜照入屋内，落在两个人身侧。谢朔低头喝着粥，不经意地抬头，看见叶谙沐浴在光影中的脸，未施粉黛，却漂亮得晃眼。他动作一顿，目光不自觉在她素净的脸上停留。

下一瞬，叶谙也抬头朝他看来。谢朔瞬时敛了视线，低头继续喝粥。

与他不同，叶谙完全不需要遮掩，她肆无忌惮地盯着他瞧，神情愉悦。落在身上的眼神如有实质，谢朔垂眸，眼底闪过一丝波澜，忍不住想，她之前，经常这样看他吗？

吃完早饭，岑青彦过来给谢朔开了新的外敷药。纱布一圈一圈缠上，他再次回到黑暗中。

上好药，叶谙用轮椅推着他去外面散步。干冷的风拂过面颊，不用看都能感受到萧瑟之意。走到某处，叶谙忽然停下问谢朔：“你闻到香味没有？”

谢朔闻了闻，空气中确实有淡淡的冷香。

不等他回答，叶谙就笑着道：“是蜡梅开花了，就在你前面。”

听出她语气中的欢喜，谢朔随口问：“你喜欢花？”

“喜欢哪！花这么好看谁不喜欢？”没想到他会问自己的喜好，叶谙故意俯身凑到他耳边，“怎么，你要送我花吗？”

谢朔没说话。他想，等彻底痊愈了，他也不是不能送她花。

之后，谢朔就留在研究所里观察治疗。叶谙陪在他身边照料，总觉得他似乎有哪里不一样了。虽然他仍旧不爱说话，但身上的消沉颓废感却淡了不少，整个人变得平和了许多，治疗的时候，他也格外配合。

眨眼一周过去，谢朔的情况终于稳定下来，岑青彦决定再给他做一次全面细致的检查。

去检查室之前，叶谙怕谢朔心理压力太大，握住他的手，轻声安慰道："如果岑教授这里不行，我们就再换一个医疗团队，总能好起来的，你别灰心。"

谢朔偏头，对上她的眸子，她眼神中的关切丝毫没有敷衍作伪的痕迹。

"你很希望我复明？"谢朔问。

叶谙被他问得愣了一下，随即道："当然了！"

谢朔看着她，犹豫要不要告诉她自己差不多已经复明的事，谁知叶谙却把他的"欲言又止"理解成了另一种意思，扬声道："难不成你以为我会因为跟你有约定，想赖着你，所以暗地里祈祷你眼睛不能复明？你把我想得也太不堪了吧？你放心，只要你复明，我立刻跟你离婚，决不反悔！"她最后的语气中甚至带了一丝愤怒。

谢朔看着她脸上仿佛被羞辱了的表情，完全不知道她怎么就联想到这么远了。说话间医护人员过来了，叶谙生气地松开谢朔的手，推着他的轮椅往外走，愤愤地想，这男人的心简直比石头还硬，怎么焐都焐不热。

将人送到检查室，叶谙便出来了。

约莫一个小时后，岑青彦给谢朔做完检查，笑着道："基本没什么问题了，回去之后注意多休息，不要过度用眼，每半个月过来复诊一次。"

至此，谢朔悬起的心终于落了地。

岑青彦记得他之前的嘱托，没告诉叶谙结果，另外开了一些口服药和眼药水，又和他约好下次复诊的时间，便让他出院了。

回去的路上，谢朔看了看叶谙，本打算告诉她自己已经复明的事，然而叶谙却因为他先前的话心里憋着气，一路都没怎么理他。

回到家，叶谙上楼进卧室，准备将行李箱的衣服挂到衣帽间，谢朔忽然低声道："我没那个意思。"

叶谙闻声扭头，不明白他在说什么。随后她反应过来他是在解释之前的话，顿时有些意外：大少爷竟然还会解释？她心里舒坦了，扬起下巴说："不管你有没有那个意思，约定好的事我不会反悔的，等你复明，我们就离婚。"

说完，她便推着行李箱进了衣帽间。

谢朔看着她的背影，心想，其实也不必离婚。在屋里站了一会儿，谢朔转身去了书房。他拿出自己的手机，给钟覆拨了个电话。

和钟覆聊完，他靠在沙发上，微微合眼，思忖着接下来要做的事。他失明近两年，有太多的事需要厘清头绪了。

许久后，叶谙过来了，见他合着眼，以为他睡着了，便从旁边拿了毯子替他盖上，随后轻手轻脚在他身侧坐下。

谢朔虽然醒着，但有些疲惫，察觉到她的动静，也没睁眼。

窗前日光斜照，叶谙看着他冷峻的侧颜，心口微微一动，随后拿起自己的手机，点开相机功能，对着他偷偷拍了张照。拍完，她似乎不太满意，又挑了个角度重新拍了一张。

谢朔终于忍不住掀起眼帘，转头看向她。叶谙被抓个现行，身体一僵。不知道是不是窗外日光衬托的原因，她总觉得他的眼睛似乎比以前多了些光彩。

随即她反应过来他看不见，松了口气，笑着说："你醒了？晚饭还没好，你累的话可以再睡会儿。"

说完，她无比悠闲地靠在他肩头，捧着手机整理相册。

谢朔低眸看着她柔软的发顶，一阵无言。

叶谙整理了一会儿相册，突然翻到很早之前的一张照片，是他们新婚第二天早上，她偷拍的那张。照片里，男人冷着一张俊脸，一副谁欠了他几百亿的不高兴模样，偏偏头上顶着一撮呆毛，画风清奇。

叶谙看得忍俊不禁，扑哧笑出了声。

听到她的笑，谢朔不动声色地往她捧着的手机屏幕上瞟了一眼，然后就看见了头顶一撮呆毛的自己。

谢朔一惊，她到底偷拍了他多少照片？很好，他突然不想这么快告诉她复明的事了，他倒想看看，还有什么"惊喜"是他不知道的。

少时，两个人下楼吃饭。谢朔装作看不见的样子，像往常一样任由叶谙替自己夹菜。

吃完晚饭，谢朔又一个人去了书房，给谢予然打了个电话。

叶谙则在卧室和施双双还有项泉等人群聊即将到来的元旦活动。

聊完发现已经九点多了，她收起手机，准备去书房看看谢朔。

谁知她刚起身，谢朔就进来了。

叶谙上前道："大晚上的，你一个人在书房干什么？"

谢朔没回答，叶谙也没指望他会回答，去了衣帽间替他拿睡衣。谢朔在一旁默默观察着她的举动，等她回头时，又立刻挪开目光。

洗完澡，谢朔靠在床头，继续闭眼想事情。叶谙从浴室出来，掀开被子上床，凑到他身侧问："想什么呢，还不睡？"

谢朔偏头，视线恰好落在了她身前。回到家，她穿得随意了许多，黑色的吊带睡裙，领口开得有些低，锁骨精致漂亮，身前风光几乎清晰可见。

谢朔眸光微凝，停顿了两秒，不动声色地收回了视线。

叶谙并不知道他已经复明，她习惯性地搂住了他的胳膊，温和地道："早点儿睡吧，有什么事明天再想也不迟。"

这种情形，谢朔自然思考不下去了，他往旁边避了避，欠身躺下。叶谙替他往上拉了拉被子，关掉灯，也跟着躺下。

房间陷入黑暗，谢朔睁着眼，没多少睡意。片刻后，被窝里窸窣一动，她和往常一样靠了过来，柔软的身子紧挨着他，呼吸轻浅。

黑暗中，谢朔看不清她的轮廓，只能感觉到她细软的发丝。他闻着她发间的幽香，良久，合上了眼。

翌日，谢朔八点不到就起了床。

叶谙听到动静，迷迷糊糊睁开眼睛问："怎么起这么早？"

谢朔回头看她一眼，说："我今天要去公司。"

叶谙一愣，以为自己听错了。他怎么会突然想着去公司？难道受了什么刺激，打算重新振作了？他去公司，她自然也要跟过去照料，叶谙缩在被窝里赖了一会儿床，不得不忍着困意爬起来。

洗漱完，她走进衣帽间，谢朔已经快要换好衣服，黑色衬衣扣子扣了一颗，露出大片线条紧实的胸膛。

叶谙目光一顿，忍不住多瞄了两眼。谢朔侧眸，恰好瞥见她偷瞄的眼神。

谢朔微微皱眉，心想，她在看哪里？

叶谙看够了，收回视线，去旁边的衣橱里拿自己要换的衣服。谢朔心情复杂，将其他扣子系好，然后伸手去拿领带。

刚将领带拿到手里，叶谙突然转过头，他动作一滞，以为被她看出来了。谁知，叶谙只是问：“你要打领带吗？”

不等他回答，她就将领带接了过去，主动上前。她踮脚，纤细的胳膊绕到他后颈。

谢朔站立不动，视线恰好落在她细腻的鼻尖上，如白玉凝脂；她的呼吸也有意无意从他脸上拂过，芬芳浅淡。

她的唇离他极近，色泽粉嫩，轻轻抿着，仿佛下一秒就要吻上来。谢朔手指微动，忽然有种扶上她腰间的冲动。

很快，叶谙重新站定，离谢朔远了些。她白皙的手指绕着领带，在他身前缓慢地动作着，神情专注。谢朔垂眸，看见她细密卷翘的睫毛，时不时扑扇一下，像羽毛挠在他心上。

领结打好，她又细心地替他理了理领口，随后放下手，抬头问道：“手表要戴吗？”

谢朔避开她的目光，轻轻“嗯”了一声。

叶谙又替他挑了一块腕表，帮他戴上，顺道连袖口也整理好了。做完这些，她将外套递到他手里，说：“你等我一会儿，马上就好。”

谢朔刚想说“你不用去了”，一扭头，就见她十分利落地将身上的睡衣扒了下来。

姣好的曲线毫无征兆地撞入他的眼中，纤秾合度，白得晃眼。谢朔完全没料到会撞上这种场面，不由愣了愣。看她熟练的动作和坦然的神情，很明显这不是第一回。

谢朔忽然想起失明时，偶尔在屋内听见的窸窣声。他看不见的那些时日，她过得倒真是肆无忌惮。谢朔心情越发复杂了，他默默将西服外套搭在臂间，转身走了出去。

怕他等得不耐烦，叶谙以最快的速度换好了衣服，又道：“你再等我一下，我化个妆。”

谢朔看着她，脑中不由得闪过刚刚在衣帽间看到的画面。他冲她道：“你不用陪我过去，等会儿钟覆会来接我。”

叶谙闻言一愣，问：“我不陪你，那你怎么走路吃饭？还有，你的文件不用人帮你读吗？”

窗外朝阳烂漫，衬得男人身形修长，他将搭在臂弯的西服外套穿上，淡淡道：“这些事，钟覆会做。”

叶谙微微一怔。钟覆喂他吃饭，这个画面怎么感觉有些诡异呢？

谢朔说完，抬手理了理衣服袖口，出了卧室。叶谙看着他离开的背影，一时有些发蒙，过了好一会儿才跟着出去。

吃完早餐，钟覆果然来接人了。叶谙送谢朔出去，忍不住又问了一遍："真的不用我过去吗？"

谢朔再次拒绝了她："不用。"

他弯腰上了车，叶谙站在原地目送车子驶出花园，一种淡淡的失落感突然绕上心头。站立片刻，她回到楼上，坐在空无一人的房间里，突然不知道该干些什么。

习惯真是个可怕的东西，这大半年，她每天陪着他，开解他，现在终于等到他振作起来了。她有了自由时间，却反倒不适应了。

到了公司楼下，钟覆从驾驶座上下来，拉开后座的车门，伸手去扶谢朔。

谢朔却拒绝了搀扶。他弯腰下车，抬头看向钟覆道："不必了，我已经能看见了。"

钟覆登时一惊，盯着他的眼睛，好半天都没回神。谢朔关上车门，径直往电梯处走去。见谢朔这样，钟覆总算相信了，他快步追上谢朔，问道："要通知董事会吗？"

谢朔淡淡道："暂时不用，再等几天。"

钟覆估摸着他是想等董事长回来，便没再多问。

二人上楼，谢朔在办公桌前坐下，打开电脑，输入密码，问："昨天让你准备的东西都准备好了吗？"

"都准备好了，邮件也发到了您的邮箱。"钟覆将一沓整理好的文件放到他手边，随后打开了自己的笔记本电脑。

办公室内，响起清晰的键盘敲击声。约莫一个小时后，谢予然也过来了。他这阵子在外地出差，昨天半夜才匆忙赶回来。

"哥，你的眼睛……"看见谢朔坐在电脑面前，他愣了愣。

谢朔本来就没打算瞒他，抬头道："差不多能看见了。"

这个消息太过突然，谢予然愣怔半晌，露出欣喜的表情，有些激动地问："真的好了？什么时候的事？"

谢朔轻描淡写道："就这几天。"

谢予然高兴得不知道该说什么，笑意都摆在了脸上。从谢朔出事到现在，不少人都怀疑是他这个弟弟动的手脚。毕竟豪门之中，为夺家产兄弟相残也并非什么稀奇事，更何况，他们还不是亲兄弟。他也因此一直有所避忌，现在总算云开月明。

叶谙窝在卧室沙发上玩了一个多小时的手机，实在觉得无聊，就点开了她和项泉还有施双双的三人小群发了条消息：

“今天有什么需要帮忙的吗？”

施双双秒回：“你的长假终于休完了？”

叶谙扑哧一乐。

项泉随后也发言：“我最近签了一批新人，头疼得很，你要有时间，过来帮忙指导一下？”

“OK，我现在过去。”

叶谙立刻精神抖擞地化了个妆，挽着包出门了。

到工作室的时候，刚好十点。公司里除了新签的人，还有不少熟面孔，大家见了她，纷纷殷勤地围上来打招呼。

短短半年时间，希音工作室发展迅猛，已经成为圈内知名的配音团队。

施双双这天不在，项泉忙得焦头烂额，没工夫和她寒暄叙旧，直接带着她和几个新人去了录音棚。

这些日子，叶谙虽然低调，但之前的作品和名气还在，所以即便没见过面，这些新人也都认识她，看她的眼神带了几分好奇。

太久没工作，叶谙适应了好一会儿，才彻底沉下心来。她认真工作的时候，颇有几分不好惹的气势，也没人敢嘻嘻哈哈，一个个都跟着认真起来。

忙到五点半，叶谙跟项泉打了声招呼，离开工作室。冬日天黑得早，外面早已亮起了灯火。夜风凛冽，如刀刮过脸庞，叶谙裹紧身上的大衣，给谢朔打了个电话：“你晚上回家吃饭吗？要不要我过去接你？”

手机里很快传来男人淡淡的声音：“你先吃，我和钟覆一起，可能要晚点儿回。”

叶谙一噎，心中没来由地蹿起了火气。她愤愤地挂了电话，将手机塞回包里。

回到家，周姨见她脸色不太好，关心道：“谙谙，你是不是生病了？”

叶谙摇摇头：“没事儿，就是吹了风，有些冷。”

周姨不放心，到厨房给她盛了碗刚炖好的汤，又去给她煮姜茶。

叶谙没什么胃口，只喝了半碗汤就回了楼上。等她洗完澡，谢朔还没回来，卧室里冷冷清清的。叶谙裹了条毯子窝在沙发上，边打瞌睡边等他。暗红色刺绣的毯子，牡丹花样雅致，衬得她脸色有些苍白。

不知过了多久，门被推开，一个人影走了进来。

看见沙发上蜷缩的身影，谢朔神色一顿，刻意将脚步放轻了些。叶谙已然熟睡，侧身躺着，双腿屈起，形成一个保护自己的姿势。她细长的眉微微蹙着，脸上明显写着不高兴。谢朔看她两眼，没有叫醒她，扯松领带，自己进衣帽间拿了睡衣去洗澡。

叶谙听到水声，迷迷糊糊睁开了眼睛。她坐起来，往浴室方向看了一眼，拿开毯子去了床上。

等谢朔洗完澡出来，叶谙已经躺在了被窝里，眼睫垂下，默默无声。谢朔以为她睡着了，轻手轻脚从另一侧上床，谁知她却突然翻了个身，满脸困意地问他："怎么回来得这么晚？"

谢朔看向她，说道："公司事情比较多。"

叶谙声音含糊地问："那你明天还要去公司吗？"

谢朔"嗯"了一声，视线落在她脸上。

没想到这次他竟然是认真的，叶谙耷拉着眼皮劝道："你眼睛还没好，别太劳累了……"

谢朔看着被窝里她困到睁不开眼的模样，无端觉出几分可爱。他抬手关了灯，没过一会儿，叶谙便如往常一样缩到了他怀中。

翌日，谢朔照旧早起，换了衣服准备去公司。

叶谙忍不住道："要不我陪你去吧？"

谢朔再次拒绝了她："不用。"

叶谙有些郁闷："我一个人在家太无聊了，过去帮你不好吗？"

谢朔瞥她一眼："你工作室没事情？"

她最近又没接剧本，当然没事了！叶谙看他这态度，知道他是不会同意了，便懒得再白费唇舌，低头专注地吃早餐。之后她没再看谢朔一眼，也没跟他说一句话。

谢朔不太习惯她的冷淡，走之前说："你要是无聊，等会儿我让人过来陪你去逛街。"

叶谙心下冷笑：你以为我真那么喜欢逛街吗？

一个小时后，谢朔果然叫了保镖和司机过来。叶谙越发觉得气闷了，想起施双双这两天休息，于是打了个电话过去。

许久没接到过叶谙邀约的施双双受宠若惊，立刻赶到了市中心的购物商厦。

“你这两天怎么回事？这么悠闲，不用陪你老公吗？”施双双看了一眼跟在她身后的保镖，问道。

叶谙心里那点儿不爽在见到商场内琳琅满目的商品后彻底消散无踪，买买买有什么不好？比陪着那位阴晴不定的大少爷有意思多了！

她踩着高跟鞋往里走，语气里带了一丝连自己也没察觉的幽怨：“他这两天在忙公司的事，不用我陪。”

施双双脱口就道：“他不是眼睛看不见吗？怎么还能去……”话未说完，意识到不太妥当，她及时刹住了车。

叶谙倒是不在意这些，坦然自若地说：“有他自己的助理在，办公问题不大。”

见她神色如常，施双双也不那么小心翼翼了，又问：“我记得你说前阵子在陪他治疗，怎么样了？他的眼睛恢复概率大吗？”

提到这个，叶谙眼底终于出现了一丝怅然，说：“暂时不确定，还在治疗。”

话题有些沉重，施双双没再问下去，转而跟她说起工作室的一些事情。

结婚之后，叶谙的衣服首饰都有专人定做好送过来，每季换新，所以几乎没什么购物需求。但为了发泄心里的憋闷，她还是肆无忌惮地狂买了一番，然后送了一半给施双双，当作礼物。

逛完街，两个人一起吃了午饭，又去泡私汤喝下午茶。水雾氤氲，施双双趴在汤池边，忍不住连连感慨，这生活实在是太堕落了！

一直到晚上八九点，叶谙才回家。

谢朔这天比昨天早一些，叶谙到家没一会儿，他也回来了。他进屋的时候，叶谙正窝在沙发上跟施双双聊天。听见动静，她抬起头，刚好和他视线相撞。

那一瞬间，叶谙突然有种他能看见的错觉。担心被她看穿，谢朔很快敛了目光。他脱下外套，装作看不见的样子走到她旁边坐下，往后一靠，抬手捏了捏眉心，满脸疲惫。

叶谙心里虽然憋着气，但看他这样，还是忍不住道：“不是让你别太劳累吗？工作又不是一天两天的事。”

谢朔没答话，闭目缓和着双眼的酸涩。

想到自己今天败了不少钱，叶谙决定暂时对他态度好些，她伸手去扶他："去泡个澡吧，舒服一些。"

谢朔顺势起身，叶谙替他拿了睡衣，扶他进浴室。放好热水后，她侧身坐在浴缸边，往里面滴了两滴精油。

她的腕骨纤细莹白，谢朔看着她动作，心口仿佛被什么裹了起来，暖意融融。他抬起手，修长的手指轻扯着身前领带。

叶谙转头，看见他的举动，说道："我今天逛街给你买了一条领带，你待会儿看看喜不喜欢……"

话音戛然而止，叶谙心头一紧。"看"这个字眼儿对谢朔来说，无异于逆鳞，太敏感了。她紧张地看着他，生怕他又乱发脾气。

但出乎意料的是，谢朔的反应很平静，只不过脱衣服的动作停了停，似乎在等她出去。

叶谙叮嘱一句"你别泡太久"，便快步往外走。

身后水声响起。叶谙走到落地窗前的沙发上坐下，窗外月色清冷，树影裹在朦胧的光雾中，她无声地望着窗外，眼底隐约浮起一丝怅然。

不知道怎么回事，她总觉得最近谢朔对她的态度有些奇怪，或者说是两个人之间的气氛有些奇怪。似乎是从谢柏言生日那天之后，谢朔的脾气忽然变得温和了许多，不再像以前那样阴晴不定了，但他们的关系却没有更进一步，反而无端添了些许疏离。

以前他心情抑郁，她得寸步不离地陪着，想方设法逗他开心，可现在，他情绪平和，每天忙着公司的事，不再需要她帮忙，她就像是突然失去作用，变成了一个可有可无的人。

明明在这之前，他还答应她试着好好相处做夫妻，一觉睡醒就全变了。难道，他当时只是一时冲动，过后后悔了，所以才故意疏远她？

叶谙屈起双腿，将下巴垫在膝盖上，细长的眉轻轻蹙着。她的小腿阵阵酸痛，今天踩着高跟鞋逛了几个小时的街，到现在都没缓过劲儿。她又困又累，捏了捏小腿肚子，靠着沙发，合上眼，渐渐睡了过去。

不知过了多久，浴室门打开了，谢朔从氤氲水雾中走了出来。他走到沙发边，看见屈起双腿蜷缩在一角的叶谙后，神情一怔。柔和的光笼在她白皙的脸上，晕开浅浅辉泽，衬得她肌肤更加细腻光滑。

她安静地闭着眼睛，漆黑纤长的睫毛轻轻覆在眼睑下，阴影浅淡。她是侧倚着睡的，下颌弧度精致，脖颈修长，锁骨被衣领遮住，只露出些许莹白。视线往下，她腰身纤细，他曾于黑暗中握过不止一回。

谢朔静静看了她一会儿，那种不真实感又上来了。重见天日后，大多数人对于他来说，都像是分别了一段时间再见面，唯有她，他既熟悉又有那么一点儿陌生。

七八个月的朝夕相处，他熟悉她的声音，熟悉她身上的气息香味，却不熟悉她的模样，只能凭空想象。这两天，他刚复明，就急着处理公司的事情，忙得焦头烂额，也没分多少心来思考关于她的事，现在静下来，倒是突然想好好理一理。

当初答应和她结婚，确实如她所言，只是为了找个人照顾他的饮食起居。他原本不愿走这一步，但那时候母亲不放心他，一直念叨，老爷子也拖着病体过来劝。他自觉复明无望，心中消沉，便索性顺了他们的意。

他当时的情况，门当户对的千金名媛自然是不愿意嫁过来的，所以挑来挑去，最后挑了这么个毫无存在感的姑娘。出身一般，无人可靠，无路可退，能省很多麻烦，当然最重要的一点——她是主动找上来的。

起初，他只当她是为了富贵生活，日子久了自然就会换上冷淡态度，敷衍了事。然而，事实却截然相反，她非但没有态度冷淡，反而将所有心思都放在了他身上。她细心照料，忍受着他的阴晴不定，想尽办法逗他开心、拉他出门，让他重新面对这个世界，试着接受一切。

他的脑中闪过这几天一些不经意的画面，都是她悄悄看他时的神情模样。谢朔目光微凝，忍不住想，难道——她喜欢他？可如果喜欢的话，为什么又会对离婚之事毫不在意？又或者，她只是单纯地觉得既然已经结婚了，在他复明之前，没有其他选择，不如好好跟他过日子？

想起她那句信誓旦旦的“复明就离婚”，谢朔微微蹙眉，弯下了腰。他近距离地注视着她的眉眼，情不自禁地伸出了手，想去碰她的脸。

他的指尖刚要触及她的面颊，叶谙长睫一动，睁开了眼。四目相对，她眼神尚有些迷糊，带着初醒的茫然。

谢朔滞了滞，在最短的时间内做出反应——他面无表情地将修长的手覆在她脸上，做出摸索的假象。叶谙瞪大眼睛，被他这番举动弄得有些摸不着头脑，她迟疑着问：“你干什么？”

谢朔收回手，直起身，用惯常的淡漠语气说道：“天气冷，想睡觉上床再睡。”

原来是想让她上床睡觉……叶谙打了个喷嚏，穿上拖鞋起身。她的小腿又酸又麻，刚迈出半步，身体忽然摇晃了一下，险些跌倒。

谢朔眼角余光瞥见，下意识伸手去扶。叶谙倒在他怀中，他揽住她的腰，以为复明的事要瞒不住了。谁知叶谙完全没有察觉，迷迷糊糊站稳后，一脸疲惫地拖着步子往卫生间方向走，甚至还说了声“谢谢”。

谢朔看着她远去的背影，眸色幽深。

叶谙洗漱完，脑子终于清醒了些。她从卫生间出来，发现卧室里竟然不见谢朔的人影，忍不住奇怪地想，这么晚，他不睡觉又去哪儿了？

这时，谢朔从外面进来，反手关上了门。

“你去干什么了？”叶谙问。

谢朔看她一眼，淡淡道：“到书房拿些东西。”

他走到床边，掀开被子上去，靠坐在床头。

叶谙做完睡前护肤后，也上了床，小腿的酸痛仍旧未消。她偏头看向谢朔，想到这两天他奇怪的态度，心口没来由有些窒闷。就算后悔了，不想跟她假戏真做，也用不着表现得这么明显吧？

谢朔察觉到她的视线，眼睫往下垂了垂。“不是说给我买了领带？”为了避免被她看出端倪，他找了个话题转移注意力。

叶谙没好气道：“在衣橱里，明天拿给你。”

谢朔没再说什么，准备躺下睡觉。

叶谙看他这副淡定样子，越发气不打一处来。她往他那边挪了挪，故意凑到他耳边，轻声说：“我买了礼物给你，你是不是该表示一下感谢？”

在他反驳她之前，她飞速补充：“不是刷的你的卡，是用的我自己的钱。”

当然，除了那条领带之外，其他全是刷的他的卡。

谢朔侧头，对上一张近在咫尺的精致面庞。她长睫轻眨，神情鲜活生动。见他没反应，叶谙干脆趴在他肩头，戳了戳他，又道：“我今天逛了一上午街，腿好酸，你帮我按按。”

谢朔没说话，叶谙以为他又会像以前一样置若罔闻，没想到他却从被窝底下捞过她的小腿，一言不发地揉捏起来。叶谙一愣，他现在的脾气已经好成这样了吗？

谢朔手指修长如玉，力道不轻不重，叶谙被按得觉得有些热。她耳根发烫，手指揪紧他的睡袍，忍不住想将腿缩回，却被他按住。她没再挣扎，抿着唇偷偷看了他一眼，却在瞥见他低垂的长睫以及认真的表情后，心跳骤然加速。

怪异的酥麻感从小腿直蔓延到指尖，她仿佛被蛊惑了心神，盯着他的唇，蓦地凑过去亲了一下。她柔软的唇如蜻蜓点水般轻触过谢朔的唇瓣。谢朔微微一怔，手下的动作也顿了顿。

叶谙压下心里的紧张，轻声说："你还记得那天晚上我跟你说的吗？"

谢朔头也未抬，问："什么？"

叶谙近距离看着他，眼底亮晶晶的："就是在你眼睛好之前，我们试着好好相处。"

在他眼睛好之前……谢朔眸色幽深，沉默片刻，忽然问："如果我好了呢？"

这话问得突然，叶谙不由愣了下。以前他每次假设都是说"如果我好不了"，今天怎么变得这么乐观了？

她心底升腾起复杂情绪，半晌，扯出一个笑："那我们就好聚好散，按约定离婚。"

谢朔看见她脸上的笑，眉头微蹙。

叶谙仰起头看着他的眼睛，先前的失落感再次浮上心头。如果有一天，他真的复明了，变回从前的天之骄子，那么，她就再也没有机会离他这么近了吧？

一切回到起点，他依旧是她的遥不可及。怔然片刻，叶谙忽然发现他眼底多了亮光，有些不太确定地说："你的眼睛，好像比之前亮了。"

谢朔一顿。叶谙双手捧住他的脸，盯着他的眼睛仔细研究："真的，看起来亮多了……说不定过不了多久，你就能看见了。"

谢朔对上她满含期待的眸子，坦白的话到了嘴边。他刚要开口，叶谙忽又放开了他，问道："明天爸妈回来，你还要去公司吗？"

早在他们去研究所的第二天，谢柏言和温若瑜就因为公事出国了，明天是返程日期。谢朔怕他们着急赶回，所以这两天并未打电话告诉他们自己复明的事。

"不去，明天在家休息。"谢朔咽回了坦白的话。

反正明天她就会知道了，也不差这一晚。

可能是刚刚受了凉，叶谙忽然感觉喉咙有些痒。她别过脸咳嗽两声，将腿缩回，从他身上下来，往上扯了扯被子，说："不早了，睡吧，不然对眼睛不好。"

她关掉灯，侧身躺下。

屋内安静下来，谢朔缓缓转过头，在黑暗中看了她一眼。

叶谙是被自己渴醒的。她的嗓子干得发疼，鼻子也有些塞，她睁开眼睛，控制不住地咳嗽起来。

睡在她身侧的谢朔很快被吵醒，抬手开了灯。

叶谙被骤然亮起的灯光刺激到，眯了眯眼，嗓音微哑："吵醒你了？"

她脸色苍白，头发乱糟糟披在肩头。谢朔微微蹙眉，伸手探了探她的额头，没发烧，反而有些凉。

"家里的感冒药放在哪里？"他问她。

叶谙忍着喉间的干涩道："没那么严重，我去倒杯水喝。"

她撑着床准备坐起来，却被谢朔阻止："你躺好，别再着凉了。"

谢朔替她将被子盖好，下床倒了杯温开水过来，然后扶她坐起，半揽着她，将水杯递到她唇边。

叶谙实在太渴，就着他的手灌了大半杯水，差点儿呛到。

谢朔轻抚着她的背，替她顺了顺气。叶谙脑袋正晕乎，完全没有意识到他的举动有什么不对。喝完水，她重新躺下，缩进被窝里，整个人没有了平日的生气，像霜打的茄子，蔫蔫的。

此时才凌晨四点多，天还未亮，谢朔看了一眼时间，也重新回到床上。他低头看向叶谙，脑子里闪过一个模糊影像，觉得眼前这张脸似乎有点儿眼熟，仿佛在哪里见过。可这个影像只闪过了一瞬，稍纵即逝。

谢朔盯着叶谙的五官仔细回忆了半天，没能回忆出什么实质画面，只当是错觉，于是没再纠结，关灯躺下，伸手将她揽到了怀里。

他怀里味道干净好闻，有种令人心安的感觉，叶谙很快便沦陷了，偎着他沉沉睡去。

叶谙再睁眼的时候，已经日上三竿。她身侧空荡荡的，谢朔应该起床很久了，被窝里连余温都没有。叶谙感觉嗓子好受了许多，抱着被子坐起来，缓和了一会儿，下床洗漱。

刷牙的时候，叶谙拿起漱口杯，脑子里忽然闪过一些片段——谢朔替她倒水，抱她起来，替她盖被子……为什么感觉他好像能看见了？

这个突如其来的想法让叶谙一惊。当时她睡得迷迷糊糊，完全没意识到，现在想想，哪哪都不对。他那么顺畅地倒水，还喂她，根本不像失明的样子，而且，他最近的眼睛看着明显比以前多了些光彩。

难道……他眼睛恢复了？

——可是，如果他真能看见了，为什么没有告诉她？

叶谙愣愣地看着镜子，神思有些凌乱。想了半天，还是想不通。她怀着满腹疑惑洗漱完，换了衣服，下楼吃早餐。

谢朔不在楼下，叶谙一个人坐在餐桌前，越想心里的疑惑越重。他真的看不见吗？

自从前两天从研究所回来之后，谢朔整个人就变了许多，一天到晚忙着公司的事，也不再抑郁消沉了。按照正常心态发展来说，就算是突然想通，决定重新振作，应该也不至于转变这么大吧？

还有非常重要的一点，他几乎不再让她帮忙读书念文件了。虽说有钟覆在，但钟覆是他的左膀右臂，还兼了其他重要职位，平日里需要处理的事情不知道有多少，给他读文件未免有些大材小用，想想都不合理。

在公事上，谢朔一向头脑清醒，完全不像是会抽风做出这种决定的人。可如果真复明了，他为什么不说呢？纠结良久，叶谙还是没能打消心里的疑虑。她回到楼上，泡了一杯茶，轻手轻脚走到书房门口，小心翼翼将书房门推开。看清里头情形的刹那，她整个人呆住了，手里的茶杯险些落地。

窗外日光明暖，斜斜照入，谢朔穿着黑色衬衣，坐在窗边，正低头翻阅着一份文件。

阳光将画面烘托得有些朦胧，像是电影里的虚幻场景。隔了许久，叶谙才缓缓挪动脚步走进去。她脚下虚浮，每一步都仿佛踏在云端。她将倒好的茶放到旁边的案几上，谢朔正好渴了，伸手端过茶杯，动作准确无比。这一刻，叶谙几乎能确定，他是真的能看见了。

谢朔沉浸在自己的思考中，完全没发觉有什么不对，还低头抿了一口茶。好一会儿，他才感觉到落在身上的视线，缓慢地抬起了头。

四目相对，空气陡然变得安静。叶谙脑中一片混乱，甚至有些茫然。她没说话，只是一动不动地看着他。

谢朔本来就没打算再瞒她，放下茶杯，等着她开口质问。

叶谙盯着他的眼睛，许久，才愣愣地问：“你能看见了？”她嗓音轻飘，好像生怕这只是个梦境，响动一大，就破碎了。

谢朔轻轻“嗯”了一声。

叶谙又重复了一遍：“你真的能看见了？”她澄澈的眸子里聚起水光，眼底通红。

谢朔愣怔住。他预想过很多种她知道一切后的反应，生气、冷战或者开心，却独独没有想到，会是这一种。

叶谙站在他面前，望着他，眼泪像是决了堤，不断往下落。不等他反应，她抬手抹了下眼角，又破涕为笑，兀自说：“我就说你一定会好的，一定会好的……”

一会儿哭一会儿笑，激动得好像失明又复明的人是她。谢朔看着她，脑中忽然闪过一个模糊的影像——小姑娘惨白着脸，哭得梨花带雨。

似曾相识的感觉再度涌上心头，他恍惚了一瞬，忽然问：“我们以前，是不是在哪里见过？”

第十三章 离婚的约定

叶谙的表情一怔，抬头对上他幽深的眸子，里头已经恢复神采，不似半年前那样黯淡无光。她看着他，动了动唇，似乎想说什么，然而最后却什么都没有说。她脑子里乱糟糟的，忽略掉这个问题，反过来问他：“你什么时候好的？”

谢朔顿了顿，说：“爸生日后的第二天。”

叶谙糊涂了：“那你怎么一直没说？”这些天还装得跟看不见一样。

谢朔说：“当时情况还不稳定，只是偶尔能看见。”

叶谙忙问：“现在呢？稳定下来没有？”

她眼里的担心毫不掩饰，谢朔心底起了一丝微澜：“差不多了。”

叶谙松了口气，放下心来，但很快又意识到不对。就算之前不稳定，他暂时不想说，那从岑青彦那里回来之后呢？他都能正常去公司了，钟覆肯定也知道了，那为什么还不告诉她？

还有昨天晚上她说他眼睛变亮了，当时他明明可以坦白，结果却又避开了。叶谙看向谢朔，蓦地又想起另外一件事——他早就复明了，也就是说，这些日子，她在他面前毫无顾忌地换衣服，偷瞄他偷拍他，还有假装不小心偷偷亲他……他都是看得见的！

巨大的尴尬直冲头顶，叶谙瞬间仿佛僵化成了一块石头。她现在严重怀疑，他是不是想看她丢脸，所以才故意不告诉她，还在她面前装瞎。

“那这两天呢？你为什么也不说，还装看不见？”叶谙压制着心底的愤怒质问。

谢朔有些心虚，挪开眼，重新端起茶杯道："没找到合适的机会说。"

这有什么好找合适机会的？直说不就行了？叶谙才不信他的话，想到自己刚刚对着他哭成那样，她越发感到尴尬。她实在不想面对他，瞪了他一眼，转身出去。可她出来了又不知道去哪里，最后又回到卧室，在阳台上坐下。

柔软的阳光轻笼在身上，温暖而熨帖，坐了好一会儿，叶谙都还有点儿回不过神，感觉像是在做梦。

谢朔他……真的复明了？不知过了多久，身后传来脚步声，叶谙闻声转头，看见谢朔，顿了一下，又重新看向阳台外。

谢朔缓步走近，在她旁边落座，也不说话，只是看着她。

叶谙被他看得一阵不自在，说道："你看什么？"

谢朔问："生气了？"

叶谙对上他清明的眸子，一时语塞。她倒也没那么生气，只是……不知道该怎么面对复明的他。从前她仗着他看不见，可以肆意妄为，可现在她做什么都仿佛有种无所遁形的感觉。

"你分明就是故意骗我……"她小声道。

谢朔看着日光中她微翘的眼睫，反问道："那你偷拍我的照片又该怎么说？"

叶谙霎时一僵。他看到她偷拍的那些照片了？这下轮到叶谙理亏了。她心虚地看向别处，转而问："爸妈知道吗？"

谢朔道："还没跟他们说。"

叶谙心理平衡了些，好歹她不是最后知道的。正说着，屋内突然传来手机铃声，叶谙扭头看了一眼，走过去从沙发上捞起手机按下接听键。

是施双双的电话，说有个动画电影找叶谙配音，问她有没有时间接。见叶谙在聊工作的事，谢朔也没再留，起身回了书房。接完电话，叶谙看向门口，脑子仍有些乱。她没有再去书房，一个人在卧室待着。

直到吃午饭的时候，两个人才又碰了面。

叶谙在餐桌前坐下，下意识想给谢朔夹菜，筷子伸到一半，她反应过来，看他一眼，将菜夹回了自己碗里。

谢朔也看了她一眼，两个人都没说话。

叶谙低着头，总觉得气氛怪怪的。吃完饭，两个人回到楼上，谢朔照旧去了书房，叶谙则出于逃避心理进了卧室。

躺在沙发上午休的时候，她忽然想起一件事——他复明了，那他们关于离婚的约定，是不是也该履行了？

三点左右，叶谙简单化了个妆，和谢朔一起去谢柏言那边。

她皮肤底子好，不必太过修饰，简单的妆容就衬得她明艳又大方。谢朔侧眸，忍不住多看了她两眼。

谢柏言和温若瑜这会儿才刚到家，正坐在客厅里喝茶休息。见他们进来，温若瑜笑着道："阿朔和谙谙过来了？"

谢朔上前，叫了声"爸妈"，目光落在父母身上。仔细算起来，他也有快两年没见过父母了，他们看着苍老了不少，尤其是父亲，鬓边白发添了许多。

谢柏言和温若瑜结婚多年，没出过什么出轨、私生子的狗血闹剧，算得上是豪门中的模范夫妻。但夫妻之间难免有些磕磕绊绊，有段时间谢柏言成天忙于公事，在外应酬，温若瑜跟他吵了两句，心里不畅快就一个人出国散心了。

温若瑜乘飞机返程的当天，谢朔去机场接她，结果在路上出了车祸，这才双目失明。事后，夫妻俩都十分自责，所以这两年过得也并不轻松。

温若瑜很快注意到了谢朔的眼睛变化，惊讶道："阿朔，你的眼睛……"

谢朔迎上她的视线，道："我已经复明了。"

谢柏言和温若瑜同时愣住。

"你真能看见了？"温若瑜盯着他的眼睛，有点儿不敢相信。

谢朔点点头，和叶谙一起在旁边坐下，补充道："前两天恢复的。"温若瑜又惊又喜，忙不迭问起具体情况来，问完又迫不及待给老爷子那边打去了电话。

谢柏言坐在一旁，一贯严肃的脸上也露出了笑容。

晚上十点半，两个人才回到家。

进屋后，谢朔直接拿着睡衣去了次卧。等叶谙从浴室出来，他已经在床头坐着了。叶谙看他一眼，慢吞吞掀开被子上床，不知道为什么，她有点儿紧张，仿佛又回到了新婚那夜。

她没有像以往那样凑过去搂他的胳膊，而是挨着床沿躺下，和他隔了一段距离。谢朔看了看他们之间隔出的足以再塞下一个人的距离，觉得有些奇怪。她平常睡觉不是最爱黏在他身上吗，今天怎么离得这么远?

“我关灯了？”叶谙问。

谢朔“嗯”了一声，合上眼，很快入了睡。

叶谙却迟迟没有睡着。她在黑暗中看向谢朔，心里有些乱。那个离婚的约定，也不知道他什么时候会提起。

次日，叶谙睁开眼，发现自己竟然不知不觉又睡到了谢朔身侧，紧挨着他。男人的怀抱温暖，面容沉静，熟睡时比平日多了几分温润气质。

叶谙望着近在咫尺的英俊睡颜，忍不住看入了神。下一秒，谢朔长睫一动，睁开了眼，幽深的眸底依稀有光，映出她的模样。

四目相对，叶谙心口扑通一跳，呼吸也屏住。她怎么忘了，他已经复明了，能看见她。叶谙僵了一瞬，立刻从他怀里退出，尴尬地说了声“早”，然后假装什么也没发生，起身下床。

谢朔目光幽深，看着她进了卫生间，也跟着起床。两个人各占一个洗脸池刷牙洗脸，这样的日常，总让人感觉有些暧昧。叶谙洗完脸，飞快走了出去，进了衣帽间。她刚挑好要换的衣服，谢朔也进来了。

叶谙转过头，和他的视线撞上，蓦地想起前两天当着他的面换衣服的情形。她脑中一嗡，霎时涨红了脸，尴尬得恨不能穿越回去抹掉这段记忆。

这种时候跟他共处一室实在太窒息了，叶谙拿着衣服逃一般离开，把衣帽间让给了他。谢朔看着她逃离的身影，忍不住勾了下唇。

吃完早饭，叶谙去了工作室，谈新的配音合同。为了避免和谢朔尴尬碰面，她特地在外面吃了晚饭才回家，谁知等到她上床躺下，谢朔还没回。

屋外起了风，树影摇曳，叶谙裹着被子，不知不觉就睡了过去。夜渐渐深了，隐约有水声响起。叶谙感觉到床微微往下陷了陷，熟悉的气息拂过来。她翻了个身，习惯性地往气息的源头靠。谢朔刚躺下，见她靠过来，也习以为常地将她揽入了怀中。

之后两天，谢朔都是早上一早出门，深夜才回来。两天后，是谢朔准备召开股东大会的日子。

清早，叶谙睁眼时，谢朔已经换好衣服了。他一身正装，衬出英挺修长的身影。叶谙抱着被子坐起来，犹豫了一下，问道："要我陪你过去吗？"

谢朔整理好衬衣袖子，转头道："不用。"

叶谙点了下头，正准备再躺会儿，谢朔忽然问她："你给我买的领带呢？"

没想到他还记得这个，叶谙愣了下，下了床走进衣帽间翻找出给他买的那条领带，递给他。

谢朔却没接，只是看着她。叶谙瞬间懂了他的意思，瞥他一眼，没说什么，将领带绕过他后颈，认真替他系好。

"好了。"她替他整理好衣领，后退一步，对自己的眼光颇为满意。

谢朔取过腕表戴上，便出了屋。叶谙看着他走远，仿佛又看到了曾经意气风发的天之骄子。

上午九点半，谢氏总部。

朝阳穿过巨大的落地玻璃窗明晃晃照入屋内。会议室内，长桌纤尘不染，巨大的屏幕刚刚亮起，各大股东均已入座，气氛严肃。

一片肃穆中，会议室的门突然被推开，一道颀长的身影被人簇拥着出现在门口。年轻男人一身黑色西装，迈着长腿踏入会议室，面容冷峻，气质高贵，依稀又恢复了昔日的风采。

当天中午，谢家大公子复明的消息就登上了头版头条。施双双捧着手机看得激动不已，招呼叶谙跟自己一起看："谙谙，你快看，谢朔竟然复明了！"

叶谙正在吃饭，掠了一眼手机上谢朔的照片，反应十分平静。

施双双刷了会儿八卦，忽然抬头道："你说我现在去买他家的股票还来得及吗？"

叶谙没有应答。

吃完饭，叶谙去了洗手间，施双双突然后知后觉想起来一件事：谙谙她老公也失明了……豪门、失明……不会这么巧吧？施双双赶忙扒拉出之前叶谙和她老公在街头被拍的那张照片，仔细跟谢朔的照片对比——身形、侧脸甚至气质都很像！

叶谙洗了手回来，就见施双双目光灼灼地盯着她。

叶谙问："怎么了？"

施双双兴奋地问："你老公是不是姓谢？"

叶谙顿了下，没否认。

“你老公真是谢朔？”施双双震惊了，感叹不已，“你居然嫁给了谢朔！”

叶谙淡淡“嗯”了一声。

施双双简直难以置信，忙拉着她小声询问：“快跟我说说到底怎么回事？你们怎么在一起的？”

叶谙忍不住莞尔：“不是都跟你说过了？”

股东大会之后，谢朔回到公司，重新接手原来的事务。这个消息一出，网上又是一阵沸腾，谢氏的股票也涨了不少。至于谢柏言，他没再管集团的事务，全权交给了谢朔处理，安心在家休养。

缺席了将近两年，许多事务都要从头开始，又恰好碰上年底，谢朔忙得脚不沾地，每日早出晚归，有时候甚至直接出差几天不回。

叶谙经常是半夜醒过来看到他上床躺下，早起又不见他人影，更别提说话了。这样一来，两个人几乎零交流，关系也似乎断在了某个点，停滞不前。

其间，叶谙受邀去录制了一档配音类的综艺节目。节目带有竞技性质，嘉宾们分组竞演，淘汰晋级，进入决赛。嘉宾分组有一定的规律，叶谙所分到的组成员相对都比较年轻，其中两位一位是娱乐圈的实力派演员，另外一位则是配音圈内知名的大神。论年龄，只有叶谙最小；论资历，也只有叶谙最浅。

叶谙之所以被邀请，主要是因为最近这半年她人气暴涨，有话题度和流量。录制要配的台本提前就准备好了，节目组大概是想制造话题和爆点，给她分配的台本里面，有一幕经典的外国电影片段。原本以为这对她有一定的难度，然而，她却出乎意料地稳住了。

这半年，她给谢朔读书念文件，很多都是直接用外语，以至于她现在的外语水平突飞猛进，连带专业技能也提升了不少。最后她还挑战了一下一人分饰多角，无缝切换，赢得了满堂喝彩。

录制结束，她和特地过来当观众捧场的施双双还有工作室其他人一起去吃夜宵。一桌人说说笑笑好不热闹，叶谙却始终提不起精神，坐在角落里沉默。

施双双看着她，忽然说：“你不太对劲儿。”

叶谙抬头：“嗯？”

施双双很敏锐，说：“你们家谢总终于复明了，你不是应该高兴吗？怎么好像郁郁寡欢的？”她用手量了量叶谙的胳膊，有些担忧地说：“人也瘦了。”

叶谙扯了下嘴角，否认了：“哪有的事？我前阵子胖了不少，现在这叫恢复正常。”

施双双给了她一个灵性的白眼，说：“你这叫胖，那我们都不用活了。”她又压低嗓音问，“是不是跟你老公吵架了？”

叶谙端起手边的酒杯，神色淡淡道：“没有，夫妻和睦，相敬如宾。”

听这语气就不对。施双双还想再问，叶谙却端着酒杯跟她碰了个杯，将她的疑问全部堵了回去：“喝酒吧。”

施双双看了眼她空荡荡的无名指，隐约猜到些什么，没再多问，默默陪着她喝酒。

室内热火朝天，外面却寒风凛冽。叶谙前脚到家，后脚雨就落了下来，噼里啪啦砸在枝叶间，玻璃窗上也渐渐蒙上水雾。

谢朔还没回来，屋子里冷冷清清的，叶谙洗了澡，上床躺下。雨声淅淅沥沥，许久未歇，她裹着被子，睡得不太安稳，迷迷糊糊中，看见一个人影走了进来。

谢朔走到床边，居高临下地看着她，神情淡漠，与刚结婚那会儿差不多。叶谙艰难地掀起眼皮，努力想坐起来，却浑身无力，动弹不得。

谢朔看她片刻，忽然开口：“我们来谈一谈离婚的事。”

他的语气漠然，没有一丝感情。叶谙一愣，心口仿佛被冰锥击中。就在这刹那，开门的声音骤然响起，屋内灯光乍亮。她睁开眼睛，看见谢朔推开门，走了进来。

——原来，刚才的一切只是梦中幻觉。

叶谙半坐起身子，看着他走近，脑子仍有些蒙。钟表指向十一点，谢朔一脸疲惫地脱下外套，边解袖扣边往里走。

叶谙怔怔地望着他，总觉得他下一秒就会冒出一句：“我们来谈一谈离婚的事。”

好在梦里的情形并未出现，他只是往她这边看了一眼，说：“还没睡？”

叶谙没说话。谢朔以为她是睡迷糊了，没和她多说，进了浴室洗澡。

叶谙看着他的背影，心底突然涌起一股说不清道不明的情绪。谢朔终于回到了从前模样，做回了那个意气风发的天之骄子，可也离她越来越远。她和他之间，已然隔下一道天堑。

许久，浴室门打开了，谢朔洗完澡出来，带着一身潮气上床。

叶谙侧过头，忍不住提醒他："明天下午要去爷爷那边吃饭，你早些回来。"

谢朔疲惫地应了声，很快便睡着了。叶谙睁着眼，久久没有睡意。

翌日下午四点半，叶谙和施双双打了声招呼，准备提前离开工作室。就在这时，她突然接到了谢朔的电话。

看见手机上的来电显示，叶谙险些以为自己眼花了。

"喂？"她将手机放到耳边。

手机那头传来谢朔低沉的嗓音："你什么时候能走？"

叶谙没太听懂他的意思。

谢朔："我在你工作室楼下，你忙完了就过来。"

叶谙愣了下，有点儿难以置信，他竟然到这里来接她了？

"我马上下来。"

叶谙挂断电话，匆匆下楼，果然在路边看到了他惯用的那辆车。她快步走过去，弯腰上了车。

谢朔穿着件深色毛衣，正在翻阅一份文件，见她上车，抬头看了她一眼，收起文件，吩咐司机开车。

叶谙上了车便没再说话，只侧过脸看向车窗外。她已经许久没在白天和他近距离独处了，难免有些不自在。

谢朔觉得她情绪似乎有些低落，问道："工作上碰到麻烦了？"

叶谙转过脸，意识到他是在问自己后，摇摇头道："没有。"

谢朔以为她是不想说，也没再多问。

车停在老宅院子里，两人下车时，看见谢柏言和温若瑜也刚好回来。进屋时，叶谙习惯性地伸手去挽谢朔的胳膊。就在指尖即将碰上他衣袖时，她反应过来，僵硬地收回了手。

差点儿忘了，他现在能看见，不用她扶。谢朔丝毫未觉，径直往前。这一幕恰好落入了旁边的温若瑜眼中，她看了看他们，若有所思。

谢朔复明，老爷子人逢喜事精神爽，身体也跟着好了许多。这天晚上来了不少亲戚，纷纷过来表示关心，众星拱月般将谢朔围住。

叶谙没有凑热闹，同老爷子问过好，便安静地坐到一旁。过了一会儿，谢朔的小侄女兴冲冲跑过来，拉她去玩儿。叶谙正待得无聊，便跟着去了。

叶谙走后，温若瑜寻了个空当，悄悄问儿子："阿朔，你跟谙谙最近是不是闹矛盾了？"

谢朔抬头，一副完全没有意识到的样子。

温若瑜低声道："我看她这阵子心情不太好，人也瘦了。你别总顾着工作，有时间多关心关心她。"

当晚，叶谙穿着睡裙，边抹水乳边往床边走。

谢朔靠在床头，想起白天母亲的话，不由多看了她几眼。他没见过她之前的模样，也不确定她到底是不是真的瘦了。不过，她最近确实沉默了不少，不像以前那样爱闹了。

叶谙在床边坐下，注意到他打量的目光，动作一顿。这阵子他早出晚归，每次回来几乎倒床就睡，从没像今晚这样坐在床头等她，而且看她的眼神还很怪。

难道他终于空闲下来，打算跟她聊聊离婚的事？叶谙心里咯噔一下，强装镇定，问道："你看我干什么？"

谢朔敛了目光，问道："你这周六能空出时间吗？"

果然……叶谙越发肯定了自己的猜测，她掀开被子，慢慢抬腿上了床。算了，迟早是要走到这一步的。她平心静气地问："有事？"

谢朔又将目光挪到了她搁在被子外的手上，那手十指纤柔，白皙如玉。他淡淡道："那天有个晚宴，你陪我一起过去。"

这个急转弯实在太突然，叶谙愣了半晌，才干巴巴地回了一个字："哦。"

谢朔看了看她，似乎还想说什么，最终却没开口，只是跟着她一起躺下。

听着身后的动静，叶谙忽然有些摸不着头脑。他迟迟不提离婚的事，究竟是太忙给忘了，还是不知道该怎么开口，在等她先提？

隔天，叶谙没有工作任务，在家休息。午后暖阳融融，她拥着毯子在阳台上小憩，突然又接到谢朔的电话："我有份文件落在书房的桌子上，等会儿钟覆过去取，你替我拿给他。"

叶谙犹豫了下，说："你着急用的话，我给你送过去吧。"

谢朔没拒绝："好。"

叶谙起身进屋，换了身衣服，到书房拿上文件出门。

到了公司楼下，叶谙直接往里走，却被前台小姑娘拦下：“请问您找谁？”

叶谙说：“谢朔。”

小姑娘明显不认识她，看她的眼神添了一丝探究，谨慎地问：“请问您有预约吗？”

叶谙没想到会这么麻烦，只能拿出手机给谢朔打了个电话：“我到了，不过没预约，进不去。”

那边谢朔说了句：“你等一下。”

很快，钟覆就下来了，扫了眼前台，朝叶谙道歉：“抱歉，夫人。”

叶谙笑了笑，将文件交给他，钟覆接过文件，领着她上楼。

叶谙一走，刚刚拦她的小姑娘立刻瞪圆了眼睛，惊道：“钟助叫她夫人，她是我们谢总的夫人吗？”

另一个前台小姑娘也一脸震惊地说：“谢总竟然结婚了？”

前面的小姑娘换了“生无可恋”的表情，麻木道：“我们居然拦了夫人，她不会跟谢总告状，炒我们鱿鱼吧？”

“应该……不至于吧？”

谢朔这会儿正在开会，钟覆将叶谙带到总裁办公室，随后便拿着文件回了会议室。叶谙坐在谢朔办公室的沙发上等他，很快有秘书送了咖啡和甜点过来。她只尝了咖啡，没动甜点。

落地窗外，日光渐渐倾斜，染上温柔的昏黄。会议结束，谢朔边往外走边问钟覆：“夫人走了吗？”

钟覆道：“在您的办公室。”

谢朔看了一眼腕表上的时间，又问：“今晚有安排吗？”

“陈总约您吃饭……”他顿了顿，又补充道，“可以推掉。”

谢朔想了下，说：“你替我去一趟吧。”

到了办公室门口，谢朔推开门，一眼就看到躺在沙发上玩手机的叶谙。

叶谙抬头看见他，立刻将腿放了下来，起身坐直，问道：“你开完会了？”

谢朔“嗯”了一声，将文件整理好，关掉电脑，取过大衣搭在臂弯，冲她道：“走吧，去吃饭。”

叶谙有些意外，问：“你晚上没事了？”

谢朔淡淡道：“先吃饭。”

叶谙跟着他下了楼，前台小姑娘还没下班，见到两个人，立刻战战兢兢道：“谢总，夫人。”

叶谙见她们好像挺紧张，浅浅回了个笑。

身后传来细碎的交谈声。

“夫人对我们笑了，应该不会告我们状了……”

“我觉得夫人长得好漂亮，跟谢总站在一起真般配……”

…………

上了车，谢朔靠在座椅上闭目养神。他想着会议上的事，左手大拇指无声摩挲着右手手背。

叶谙安静地看着他，忽然想起了很久以前，第一次见他时。一转眼，已经过去这么久了。她那时怎么也想不到，自己如今能这样陪在他身边。

狭小的空间里，画面突然变得模糊，耳边似乎有雨声响起。她偷偷动着手指，沿着座椅一点一点往他那边攀爬。她纤白的指尖停在他袖口处，随后她伸出小指，勾了勾他的衣袖。只差些许，就能碰触到他的手腕。

蓦地，谢朔轻轻动了下胳膊，叶谙赶忙缩回了手，心口一阵扑通乱跳。她拢了下头发，重新坐好，假装看窗外的风景。谢朔睁开眼睛，只看见她姣好的侧脸和白皙小巧的耳朵，耳垂上还戴了一枚玉色耳坠，晶莹润泽。

吃饭的地方在一家颇具古韵的菜馆，包间内，暖黄色的壁灯精巧雅致，如一团月色悬浮。叶谙和谢朔在餐桌前落座，心想，以前磨他那么久都没能让他陪自己出来吃顿饭，这天总算是实现了。

窗边摆了一只素色瓷瓶，瓷瓶里插了一枝蜡梅，风雅别致。叶谙瞥见，立刻被吸引住，目光在花枝上停留了许久。谢朔注意到她的目光，也看了一眼瓶中蜡梅，若有所思。

可能是瓶中的花太过赏心悦目，叶谙觉得这里的菜也格外美味，说道：“这里的菜味道挺不错。”

谢朔抬头道：“你要是喜欢，以后可以让人送到家里。”

叶谙道：“那多麻烦，想吃了就再过来好了。”

谢朔突然想起她曾经说过的那句“出去吃吃的是氛围和情调”，他垂下眼，并未反驳她的话。

灯光柔和，覆在男人冷峻的脸上，晕开几分温柔。叶谙偷偷看他一眼，忍不住弯起了嘴角。

吃完饭，两个人坐车回家。

冬夜寒冷，呵气成霜，叶谙跟在谢朔身后上楼，心里琢磨着他为什么还不提离婚的事。结果她想得太入神，冷不防他停下脚步，她一个不小心就撞到了他的后背。

男人身上熟悉的清冷味道撞入鼻间，似冬日初雪，她本能地拽住他腰间衣摆。这个姿势，像是从背后搂住了他。

叶谙蒙了一下，慌忙松手："对不起。"

谢朔停下步子，回过头看她。他总觉得现在的她过于安分，要换了以前，这种时候她非但不会道歉，估计还会理直气壮地扭曲事实，趁机跟他撒娇胡闹。

见他看着自己不说话，叶谙不由无语，难道这也要生气吗？真是个喜怒无常的男人。她没再管他，脱了外面的大衣，拿杯子给自己倒了杯热水。

谢朔看她片刻，也脱下外衣去了书房处理邮件。

不知道是不是最近劳累过度，当晚谢朔做了一个十分混乱的梦，梦到自己再次失明，坠入无边黑暗中。他惊醒过来，下意识开了灯。

叶谙被灯光刺激到，也醒了，迷迷糊糊问："怎么了？"

谢朔双目刺痛，闭上又睁开。叶谙从他怀里支起上半身，低头看着他，柔声问："做噩梦了？"

看到她的脸，谢朔一颗心安定了下来。

"还是眼睛不舒服？"见他脸色不好，叶谙强打起精神坐起，说，"我去给你拿药过来。"

叶谙掀开被子下床，倒了杯温开水过来，扶他坐起，将岑青彦开的护眼药递给他。

谢朔吃了药，叶谙见他似乎心有余悸，不由道："都说了让你注意休息，你非不听。明天去复诊，让岑教授再给你开些药。"

她伸手想扶他躺下，谁知这一动作，肩头的吊带突然滑落下来。

室内暖气开得足，所以她仍旧穿的是轻薄的吊带睡裙。谢朔瞥见她身前莹白，眸光一凝。叶谙顺着他的目光低头看了一眼，顿时脑中一轰，如被火烧。她忙不迭将肩带撩回来，顺道捂住了胸口。

谢朔的目光仍未离开，叶谙脸烧得厉害，恼羞成怒道："你还看！"

谢朔总算敛了视线，不过却一脸的坦然，仿佛什么都没看到。

叶谙越发羞恼了，还重新下床去了趟衣帽间。等她再回来，身上已经换了长款的睡衣睡裤，款式保守，胳膊和腿都没露。然而，谢朔看她的眼神更加意味深长了。叶谙被他看得浑身不自在，蓦地想起曾经跟他赌气说要不穿衣服睡觉。真是搬起石头砸自己的脚！

她将被子往上扯了扯，梗着脖子给自己找补："我冷。"

谢朔没说话，只是看着她。灯下，叶谙的一双眸子澄澈，睫毛微微翘起，鼻尖细腻，红唇颜色娇嫩。谢朔的目光最后落在她唇上。

空气突然变得灼热起来，叶谙紧张地蜷起手指，轻抿了下唇。她敏锐地感知到了一丝危险，于是猛地转过身，背对着他，关了灯。

房间陷入黑暗，谢朔在黑暗中轻轻勾了下唇。叶谙仿佛听到心口剧烈的跳动声，有如擂鼓。半晌，她的心跳才恢复正常，但她开始思考起另一个问题：为什么她感觉，他刚刚想吻她呢？

第二天上午，叶谙陪着谢朔去岑青彦那里复诊。

路上，她突然收到施双双发过来的一条论坛八卦帖的链接，标题简单粗暴——天了噜！大瓜！叶谙的盲人老公就是谢家大公子谢朔！

点开帖子，里面是叶谙和谢朔昨晚一起去吃饭时的偷拍照。画面里两个人并肩而行，谢朔还抬手虚揽着叶谙的肩。底下评论热闹：

"这两个人居然是一对！"

"难怪叶谙肯嫁，要我我也嫁。"

"现在谢朔复明了，叶谙也算是守得云开见月明了吧？"

…………

微博那边也有相关话题上了热搜。

叶谙看得直皱眉，将手机递到谢朔面前，问他："要让人压下来吗？"

谢朔抬头看她："对你的工作室有影响？"

"那倒没有。"就算有，也是正面的热度。只不过，他们结婚的消息传出去，想要低调离婚，就没那么容易了。

谢朔淡淡道："那就不用管。"

叶谙看了看他，欲言又止。

下午，二人从岑青彦那里回来，刚到家门口，谢朔接到一个电话，临时赶去了公司。叶谙一个人上楼，看见卧室里多了一瓶蜡梅插花，花盏娟秀，是温柔雅致的颜色，让人心旷神怡。

叶谙奇怪地问周姨："哪里来的蜡梅？"

周姨笑着说："大少爷让买的。"

叶谙微微一怔，忍不住思忖，他到底是怎么想的呢？

周六下午，晚宴之前。

叶谙的选择困难症又犯了，她在衣橱里翻来覆去挑了半天，才挑好要穿的礼裙。换好裙子，她才开始让化妆师给她化妆。

谢朔穿着黑色衬衫，靠在一旁，单手插兜，看化妆师在她脸上涂涂抹抹。明明该是很乏味的琐事，他却无端觉得赏心悦目。约莫二十分钟后，一张明艳照人的脸出现在他的视线中，明眸朱唇，肌肤胜雪。

叶谙拎着裙摆站起身，左右转了转，确定没什么问题后，走到谢朔面前，挽住他的胳膊。两个人一同往外走，谢朔看了她一眼，走出两步，没忍住又看了一眼。

叶谙被他看得莫名其妙，问："怎么了？"

谢朔收回视线："没事。"

叶谙抬手碰了下脸，忽然想起什么，道："等等，耳环忘戴了。"

她松开他，快步跑回梳妆台前，拈起一枚耳坠往耳朵上戴，结果因为太着急，怎么也戴不好。

谢朔走到她身后，直接拿过她手里的耳坠，轻捏着她的耳垂替她戴上。他微微俯身，低着头，呼吸就在她耳畔。这个姿势，仿佛要将她整个揽入怀中。镜子里映出二人的身影，像是恋人在耳鬓厮磨，旖旎又暧昧。

叶谙微微一怔。她的耳根被他的指腹摩挲过，滚烫如火，温度蔓延至脸上，浮起一层淡淡的红。

七点左右，二人到达举办宴会的大酒店。夜幕下建筑高耸，巨大的喷泉池扬起水花，一辆辆豪车鱼贯而入，穿着礼服的侍者在门口迎接。

宴会厅内灯火辉煌，衣香鬓影。叶谙挽着谢朔的胳膊往里走，没走几步，就撞见了江时衍。他正跟之前来过家里一次的言斐在说话。

见到谢朔，江时衍桃花眼一弯，挑眉道："总算肯出来了？"

说完，他对着叶谙笑了笑。叶谙回他一笑。

江时衍和言斐今晚都带了女伴，江时衍的女伴叫褚南容，言斐的女伴则是他的太太庄以念。

庄以念是娱乐圈知名摄影师，叶谙之前去一个剧组配音的时候还跟她有过一面之缘。互相认识过之后，谢朔带着叶谙继续往里走，直到见到了宴会的主人公，闻老。

闻老六十来岁，拄着拐杖，两鬓斑白，看着精神矍铄，被人众星拱月般围着。谢朔同闻老打了声招呼，又向他介绍叶谙。

闻老打量叶谙一番，微微笑着伸手："你好。"

"您好。"叶谙大方一笑，伸手回握。

闻老偏头，低声用英文同旁边的人说了句什么，像是夸赞的话。

寒暄两句，几人去了旁边的观景露台上。坐下聊了一会儿，谢朔忽然捏了捏叶谙的手，低声说："你自己去吃些东西。"

叶谙估摸着他们有正事要谈，笑了下，起身返回大厅。褚南容和庄以念也跟着离开。三个人在靠近观景露台的休息区坐下，边喝酒边闲聊，很快熟稔起来。

满堂浮华热闹，觥筹交错。她们旁边坐着另外一群人，在兴致勃勃地聊八卦，正好说到圈子里哪家表面恩爱的夫妻终于撕破脸离了婚。叶谙听着，想到自己和谢朔现在的关系，忍不住有些惆怅。兴许明天，她也会成为他们口中的笑料和谈资。

九点左右，言斐和江时衍找了过来，他们同叶谙打了声招呼，陪着庄以念和褚南容离开。

谁都成双成对，就她形单影只。叶谙喝掉最后一口酒，放下高脚杯，起身往露台方向走。走到观景露台上，被风一吹，她身上的酒气散了不少，脑子也清醒了些。

之前坐在这里的人差不多都散了，只有谢朔和一个中年男人还在。那人说了句什么，也起身离开。

叶谙上前，低声问："回家吗？"

谢朔抬头，十分自然地拉过她的手，说："再坐一会儿。"

叶谙只好在他旁边坐下。墨青色的天幕上，星子光彩微弱，被闪烁的灯火夺去光辉。

叶谙看见谢朔面前摆着的红酒杯，偏头问他："你喝酒了？"

谢朔没说话。叶谙凑近，闻到一股浓郁的酒气。她立刻皱起眉头道："你是不是忘了，你眼睛才刚好，药都还没断，不能喝酒。"她顿了顿，又问："你喝多少了？"

谢朔揉捏着她的手，仍旧没说话，眉眼在夜色下添了几分温和。想到他上回沾酒后头痛发作的样子，叶谙又气又急。她一把将手抽回来，不高兴道："让你别喝酒你非不听，万一出了什么问题……"

瞥见她气急的表情，谢朔终于开口：“没多少，闻老特地开的酒。”

他手中有个晶莹剔透的杯子，里面还有小半杯红酒，酒液上方波光荡漾。他抬手捏住杯脚，晃了晃，似乎想将剩下的酒继续喝完。

叶谙酒劲儿上头，想也没想，直接抢过他手里的杯子，仰头将剩余的酒尽数饮下。因为喝得太急，她呛了一下，白皙的脸上迅速染上一层薄红。她搁下酒杯，抬头瞪他：“现在没了，看你还喝什么！”

她漂亮的眸子里波光潋滟，明显醉得不轻。谢朔已经有段时间没见过她这般模样了，只觉得她的一嗔一怒都格外鲜活。谢朔转过脸望向远处的灯火，忽然轻轻勾了下唇，心情愉悦。

叶谙捕捉到他嘴角的弧度，愣了下。“你刚刚是不是笑了？”她攀着他的肩，凑近去看他的唇，仿佛发现了什么惊天动地的大事，“是不是？”

谢朔敛了笑，将脸转回来，恢复成淡淡的表情。他往后靠了靠，姿态闲适，五官轮廓浸在柔和灯光中，让他看起来多了几分平日没有的风流散漫。

“原来你会笑哇！”叶谙已然忘了再追究他喝酒的事，显得有些激动，甚至要求道，“再笑一次……”

她身形不稳，栽倒在他怀里，唇恰好虚虚擦过他侧颊。谢朔抬起手，揽住叶谙细软的腰。

她穿的礼裙清凉，前胸和后肩大片露在外面。他低眸看见她精致的锁骨和胸前若隐若现的莹白，眸色一深。

谢朔身上的香水味还是叶谙亲手挑的那款，清淡冷冽，尾调绵长。恰有夜风拂过，幽香涌动，暧昧悄然间滋生。两个人谁也没有再说话，满堂喧嚣似乎被隔绝在外，静得能听见彼此的呼吸声。

过了一会儿，男人低低的嗓音响起，如夜风中的琴声：“回家吧。”

叶谙回神，从他身上下来。他们明明什么都没做，她的腿却有些发软。

深冬的夜，清寒入骨，空气中隐隐浮着冷香。车子拐上高架，光影飞掠而过。最后那小半杯酒喝得太急，叶谙坐在车内，酒劲儿渐渐上涌，从脸到耳根都热了起来，细腻白皙的肌肤上也泛起了薄红。等下车时，她的脑子已经有些混沌，脚步虚浮，摇摇欲坠，直往谢朔身上靠。

谢朔扶她站稳，像上回一样，褪下外套披在她肩头，揽着她往屋内走。在玄关处换拖鞋时，叶谙也还抱着谢朔的胳膊，整个人几乎挂在了他身上。

等到进了卧室，叶谙才松开手，边抬手拆着头上的发夹边倒在沙发上。谢朔跟着坐在一旁，松了领带，解开衬衣领口第一粒纽扣，露出小半块锁骨，抬手捏了捏眉心。

叶谙拆完头发，又摘了耳坠。耳坠精致小巧，在手心熠熠生辉。她看了一眼谢朔，忽然灵机一动，将耳坠塞到了他的兜里，笑嘻嘻说："放你这里，下次你还给我戴。"

谢朔不置可否。叶谙趴在他肩头，瞅着他冷峻的脸，伸出一根细白手指，戳了戳他的嘴角，说："你怎么不笑了？你再笑一次给我看看好不好？我刚刚都没看清……"

谢朔捉住她的手指，拿下来握在掌中揉捏着。他微微仰头，靠在沙发上，冷峻眉眼经过灯光的晕染，依稀也有了微醺之态。

叶谙抬起脸，视线内是他光洁的下颌和性感的喉结。酒精再次作祟，她同前几回酒醉一样，按捺不住，凑到他喉结处亲了亲。

温热的气息夹杂着酒意拂过颈间，谢朔揉捏着她的手，任由她动作。叶谙重新趴回他身前，恰好瞥见他敞开的领口。她抬起另一只空着的手，指尖戳了戳他的锁骨。

谢朔大掌握着叶谙的腰，忽一用力，将她抱到了身上。她坐在他怀里，双手搂住他的脖子，视线几乎与他齐平。她掠过他高挺的鼻梁，望着他眼中。

四目相对，谢朔幽深的眸子里不再是昏暗一片，叶谙看得微微一怔。

"你……真的好起来了……跟以前一样……"她怔怔地望着他，眼底聚起恍惚神色，仿佛沉浸在了久远的回忆里。

以前？谢朔听得奇怪，刚想问，叶谙细白的手指突然贴上他的面颊。

"我就说……你肯定能好起来……"她捧着他的脸，指尖轻轻拂过他眉眼，语气轻柔，"你看，我没骗你吧？"

谢朔对上她清亮的眸子，也微怔了一下。

叶谙想到什么，忽然又生起气来："我没骗你，可是你却骗了我。"她拧起眉头，一副要兴师问罪的样子。

知道她现在不清醒，可谢朔还是顺着她的话问："我什么时候骗你了？"

叶谙怒气冲冲地说："你明明早就能看见了，却故意不告诉我，还假装看不见！”

谢朔不说话了。这件事，确实是他理亏。

“你终于好了，我应该开心的……”叶谙的嗓音忽然低下去，带了几分失落，“我不该难受……”

她边说边往下滑，将头埋在了他的肩窝处，双手搂住了他的腰。谢朔抬起手揽住她的后背，不知道她为什么突然情绪起伏这么大。叶谙靠在他怀里，感受着他的体温和气息，久久没有出声。半晌后，她终于松开他，抬起头。

灯影朦胧，眼前的人面容模糊，与许多年前的惊鸿一瞥重合。那些蛰伏多年刻意隐藏的情愫仿佛在瞬间破土而出，肆意疯长。叶谙重新捧住谢朔的脸，在他唇上亲了下。亲完，她笑了笑，眼底波光潋滟。

谢朔低眸望着她的眉眼，心下微微一动，问出了那句曾经问过的话：“你当初，为什么会答应跟我结婚？”

叶谙被问得一怔，脑中刹那间闪过许多画面，一帧一帧，纷杂凌乱。她的心口泛起酸涩，垂首伏在他脖颈处，低低道：“反正不是因为喜欢你……”

声音小得几乎听不清。谢朔看着她，有些分不清她到底哪句话真哪句话假。他还想继续问，叶谙却没给他机会。她仰脸封住了他的唇，而后顺着他的下巴一路往下亲，在颈侧顿了顿。

黑色衬衫下，谢朔的肌肉线条起伏，可惜被遮挡太多，窥不到底。她靠在他身前，大着胆子拨开他的衬衣领口，凑过去，轻轻咬了一口。

无论将来如何，无论他们最终会以什么样的方式收场、道别……至少此时此刻，这个男人是属于她的。

下一秒，叶谙的身体突然悬空。谢朔身形颀长，臂膀有力，穿过她的肋下和腿弯，横抱着她起身，往床边走。

叶谙下意识搂住他的脖颈，抬头瞥见他紧抿的薄唇。走到床边，谢朔将她放下，双臂顺势撑在她两侧，领口微敞，锁骨半露。

叶谙陷入柔软的被褥中，长发散乱，漂亮精致的脸上，酒醉后的红晕未褪，细白的胳膊还搭在他后颈处。她唇上的口红早就被抹干净了，只剩下本来的唇色，饱满鲜艳，灯光下有种靡丽的风情。

谢朔望着她，喉头一滚，俯身压在她上方。二人离得太近，鼻息喷洒，热意蔓延，空气突然变得窒闷。他的皮带贴在她腰间，硌得难受，她忍不住扭了扭身子。

谢朔按住叶谙，眸底欲念翻涌，修长的手指拂过她颈侧，轻捏住她下巴，低头吻了下去。头顶光影晃动，她闻到他身上熟悉的气息，铺天盖地，如冬日初雪，裹挟着淡淡的酒意。呼吸被侵占，唇齿间也全是他的味道，她双手攀在他后肩，而后扬起脖颈，很快开始回应他。

两个人似乎都醉了，神思混沌，如置身深海，浮沉不定。过了一会儿，他停下来，呼吸喷洒在她脸上，表情隐忍。

“叶谙……”他低声唤她，像是在确认她是否清醒。

叶谙睁开眼，神情有些迷茫，不明白他为什么突然停下了。她攀着他的肩，仰起头又亲了亲他。谢朔眸色一沉，重新低头，这次再没了顾忌。

叶谙侧过脸，紧贴着枕头，有细密的吻落在她耳畔。不知过了多久，她的神情彻底变得恍惚，眼底泛起薄薄的水雾，朦胧氤氲。

落地窗外，月色轻浅，如水波动，一层一层漾开去。

第十四章 重提约定

冬日薄雾散尽，朝阳爬上落地玻璃窗，明晃晃漫进屋内，铺上一层金色的锦。叶谙感受到光亮的刺激，动了动眼皮，艰难地睁开眼。她盯着天花板，神情带着初醒的茫然，缓和了一会儿，神志才逐渐变得清明。

她的脑中闪过昨夜的许多画面：黑暗中急促滚烫的呼吸，令人面红耳赤的声响……

她侧过头，枕畔被窝已经空了，残留着些许余温。她身上也已经换了干净的睡衣，还有淡淡的馨香。要不是浑身酸软无力，她甚至都要以为昨天晚上的一切不过是她做的一场春梦。

房间里安静无声，谢朔明显不在屋内，叶谙捶了下他的枕头，结果险些闪到腰，痛得皱了下眉。她扶住酸软的腰，缓慢地坐起来，整个人像是被重物碾压过一遍。

其实昨晚并没有持续太久，事后她昏昏沉沉，谢朔还抱着她去浴室清洗了一下，换了衣服。

叶谙抱着被子，看了看空荡荡的房间，突然觉得有些失落。直到这一刻，她都不知道昨晚他纯粹是酒后乱性还是走了心。哪怕最意乱情迷的时候，她也没听见他说什么温柔情话。

她胡思乱想了一会儿，又宽慰自己：算了，管他走不走心，男欢女爱，你情我愿，也谈不上谁吃亏谁占便宜。何况，昨晚主动的，好像是她。

休整片刻，叶谙洗漱完，下楼吃早餐。楼下也没见到谢朔的身影，叶谙吃了早餐，回到楼上。这天没什么工作要忙，她打算去书房找本书打发一下时间。谁知她推开书房门，却看见谢朔坐在里头。

他穿着宽松的家居服，正低头翻阅文件，窗外的朝阳漫进来，为他添了几分温润之气。叶谙愣住。她还以为，他早早便去了公司。听见响动，谢朔抬起头。叶谙对上他幽深的眸子，心里无端有些紧张。

"我来……借本书看看。"她忐忑地说。

谢朔淡淡问："什么书？"

"上回没看完的那本。"

谢朔没再多问，继续翻阅文件。叶谙逆着光走到书架前，很快抽出了她要找的那本书。她拿着书转身，犹豫了一下，还是选择在谢朔旁边坐下，然后翻开书签标记的那一页，继续往后看去。

这个时候出去，实在太过刻意，不如装得自在一点儿。朝阳烂漫，书房内安静暖和，偶尔响起纸张翻过的细微声响。书只剩下最后几页时，叶谙觉得不太舒服，侧了侧身，斜靠在抱枕上，换了个懒散的姿势。但腰还是酸软难受，她腾出一只手，轻轻揉了揉。

"还难受？"谢朔的声音忽然传来。

叶谙抬头，发现他的视线正落在她腰间。

"嗯。"叶谙有些不自在地轻应了声。

谢朔停顿两秒，放下文件，坐到她身侧，双手搁在她细软的腰间，替她揉捏起来，力度不轻不重。叶谙瞬间四肢僵硬，感觉浑身上下每一根神经都绷紧了。她看着他近在咫尺的脸，有点儿不敢相信。

他吃错药了吧，竟然这么体贴？

"你今天不用去公司？"叶谙尝试缓解紧张的气氛。

谢朔道："下午三点的飞机，出差。"

难怪他上午这么悠闲。叶谙慢慢呼出一口气，极力让自己放松下来。出差也好，省得在家让她也不自在。谢朔低着头，安静地替她揉捏着，神情专注。

叶谙看着他修长的手指，感受着他掌心的温热，忽然联想到了昨晚的某些画面，耳根阵阵发烫。她赶紧挪开视线，结果不经意间又扫到了他锁骨上方的一小块暧昧印迹。看那颜色，很明显是昨晚留下的。

叶谙脑海瞬间一片空白，整个人都僵硬了。注意到她的眼神，谢朔问："怎么了？"

叶谙大脑停机了一秒，磕巴道："天气冷，你……你把衣服扣子扣好……”

她说完，尴尬得脚趾抠地，恨不得找个地缝钻进去。谢朔顺着她的目光垂眸，然而受视线限制，他什么也没看到。

叶谙实在受不了了，干脆直接上手，替他将领口最上方那粒松开的扣子扣上，又顺势将他的衣服往上扯了扯，确认将吻痕遮住后，胡乱找了个借口，起身出去了。

谢朔看了看她离开的背影，又低头掠了一眼，有些不明所以。直到午饭前洗手的时候，他扫了一眼镜子，看到锁骨处的印迹，才明白过来。

他微微勾唇，无声笑了下。

谢朔这一出差就是半个月，叶谙趁这个空当接了两部电影配音和一首主题曲，过得还算充实，也没时间去想其他乱七八糟的事情。

大概是为了让她融入豪门圈子，温若瑜开始频繁带她参加各种宴会和派对。对此叶谙并不排斥，就算哪天她真跟谢朔离婚了，积攒下来的人脉也是等闲难求的资源。

谢朔回来的那天，是周六。

叶谙陪温若瑜喝完下午茶回到家，一进卧室，就看到屋子中央放着一个熟悉的行李箱。她环顾一圈，没看到人影，便上前握住行李箱的拉杆，正想替他将东西收拾好，浴室方向突然传来响动。

谢朔推开门，穿着睡袍走了出来，身上还带着热腾腾的水汽。

叶谙看见他，怔了下，手指不自觉地握紧拉杆，说：“你回来了？”

“嗯……我睡会儿。”谢朔满脸疲惫地看她一眼，走到床边，倒头就睡，半边肩膀都露在外面。叶谙在原地站了一会儿，慢慢走过去，替他将没盖好的被子往上拉了拉。

谢朔合着眼，安静地睡着，呼吸绵长。叶谙顺势在床边坐下，歪头看着他的睡容，神情怔然。这么些天没见，说一点儿都不想他，那是假的。

她抬手虚虚划过他的眉眼，碰了下他的鼻子，然后快速缩回手。担心吵醒他，她没有在床边待多久，便轻手轻脚起身，去替他收拾行李箱里的衣服。

收拾完后，叶谙看见谢朔随手扔在沙发上的外套，走过去拿起来。她顺手摸了下衣兜，却摸到一个硬物，掏出来一看，是个精致小巧的丝绒盒子——难道是出差回来给她带的礼物？

叶谙觉得不可思议，扭头朝床上看了一眼。除了这个可能，好像也找不到更合理的解释了。叶谙想了想，把盒子又放回了他的外套兜里。

万一是他想给她一个惊喜呢？她还是先装作什么都不知道比较好。谢朔睡到了六点，刚好下楼吃晚饭。许久没有同桌吃饭，叶谙有点儿不自在，全程没说话。

吃过晚饭，谢朔去了书房。叶谙胃不太舒服，倒了杯白开水一个人在卧室里待着。时间仿佛被谁拖住，流逝得格外缓慢，她捧着杯子，按捺不住，时不时往门口瞟一眼。

许久，谢朔终于从书房回来。他进屋之后，叶谙明显感觉到房间里的气氛变了。她抬头，视线跟他短暂碰触了一下，很快又挪开。她的心跳得有些快，强装出若无其事的样子给谢朔拿了水和护眼的药。

谢朔伸手接过，在沙发上坐下。他看着要比叶谙自在许多，神色表情都如往常一样。

叶谙站也不是坐也不是，最后选择了去洗澡。这个澡，她足足洗了一个多小时。等她洗完出来，那种气氛变化的感觉就更强烈了。谢朔已经在床上坐着，靠在床头翻一本时尚杂志，可能是觉得没意思，翻了两页就合上了。

叶谙先敷了一张面膜，然后又开始按摩拍脸，磨磨蹭蹭就是不肯上床。其间，谢朔抬头看了她好几眼。

察觉到他的视线，叶谙越发紧张了。眼看脸都要补水过度了，她实在没办法，只能硬着头皮走到床边坐下，侧着身子，小心翼翼将腿放进被子里，特意跟他隔了很远的距离。

男女之间，一旦突破那条线，一切就都变得暧昧起来。尤其他们现在还是小别之后。

夜深人静，窗外月色清寒，草木裹在雾气里，影影绰绰。叶谙压下心里的紧张，轻声问："我关灯了？"

她的话音刚落，谢朔忽然拉过她的手捏了捏，说："先别关。"

叶谙心一颤，不由得转过脸看他。谢朔捏着她的手，没说话。灯光柔软，让他整个人看起来温和了许多，甚至有了那么点儿深情的感觉。

"你不困吗？"叶谙没话找话。

谢朔看着她说："先前睡过了，不困。"

叶谙不知道该接什么了。谢朔也没有进一步的动作，只是捏着她的手。叶谙摸不透他的想法，不由有些烦躁。

“那我先睡了。”叶谙抽回手，自顾自躺下了。可她虽然躺下了，却毫无睡意。

过了一会儿，一个温暖的胸膛靠了过来。是谢朔从背后搂住了她。熟悉的气息拂过她的耳畔，有吻轻柔落在她颊边。谢朔的动作很轻，像是在试探她会不会拒绝。

叶谙闭着眼，眼睫微颤。既然他一直没有提起那个约定，或许这段婚姻，也可以这样继续下去吧？

等他的吻落到唇上时，她仰起头，开始回应。灯还亮着，光和影交融，迷离又梦幻……

第二天早起，叶谙坐在梳妆台前梳头发，谢朔站在一旁，单手扣着衬衣扣子。她通过镜子，在偷偷地看他。

扣子扣到最上面一颗时，谢朔朝这边侧过脸，叶谙立刻收回视线，继续梳头发，结果一紧张，差点儿把头皮扯下来，痛得她直皱眉。

谢朔扣好衣服，又取了手表戴上。

叶谙忽然想起昨天在他衣兜里摸到的小首饰盒，心里奇怪：他怎么还没拿出来送给她？难道那根本不是送给她的？这个猜测让叶谙心一凉。她正胡思乱想时，谢朔忽然走过来，将一个小盒子放在她旁边——正是昨天那个。

“这是什么？”叶谙按捺住心底的喜悦，假装淡定地问。

然而，就在她打开盒子的瞬间，欢喜骤然消失，变成了惊愕。里面是一对耳坠，她曾经戴过的。

叶谙有点儿糊涂了，抬起头问：“我的耳坠……怎么会在你那里？”还换了个盒子。

谢朔看着她，反问：“不记得了？”

零星的画面晃过脑海，叶谙努力回忆了一下，终于想起来，那天晚宴结束后，回到家，她醉得迷迷糊糊，好像把耳坠摘下来塞到了他的兜里。叶谙看着面前的耳坠，越想越心塞。还以为他偷偷藏了小惊喜，结果……

谢朔并未注意到她生气了，把耳坠交给她后便转身出了卧室。叶谙盯着镜子里他的背影，啪地将盒子合上，感觉自己离被他气死不远了。

出差回来后，谢朔只在家休息了一天，很快又恢复到了之前早出晚归的忙碌状态。叶谙这边签了几个新剧本的配音工作，同样也忙得晕头转向。除了晚上睡觉的时候，两个人几乎没有任何独处的时间，有时候甚至一整天都说不上一句话。

这天下午，叶谙难得下班早，想起温若瑜上午打电话说让她和谢朔晚上去那边吃饭，于是决定去公司找谢朔，然后顺路跟他一起过去。谁知叶谙刚下车，就撞见一个许久未见的人从公司大楼里出来——章沐晴。

两个人打了个照面，双双停住脚步。章家最近的情况叶谙也有所耳闻：章沐晴父亲的公司被举报行贿、非法盗用商业机密以及税务等一系列问题，章家已经到了破产的边缘。

章沐晴这天来这里是想求谢朔帮忙，只是连谢朔的人都没见到。看到眼前光彩照人的叶谙，章沐晴心底的嫉恨一股脑儿涌了上来，她勾起嘴角道："真巧哇，一起聊会儿？"

叶谙连一个眼神都懒得施舍，抬步继续往里走。

见叶谙不理会，章沐晴越发恼恨了。她以前在人前得端着，如今章家倒了，她很快就要离开这里，也就没必要再掩饰，索性撕破脸嘲讽道："你不过就是乘虚而入罢了，难道你还以为他真的喜欢你吗？"

叶谙仍旧没理会，头也不回地进了大楼里面，结果迎面撞上了钟覆。

"夫人。"钟覆扫了眼她身后的章沐晴，直觉有些不妙。他观察着叶谙的神情，想了想，还是解释道，"谢总没见她。"

叶谙笑了笑，问："他还在忙吗？"

钟覆松了口气，说："刚开完会，在办公室。"

叶谙跟着他上楼，推开办公室的门，看见谢朔正坐在办公桌前翻阅着文件，眉眼沉静。可能是太久没在白天相见，叶谙看到他，突然觉得有些陌生，不由愣怔了下。

谢朔抬头，神情一顿："怎么突然过来了？"

叶谙走进去，道："今天下班早，就顺路过来看看。"

谢朔没多想，看了眼腕表上的时间，说："你等我一会儿。"

叶谙依言在旁边的沙发上坐下，静静地看着他。

玻璃墙外，天空灰蒙蒙的，似乎有下雪的征兆。谢朔很快处理完了公事，起身说："走吧。"

叶谙跟在他身后出去，两个人一起乘电梯下了楼。

冬日昼短夜长，还不到六点，夜幕已经落下。上车后，谢朔照旧靠着座椅闭目养神，叶谙看他一眼，想和他说说话，却突然不知道该说些什么。

她转过头，看向车窗外，脑子里回响起先前章沐晴的话："你不过就是乘虚而入罢了，难道你还以为他真的喜欢你吗？"

她的心口隐隐传来刺痛，许多画面不受控制地掠过脑海。叶谙强行压下情绪，缓缓合上了眼。

当晚，屋外突然飘起了雪，洋洋洒洒，宛若柳絮飞舞。叶谙洗完澡，裹着毯子坐在落地窗前发呆。她想起很多事，想起她和谢朔的婚姻。不知道有多少人的婚姻过得像她这样，明知道一切虚假，明知道没有爱情，还自欺欺人，不愿放手，一次次地粉饰太平。

她其实比谁都清楚，早点儿退步抽身，像她最初设想的那样，他复明之后，她干脆利落地离开，才是最好的选择。只是……欲壑难填。她步步深陷，已经无法自拔。

雪越下越大，纷纷扬扬。跟往常一样，茶几上放着倒好的白开水和护眼的药，水的温度也刚刚好。谢朔从浴室里出来，习惯性地走到茶几面前，弯腰拿起杯子，将药吞下。

叶谙偏头看着谢朔修长挺拔的身影，依稀回到了当年。视线倏然变得模糊，她站起来，走到他身后，从背后搂住了他。

谢朔微微一怔。叶谙双臂收紧，将脸贴在他背上。"怎么了？"谢朔扭脸问。

叶谙抬头，凝神望着他，笑了笑："没怎么。"

谢朔觉得不对劲儿。自从他复明后，她鲜少再有这样黏人的举动。还没等他想通，叶谙忽然又踮脚亲了下他的侧脸。

谢朔一怔，随后转过身，将她揽入怀中，低眸看着她。叶谙迎上他沉沉的目光，仰脸去吻他的唇，眼睫微颤。谢朔按住她的腰，加深了这个吻。大雪纷飞，天地稀声，他们在温暖的灯光下亲吻缠绵，仿佛忘记了所有。

春节前一周，谢朔没再早出晚归，清闲了好几天。叶谙同他的关系也融洽了许多，两个人默契地没有提起曾经的那个约定，仿佛都已经忘了。

转眼就到了年三十晚上，叶谙陪着谢朔去老爷子那边吃团圆饭。自从谢朔复明，老爷子的精神好了不少，被一众晚辈们簇拥着，满脸笑容。

晚饭过后，叶谙突然接到了夏瑾的电话。客厅里欢笑声阵阵，她听不清夏瑾说的什么，便拿着手机，一个人去了外面的院子里。

“谙谙，你今年还回来过年吗？”夏瑾问。

叶谙迟疑了两秒，说：“等会儿我问一下阿朔哪天方便。”

“好，你注意身体，回来的话提前跟妈妈说一声……”

通完电话，叶谙回到客厅，想找谢朔，却没见到他的人影。

她往里走了走，恰好听见老爷子和温若瑜在闲聊。

“我看阿朔对谙谙好像有些冷淡，他是不是有什么别的打算？”

“前些日子我跟他聊过一次，最近好些了……”

“当初着急订婚事，也是没有办法。谙谙是个好孩子，回头你多劝劝，别闹得太难看……”

叶谙停下脚步，怔怔听了几句，转身往另一边走去。没走几步，她突然被谢朔的堂妹拉住。

“嫂子！打牌吗？”

堂妹见叶谙一个人，便热心地拉她去打牌。她不好推拒，只能跟着过去。

二楼，专门藏酒的小房间内，谢朔和谢予然临窗而坐。

谢予然半卷衣袖，倒了两杯红酒。谢朔端起其中一杯，看向谢予然，淡淡问道：“有话要说？”

谢予然喝了一口酒，笑了下，怀念地说：“我们已经很久没有这样喝过酒了，记得高中那会儿，有一次我们偷偷在外面喝酒喝到半夜，差点儿跟人打架，被大伯逮住，挨了好一顿骂……”

谢朔像是也回忆起了往事，面上露出温和的神情。

其实年少的时候，两兄弟的关系还算亲近，谢予然总爱跟在他这个哥哥身后，偶尔闯祸了也不敢告诉别人，只敢偷偷找他帮忙收拾烂摊子。

等到年岁渐长，两个人有了各自的事业和生活，才渐渐疏远了，尤其是在谢朔出事之后。同为老爷子的孙子，哥哥突然出事，做弟弟的自然免不了要承受一些猜疑，何况还有个章峻丰故意在背后挑拨。

酒香弥漫，月影浮动。谢朔跟他碰了下杯子，问他：“你公司那边最近怎么样？”

谢予然笑着答："还好。"

将近两年的猜疑隔阂，在这一刻，总算彻底烟消云散。

不知道怎么回事，今晚叶谙的手气出奇地差，把把都输，到最后，谢朔的姑姑忍不住笑道："哎，哎，你们别太过分了，回头让阿朔知道你们这么欺负他的媳妇儿，小心他找你们算账！"

"那我下把不胡了……"

众人都笑了起来，叶谙脸上笑着，心里却有些憋屈。她倒不是心疼钱，反正她现在也不缺钱，就是老这么输，太伤自尊了。

众人正说笑着，一个裹挟着淡淡酒香的身影突然靠到叶谙身边。叶谙抬头，见谢朔正靠在自己椅子旁边。他的两条腿斜倚着，因为太长，有点儿无处安放的感觉。

他俯身，低沉地问："输了？"

灼热的气息拂过叶谙颈间，她闻见他身上若有似无的酒气，下意识皱眉道："你喝酒了？"

谢朔没答，伸手替她摸了一张牌。旁边，谢朔的姑姑打趣道："看，我就说阿朔要来找你们算账吧？"

叶谙闻言，耳根微微一热。她手气太差，已经没心情玩了，起身让座："你要玩吗？我让给你。"

谢朔抬手搭在她肩头，将她按了回去："你坐。"

他靠在她身侧，一只手搭在她的肩头，一只手伸至桌上摸牌。他的手生得漂亮，骨节分明，修长干净，摸个牌都格外赏心悦目。

自从他出现，牌桌上的其他人，包括旁边围观的人都安静了不少。很显然，谢大少爷在一众亲戚面前的威慑力也不低。他接手后，这一局叶谙的牌明显好了很多。叶谙重拾信心，两眼发光，满怀期待地盯着牌桌。

眼看对面打出一张牌，正是叶谙要胡的那张，她激动地扬起一个笑，同谢朔对视一眼，抬手去推牌面。结果这边刚推倒牌，上首的堂妹突然也兴奋地将牌面一推："胡了！"

叶谙脸色微微一变，谢朔也变得严肃起来。堂妹忽然感觉身后冒起一股寒意，直冲头顶。旁边谢朔的姑姑先是一愣，随后憋不住，扑哧笑出声来，其他人也跟着笑了起来。

谢朔一张俊脸瞬间变黑，沉得能滴出墨来。堂妹对上他难看的脸色，小心脏抖了抖，将牌又一张一张扶起来，说："那个，我不胡……也可以……"

叶谙愣怔片刻，瞥了一眼身边阴沉沉的男人，也忍不住扑哧一乐。

两个人今晚没有在老宅留宿，回家的路上，想到先前的场面，叶谙还在乐。原本以为谢朔能大杀四方，替自己撑场子，没想到翻车翻得这么彻底，看来谢大少爷也不是什么时候都能震慑全场的。

"有那么好笑？"谢朔斜眼看她。

叶谙憋住笑，说："一般吧。"

稀薄的灯光照在她眉眼间，如同笼了一层雾，谢朔看着看着，突然倾身去吻她。灼热的气息覆过来，叶谙一惊，慌忙抬手去推他，视线瞥向前座的司机。还有人在呢！

谢朔含了下她的唇瓣，才依依不舍地松开了她。叶谙耳根微热，瞪了谢朔一眼。他嘴角噙笑，抓着她的手，懒散地靠在座椅上，微微眯起了眼睛。

叶谙心头狂跳，差点儿就被他这副模样蛊惑了。到家时，已经转钟。新的一年到来，夜空中烟花盛放，一簇一簇绽开。

叶谙远远看了一眼，扶着谢朔上楼，替他收拾衣服洗澡，边收拾边忍不住皱眉念叨："你的眼睛才好没多久，药都还没断，以后少沾点儿酒，万一又出问题怎么办？"

谢朔斜靠在一旁，安静地看着她。先前的酒其实他就浅浅尝了两口，并无醉意。收拾好衣服，叶谙转过身，冷不防撞上一堵肉墙——谢朔不知什么时候已经走到了她身后。她吓得一个趔趄，往后仰倒，他顺势往前逼近一步，将她压在了衣橱上。

叶谙的背猝不及防抵上衣橱隔板，她惊愕地仰起脸，对上谢朔幽深的眸子后，手中的睡衣差点儿掉落。

谢朔压着她，单手捏住她的下巴，低头吻下。在这件事上，他从来没有这么强势这么主动过，不知道突然受了什么刺激。叶谙推了他两下，推不开，也就随他去了。

正月前几天，两个人几乎都在拜年和被拜年当中度过。

其间，谢朔陪叶谙回了一趟苏城，去了夏瑾那里。确认他已经复明，夏瑾的态度转变了许多。两个人没有多待，隔天就回去了。

春节很快过去，假期结束之后，叶谙选择性地接了一些配音工作，不用赶进度，所以算不上太忙。年前她录的那档配音节目已经趁着春节假期播出，反响和热度都相当不错，她也因为在节目中的表现，人气再度飙升，涨了不少粉丝。

至于谢朔，他又回到了之前忙碌的状态，收假没多久就开始出差。家里最清闲的当数谢柏言和温若瑜，他们在家待得腻了，正计划着去国外度个长假。

转眼就到了三月，谢朔从国外出差回程。叶谙刚好结束一个配音项目，在家休息。下午四点多，她给谢朔发了条消息，问他什么时候到家。

消息发出去，却许久不见回音。过了半晌，谢朔才回了一句十分简短的话，说他晚上有事，不用等他吃饭了。

叶谙看着手机上的消息，眼底的光暗下来，心底一阵失落。他肯定已经忘了，这天是他们结婚一周年的纪念日。或许，他从来就没记得过。

叶谙坐在沙发上，发了一会儿呆，手机忽然响了。她回神，拿起手机接通："喂，陈老师。"

"谙谙，今天晚上的庆功宴，你要不要陪我一块儿过去？"

陈老师是以前帮过叶谙的一位前辈，之前叶谙应她的邀请，参与了一部电影的配音工作，电影上映后反响很好，票房口碑双赢，今晚制作方办庆功宴。

这种场合，叶谙去不去无足轻重，陈老师让她陪同，估计是想让她给工作室拓展些人脉，谈一谈以后的合作。叶谙低头看了眼身上的长裙，笑道："好哇，谢谢陈老师。"

她身上的裙子是刚刚才换上的春季新款，妆也是一个小时之前认真化好的，出门甚至都不用再多做准备。挂断电话，她呆坐片刻，下楼跟周姨打了声招呼，直接出了门。

因为投资方也在，这次的庆功宴选在一家颇有名气的豪华酒店内。到那儿时，宴会才刚开始。包间内谈笑声不断，陈老师正在跟人聊天。

叶谙踩着高跟鞋走过去，打了声招呼："陈老师。"

陈老师回过头，笑了笑："来了？"边说边招呼她入座。

旁边好几个人叶谙都认识，其中一个小明星还请叶谙配过音。互相介绍过之后，大家喝酒闲聊起来。

九点半，宴会散场，众人陆续离开。叶谙走出酒店大门，正要找司机停车的地方，一抬头，忽然见到了一个熟悉的挺拔身影——谢朔。

他走在她前面不远处，显然也是刚吃完饭出来。几个小时之前，她问他什么时候回家，他说“有事”，没想到几个小时之后，竟然在这里碰上了，巧合得让人觉得有些不真实。

谢朔身侧还跟着一个年轻女生，那女生正偏头在跟他说着什么，神情娇俏，还带了几分开心。叶谙看着眼前的画面，可能是太过意外的缘故，内心竟然毫无波澜，平静极了。

“谙谙？”

旁边一声轻唤，让她稍稍回了神。

谢朔听到这一声，也下意识回了头。二人视线短暂相触，他微微一愣。叶谙只和他对视了一下，便飞快挪开视线，转向声音来源处。

叫她的是陈老师，见她站立不动，陈老师上前关心道：“要不要送你？”

叶谙微笑着摇了摇头：“不用了，有人来接我。谢谢陈老师，天气冷，您快回去吧。”

“那我先走了，你路上小心些。”

听到有人接，陈老师放了心，很快上车离开。

叶谙将视线重新转回谢朔身上，却看见谢朔迈开腿朝她走来。夜色朦胧，叶谙站在原地，看着他走近，脑子里仿佛塞了一团沼泽水，黏稠不清。

“在这儿吃饭？”谢朔在她面前停下，低声问。

叶谙淡淡回了个“嗯”字，目光掠过他身后那个女生，却见对方也在看她，眼神充满审视。此时一个中年男人走到女生身侧，亲昵地摸了摸她的脑袋。

谢朔揽着叶谙的肩，往停车的地方走。小姑娘直愣愣看着二人，先前脸上开心的表情已经消失。等二人走近，一旁的钟覆唤道：“夫人。”

叶谙颔首，微微一笑。

那女生的眼睛立刻瞪得老大，下意识问：“你结婚了？”

“漾漾！”中年男人低斥一声，将她拉至身侧，提醒她不要太失礼。

谢朔则揽着叶谙向中年男人介绍道：“我太太，叶谙。”

中年男人朝叶谙点头致意，叶谙也礼貌地回了个微笑。

车子就停在旁边，谢朔让叶谙先上车，自己则绕到另一边上车。

车门关上之前，叶谙还听见那女生小声嘟囔道：“你们都不说，我怎么知道他结婚了？他又没戴婚戒……”

叶谙下意识蜷起手指，将左手无名指上的婚戒藏了藏。

婚戒是她早晨特意戴上的，原本是为了这天的结婚周年纪念，顺道挡一挡工作场合里难缠的桃花。之前她还想着谢朔如果回来看见，会不会发觉她的小心思，改天也戴上，现在想想……实在有些可笑。

车子发动后，叶谙看着前方，没再说话。可能是觉得太过安静，谢朔拉过她的手放在身前握了握，随口问："出来怎么也不多穿件衣服？"

他的语气比往常要温柔许多，叶谙却只是看他一眼，淡淡回了句："不冷。"

谢朔就算再迟钝，这时候也能察觉出她的不高兴。他顿了下，低声解释："她是一位世伯家的小女儿，在国外念书，今天恰好也回国，她二叔和我有事要谈，就顺道带上了她……你别多想。"解释完，他用指腹轻轻抚了抚她的手背。

叶谙微微一笑："我没多想。"她将脸转回去，继续直视前方，车内重新陷入沉默。

谢朔看着她平静的脸色，一时也分不清她到底相信了没有。二人一路无话。到家时，夜已经深了。

别墅里冷冷清清的，叶谙自顾自上了楼，将无名指上的婚戒摘下，随手放到妆台上，又将耳坠摘了，收拾衣服去洗澡。谢朔跟在她身后，恰好瞥见她摘戒指的动作，轻微地蹙了下眉。

有些时候，他其实看不太懂她，说她不喜欢他吧，偏偏比谁都关心他，他心情不好她陪着哄着，他复明她能高兴得掉眼泪；说她喜欢他吧，可偏偏又总是一副没心没肺什么都不在乎的样子，甚至连离婚也能轻易说出口。

比如今晚的事，以她的性子不该是这种反应的。他宁愿她吃醋质问两句，都好过现在这么不冷不热。谢朔拈起被她随手扔下的婚戒，看了一会儿，放回原处，拿上睡衣去了隔壁。

他比叶谙先洗完，坐在床头等她。很快，叶谙也出来了，换了条绸质的吊带睡裙，长发蓬松地散在肩头，白皙清透的脸上神情淡淡。她仍旧没有跟他说一句话，掀开被子，直接上床躺下。

谢朔看她两眼，跟着躺下。叶谙听着身畔的响动，往旁边挪了挪。片刻后，谢朔靠了过来，将她揽入怀中，从耳根处开始亲她。熟悉的气息逐渐侵占呼吸，叶谙勉强回应了两下，实在没兴致，推了推他说：

“我今天有些累。”

谢朔停下来，支起身子，双臂撑在她肩侧，低头看她，问：“还在生气？”

“生什么气？你不是都说清楚了，还有什么好生气的？”叶谙语气如常，好像当真什么都没放在心上。

可越是这样，谢朔越觉得不对劲儿。她以前明明不是这样的脾气，不高兴了就缠着他撒娇闹腾，从不会这么安静。

他翻身下来，将她揽入怀里，说：“睡吧。”

叶谙身上一轻，人却仿佛从万丈高楼上重重跌落。她睁着眼，对着虚空处发怔许久。她知道自己不该这样，也知道他没有做错什么。是她一厢情愿，存了妄念，可她就是控制不住，难过的情绪像潮水一样涌来，几乎要将她淹没。她蜷缩着，闭上了眼，眼角隐隐有湿意沁出。

第二天，谢朔早早去了公司，叶谙则蒙头睡到了日上三竿。起床后，她哪儿都没去，泡了杯茶，一个人坐在阳台上看书听歌。看书看累了，她就靠在躺椅上，望着远处发呆。春光明媚，楼下花开得正好，一只彩蝶翩然飞过，栖息在她身侧。

与叶谙的悠闲不同，这一整天，谢朔总觉得有些心神不宁。下午三点半，他结束一个会议，回到办公室，往座椅上一靠，捏了捏眉心，忽然对钟覆说：“替我订束花。”

钟覆愣了两秒钟，确认自己没听错后，转身出去，吩咐秘书订花。

不到五点，谢朔就回了家。温若瑜这天刚好过来了，见他抱着一束玫瑰花，先是惊讶，随即露出疑惑的神色：“你和谙谙的结婚纪念日不是昨天吗，怎么今天才送花？”

谢朔闻言一愣。温若瑜看着他的神色，不确定地说：“是我记错了还是你记错了？”

谢朔沉默了一下，说：“是我忘了。”

温若瑜不知道该说什么好，叹气道：“你怎么这种日子都能忘了？你爸爸要是敢把结婚纪念日给忘了，看他还能不能进门！”

谢朔没吭声。难怪叶谙昨天会特意发消息给他，问他什么时候回家。他们结婚的时候，他正陷于痛苦当中，根本没在意过是哪天领的证结的婚，自然也就不会把这种事放在心上。

“阿朔。”温若瑜看着他，微微叹了口气，说，“妈知道，谙谙是我和你爷爷选的，你不喜欢。可是这一年以来，她在你身边照料，几乎事事周到，你再怎么着，也该记她一点儿好，别太伤她的心……”

话未说完，温若瑜忽然顿住，看向一旁——叶谙不知道什么时候下来了，就在不远处站着。

“谙谙下来了？”温若瑜忙笑着招呼，“快过来。”

叶谙弯出一个再温婉不过的笑，缓步上前，视线扫过谢朔手里娇艳的玫瑰花。温若瑜给了谢朔一个眼神，转头对叶谙说：“你看看他，忙得连结婚纪念日都能忘，今天才想起来补救……”

叶谙笑了笑，道：“没关系，我自己也给忘了。”

谢朔收到眼神，将花递过去。叶谙看他一眼，接过了花。

“妈晚上还有事，就先走了。”温若瑜有心给他们独处的机会，拿上包离开了。

叶谙抱着花，一言不发地回到楼上。谢朔跟在她身后，不知道为什么，他总觉得她会突然把花砸他脸上，像以前扔枕头那样。

然而，直到进了屋，她也没有这样做。非但没有，她还特地拿了把剪刀，修剪玫瑰根部，认认真真将花一枝一枝插到花瓶里，最后还挑了个赏心悦目的位置摆放好。从头到尾，她没有跟他说一句话，也没有看他一眼，仿佛花才是她心里最重要的。

谢朔看着她，头一次有了不知所措的感觉。

叶谙摆好花，将桌子上的残枝碎叶清理干净，转身去卫生间洗手。谢朔无意中扫过她的左手，突然发现她今天没有戴婚戒。等叶谙洗完手出来，就看见谢朔拿着一枚婚戒，正低头往无名指上套。

叶谙微怔了下。她没说什么，从他面前走过时，却被拽住了手腕。谢朔捉着她的手，取过另一枚婚戒，替她戴上。叶谙垂眸，看着他动作。

上一次他这样给她戴婚戒，还是去年春天。时间过得真快。

“天都快黑了，还戴什么戒指？”她低声说。

谢朔没回她。可能是怕她赌气摘掉，戴好戒指后，他直接握住她的手，揽着她到沙发上坐下，温柔地说：“昨天的事是我不对，明天我休息，你有没有想去的地方？我陪你。”

他这副模样，分明是在哄她。倒是前所未见。

叶谙静静看他片刻，忽然反问：“哪里都可以吗？”

谢朔对上她的眸子，不知怎么，突然想起她曾经回答过的南极，下意识道：“南极除外。”

叶谙“哦”了一声，平淡地说：“那就北极吧。”

谢朔哽了一下。

叶谙挣开他，坐到一旁，往后一靠，面上也换上一副悠闲神情，似乎不打算再理他。茶几上还剩了几枝花，她拾起其中一枝，放在鼻下闻了闻。花瓣颜色鲜艳，衬得她容颜越发明艳。

谢朔看着她，一时有些摸不透她的想法。蓦地，叶谙将花枝伸过来，扫了扫他的下巴，说：“这些留着晚上给你泡花瓣澡？”

她歪头笑得灿烂，谢朔怔了下，伸手将她拽过来抱住，问：“不生气了？”

叶谙仍旧没说话，只是继续拿花挠他。谢朔终于确定她真的已经消了气，于是捉住她的手腕，征询她的意见：“去泡温泉？”

叶谙摇摇头，搂住他的脖子道：“哪儿都不想去，就在家吧。”她将脸靠在他肩头，长睫微垂，说，“正好我有事想跟你说。”

谢朔问：“什么事？”

叶谙趴在他怀里，紧紧搂着他，隔了许久，她抬头一笑，道：“先不告诉你。”

谢朔揽着她，没再追问。当晚，叶谙果真将玫瑰花的花瓣扯下来冲洗干净，撒到浴缸里让谢朔泡澡。谢朔拿她没办法，只能随她。

洗完澡，刚上床坐下，叶谙就扑到他怀里，扒开了他的睡袍，煞有介事地嗅了嗅，说：“我闻闻，有没有花香。好像闻不到……”

谢朔揽住她的后腰，将她往怀里一按。他低眸看着她，目光深沉。叶谙仰起头和他对视片刻，蓦地咬住他的唇。谢朔的手顺着她脊背往上，托住她的后颈。

灯灭掉，窗边月色淌进来。黑暗中，她的耳朵贴着他的胸膛，仿佛清晰地听见了他心脏跳动的声音。

第二天叶谙给周姨放了一天假。

上午，春阳落在身上，暖意融融。叶谙拉着谢朔在花园里散步。

“真没想去的地方？”谢朔问。

叶谙牵着他的手摇了摇头，又抬头看了一眼他沐浴在春光里的侧脸，眸底闪过一丝惆怅。

中午，叶谙自己下厨做了一顿简单的午饭。午饭过后，两个人进了书房。叶谙找出之前她曾给谢朔读过的一本书。这本书当时她只读了一半，后来谢朔眼睛复明，就没再让她继续读。她取下里面的书签，捧着书，靠在谢朔身上，接着上回的读了起来。

午后的阳光明媚静谧，偶尔有风拂过，吹起窗帘起伏如水波动。日影一寸一寸倾斜，两个人身侧染上橘黄色。不知过了多久，谢朔抬头，看了一眼被云霞晕染的天际，低头问叶谙："晚上想吃什么？"

叶谙枕在他肩头，原本差点儿睡着了，听到这句，清醒了些。她看向窗外，斜阳向晚，落日鎏金，天就要黑了。

"这一天过得真快。"她怔怔感慨一句，坐起来，转过脸对着谢朔，笑了笑，笑容有些虚浮地说，"我昨天不是说有事情要跟你说吗？我们先聊事情吧。"

谢朔没太在意，随口问："什么事？"

叶谙没有直接回答，而是站了起来，说："我去倒两杯茶。"

她转身出了书房。看着她离开的背影，谢朔无端有种不太好的预感。

没过多久，叶谙端着茶回来了。时值黄昏，天边云霞似火，她在一旁坐下，双手搁在腿上，神色无比认真。夕阳就落在旁边，晕开熠熠辉泽，衬得她皮肤细腻光滑。谢朔心底掠过一丝异样感觉，那种不祥的预感越发强烈了。

叶谙抬起头，重新看向谢朔。从他复明到现在，已经有四五个月了，因为各种原因，他们一直都没时间好好坐下来谈一谈。

可有些事情，并不是忽略就能不存在。她也曾试着麻痹自己粉饰太平，她以为自己可以做到什么都不在乎，结果发现根本就是饮鸩止渴，伤己又伤人。所以与其一直避而不提，倒不如早些解决。

叶谙看着谢朔，斟酌片刻，尽量用轻松平和的语气开口："你还记不记得，我们之前的约定？"

第十五章 那年初遇

叶谙话音一落，整个房间陡然沉寂下来，静得落针可闻。

谢朔的脸色也变了。

见他不说话，叶谙以为他没听明白，补充道：“就是等你眼睛复明，我们就离婚。”

谢朔皱起眉头问：“为什么突然提起这个？”

叶谙微微一笑道：“之前没找到合适的机会说。但本来就是约定好的事，也早该提了。”

听见这话，谢朔眉头蹙得更紧。片刻之前，她还偎在他怀里，现在竟能若无其事地说出这样的话。

他盯着她，隔了许久才开口：“一定要离吗？”

叶谙闻言一愣。她以为由自己主动提出离婚，他会松一口气，欣然同意。毕竟，他一直都很排斥这段婚姻，只是迫不得已才维系。

“我们当初不是约好了吗？你……”

“如果我说，我不想离了呢？”谢朔忽然打断她。

叶谙又是一愣，心情复杂。她看着他的眼睛，恍惚间，这一年来的许多画面再次闪过脑海：从最开始他的冷漠嘲讽，到后来他的慢慢习惯，再到现在……

她指尖微动，问他：“为什么？”

谢朔想也没想说道：“我们现在这样，我没觉得有什么不好，没必要走那一步……”

他的语气平淡，神色也平静，仿佛只是在跟合作方谈生意。

没什么不好……不就是习惯了吗？叶谙有些想笑，感觉自己的心被抛至高处又瞬间跌落谷底。原来这一年，她的存在还是有那么点儿影响的。她抬头，神情在一瞬变得坚决："可我不想继续了。"

谢朔一怔，问了跟她一样的问题："为什么？"

叶谙静静地看着他，男人眉眼冷峻，漆黑的眸子里恢复了神采，依稀又是从前的模样。她强行让自己挪开目光，说："因为我不想要将就的婚姻，而你也不再需要人照顾。"

谢朔皱眉问："你觉得这是将就的婚姻？"

叶谙看向他，眸中神色明明白白："难道不是？"

谢朔噎了噎，对上她望过来的眼神，反问："你觉得什么样的婚姻才叫不将就？"

叶谙沉默片刻，说："至少不是像我们这样。"

他们的婚姻就像纸扎的房子，外表富丽堂皇，实际早已摇摇欲坠，甚至不用多费心思，随意一句话就能让它分崩离析。

谢朔的神情有些焦躁，他回想了一下她这两天反常的举动，捏了捏眉心，说："你是不是还在因为前天的事生气？该解释的我都已经解释了，至于结婚纪念日……我这阵子一直在国外，事情太多，一时没想起来……"他放下手，看着她，轻声问："你到底要怎么样才肯消气？"

谢大少爷活到现在，只怕还从没像现在这样放低身段哄过人。叶谙的心轻微地动了一下，但也仅仅是一下，很快便恢复了平静。

"不是。"她说，"那天的事本来就算不上什么，我没生气，想离婚也不是因为这个……"

谢朔不相信："那是为什么？"

"我刚刚已经说过了。"

谢朔突然不想跟她再说下去，他从沙发上起身，逃避似的说："你现在在气头上，不适合说这些，等你冷静下来，我们再谈。"

"谢朔！"叶谙扬声叫住他。

她鲜少这么认真地叫他的名字，好似已经下定决心，要彻底一刀两断。谢朔停住脚步，脸色阴沉，周身气息冷冽。

"我现在很冷静，也没有赌气，我知道自己在说什么。"静默了片刻，叶谙抬头看向他，突然谈起了往事，"你不是一直好奇，当初我为什么会费尽心思赶着非要跟你结婚吗？"

有些事，她原本不想说，但事到如今，也只能明明白白同他说清楚。

闻言，谢朔偏头看向她。

“最开始说的那些理由，是跟你开玩笑的。”叶谙对上他的眼睛，忽而笑了，眸底一片潋滟。她轻声说，“五年前，我们见过的，想必你早忘了吧？”

谢朔愣住。

叶谙一直觉得，自己的童年和少年时代是标准的狗血虐文剧本。原本她过着无忧无虑的小公主式的生活，谁知很突然地，父母离异了。刚开始的时候，她还天真地期盼着爸爸有一天会来找她和妈妈，可没想到，她最后等来的却是爸爸叶远年再婚的消息。

等年龄稍大一些，她好不容易接受了现实，不再心存幻想，准备好好学习天天向上，成为祖国的栋梁时，命运又给了她沉重一击。她高三那年，向来疼爱她的外公因病过世，而母亲夏瑾，也在这时候查出了肿瘤。

那一年，她十七岁。本该是如花般灿烂的年纪，却不得不面对生活的千疮百孔。因为要长期接受治疗，夏瑾没办法再照顾她，便不顾她的意愿，强行将她送回了叶家。年少的她，性格冲动做事决绝，浑身上下满是刺。到叶家后，她三天两头跟叶远年顶嘴，还跟继母的女儿吵架，后来更是长期住在学校不肯回家。

熬到十八岁，她成年，考上大学，终于能够独立自主，便彻底跟叶家决裂，断了联系。那时候，夏瑾的病还没有治好，但家里的积蓄已经所剩无几，为了凑够昂贵的医药费，叶谙只得到处找各种兼职挣钱。

她人长得漂亮，既会配音又会唱歌，也算学校的风云人物。有一回，她跟同学们一起拍了一部小电影，并被某位导演看中，邀请她进娱乐圈拍戏，还开出了不低的片酬。

她被对方吹得天花乱坠的前景和高额片酬迷惑了心智，毫不犹豫地签下了合同，天真得连条款都不知道找人帮忙鉴别。签完合同没几天，她就被带到了一个私人会所见两位投资方，当时和她一起的还有另外一个女孩子。导演跟她说，只是陪投资方喝酒，她虽然犹豫，但想到母亲的医药费，再加上有人一起，最后还是同意了。

刚开始也确实只是陪着喝酒，但等她中途去了趟卫生间回来，其他人都不见了，只剩下她陪的那位投资方——程总。

程总说要送她回家，她自然不同意，谁知对方喝高了，突然发起了酒疯，揪着她的头发就往沙发上按。她奋力挣扎，被扇了几个耳光，险些昏厥过去，后来混乱之际她趁他不备踹了他一脚，夺门而出。

那时正是春寒料峭的时节，当晚还淅淅沥沥下着小雨。回廊昏暗悠长，叶谙的脚受了伤，踉跄奔逃着，没跑两步，突然撞入一个怀抱。干净清冷的陌生气息拂过鼻间，似冬日初雪。她仓皇抬头，对上一张年轻冷峻的脸，不由呆愣了一瞬。

这一年，谢朔二十二岁，风华正茂的年纪，还没有经历后来的那些变故，眼中也没有阴郁颓废，一身的高贵优雅。他扶起她，大约是嫌弃她的狼狈，眉头微微蹙了蹙。

就在这时，身后酒气熏天的程总追了出来，嘴里还骂着脏话。叶谙整个人一抖，下意识拽住了眼前这个年轻男人的胳膊，看起来十分昂贵的西装布料被她抓出了褶皱，还沾了脏污。

“求你帮帮我……”她嗓音发颤。

谢朔瞥了一眼她细白的手指，她立刻瑟缩着收回了手。她的双颊已经高高肿起，嘴角也有血迹残留，一双漂亮的眸子满是水光，脸上泪痕未干，看着狼狈又可怜。

程总发现有人拦路，停下脚步，看了一眼她，转向谢朔，眼眯成一条缝，玩味一笑：“这是想英雄救美？”

谢朔身后还跟着助理钟覆，钟覆见状，上前递了一张名片过去，打了声招呼。程总眯着眼看完名片后，一秒变脸，眼角笑出了褶皱：“原来是谢董的公子……”

他重新看向叶谙，似乎有些不甘心，醉醺醺地说：“谢总，这是我带来的人，你看……”言外之意，都是生意场上的人，低头不见抬头见，犯不着为了个陌生人伤和气。

闻言，叶谙再次惊惶地揪住谢朔的衣袖，眼中流露出绝望的神情，仿佛溺水之人抓住了最后一根稻草。谢朔又看了她一眼，见她黑白分明的眼底泪光满溢，顿了顿，转头道：“这小姑娘我认识，程总就当给我个薄面，如何？”

说完，他也不等对方回应，低声吩咐助理：“钟覆，送她出去。”

叶谙看着他，愣愣松开手，有些不敢相信。他真的帮她了？

他却没再看她，继续同程总交谈。叶谙跟着钟覆往外走，走了几步，忍不住回头看。灯下男人长身玉立，光华满身。后来的许多个夜晚，她常常梦到这一幕。每每从梦中醒来，都觉得虚幻不真实。

钟覆将她安全送到会所外，冲她点了点头，便转身折回。

叶谙望着半空中斜飘的雨丝，怔忡片刻后，漫无目的地沿街往前走。她披散着长发，身上连衣裙的肩袖已经被扯破了，脚下没有穿鞋，白嫩的双足直接踩在湿漉漉的地上。

她不知道自己该去哪里，只觉得满心茫然。最后，叶谙坐到了街边的长椅上。春雨落在她身上，打湿了她的头发和衣裙，带来阵阵寒意。她呆呆地看着眼前灯红酒绿、川流不息的街道，有那么一瞬间，心中忽然涌起浓浓的恨意。

谁都恨，恨叶远年抛弃她们母女，恨命运不肯宽待她一丝一毫。

有行人撑着伞路过，见她这个模样，好心询问："姑娘，没事吧？要替你报警吗？"

叶谙摇了摇头。行人离开，她看着长街上来往的车辆，想到夏瑾的医药费和将要支付的违约金，脑子里混乱一片，闪过许多念头，甚至……想结束这一切。

结束了，就什么都不用再面对了。反正，也没有人在乎她。许久后，叶谙从长椅上站起身，赤着双足继续往前走。车来车往，有水花溅到她裸露的小腿上，她却毫无所觉。

走了没多远，一辆黑色轿车突然停在她面前。车窗降下，车内暖色光晕中，男人面庞英俊，眸子幽深，高鼻薄唇，下颌弧线干净利落。他淡声问她："你家在哪里？我送你回去。"

叶谙怔怔地看着他。可能是刚经历了那样的污浊和不堪，她忽然生出一种他是不是也对她有所企图的感觉。但她并没有拒绝，只愣怔两秒，便弯腰上了车。

如果注定逃不过的话，那就这样吧，跟谁不是跟呢？总归不会更差了。上车后，叶谙迟迟没有开口，于是那男人又问了一遍："地址？"

他语气平淡，丝毫听不出其他意思。叶谙回过神，报了学校的地址。他吩咐司机转道，低头瞥见她光裸的双足，目光微顿，随后拿了一双备用拖鞋和一条毛巾递给她。

拖鞋很干净，叶谙看他一眼，将已经冰凉的脚伸进拖鞋里，脚背因紧张而拱起；然后拿起毛巾擦头发和脸，擦完后，因为太冷，忍不住抱着胳膊瑟缩了一下。

见状，他又递了一条毯子给她。她伸手接过，不经意瞥见他腕间的手表。她知道是德国的一个牌子，价格不菲。

裹上毯子后，她身上的寒意渐渐散了，整个人暖和许多，情绪也平静了不少。他并没有跟她说话，也没有再管她，而是拿出一份文件搁在膝上，冷白修长的手指轻轻翻动着，神情专注，好似完全忽略了她的存在。

叶谙双手揪着毯子，按捺不住偷偷看了他一眼。入目是半张冷峻侧颜，好看得让人怦然心动。刹那间，仿佛有什么从她心底破土而出，悄无声息地开出满树繁花来。

她收回视线，几秒后，忍不住又偷偷看了一眼。灯光不断从车窗上掠过，让空间变得虚幻。不知过了多久，安静的空间陡然响起一阵咕咕声。叶谙一僵，下意识抬头，恰好撞上他冷淡的目光。腹中的声响仍在继续，昭示着她的窘迫。她捏紧手指，脸和耳根都在发烫，尴尬得恨不得找个地缝钻进去。

她难堪地低下脑袋，不敢再看他。正懊恼时，一只修长干净的手伸了过来，手上是一份用小盒子装着的小蛋糕，像是从什么宴会上拿的。

她又是一怔，抬头看着他，好半天才伸手接过。蛋糕是草莓味的，白色的奶油上点缀着粉色花朵，清新香甜，却不腻。她尝了一口，鼻尖忽然一阵酸涩，眸中聚起水光。

她想起很小的时候，那时候夏瑾和叶远年还没有离婚，她还是他们捧在掌心的小公主，每年生日，也会有人替她准备这样的蛋糕。可那已经是很久以前的事了，回想起来，连画面都觉得模糊。如今这一点儿暖意，竟来自一个素不相识的陌生人。

她将蛋糕一勺一勺缓慢地舀入口中，眼泪如断了线的珠子簌簌往下掉。最后，她别过脸，对着窗外，抑制不住地哭出声来。而他似乎明白她不愿意在人前示弱，并没开口劝她，只看了她两眼就收回了目光。到学校外面时，雨差不多已经停了，但风里仍裹着湿意，清凉地拂过面颊。

叶谙下车，转过身隔着车窗看他。他坐在车内，轻微地点了下头，算是道别，随后吩咐司机掉头。从头到尾，他连她的名字都没问过，更遑论对她有什么企图和想法。

叶谙目送他的车子远去，随后在冷风中驻足了许久。她觉得自己仿佛一直处在梦中，竟然都忘了跟他说一声“谢谢”。

这天晚上，她一夜未眠，脑子里全是他的模样。回到学校的前两周，她一直担心导演会拿合同来找她麻烦，然而对方却误会了他们的关系，不仅主动跟她解除了合同，还特地过来道了歉。

没多久，夏瑾手术成功，病情渐渐好转，还有了新的感情。叶谙也渐渐学着同自己和解，回归正常生活。

叶谙真正知道他的名字和身份是在半年之后，她无意中在网上看见了对他的专访。媒体聚光灯下，年轻男人意气风发，光彩夺目。自那以后，她开始关注他的动向和消息，每次听到他的名字，也都会不由自主地心口一紧。

十八九岁正是少女怀春的年纪，而他又在她最落魄不堪的时候，猝不及防闯入她的生命里，给了她无限的光亮与希望。

说不动心，那是假的。但也只能到此为止。他是遥不可及的天之骄子，她之于他，不过是随手帮过的一个小姑娘，就像路边流浪的小猫小狗。所以她从未想过，有一天她会和他再产生交集，直至——他车祸失明的消息传出。

听到消息的时候，叶谙整个人都是蒙的，不肯相信，也拒绝相信。他那样好的人，怎么会碰到这样残忍的事情？后来，她多番打听，反复确认，才不得不相信，一切都是真的。

他真的看不见了。一夕之间，他所有骄傲和光芒都湮灭。再后来，叶谙听说他赶走了身边心思不正的护工，变得阴郁暴躁喜怒无常，还经常伤到自己。谢家被逼无奈，决定找个合适的女孩子跟他结婚，好贴身照顾他。

得知消息后，她犹豫了许久，终究还是敌不过心里那点儿念头，不顾一切自荐到温若瑜面前，促成了这桩婚事。起先，她其实只想看一看他，让他开心一些，没想到自己却越陷越深……

“我答应跟你结婚，就是为了报当初的恩。现在你眼睛好了，我也可以功成身退，离开了。”回忆完往事，叶谙轻声说道。

听她这么说，谢朔也渐渐想了起来。难怪他有时候会觉得她眼熟，总觉得在哪里见过她，原来他们确实曾经有过交集，在几年前的那个雨夜。

当时他帮她的原因其实很简单，一来那家会所谢氏有股份，要真闹出点什么事，影响不好；二来她那时候就是个十几岁的小姑娘，看着狼狈又可怜，他总不能真的见死不救。至于送她回家，是临时起意。

那晚，他从会所里出来，车子穿过长街的时候，隔着车窗，他看到小姑娘满身狼狈，一个人呆呆坐在雨中。后来，他看她起身往前走，脚步虚浮，心中生出几分不忍，想着不过是举手之劳，便停车叫住了她。

只是没想到多年前的一次无心之举，她却记了这么多年。

这样一来，很多事情都得到了解释：为什么叶谙会同意那么多苛刻的条件，为什么结婚之后对他悉心照料从无怨言，甚至一次又一次容忍他的冷言冷语。

然而，弄清楚前因后果，谢朔却更加烦躁了。他在她身侧坐下，蹙着眉头，说：“就算起因是这个，也没必要离婚。”

他这样拖延着不肯松口，差点儿让叶谙生出一丝他是不是喜欢自己的错觉。这个想法太不切实际，她深吸一口气，故作轻松地说：“我们本来就是协议结婚，又没什么感情，继续勉强下去才是真的没必要。”

谢朔紧抿着唇，半晌没接话。叶谙继续道：“我知道，你是习惯了我的照顾，可能还有一些感动，再加上怕麻烦，所以才觉得没必要离婚。如果你一直看不见，我们这样下去也没什么不可以，但你现在能看见了，也就有了其他更好的选择，所以完全不必再将就……”

有些事，不去细想，她也能心平气和地掀过。只是如今情况不一样，他重回天之骄子的位置，已经不会再需要她了。她看着他，弯起唇，绽开一个笑，认真地说：“谢朔，你能重新看见，我真的很高兴。同样地，这段婚姻，是我自己的选择，我从来都没怨过你。”

她有一双很漂亮的眼睛，澄澈通透，仿佛一眼就能望到底。谢朔望着这双眼睛，有些晃神。他听见她轻缓而坦然的声音：“你应该和你喜欢的人在一起，我也想要一个真正爱我的人，不掺杂包括感激或习惯在内的任何其他感情。我不想有一天你后悔，更不想把自己弄得那么狼狈。”

当初，她抱着一腔孤勇嫁过来的时候，其实并没有奢求太多，毕竟当时她对他也仅仅是动了心而已。可现在，她清楚地知道，自己已经彻底爱上了他。感情这东西，一旦沦陷进去，人就会变得贪得无厌，会不由自主地想要更多。

以前她可以容忍他的冷淡，容忍他对自己无心，但最近，她明显感觉到了自己的贪念——她想独占他，想要他的回应，更想要一份对等的感情。

而这些，他都给不了。与其最后失望，同他成为一对怨偶，倒不如趁还没有泥足深陷，及时抽身。毕竟她最不愿意看见的，就是有一天相看两生厌，连最初对他的那点儿感激和情意，都被消磨干净。

“所以，我们离婚吧。”叶谙轻声说。话出口的刹那，叶谙心口一揪，细白的手指也忍不住紧紧抓住沙发边缘。

谢朔看着她，想说什么，可一时之间又不知道该说什么。说他已经对她动了感情吗？这话说出来，她肯定不会相信，只会觉得他对她只是习惯。

天边残阳如血，屋中静默万分。

“可能我今天提得有些突然，你不用着急，可以好好想一想。婚前我们约定的那些都还作数，我不会要求分什么财产。”叶谙笑了下，又道，“当然，你如果觉得心里过意不去，想要补偿我点儿什么，我也很乐意接受……”

她的眼底泛起泪花，怕被他看到，她倾身给了他一个拥抱，说：“不管怎么样，我都希望你以后能好好的。”说完，她站起来，没再看他，很快出了屋。房间里彻底沉寂下来，谢朔坐在原处，良久未动，侧脸蒙上一层晦暗的光。

叶谙快步走进卧室，反手扣上门。关门的刹那，她的眼泪不受控制地落了下来。昨天，她花了整整一天时间收拾情绪，终于做下了这个决定。她以为自己可以心如止水，没想到情绪还是在这一刻彻底崩溃。

落地窗外，夜幕将落未落。良久，叶谙仰起头，抹去眼角的泪，扯了扯嘴角，安慰自己：就当是谈了一场恋爱，现在和平分手，没什么大不了的。况且，她嫁给了暗恋多年的人，陪伴了他那么久，一点儿都不亏。

她缓缓走到窗边坐下，望向远方。远处夕阳被群山敛去，天色顷刻间暗了下来。不知过了多久，门突然被人推开。屋内没有开灯，叶谙回头，看见一个颀长的身影，对方面容隐在黑暗中，模糊不清。

谢朔保持着推门的姿势，静默了半晌，才开灯进屋。光骤然亮起，叶谙愣愣地望着他。谢朔走近，目光落在她脸上，顿了顿，说：“去吃饭。”

他语气淡淡，听不出喜怒。她还以为他想通了，过来跟她谈离婚的具体事宜呢。叶谙回过神，犹豫了一下，还是跟着他出了屋。

谢朔直接下楼，去了车库。叶谙上车坐好，看了一眼他的侧脸，想问他去哪儿，可话到嘴边又咽了回去。

半个多小时后，车子停在一家古色古香的饭店外。店内环境雅致，菜肴也美味，如果换作平常，肯定是一场浪漫的约会，可惜今晚两个人都没什么胃口。

叶谙低头看着碗里的菜，忽然有点儿后悔。早知道应该等吃了晚饭再跟他提离婚的，好歹能开开心心吃个分手饭。

一顿饭在沉默中结束，从头到尾，谁也没有说话。回到家，进了卧室，叶谙终于忍不住开口：“你考虑得怎么样了？”

谢朔看着她，眼神幽深莫测。

叶谙被他看得有些不自在，继续道：“如果你觉得没问题，那我明天找人拟一下离婚协议，或者你这边找律师拟，都可以……”

谢朔在一旁坐下，捏了捏眉心，半晌，才说：“离婚不是你想的那么简单，爷爷年纪大了，受不了刺激；爸和妈今天早上刚出国度假，现在叫他们半途折返不太合适；还有对公司的影响……”他抬头看她一眼，继续说，“这件事先缓一缓，等他们回来再说，你也再冷静一下，好好想想。”

叶谙张了张嘴，本想说离婚是我们两个人的事情。但转念一想，谢家毕竟不是一般人家，结婚离婚都牵涉到许多问题，若是处理不当，甚至可能影响到公司在外的形象。

还有温若瑜和谢柏言……平心而论，这一年以来，他们待她确实很好。犹豫片刻，叶谙点头道：“好。”

话音一落，整个房间再度陷入沉寂中，气氛也变得低迷。灯仿佛比往日暗了些，叶谙扫了一眼旁边的大床，又道：“今天晚上我先去客房睡，等签好离婚协议，我会搬出去住。”

她说着转身，去衣帽间收拾衣服。谢朔却忽然起身，伸手拉住她。

叶谙回头，听见谢朔说：“不用这么麻烦，下周我出差，过段时间才会回来，这两天你先忍一忍……”

叶谙明白他的顾虑。他是怕周姨发现，会告诉谢柏言他们，这样就瞒不住了。见她没反对，谢朔松开手，大步出了屋。

叶谙看着他离开的背影，在原地站了一会儿，才去洗澡。

当晚，两个人躺在同一张床上，却各自占据两边，毫无碰触，中间仿佛隔了一道天堑。叶谙侧身背对着谢朔，始终没法入睡。同样地，谢朔也没有睡着。长夜漫漫，两人各怀心事。

凌晨三四点的时候，叶谙终于抵不住困意，睡了一会儿。等她再睁眼时，谢朔已经不在床上，房间里也没了他的身影。叶谙摸了摸他睡过的地方，发了会儿怔，起身下床。

大概是为了避免尴尬，接下来的两天，谢朔都是一大早出门，很晚才回来，回来后也是倒头就睡。两天后的下午，他直接飞去了海城出差。

不用在谢朔身边照料，叶谙便回了工作室，接了好几个配音工作。

连续两周，她都扎在录音棚里，每天早出晚归，把自己忙成了陀螺，完全没时间思考其他问题。

谢朔这一走，就是整整两个星期。下午四点，林立的高楼间日光斜照，玻璃墙上流光溢彩。谢朔开完最后一场会议，回到酒店，坐在落地窗边闭目养神。钟覆煮了一杯咖啡，搁在旁边的茶几上。

谢朔仰面靠着沙发，双目未睁，问他："机票订好了吗？"

钟覆道："订好了，晚上九点半。"

谢朔"嗯"了一声，继续闭目养神。钟覆见状，也没打扰，转身去了旁边的房间。

日头渐渐偏西，谢朔养了会儿神，突然觉得双目酸涩，甚至有痛意蔓延。他下意识抬手撑住额角，睁开眼时，发现眼前出现了模糊的暗影，起先只是小小的一团，随后一点一点扩散，最终彻底遮住了所有光亮，像是漆黑的夜幕陡然降临。谢朔一贯从容的脸上出现了一丝慌乱，他努力睁大眼睛，然而眼前的一切仍旧影影绰绰，什么也看不清。

复明之后，他虽然偶尔也会出现有暗影掠过眼前的情况，但通常都是稍纵即逝，只要暂停用眼，休息一会儿就好了，从来没像现在这样严重过。他重新闭上眼，试图让自己冷静。约莫十分钟后，他再度睁开眼——黑晕并未消失，而且只能隐约窥见一丝微弱的光。

久违的恐惧涌上心头，眼底酸痛感也越来越强烈。慌乱中，谢朔伸出手，冷白修长的手指摸索到茶几边缘后紧紧扣住，手背上青筋毕露，额角也隐隐沁出细密的汗珠。

蓦地，他的手不小心碰到茶几上的咖啡，杯子翻倒，滚落在地，发出重重的一声响，洒出的咖啡沿着茶几往下滴……

第十六章 从头开始

钟覆听见声响从房间出来，看见这番情形，忙上前问：“谢总，您没事吧？”

谢朔面色发白，隔了好一会儿才稳住心神，吩咐道：“收拾东西，立刻返程。”

钟覆看出情况严重，不敢耽搁，赶忙去收拾东西，准备赶往机场。

飞机落地，已经将近凌晨十二点。出机场上车后，谢朔靠在椅背上，低声道：“直接去岑青彦那里，不要惊动任何人。”

钟覆亲自开车，神情凝重。这会儿岑青彦不在研究所，只有值班人员。钟覆打了电话过去，说明情况，请他尽快过来。

岑青彦原本还在睡梦中，接到电话，赶忙换衣服出门。谢朔坐在病房内的窗户边，静静等着。黑夜漫长，他也不确定，自己还能不能再见到黎明时的曙光。

万籁俱寂，无边黑暗中，他听见风穿过枝丫的声音，听见落叶飘悠悠坠地的声音，格外清晰。恍惚间，他突然有种回到曾经的错觉，耳边也依稀回响起熟悉的温柔女声——

我听见回声，来自山谷和心间
以寂寞的镰刀收割空旷的灵魂
不断地重复决绝，又重复幸福
终有绿洲摇曳在沙漠
我相信自己

生来如同璀璨的夏日之花

不凋不败，妖冶如火

…………

谢朔蜷紧手指，无意识地轻唤了声："叶谙？"

可惜，无人回应。他回过神来：是了，她不在。而且，很可能以后都不会在。

他出差的这两周，她一个电话也没给他打过，也没关心过他，好像完全忘了他的存在。这个认知让谢朔心口微疼。他垂下长睫，阴影覆在苍白的脸上，整个人仿佛一尊雕塑。

凌晨五点，岑青彦终于赶了过来。他匆匆忙忙套上白大褂，替谢朔做细致的检查。

做完检查，岑青彦当即黑了脸，也不管他是什么大少爷，劈头盖脸就是一顿训："上回走之前，我叮嘱过什么？不能用眼过度，每天控制在八小时，按时吃药按时休息，你把我的话当耳旁风了？眼睛还想不想要了？"

谢朔一声不吭，安静地听着。

岑青彦发了一会儿脾气，情绪渐渐平复下来，说："你这是过度劳累引起的，等会儿我给你开些药。这几天你就在这里好好休息，哪儿都别去。"他顿了顿，又补充："不是太严重，你别有心理负担，心态要放松。"

谢朔不知道他是不是在安慰自己，听着他的话，面上始终没有一丝表情。少时，钟覆扶谢朔回到病房，倒了一杯温开水过来，问他："谢总，要喝水吗？"

谢朔没回答，他沉默片刻，冷不丁问："夫人最近怎么样？"

没想到他会突然问这个，钟覆愣了一下，赶忙拿出手机，查看关于叶谙的最新动态。

"夫人最近一直在忙工作，没遇上什么麻烦……前几天还参加了一个活动……"

谢朔听完，重新陷入沉默。离开他，她照样过得很好，风生水起，事业蒸蒸日上。

过了一会儿，钟覆握着手机，试探着问："要不要给夫人打个电话？"

谢朔顿了一下，摇摇头："不必。"

钟覆看他脸色不好，也不敢多劝什么。之后两天，谢朔一直在研究所待着。只是这一回，他的耳边安静了许多，再没有熟悉的声音读书说笑，变着法逗他开心。

他一个人坐在病房内，一待就是一下午。从前有人陪着，他还不觉得难熬，现在却感觉一分一秒都被无限拉长。

原本岑青彦安排了一个护工专门照顾他，可不到一个小时，他就无法忍受，让她离开了。夜深人静，他在病床上醒过来，下意识往身侧摸索，然而却摸了个空。他睁着眼睛，对着满目黑暗，半宿未眠。

到第三天上午，谢朔的眼睛仍未恢复。岑青彦给他换了外敷药，他蒙着纱布，在病房内呆坐许久，终于摸出手机，拨通了叶谙的电话。

接到电话的时候，叶谙正准备进录音棚。看见手机上的来电显示，她愣了愣。出差这么久，谢朔还是头一次打电话给她。

愣怔两秒，叶谙按下了接听键。然而电话那头久久没有出声，她疑惑出声："喂？"

听到熟悉的嗓音，谢朔的手指轻轻动了下，垂下眼睫问："你在哪里？"

叶谙被他问得有些莫名其妙，说："在工作室。"

电话里又是一阵沉默。叶谙总觉得他有哪里不对劲儿，于是耐下性子，好脾气地问道："你怎么了？"

谢朔沉默许久，才开口："我要延后一段时间回去。"

他这是在跟她报备行程？太阳打西边出来了吧？叶谙心情复杂，一时也不知道该怎么回应。他们还在谈离婚的阶段，汇报行程实在没什么必要。她酸涩地"哦"了一声，问他："还有其他事吗？我马上要进棚，没有的话，我就先去忙了。"

等了几秒，没等到回应，又听到身侧有人催她："叶老师。"

"我先挂了，回头再说。"叶谙不得已，只好挂断电话，急匆匆进了录音棚。

熟悉的嗓音消失，谢朔拿着手机坐在窗边，低垂着头，有些失落。

钟覆敲门进来，见他这个模样，轻唤了声："谢总？"

谢朔听见响动，知道是换药的时间到了，于是扶着椅子慢慢站起来，身影有些落寞。

傍晚，叶谙结束工作从录音棚出来，准备去吃饭。她想起先前谢朔那个奇奇怪怪的电话，有些不放心，犹豫了一下，回拨了过去。隔了好一会儿，电话才接通。接通后，那边依然久久没有声音。

“谢朔？”叶谙迟疑着唤了他一声，“你先前找我……还有什么别的事吗？”

谢朔对着满目黑暗，沉默半晌，说：“没有。”

是她自作多情了。叶谙一阵尴尬：“哦，那我挂了。”挂断电话，她忍不住鄙夷了自己一番：都要离婚了，还这么没出息！

手机里再没声音传来，谢朔静静坐着，许久未动。窗外暮色暝暝，钟覆站在不远处，迟迟没敢上前打扰。

当晚，谢朔突然发起了烧，头痛欲裂。他强忍着没有吭声，摸索着下床，打算去倒杯温水，结果不小心碰到桌子，险些摔倒。

睡在隔间的钟覆被惊醒，赶忙过来：“谢总……”

谢朔按着桌角，苍白的手背上青筋毕露。钟覆扶他在床边坐下，替他倒水找药，顺道叫了值班医生。折腾了半个小时，情况总算好了些。见他额头上全是冷汗，脸色也发白，钟覆几次话到嘴边，欲言又止。

谢朔洗了澡，重新睡下。这一觉睡得有些沉，醒过来时，他明显感觉到天已经大亮，光和温度刺激着感官。病房内有人在走动，窗外隐隐传来鸟雀声。

谢朔只当是钟覆，撑着床慢慢坐起来。一只手忽然扶住他的胳膊，替他将枕头垫在身后。动作娴熟，连身上的香味也熟悉。

随后，更加熟悉的声音在他的头顶响起：“饿不饿？”

谢朔一怔，差点儿以为又是自己的幻觉。

见他不说话，叶谙探了探他的额头，然后试了试自己的，说：“烧退了。头还痛吗？”

声音和触感都无比真实，谢朔终于回了神，问：“你怎么来了？”

叶谙在床边坐下，看着他被纱布缠绕的双眼，说：“钟覆跟我说你眼睛出问题了，我过来看看。”

谢朔蹙眉：“我没让他告诉你。”

恰巧拿着早餐进来的钟覆没有说一句话。看来，自己今年的年终奖要危险了。他极力降低自己的存在感，悄悄将早餐放在病床边的桌子上，冲叶谙笑了下，而后退出了病房，去忙公司那边的事。

“这么大的事，你为什么不告诉我？”叶谙问。

谢朔沉默不语。估计又是因为他那脆弱的自尊心，叶谙懒得跟他计较，看了眼桌上的早餐，起身扶他："起来洗漱吧，不然早餐该凉了。"

谢朔由她扶着下床，进卫生间洗漱。等他洗漱完，叶谙将早餐从保温盒里拿出来，端到床边喂他。

这回谢朔没再排斥，顺从地张开了嘴。看他一副郁郁寡欢的样子，叶谙宽慰道："我已经问过岑教授了，他说你的情况不严重，只是劳累过度，养一阵子就会恢复了。"顿了顿，她又皱眉劝道："你以后别再没日没夜地工作了，万一又出什么事……"

说到一半，她突然意识到自己现在已经不适合说这些，便生生打住了。她起身，将没吃完的早餐收拾好，去卫生间洗手。

谢朔坐在病床上，静静听着屋内的响动，脸上神情怔忡。

"要不要陪你出去走走？"洗完手，叶谙出来问道。

谢朔没回答，忽然道："你不用去工作？"

叶谙说："这几天休息。"

在录音棚待的时间太长，嗓子会扛不住，所以她给自己放了几天假。原本打算好好休息，没想到一大早就接到钟覆的电话。得知谢朔眼睛又看不见的消息时，她吓了一跳，几乎片刻都不敢耽搁，急匆匆赶了过来。老爷子他们还不知道，如果知道了，只怕又是一场乱。

"钟覆要处理公司的事，我会留在这边照顾你……"叶谙在床边坐下，看着他，顿了顿，又道，"你不用有什么心理负担，在办好离婚手续之前，我们可以像朋友那样相处。"

谢朔再次陷入沉默。叶谙跟着沉默了一会儿，伸手去扶他："今天天气挺好，我陪你出去走走？"

谢朔不置可否，人却站了起来。叶谙扶着他往外走。春光明媚，空气中花香馥郁。在草坪前的长椅上坐下时，谢朔习惯性地握住了她的手。叶谙微微一愣，看了看他的眼睛，犹疑许久，最终还是没有挣开他。

接下来的几天，叶谙一直在研究所陪着谢朔。两个人似乎又回到了以前的生活，谢朔却明显感觉到了不同。她不再想方设法逗他开心，晚上也不再找借口钻到他床上抱着他死活不肯松手。她现在做的，仅仅只是悉心照顾他而已。

一周后，谢朔拆掉纱布。

明明岑青彦已经说了情况不严重，但叶谙看着白色纱布一层一层从他眼睛上撤去，还是不由自主地紧张起来。最后一层纱布去掉，谢朔睁开了眼睛。

“感觉怎么样？”岑青彦问。

谢朔没说话，只是将目光投向了站在一旁的叶谙。

“没什么问题了。”岑青彦又替他检查了一遍，做下结论。

叶谙松了口气，感觉整个人一轻，脸上也不自觉浮起笑意。之后，岑青彦严肃叮嘱了半天才让谢朔出院。回到家，已经是下午。两个人刚安置好行李，就接到了老爷子的电话，让他们过去吃顿晚饭。挂断电话，谢朔看向叶谙，等着她说去或者不去。

叶谙沉默了一下，说：“我去换件衣服。”

他们现在还没离婚，该演的戏还得演下去。换好衣服，两个人一同出门。到了地方，叶谙下了车，正准备往前走，谢朔忽然停住脚步，牵过了她的手。

叶谙有些疑惑，谢朔解释道：“先别让爷爷看出来。”

两个人牵手穿过碎石小径往前走，俨然是一副夫妻恩爱的模样。他们离得很近，叶谙闻到谢朔身上熟悉的干净气息，忍不住看了一眼他的侧脸，心中再次涌起复杂情绪。

进了客厅，叶谙熟练地换上笑脸，上前问好：“爷爷。”

老爷子笑着点点头，让两个人坐下，又关切地问谢朔：“爷爷听说，这几天你又去岑教授那边了，是不是出什么事了？”

谢朔道：“没有，就是定期复查。”

“没事就好。”老爷子放了心，叮嘱道，“你要多注意身体，别太辛苦。”

吃过晚饭，谢朔没有急着离开，而是陪着老爷子去了书房下棋。叶谙要准备新的配音工作，便拿着手机坐在客厅里看台词。

棋下了三局，谢朔连输三局。老爷子抬头问：“公司的事不顺利？”

谢朔收了棋子，说：“还好。”

老爷子疑惑道：“那你怎么一晚上都心神不宁？”

谢朔自然不能告诉他真正的原因，只好胡乱找了个借口：“可能是太久没下，有些生疏。”

考虑到他这天才从岑青彦那里回来，老爷子没为难他：“今天就到这里吧，早些回去休息，改天等你有时间再过来陪爷爷。”

谢朔回到客厅时，叶谙还在低头看台词，神情专注。等谢朔走近，她才有所察觉，抬起了头，道：“要回去了？”

她将手机放回包里，起身挽住谢朔的胳膊，冲老爷子笑道：“爷爷，我们先走了。”

同来的时候一样，两个人亲昵地挽着手，十分“恩爱”地出了门。上车后，叶谙便没再管谢朔，继续看台词。看了一会儿，她有些头晕，索性靠着座椅闭眼休息。

车内光线昏暗，谢朔偏头看着叶谙沉静的侧脸，眼神幽深。到家时已经十点多，两个人洗完澡，上床躺下。久违的同床共枕，叶谙有些不自在，尽力往床边靠，也不敢做大幅度的翻身动作。

不过因为太困，她还是很快就睡着了。迷迷糊糊中，她感觉身后有人靠近，伸手将她揽入了怀中。

第二天早上，叶谙比谢朔先醒。她睁开眼就发现，自己窝在谢朔怀里，而且手脚并用地搂着他，姿势亲密至极。习惯真是个可怕的东西。叶谙屏住呼吸将谢朔的胳膊拿开，小心翼翼地起身。结果她刚坐起，谢朔就醒了。

他睁开眼，看向她，却没说话。叶谙怔了一下，若无其事地掀开被子下床。她这天要去录音棚，没多少时间耽搁，洗漱完换上衣服，随意化了个淡妆，连话都来不及说一句，就火急火燎地出了门。

谢朔难得比她清闲，看着她的身影消失在门外才起床。吃过早饭，谢朔去了一趟公司，这十来天耽误的事情不少，需要逐一处理。

他一工作起来，就忘了时间。下午五点左右，钟覆想起叶谙私下的叮嘱，冒着被扣工资的风险，上前劝道：“已经五点了，您要不要先休息会儿？”

谢朔扫了一眼时间，倒是没表露出不高兴，从善如流地关了电脑。他靠着座椅，出神半晌，忽然拿过手机，拨了个电话出去。

拨了两遍，始终没人接。他改为发消息：“什么时候下班？”

过了半个小时叶谙才回复：“九点以后，有事？”

“没事。”

谢朔打出一句“要不要一起吃饭”，想了想，又删除，转而对钟覆道：“去查一查，今天晚上有没有什么珠宝拍卖会。”

虽然这个任务十分突然，但作为一个全能型的高级总助，钟覆很快就查到了一个会在今晚举行的珠宝拍卖会。

晚上七点，谢朔去了钟覆所说的拍卖会。满堂通明，玻璃展台内陈设的珠宝流光溢彩。谢朔刚走进去，就撞见了江时衍。

江时衍是来替家中一位长辈拍生辰礼物的，见谢朔一个人来，不由得奇怪道："怎么没带老婆一起过来？"

谢朔瞥他一眼，没回答。

江时衍想到什么，不怀好意地挑了挑眉，道："不会是吵架了，过来买礼物哄人吧？"

谢朔没有应答。

"不说话，看来我猜对了？"江时衍啧啧摇头，脸上带了几分幸灾乐祸，感慨道，"想不到哇，你也有今天。"

谢朔冷着脸看向前面，懒得再理他。

前方展台上，工作人员很快开始出示底价，台下报价声此起彼伏。最后，谢朔拍了一条最新款的蓝宝石项链，同江时衍一起往外走。

"别怪我没提醒你，光送礼物是不行的，你得多说两句好话哄哄她，女人都喜欢听甜言蜜语……"江时衍一边走一边还不忘向谢朔传授经验。

上车后，谢朔摩挲着手里的丝绒盒子，若有所思。他看了一眼时间，已经过了九点，于是拿出手机给叶谙拨了个电话。

听到手机振动声的时候，叶谙刚从录音棚里出来。看见屏幕上的来电显示，她以为又出了什么事，急忙接通："喂？"

男人低沉的嗓音透过手机传过来："下班没？"

"刚下班……怎么了？"

对话出现短暂的停顿，他说："我去接你？"

叶谙感觉自己出现了幻听。刚开春，夜间风凉，她回过神，拢了拢身上的外套，说："不用，你先睡吧，我等会儿就回。"

谢朔眼神微黯，叮嘱了句"路上小心些"，挂断电话。

叫的车就停在绿化带旁边，叶谙打开车门上车，捏着手机发了会儿呆，然后靠着座椅合眼睡去。合眼的时候，她忍不住想，他们大概是所有即将离婚的夫妻里面，相处最和谐的一对。

到家时，谢朔已经洗过澡，正穿着一身睡袍立在落地窗前。

在录音棚里待了一整天，叶谙筋疲力尽，嗓子也哑，随口跟他打了声招呼后，就收拾衣服摇摇晃晃去浴室洗澡。

洗完澡出来，谢朔还在原地站着，叶谙眼皮直耷拉，边往床边走边打着哈欠问："怎么还不睡？"

谢朔看她一脸困倦，连眼睛都睁不开了，只好咽下到嘴边的话，往床边走去。

一旁的茶几上，放着一个覆了一层暖软灯光的蓝色丝绒盒子。

上床后，叶谙倒头就睡，再没和他有任何交流。谢朔侧过脸，凝神看她许久，才缓缓合上了眼。

一连三天，叶谙都早出晚归。谢朔有心跟她缓和关系也找不到机会，两个人就这样不冷不热地处着。

转眼到了周六，叶谙终于完工休息，一觉睡到了天光大亮。

太阳明晃晃地照进来，身侧被窝空荡荡的。叶谙以为谢朔不在屋内，伸了个懒腰，抱着被子往他那边滚了滚，然后才惬意地勾身坐起。起来的刹那，她傻了眼，谢朔正坐在窗边的沙发上静静地看着她。叶谙僵化数秒，顶着尴尬扯了扯被她滚成一团的被子。

"醒了？"谢朔倒是没有嘲笑她，他低头看了眼腕表，神色温和道，"起来吃饭吧。"

他这天穿的是一件白色衬衣，日光明亮，在他身侧晕开，衬得他气质清雅，如画一般。叶谙心口扑通一声，耳根有热意蔓延。她慌忙移开视线，穿鞋下床。色令智昏，这话诚不欺人。刚刚那一刻，她差点儿就想放弃离婚的念头了。

洗漱完，两个人一同下楼吃早餐。

餐桌上的瓷瓶中插着几枝粉色玫瑰，花瓣上露水未干，像是特意准备的。叶谙低头吃着早餐，心里泛起几分怪异的感觉。

吃完早餐，两个人又一同回到楼上。叶谙看了看谢朔，见他没有出门的迹象，犹豫了一下，开口道："我有东西要给你。"

她和他对视一眼，走到床头柜前，打开抽屉。她撑着衣柜边缘，停顿片刻，拿出里面的东西。

谢朔看了一眼叶谙纤细的背影，也从旁边的物品格内拿出一个深蓝色的丝绒盒子，坐在沙发上等她，嘴角微微弯出小小的弧度。

没过多久，叶谙拿着几张纸折返。她将那几张纸递到谢朔面前："这是我找律师拟定的离婚协议书，你看一看，如果没什么意见的话，我们尽快把它签了。"

谢朔把玩着丝绒盒子的手指一僵，脸上的笑意也骤然冷了下来。叶谙保持着伸手的姿势，勉强压下了退缩的念头。

这份离婚协议书，是她前几天找律师拟定的。谢朔不在的那两周，她冷静下来想了许多。当断不断，必受其乱，不能再这么不清不楚地拖下去了，拖得太久对谁都不好。

这段婚姻，他不曾动心，自然有退路，哪天淡了厌烦了，可以随时随地潇洒放手。而她却回头无路，步步皆是深渊。

僵持的时间太久，叶谙的指尖在纸上掐出了淡淡的痕迹。她将协议又往前递了递，露出一个看不出破绽的笑，温和道："你先看看，如果有什么不满意的地方，我们还可以商量。"

谢朔从来没觉得她的笑如此刺眼过，冷着脸没有去接。

叶谙手都酸了，忽然想起来没拿笔，说："等等，我去拿支笔过来。"

她转过身，刚要迈开步子，手腕突然被人拽住。谢朔抬头看着她，说："不离行不行？"

叶谙回过头，微微一愣，说："我们不是说好了……"

谢朔淡声打断她："我不想离了。"

叶谙又是一愣，她想起那天跟他开诚布公说的那些话，有些头疼地说："我们那天不是都说清楚了吗？这段婚姻没有继续下去的必要，我们好聚好散……"

"有必要。"谢朔突然用力，将她的手腕拽得更紧。他看着她的眼睛道，"对我来说，有必要。"

他曾经也以为她只是可有可无的存在，但这段时间，他每每静下来，想的全是她。尤其是这一次，他突然再次失明。

重陷黑暗的那几日，他一个人坐在空荡荡的病房内，回想起许多事情，终于明白，他离不开她，也没有人能替代她。

叶谙愣住。看到谢朔幽深的眼神，以及认真的神情，她的心底仿佛骤然落下一颗石子，惊起阵阵涟漪。半晌，她轻声说："可我不想再这样下去了。"

谢朔握住她手腕的手微微一僵。

她看着他，直白道："你觉得有必要，是因为习惯了。换作是我，如果有个人在我看不见的时候照顾我大半年，我肯定也会习惯和依赖……"

"不是。"谢朔下意识否认。

"难不成你要说，你喜欢我？"还没等他回答，叶谙就道，"我不相信。"

谢朔哽住。也难怪她不相信，一直以来，他确实没怎么把她放在心上。最开始他甚至是厌烦和看不起她，觉得她肤浅又虚荣，偶尔的一些温言细语，也不过是因为他心情好，才对她稍微纵容了些。

他已经习惯了她的主动和不记仇，所以哪怕她提出离婚，他也只当她是一时不高兴在闹脾气，冷静一阵子就好了。

在他的认知里，不论他做出多么恶劣的事情，态度如何冷漠，过个一两天，她就会自己掀过去，完全不需要他费心。他却没想到，这一切都只是建立在他失明的前提下——因为他落魄失意，所以她才肯百般迁就。

见谢朔无话可说，叶谙拽开他的手，认真地道："上回你说，让我冷静下来好好想想。这一个多月，我认真考虑了很多次，始终觉得我们还是遵守约定，离婚比较合适。"

她说完不再犹豫，转身去拿笔。拿到笔折回后，她将协议书按在茶几上，纤细的手指紧捏着笔，指尖因用力而泛白。她停顿半晌，才咬牙签下自己的名字。

谢朔看着她，眸色沉沉。

签完字，叶谙将笔往协议书上一搁，侧身让开，说："签吧，我们早就约好的。"

她努力挺直背脊，捏紧了指尖，借此掩饰心里的窒闷难受。谢朔半晌未动，神情莫测。叶谙等了一会儿，见他不动，干脆将协议书放到了他腿上。

谢朔这才缓缓抬手，拿起来看。

叶谙道："你仔细看看，如果有不满意的地方，可以商量。"

谢朔不语。协议书写得很简单，除了已经赠予她的财物，她几乎净身出户。

就在叶谙准备催他时，他不知想到什么，忽然将协议书往茶几上一扔，然后松了衬衣袖扣，抬起头对着她说出了一句耳熟的话："我记得你说过，口头约定不作数，现在我反悔了。"

谢朔倚着沙发，神情姿态完全不似平常。她整个人愣住了，完全不相信这话竟然出自他口中——虽然是学的她。看着她目瞪口呆的样子，谢朔无端觉出几分可爱，心里的不快仿佛也消散了不少。

他嘴角微翘，难得露出一丝笑意，说："当初你反悔过一次，现在我也反悔一次，这才叫公平。"

叶谙总算体会了什么叫搬起石头砸自己的脚，一时竟无言以对。离婚协议书如果他不肯签，她一个人签也没用。

“谢朔，这种时候你别这么幼稚好不好？我不是在跟你开玩笑。”叶谙简直头疼。

谢朔忽然抬手，握住她的手腕，将她拽至身侧坐下，然后抱住她。

叶谙猝不及防跌入他怀里，下意识挣扎：“你干什么？”

谢朔双臂箍紧，不容她挣脱。

“我知道，我现在说什么你都不会相信，那我们就从头开始，我证明给你看。”

低沉的嗓音在耳边响起，是前所未有的温柔。叶谙微微一怔，不由自主地停下了挣扎。

谢朔搂紧她，拉过她的手，将一样东西塞给她：“前两天给你挑的礼物，打开看看，喜不喜欢？”

叶谙还没反应过来，掌心就被塞了一个蓝色的丝绒首饰盒，看着价格不菲。理智告诉她要稳住，然而手已经不受控制地打开了盒子。

一条精致华美的项链映入眼帘，银辉闪烁，蓝色宝石如深海月光般瑰丽。谢大少爷虽然脾气差了些，审美还是很在线的。

没等到她的回答，谢朔脸上难得地露出一丝紧张神色。他将手揽在她腰后，生怕她突然扔下项链离开。

“喜欢吗？”他低声问。

叶谙抬头，对上他幽深的眼神，心跳陡然漏了一拍。她梗着脖子说：“一条项链就算是证明？你把我当成什么人了？”

谢朔握紧了她的手，问她：“你想我怎么证明？”

他离得近，嗓音又低，叶谙耳根一阵酥麻，险些招架不住。她将手往外抽了抽，有些慌乱地道：“我不用你证明，你也不需要证明……”

谢朔重新将她的手抓住，忽然叫了她一声：“谙谙。”

叶谙怔住。他几乎从未这样叫过她，这一声从他嘴里出来，竟然格外温柔。

他搂着她，微微低头道：“你总得给我一个机会。”

叶谙抬头和他对视，他眼底沉沉一片，映着她的影子。

她的脑中忽然闪过少年时第一次见到他时的情形。那一晚夜雨清寒，他眉眼冷峻，令她记了许多年。而如今，他就在这里，在她伸手就能碰到的地方。她心底筑起的高墙一点点崩塌，好不容易下定的决心也开始摇摇欲坠。

见叶谙态度有所软化，谢朔的声音越发温和："你不是不相信我对你动了感情吗？离婚协议我们先不签，你给我一点儿时间，我们重新开始——"

叶谙打断他："这一年，我给过你很多次机会。"

谢朔噎了噎，将她搂得更紧："以前是我不好……"

叶谙抿着唇，沉默良久，说："谢朔，你知不知道，给人希望又毁掉，是件很残忍的事？你真的觉得……"

她的话未说完，就被他截断。"我知道。"他看着她，神情认真道，"你再信我一次。"

叶谙对上他的眼神，再次沉默。此时此刻，她的心仿佛被浸在水里，起伏不定。许久后，她说："好，婚暂时可以不离，但我们得先分居。"

她不能完全确定他到底是不是因为习惯她照顾，才说这些话，也不知道他的喜欢究竟有几分。但既然他们要重新开始，那不如索性分开一段时间。或许分开了，他们就都能冷静下来，也能将事情看得更清楚。

最重要的是，她也想再给自己一个机会。

谢朔皱了皱眉，有些不愿意，但也明白这已经是她最大的退让了。况且凡事讲究循序渐进，他也不能逼得太急。于是最后，两个人达成约定，离婚协议先不签，暂时分居一段时间。

至于分居之后叶谙的住处，谢朔直接给了她一套公寓的钥匙，说是离她的工作室没多远，上班方便。

——分居还要住你的房子，那还算什么分居？

叶谙十分有骨气地拒绝了他："不用了，我有地方住。"

她现在手里的存款，付个房子的首付应该不成问题。

谢朔拉起她的手，直接将钥匙塞到她掌心，认真道："你不是说，如果我心里过意不去，可以分你房子和车作为补偿？这套房子就当我补给你的周年礼物，明天我带你去过户。"

叶谙抿了抿唇，道："我只是开个玩笑。"

谢朔合拢她的手指，说："不用有心理负担，这本来就是你应得的。"

话说到这个份儿上，再推拒未免有些矫情，叶谙收下钥匙，没再说什么。

隔天，谢朔陪她去办了房子的过户手续。办好手续，叶谙联系搬家公司将自己的东西都搬了过去。

收拾妥当，差不多是下午六点。黄昏霞彩漫天，叶谙拿起杯子喝了口水，本想随便煮些吃的填下肚子，忽听谢朔问：“晚饭想去哪里吃？”

他这天哪里都没去，陪着叶谙折腾了一整天。叶谙向来是个知道感恩的人，便没拒绝他的邀约：“都可以，你定吧。”

谢朔让人在附近的一家中式餐厅订了包间。餐厅环境雅致，悬挂的壁灯精巧漂亮，光晕如月色笼在两个人眉眼间。窗前树影浮动，风中散开来淡淡花香，意境绝佳，气氛也正好。

“你明天几点下班？”吃到一半，谢朔忽然问。

叶谙抬头，想了想说：“不确定，可能要到九点。”

谢朔蹙了下眉，问：“怎么每天都这么晚？”

叶谙道：“也不是每天，要看进度。等配完这部剧，我就给自己放个长假出去玩一段时间。”

算起来，除了跟他一起的那个不像蜜月的“蜜月”，她已经好久没有出去散过心了。

谢朔目光微微一动，问：“打算去哪里？”

叶谙捏着勺子，抿了一口汤，说：“还不确定。”

谢朔看她一眼，似乎有话要说，却又咽了回去。吃过晚饭，谢朔送叶谙到公寓楼下。

月色澄明，夜风轻拂，叶谙在楼前驻足，转过身道：“就送到这里吧。”

谢朔单手插兜，长身玉立，柔声说：“我等你进去。”

简单的一句话，却仿佛猫爪挠在叶谙的心上。她抿了抿唇，看了他一眼，没再说什么，转身往公寓楼内走。

等到彻底看不见她的身影，谢朔才转身离开。

第十七章 天道酬勤

翌日，叶谙重新投入到忙碌的工作中——给一部影视剧的女主角配音。傍晚六点，谢朔从公司出来，直接吩咐司机往叶谙的工作室那边开。

路上，他给叶谙打了个电话。这次电话倒是很快被接通。

谢朔问：“吃饭没？”

“还没。”

“我快到你工作室外面了，等会儿一起？”

叶谙握着手机，顿了一下才说：“我不在工作室。”

为了配合演员，她这回配音是在剧组指定的录音棚，离工作室有一定的距离。

谢朔也顿了一下，说：“你把地址发给我，我现在过去。”

叶谙道：“不用了，离那边挺远的，我等会儿还要回棚里，没多少时间。”

电话这头沉默下来。叶谙急着去吃饭，没有跟他多说，很快挂了电话。

车窗外，晚光斜照，行人熙熙攘攘。谢朔靠着座椅，静默了一会儿，才吩咐司机转道。从前他们在一起，她的话总是格外多，他常常嫌她聒噪，可原来，她也并不是真的那么爱说话。

只不过是因为她那时候愿意陪着他消磨时间，逗他开心而已。毕竟心里装着一个人的时候，哪怕再无聊的事，都甘之如饴。

九点左右，剧组终于收了工。

叶谙从录音棚出来，累得头昏眼花，早把什么感情问题抛到了九霄云外，脑子里回荡的也全是女主角歇斯底里的台词。她这天没开车，叫了辆车回家，报目的地的时候习惯性地给了别墅的地址，车开出一段距离她才反应过来。

跟司机纠正过后，她按了按额角，有些头疼。有了这一年的潜移默化，也不知道要多久才能彻底回到以前。

到公寓楼下，叶谙的脑子仍旧有些迷糊，游魂一样往楼道里走，没走几步，一个颀长的人影忽然映入眼帘。她以为自己看错了，定睛又仔细瞅了瞅，真是谢朔，他的车就停在不远处，像是已经等了有一会儿。

“你在这里干什么？”叶谙停住脚步，问。

谢朔走到她面前，单手插兜，说：“等你。”

叶谙沉默了一会儿，问他：“有事？”

“没什么事，你下班太晚，我不放心，过来看看。”

太少见他这个样子，叶谙突然有些不习惯。

风轻拂而过，带着湿意，似乎有下雨的征兆。她捏了捏冰冷的指尖，说：“这附近治安很好，没什么不放心的。这么晚了，你快回去吧。”

谢朔却没动，只是看着她，开口道：“不请我上去喝杯茶？”

叶谙十分体贴地提醒他：“晚上喝茶对睡眠不好。”

谢朔面上的表情明显是不相信。看他这个样子，叶谙忍不住想笑，说：“真的不早了，你眼睛才刚好，赶紧回去休息吧。”

听到她关心自己的眼睛，谢朔心里舒坦了些，没再坚持：“那你早些休息。”

“嗯。”叶谙应了声，转身走入公寓楼内。

谢朔也转身上车。

第二天晚上，叶谙依旧到九点才出录音棚。这回谢朔竟然直接过来接她了，还捧着一大束玫瑰。

“你怎么知道我在这边？”看见他，叶谙愣了愣。

谢朔淡淡道：“找人问的。”

配了一天音，叶谙有些累，也没精力跟他矫情，弯腰上了车。上车后，她便闭上眼睡觉。谢朔没吵她，打开电脑回了封邮件。

四十多分钟后，车子停在公寓楼下。谢朔抱着玫瑰下了车，冲叶谙道：“我送你上楼。”

叶谙没同意也没反对，沉默地转身往里走。谢朔跟在她身后上了楼。

进屋后，叶谙按亮灯，在玄关处换了拖鞋，随后将包扔到沙发上，去厨房拿杯子。公寓宽敞，一个人住显得有些空荡。

谢朔将花放到一旁的桌子上，随手松了领带，在沙发上坐下。叶谙没给他泡茶，倒了杯白开水搁到他面前的茶几上，自己也在一旁坐下。

气氛无端变得有些怪异。以前朝夕相处的时候，叶谙轻松自在，想说什么说什么，肆无忌惮，现在分开了，反倒突然多出了几分不自在。

“你以后不用特地过来接我，我打算买辆新车，以后自己开车。”

他失明了将近两年，现在重新回到公司，要忙的事不少，天天这么折腾，迟早得累垮。

叶谙话刚说完，就听谢朔道：“不用买，你去我车库里挑一辆。”

叶谙突然有点儿不想跟这位大少爷说话。她拿过手机看了一眼时间，直接下逐客令：“十点了，你该回去了。”

谢朔非但没有起身，反而拉住了她的手，说：“我明天出差。”

叶谙准备挣开他的动作一顿。谢朔看着她，低声道：“可能要去半个月，你等我回来。”

灯光静静洒落，他的眼神里含了一丝乞求。叶谙最受不了他示弱的样子，心底软化几分，没有再冷着脸，只是轻轻将手抽出，别扭道：“我在这里，又走不了。”

谢朔看她片刻，终于起身，说：“早些休息，有事给我打电话。”

过了一会儿，叶谙走到阳台上，恰好看到他的车子离开。

第二天，谢朔飞往伦敦。他走后，叶谙照旧过着每日跑录音棚的忙碌生活。

这回出差，谢朔的态度比起以往倒是改变了许多，仿佛突然之间开了窍。虽然国内外有时差，但他几乎每天晚上都会给叶谙打一个电话，同她说一会儿话，偶尔太忙，也会发个消息给她，问问她这边的情况。

日子不紧不慢地过去，谢朔离开的第六天，叶谙的配音工作收尾。当晚，叶谙和施双双代表希音工作室去参加一个平台的宣传活动。

到场的人很多，因为有明星出席，场内场外蹲守着不少拍照采访的媒体记者。闪光灯不断亮起，两个人边闲聊边往前走。活动将近两个小时，叶谙连轴转了一个多星期，实在太困，后半段几乎都在打瞌睡，也没心思应酬。

随着闭幕掌声落下，众人各自离席。出口处人头攒动，叶谙懒得过去挤，索性和施双双多坐了会儿，等人走得差不多才往外走。

施双双见她满脸疲倦，说道：“你最近也太拼了，要不要休息两天？”

叶谙点点头道：“我是打算下周出去旅游，散散心，你要不要一起？”

施双双叹了口气：“我倒是想去，可惜没时间。”

叶谙笑道：“那我就一个人去了。”

施双双有些奇怪，问：“你怎么不跟你老公一起去？”

叶谙的笑容淡了些，回道：“他最近在国外。”

施双双没注意到她的神情变化，继续同她说笑：“又出国了？你家谢总可真是个大忙人……”

回到家，叶谙精疲力竭，草草冲了个澡，换上睡衣，裹紧被子沉沉睡去。半梦半醒间，她隐约听到手机振动声锲而不舍地响了很久。她艰难地将眼皮撑开一条缝，伸长胳膊从床头柜上将手机摸过来，按下接听键。

“睡了？”

耳边传来谢朔低沉的嗓音，仿佛他就在眼前，而不是隔着千万里。

叶谙耷拉着眼皮，有气无力地“嗯”了一声。她没有开灯，黑暗中，只有手机的光亮。

听她嗓音不对，谢朔眉头一皱，问：“生病了？”

叶谙趴在枕头上，沙哑着嗓子说：“没有，就是嗓子有些不舒服。”

“吃药没？”

“用不着吃药，睡一觉就没事了……”叶谙实在太困，声音逐渐含混不清。

“你先休息，有事给我打电话……”怕她撑不住，谢朔没跟她多说，叮嘱两句，便挂断了电话。

叶谙手一松，手机直接掉落在枕头边。她没有去捡，再次陷入昏沉中。手机屏幕亮了一会儿，自动暗下去。次日，叶谙睡到日上三竿才起，直接省略早饭，点了份外卖。

窗外春光明媚，正是适合虚度人生的天气。吃过午饭，她抱着电脑，窝在沙发上做旅游攻略，打算按照预定好的计划，找地方度个假，散散心。结果没过一会儿，屏幕上突然冒出施双双发来的消息：“你跟谢朔离婚了？”

叶谙指尖一顿，问她：“你从哪儿知道的？”

施双双回道：“你看热搜。”

“叶谙谢朔疑似离婚”的热搜在热度排行榜上挂着。起因是某个营销号贴了几张她昨晚参加活动的照片。照片上，她脸色苍白，带着化妆都掩不住的憔悴，确实非常有“豪门弃妇”的凄惨感。

经过之前的配音节目，叶谙人气飙涨，再加上谢朔这个身份自带的话题度，吃瓜群众很快蜂拥而至——

“你们发现一个细节没有，叶谙手上没有戴结婚戒指！”

“没戴戒指也不代表什么吧？万一是忘了……”

“有谢朔最近的照片没？看看他戴没戴。”

“我听一个豪门圈子内的小姐妹说，谢朔根本不喜欢叶谙，之前是因为失明才娶的她，最近为了躲她都躲到国外去了。”

…………

叶谙无言，她只是太累了而已。

一时间，微博和论坛上一片热闹，除了心疼叶谙的粉丝，也有不少趁机落井下石，嘲笑她豪门梦碎的。当然，更多的是指责谢朔渣、谢家忘恩负义的。

眼看施双双已经自言自语脑补了一出大戏，叶谙终于回复：“没离。”

施双双松了口气，删掉刚打出的几个字，正要重新编辑，又看到叶谙发了条消息来：“真离了会告诉你的。”

施双双又一愣。这话听着不太对劲儿，什么叫真离了？难道有打算要离？

想起叶谙最近低迷的状态，施双双心里不由咯噔一下。自从谢朔复明后，她就很少见叶谙秀恩爱了，叶谙甚至连谢朔这个人都很少提。还有，叶谙当初结婚结得那么突然，完全不像正常恋爱的流程……网上说的那些搞不好都是真的。

施双双不敢再纠结这个话题，重新问了一遍：“晚上要不要去喝酒？我请客。”

叶谙拿过桌上的杯子，喝了口水，慢慢打字：“我嗓子疼，不去了。”

施双双回道：“那你好好休息，有事随时找我。”

叶谙回了个“拥抱”的表情包，继续看网上的动态。没过多久，项泉也发了消息过来，问她什么情况，需不需要发声明澄清。

叶谙撑着额头，身心俱疲，说：“不用。这种事，没什么好澄清的。”

网友们也就凑个热闹，过个两天没等到任何回应，热度自然就会降下来。再说了，他们管天管地，还能管得着她离不离婚吗？

听她这么说，项泉也不好多问，没再说什么。

叶谙将手机放下，还来不及喘口气，又一个电话打了进来，这回是老爷子。

该来的终于还是来了。不相干的人可以不管，但老爷子那边就没那么好交代了。叶谙重重叹了口气，顶着巨大的压力按下接听键：“喂，爷爷。”

“谙谙……”老爷子顿了顿，似乎在斟酌怎么开口，“你和阿朔闹矛盾了？”

叶谙一只手握着手机，另一只手抠着抱枕，一时也不知道该承认还是否认。

见她不说话，老爷子隐约猜到答案，又问：“发生什么事了，跟爷爷说说？”

想到和谢朔的约定，叶谙纠结半晌，说：“没事，爷爷，我们没有闹矛盾……”

老爷子见多了风浪，自然听得出她是在粉饰太平，没再直接追问，只说：“你和阿朔有段时间没来看过爷爷了吧？阿朔不在家，你今天过来陪爷爷吃顿晚饭？”

叶谙拒绝不了，只能应下：“好。”

挂断电话，叶谙瘫倒在沙发上，脑子里一团乱。她翻出谢朔的号码，打算跟他说一声，刚要拨出，忽然想到国内外有时差，于是又放弃了。

一个小时后，叶谙收拾齐整出门，赶去老爷子那边。到老宅时，老爷子正坐在书房里等她，手边摆着一局没下完的棋。

叶谙走过去，唤了声“爷爷”。

老爷子见她面色憔悴，状态似乎不太好，语气缓和了些：“坐吧。”

叶谙在沙发上坐下，双腿斜斜并拢，坐姿优雅，不像平日那般随意。

“到底怎么回事？你和阿朔要离婚？”老爷子问。

叶谙看他一眼，没说话，心里纠结是该否认还是直接跟他坦白。毕竟如果最后她和谢朔真走不到一起，那这件事迟早要告诉他。

见她不吭声，老爷子猜到大概，又问：“是不是……阿朔想离？”

他那个孙子，他再了解不过，自小骄傲有主见，凡是他不愿意的，谁说都没用。当初让他结婚，并非他自愿，实属被逼无奈，现在他眼睛复明了，难保不会动离婚的念头。

叶谙抬头，对上老爷子询问的眼神，在“要不要昧着良心把锅推到谢朔身上”这个问题上犹豫了两秒，最终还是摇了摇头，说：“不是。”

老爷子微微一愣。不是谢朔想离，难不成是她想离？

叶谙捏紧手指，道：“是我想离。”

这话一出，老爷子越发惊愣了。片刻后，他放轻了语调，问道：“为什么想离婚，跟爷爷说说？”

叶谙再度沉默。这个问题，对着老爷子，她竟然一时不知道该怎么回答。

“是不是阿朔最近太忙，没顾得上你？”老爷子自动将她的沉默当成了在闹脾气，和蔼劝道，“他才回公司，你多体谅一下。”

“不是因为这个……”叶谙抬头，顿了几秒钟，说，“我们没有感情。”

这回，换成了老爷子沉默。显然，他们没感情，是谁都知道的事实。

半晌，老爷子说：“谙谙，感情可以慢慢培养，你先别急着做决定，回头我跟阿朔好好聊聊……”

“爷爷。”叶谙打断他，脸上露出笑，心头却发涩，她说，“我知道您是好意，可是强扭的瓜不甜，再说他现在也不需要人照顾。”

又是一阵沉默。许久，老爷子叹道：“罢了，这是你们自己的事，我就不多过问了。”

老爷子心里有些感慨，站起身来，语气温和道：“无论以后怎么样，爷爷这里随时欢迎你过来。晚上想吃什么，我让厨房去做。”

“谢谢爷爷。”叶谙应下，跟着他出去。

随后，老爷子让人撤下了关于两个人离婚的热搜，舆论热度也很快悄无声息地降了下来。叶谙拿出手机再看时，大部分网友们已经奔赴了新的“吃瓜战场”。

谢朔的电话也在这时打了过来。

谢朔说：“网上的消息我看到了，我待会儿会让官博发个声明……”

他的话未说完，叶谙阻止道：“不用了，爷爷已经让人处理了，你现在再发声明，又得上一次热搜。”

谢朔微微蹙眉："爷爷知道了？"

"嗯。"叶谙抿了抿唇，迟疑着说道，"我已经告诉了爷爷，我们打算离婚的事。"

电话那头一阵静默。

叶谙说："他迟早会知道这件事，瞒着也没用。"

此时的伦敦还是早晨，朝阳明亮，穿过玻璃墙照进来，谢朔站在阳光下，良久没有出声。

隔着千万里，叶谙看不到他的人，也不知道他这一刻的反应，心却仿佛被什么攥住了，有些窒闷。她轻声说："你放心，爷爷没有生气，他尊重我们的决定。"

两个人都沐浴在光影中，一侧朝阳，一侧晚霞。半晌，谢朔终于开了口，却是无关的话题："我会尽量早点儿回去。"

叶谙不知道该说什么，干脆没有接话。两边都沉默下来。最后是钟覆的脚步声打破了僵局。

谢朔看了眼腕表，距跟合作方约好见面的时间只差五分钟了。他只好挂断电话，说："我现在有事，等回去再跟你聊。"

通话结束，叶谙握着手机，在原地愣神了许久。

叶谙陪老爷子吃过晚饭，让司机送自己回了公寓。

接连一个多星期的负荷工作，好不容易放个假，又来这么一遭，叶谙脑壳快要炸了。她回去洗完澡，倒头就睡。

谁知她刚合眼，手机又响了。她不情不愿地摸过一看，是叶远年。不用猜，肯定是为了她和谢朔离婚的事。

叶谙不想搭理他，将手机扔到一旁，继续睡。过了几分钟，手机再度响起，仿佛魔咒。到第三遍，叶谙终于受不了了，一脸烦躁地接通："喂？"

"谙谙，你跟谢朔怎么回事？"电话那头，叶远年的声音有些急切。

叶谙嘲讽地扯了下嘴角。到现在才打电话来问，他也不嫌晚。

"什么怎么回事？"她漫不经心地反问。

听她这个语气，叶远年越发急了："你们闹离婚的事，是不是真的？"

叶谙心里憋着火，突然有种直接告诉他已经离婚了的冲动。不过为了气他去撒谎，好像也不值当，想想还是算了。

“谙谙，你听爸爸的话，结婚不是儿戏，别使小性子。现在谢朔眼睛复明了，你好好跟他培养培养感情，千万别任性……”念叨了半天，一直没听见回应，叶远年顿了顿，又道，“你如果受了委屈，可以先回爸爸这里住两天。”

叶谙还是不说话。

叶远年意识到什么，问她：“谙谙，你是不是……一直在怨爸爸？”

叶谙垂眸，缓缓道：“没什么怨不怨的，这么多年，我没有爸爸也过来了。况且，我不是小孩子了，已经不需要这些了。”

血缘无法断，但恩怨可以两清。没想到她会突然说出这种话，叶远年变了脸色，嗫嚅道：“谙谙……”

“叶家我不会再回，至于我和谢朔，无论结婚还是离婚，都是我自己的事，与旁人无关。”叶谙不知道他这么着急修复父女关系，到底有几分是因为利益有几分是因为感情，也不想去深究，冷淡地说，“太晚了，我很困，先挂了。”

挂断电话，她直接将手机关机，扯过被子蒙住头，很快睡着了。

第二天上午，叶谙又接到了温若瑜的电话。温若瑜倒是没有直接问离婚的事，同她闲聊了几句，才委婉地进入正题。叶谙头痛欲裂，只能将跟老爷子说的话复述了一遍。

温若瑜显然不怎么相信，以为是谢朔又做了什么惹她不高兴的事，安抚她说：“他就那么个脾气，你别跟他计较，回头我替你说说他。”

叶谙动了动唇，咽回了到嘴边的解释。算了，还是让谢朔自己跟她说好了。

和温若瑜聊完，叶谙仰倒在沙发上，重重地舒了口气。同时暗自庆幸夏瑾不爱上网，不然还有的吵。她躺了一会儿，起来替自己收拾行李。

谢朔回国，是在叶谙出门旅游的第三天。从机场出来，他直接吩咐司机去叶谙所在的公寓那边。他没有提前通知叶谙，打算给她一个惊喜。

黑色轿车停在公寓楼下，谢朔下车，乘电梯上楼。然而，等他开门进屋，却发现里面空无一人。冷清之气扑面而来，四下里寂静无声，桌上摆的插花也已经枯萎了一半。

谢朔找了一圈，没找到人，拿出手机给叶谙打电话。

电话响了许久，久到谢朔差点儿以为她不肯接时，那边才传来熟悉的嗓音：“喂？”

谢朔轻声道：“我回国了。”

那边简短地回了个“嗯”字。

以前嫌她话多，现在却觉得她话太少。谢朔问：“你今天没休息？”

叶谙猜他是去公寓找她了，说：“我出去旅游了。”

上次是听她说过要出去旅游散心，谢朔又问：“在哪儿旅游？”

“你问这个干什么？”

“我过去找你。”

可能是海棠花开得灿烂，叶谙的心情也跟着好起来，难得起了几分逗弄他的兴致，故意说：“你猜？”

“给点儿提示。”

叶谙手指轻点着下巴，琢磨许久，说了一首诗名：“《春江花月夜》。”

谢朔凝眉沉思。

“提示已经很明显了，你猜不到的话，就算啦。”叶谙说完，挂断了电话。

她倒是没指望他能猜出来，有些事，他只怕早忘到了九霄云外。毕竟在他心里，她从来都是可有可无的。

翌日黄昏，谢朔踏入千月湖旁边二人蜜月时曾住过的民宿客栈时，叶谙正在院子里的长廊边逗弄一只小黑猫。

晚霞满天，院内海棠盛放，偶尔随风飘落一两瓣，拂过廊前。不知过了多久，叶谙终于察觉到什么，抬起了头。

这一瞬间，谢朔忽然想起复明时，第一眼见到她的情形：日光明暖，她回过头，唇边绽开一个笑，眉眼灼灼。

叶谙顿住，愣愣望着眼前熟悉的身影，差点儿以为自己产生了幻觉。她惊讶道：“你怎么来了？”

男人身形颀长，单手插着裤袋，立在春阳下，轻牵起嘴角，一贯冷峻的脸上浮开笑意，温柔道：“来见你。”

谢朔含笑的声音穿过晚风传入叶谙耳中。她望着他，愣怔了许久。

脚边的小猫受到冷落，不满地喵呜一声，无声走远了。谢朔迈开长腿走到长廊前，居高临下地看着她，修长干净的手伸至她眼前。

叶谙心口一颤，没搭他的手，自己扶着膝盖站了起来。他身上穿着一件白色衬衫，没打领带，领口扣子松开一粒，面上带着几分风尘仆仆的疲惫之色，明显是匆忙赶来的。

“公司不是有很多事要忙，你怎么跑这里来了？”叶谙问他。

谢朔收起空空的手掌，重新插兜，看着她清亮的眼睛，又说了一遍刚才的话：“来见你。”

这回离得近，连气息也能感受到。叶谙耳根发麻，无端脸一热。

“见我干什么？”她小声嘀咕一句，抬手拢了下头发，避开他的目光，假装去看院子里的海棠花。

身后突然传来客栈老板娘的声音：“你老公来了？”

这两天，叶谙一直住在客栈，老板娘的弟弟恰好是她的粉丝，两个人便熟稔了起来。

上回谢朔来的时候，眼睛还未复明，老板娘印象深刻，所以一眼就认出了他，好客地招呼：“晚饭已经好了，要不要给你加一份？”

叶谙转头，恰好对上谢朔瞥过来的眼神，不知怎么，她突然想任性一次，故意说：“不用，我们不在一起。”

她扬起一个笑，转身穿过长廊，往楼梯处走，一袭红色长裙，腰肢柔软，裙摆如水波轻漾。

“她隔壁还有房间吗？”谢朔看着她窈窕的背影，问老板娘。

老板娘露出为难的神情：“抱歉，隔壁的房间已经有客人订下了。”

叶谙走到自己订的房间门口，刷卡进去，刚要关门，突然看到跟过来的谢朔。

“我没订房间。”男人单手撑在门边，看起来颇有些可怜。

叶谙抑制住心软的冲动，说：“你现在订也不迟。”

谢朔直视着她的眸子，她回视过去。两个人就这样在门口对视了十几秒，最后，谢朔妥协，收回了手。

叶谙最后瞥他一眼，关上了房门。关门后，叶谙等了一会儿，没等到敲门声，又有些担忧。他堂堂总裁，身价过亿，况且都这么大人了，眼睛也好了，应该能找到住的地方吧？

没过多久，老板娘便让人将晚饭送了上来，叶谙将饭菜摆到阳台上，坐在桌子边，一个人开吃。

一直到夜幕降临，明月初升，谢朔都没再来找过她。叶谙收拾了碗筷，越想越不放心，于是假装出门散步，踩着木质楼梯下了楼。

月色下海棠依旧，有三三两两的游客走过，却唯独不见谢朔的人影。难不成他因为刚刚被拒之门外，一怒之下又回去了？

也太小气了吧？老板娘不在，叶谙也没法询问，只能重新上楼，回到房间。阳台上悬挂的是仿古宫灯，她拿着手机走到阳台上，倚着扶栏，长发被风拂起。手机突然嘀咚两声，她低头，看到一条微信消息，是谢朔发的："转头，看左边。"

叶谙下意识扭头。月色下，一道熟悉的身影映入眼帘，窄腰长腿，气质高贵。客栈相邻的房间阳台只隔了一段距离，阳台侧边有栅栏设计，上面爬满藤蔓。她明明记得，隔壁已经被人订下了呀！

"你这间房不是有人吗？"叶谙瞪大眼。

"我多出了一倍的价。"谢朔勾唇一笑，眼神里明明白白写着一句话——有钱可以为所欲为。

叶谙瞬间无语。

"怎么想着来这里旅游？"谢朔忽然问。

远处千月湖湖水荡漾，泛开细碎的波光，叶谙抬头远眺，随口答道："这里人少，风景也不错，就过来了。"

谢朔问："上回没玩尽兴？"

叶谙心道：上次来光顾着照料你这位大少爷，哪有机会玩尽兴？

她撑着下巴说："季节不一样，风景也不一样。"

谢朔停顿两秒，抛出一句："我还以为，你是想再度一次蜜月。"

叶谙下意识反驳："我一个人跟谁度蜜月？"话音一落，她就恨不得捂住自己的嘴。

果然，谢朔看着她，露出了似笑非笑的表情，仿佛在说：我这不是来了吗？叶谙闭上嘴，扭过脸不再理他。

谢朔立在扶栏边，顺着她的视线望向远处的湖光月色，静默片刻，忽然又问："今晚的月色好，还是那晚的月色好？"

叶谙微怔。她以为很多事他早已不记得了。

"那晚的好一点儿。"半晌，叶谙说。

谢朔望着她，还想说什么，兜里的手机突然响了。他掏出来看了一眼，微微蹙眉，点下接听键，转过身背向一旁。

夜风清凉，将他的声音传入耳中，像是在说公司的项目。叶谙听了片刻，觉得有些困，便进了屋。

收拾衣服洗完澡，上床坐下，她摸过手机，上面有一条谢朔的新消息："睡了？"

叶谙靠在床头，看着手机上的消息，指尖停顿了一会儿，回复：

“还没。”

“明天有什么计划？”

“去爬山。”

“好，早点儿睡，晚安。”

叶谙没再回复，放下手机，抱着双腿发呆。

这几天，她一个人出来散心，认真梳理了一下她和谢朔之间的种种。既然感情上无法做到彻底割断，那就干脆顺其自然吧。与其一直纠结，倒不如放轻松一点儿。

翌日一早，天蒙蒙亮，叶谙被闹钟闹醒，迷糊了几秒钟，从床上爬起来，进卫生间洗漱。她没有特地发消息叫谢朔，换好衣服就出了屋。谁知刚打开门，她就看见一个熟悉的身影立在楼道里，似乎已经等了一会儿。

谢朔这天没穿衬衣西裤，换了一身休闲运动装，比起平日多了几分平易近人的气质，看着干净又帅气。叶谙鲜少见他这样打扮，不免多看了两眼。

谢朔也在看她，她这天同样穿的一身运动装，长发扎了起来，头上还戴了一顶杏色的遮阳帽，红唇娇艳，朝气蓬勃。谢朔道了声“早”，伸手去接她手里的背包。

叶谙没推拒，大大方方将背包交给他，同他一起往楼下走。

春末夏初，山间阳光明媚，草木葱茏，野花随风招展。上回过来，顾虑到谢朔眼睛看不见，叶谙没敢爬山，这回总算可以弥补遗憾。两个人一路从山脚爬到山顶，在山顶吃了些东西，趁着还有力气，又往山下走。

下山后，两个人坐车回到客栈。

叶谙精疲力尽地进了屋，换上拖鞋，倒在沙发上。她身上黏黏糊糊的，脚也疼得厉害，躺了一会儿就收拾衣服去洗澡。洗完澡，她换了条宽松的睡裙，开了落地窗，重新躺倒在沙发上。刚躺下，门突然被敲响，她不大情愿地起身，趿着鞋过去开门。

谢朔站在门外，换了件白色长袖，额角碎发半湿，显然也刚洗完澡，身上还残留着沐浴露的香味。

叶谙没管他，自顾自转身。谢朔端着一盒洗好的水果进屋，放在茶几上，又拿出一支不知道从哪里弄来的药膏，问她：“脚还疼吗？”

叶谙躺在沙发上，听见这句，愣了下，问：“你哪来的药膏？”

谢朔没回答，走到她身边。民宿里的沙发不是很大，叶谙将两条细白的长腿搭在上面，几乎没给他留坐的位置。

谢朔只好弯腰，一只手撑着沙发边缘，一只手去握她的脚踝。他的指尖碰触到皮肤，叶谙忙缩回了腿，稍微往后挪了挪，说："没磨破皮，不用涂药。"

谢朔顺势在她腾出的空位处坐下，说："我看看。"

叶谙又往旁边缩了缩，坚决不肯："说了没事。"

谢朔扫了一眼她白皙的脚趾，没再勉强，将药膏放到一旁。

叶谙抬头说："你不用回房睡会儿午觉吗？"

谢朔刚要说什么，兜里手机忽然又响了。他掏出一看，神情恢复了平日的冷冽严肃，起身走到阳台上接听。

叶谙隐约听见一些内容，依旧是公司的事。这人还真是事务繁忙，半刻都不得闲。叶谙换了个姿势，趴在沙发上，用胳膊枕着下巴，望着窗外男人修长挺拔的身影，默默感叹：腿真长。

阳光从窗外照进来，她侧了侧脸，有些昏昏欲睡，眼皮直往下耷拉。

这通电话打得有点儿久，约莫半个小时后，谢朔才从阳台上回屋，站在她面前，征询意见："下午去泡温泉？"

他这是想把蜜月做过的事情再重新走一遍吗？

叶谙想起上回泡温泉发生的一系列尴尬事件，摇了摇头，道："不去了，我有点儿累，想睡会儿。"

以前他眼睛看不见，泡温泉还没什么，现在再一起泡温泉，总觉得过于暧昧。叶谙掀起眼皮，见他一直站着不动，懒懒地说："你有事就去忙你的，不用管我。"

谢朔看了她片刻，确认她没有不高兴，说道："那你好好休息，醒了给我发个消息。"

叶谙没应声，合上了眼。谢朔转身出屋，回到自己的房间。

午后日光倾斜，叶谙这一睡，就睡了一个下午。

谢朔远不如她清闲，连开了两个视频会议，等到五点多才靠着沙发眯了一会儿。将近六点的时候，他看了一眼手机，仍旧没收到叶谙的任何消息，于是起身出了屋。

隔壁门虚掩着，谢朔刚走到门口，就听见里头传来说笑声——除了叶谙的声音，还有一个年轻男生的声音。

谢朔蹙了蹙眉，伸手将门推开，只见叶谙抱着抱枕坐在沙发上，正和面前的少年在说话，脸上笑容灿烂。

少年瘦瘦高高，十八九岁模样，看着干净青涩，一口一个“姐姐”，眼神里满是崇拜。

谢朔眉头微蹙，抬手敲了敲门。叶谙勾起身子往门口看，少年也转过头来。他看了看谢朔，又回头看了眼忽然愣住的叶谙，识趣地离开。

少年走后，房间里安静下来，谢朔的脸色稍稍缓和了些。叶谙看了看他，想起上回来哄了他半天他才肯吃她买的东西，于是故意忽略掉他，将饭菜摆到阳台上，自己一个人坐下。

谢朔在房间里站立片刻，大步走到她旁边坐下，直接伸手拿起了其中一双筷子。

叶谙抬头，说：“我好像没有邀请你一起吧？”

谢朔仿佛没听见她的话，自顾自开始端起碗吃饭，完全不把自己当外人。看他这样，叶谙不由莞尔，懒得跟他计较，也拿起了筷子。

吃完晚饭，时间还早，谢朔问：“要不要出去走走？”

夜幕将落未落，暮色覆在他脸上，衬得眉眼有些模糊。以前都是她千方百计哄他出门，想不到还有他主动的一天。

叶谙心软了些，说：“腿还疼，不想走太远，就去楼下吧。”

两个人下了楼，院子里暗香浮动，出来散步的人不少，一不留神就能撞上一两个。谢朔抬起胳膊，虚虚将她揽在怀中，避开其他人的接触。

老板娘养的那只小黑猫跑过来，喵呜一声，在叶谙脚边蹭了两下。叶谙蹲身，开心地摸了摸它。谢朔站在她身后，看着她。

小黑猫叫了两声，又跑远了。叶谙站起身，可能因为蹲得太久，再加上腿本来就酸，她一个踉跄往后倒去，恰好撞入了谢朔怀中。

谢朔揽住她的腰，将她搂在身前。熟悉的清冷气息拂过鼻间，叶谙抬头，恰好对上他幽深的眸子。月色胧明，身侧海棠香气飘散，气氛陡然添了暧昧。

谢朔搂着她，低声问：“什么时候回去？”

叶谙压下心里的悸动，推开他，答非所问：“你有事的话，可以先回去。”说完，她转过身，继续往前走。

谢朔看着夜色下她纤细的背影，微微叹了口气，认命般跟了上去。

翌日，谢朔照旧早起，去隔壁找叶谙，进屋却发现她在收拾行李。

谢朔一愣。叶谙故意不看他，将行李箱合上，起身说：“我玩累了，准备回去，你随意。”

她推着行李箱，绕过他准备往外走。谢朔拽住她的胳膊，从她手里接过行李箱的拉杆，唇边露出一丝笑意，说：“先去吃早饭，我让司机过来。”

叶谙不置可否，不过却松开了手。

吃过早饭，两个人坐车离开。

回程的路上，叶谙透过车窗，忽然看见了上回两个人祈福的那个寺庙。她想起什么，心下一动，冲司机道：“停下车。”

谢朔问：“怎么了？”

叶谙转过头，道：“你的眼睛好了，要不要进去还个愿？”

这次谢朔倒是没有表现出明显的排斥，陪着她下车，进去上香还了愿。出来时，两个人再次路过上回那个求签的摊位。

叶谙顿时起了兴致，问他：“要不要再求一次签？”

谢朔抬头，本想拒绝，但看她一脸兴致勃勃，怕扫了她的兴，便同意了。

他的眼睛已经好了，不用再求复明，叶谙看着他，想了想，忽然勾起嘴角，狡黠一笑，说：“这次求姻缘吧。”

谢朔瞥她一眼，抬手从签筒里抽了一支签。叶谙接过来一看，签上写着苍劲有力的四个字——天道酬勤。

两个人都没有出声。短暂的静默后，叶谙扑哧笑出了声，谢朔一张俊脸则黑成了锅底。

第十八章 重新追求

回到车上，叶谙乐了好一会儿。

但由于天气暖和，人总容易犯困，于是没过多久，她的眼皮就开始往下耷拉，脑袋也往旁边歪，最后终于支撑不住，靠在了谢朔肩头。

迷迷糊糊中，她闻到他身上熟悉的气息，像是两个人还同床共枕时，她每晚睡着睡着，就滚到了他的怀里。谢朔低眸看了看她，须臾，也合上了眼。

回到公寓，已经是下午三点。谢朔刚进门，就接到一个电话。叶谙将行李箱推进卧室，将里面的衣服分类整理好，挂起来。

不一会儿，谢朔出现在卧室门口，冲她道：“爷爷说，让我们明天去他那边一趟。”

叶谙抬头看他一眼，心道：恐怕是让你过去吧。“上午还是下午？”叶谙没戳破他，继续整理衣服。

“下午。”谢朔停顿了一会儿，又说，“爸和妈今晚回来。”

叶谙动作一顿。不用说，肯定是因为他们离婚的事。过了几天什么都不用想什么都不用面对的悠闲日子，差点儿让她把一切都抛到了九霄云外。

叶谙垂眼看着手里的裙子，良久没有应声。谢朔站在门口，等着她。须臾，手机再次振动，这回是钟覆的电话。谢朔接通，转身走回客厅。

等叶谙整理好衣服，从卧室出来，谢朔刚好挂断电话。见他还没有离开的迹象，叶谙问：“你不回公司？”

谢朔收起手机，说：“不急。”

一个电话一个电话地接，还不急。叶谙叹了口气，起身说："你去忙吧，明天我陪你过去。"

谢朔这才放心离开。

晚上，他直接回了谢宅。谢柏言和温若瑜刚刚到家，连行李都还没收拾好。见他一个人回来，温若瑜问："谙谙呢？"

谢朔一脸疲惫，说："她说明天再过来看你们。"

温若瑜微愣："你们分居了？"

谢朔没否认，在沙发上坐下。温若瑜原本以为他们就是闹闹小矛盾，没想到竟然已经到了这么严重的地步。她皱了皱眉，见他脸上没有半分喜色，问道："阿朔，你到底是怎么想的？"

谢柏言坐在一旁，也觑了他一眼。

谢朔抬起头，答道："是她要离。"

合着闹了半天，真是儿媳妇要离？温若瑜问："那你呢？你是怎么想的？"

谢朔道："我不想离。"

"不想离你之前对她那个态度？"

谢朔无话可说，捏了捏眉心。

温若瑜看不得他这副样子，说道："好了，这不还没离吗？把人追回来就行了。"

谢朔没说话，在沙发上坐了一会儿，起身上了楼。温若瑜看着他冷清的背影，不免有些发愁，她这个儿子，自小优秀，什么都好，就是这个性子，唉！

回到卧室，谢朔在窗前坐下，单手撑住额角。房间里空荡荡的，安静又冷清，自从叶谙搬走之后，这里好像就没了生气，连阳台上的花草都无精打采。恍惚间，他的耳边仿佛又响起她的声音，鲜活肆意。

夜色渐深，窗外月影浮动。坐了许久，谢朔拿起手机上网看了看，几天前的那场离婚传闻已然销声匿迹，也被网友们忘到了九霄云外。他搜索到叶谙的微博主页，点进去，发现她最新的一条微博还是半个多月前发的，为的是给一个节目做宣传。为了这个，她特意录制了一条语音。

谢朔点开语音，是配的一句台词，跟她平常说话的腔调不太像，刻意调整得甜美了些。

听完语音，他继续往下翻了翻，叶谙发的私人生活信息很少，大多都是关于配音作品的宣传。翻到某条时，他的指尖忽然一顿。一张照片猝不及防地映入眼帘。

照片上是两只交握的手，无名指上戴着成对的婚戒，旁边搁着一朵红色玫瑰，画面拍得唯美浪漫，还特意加了光影滤镜。

谢朔微微一怔，脑中蓦地闪过许多只有声音没有画面的黑暗场景。那时候的她，是怀着怎样的心情做这些事的？谢朔抬头，看向落地窗外零星的灯火。忽然间，他想通了一些事情。

这段婚姻，开端是一场交易，中间是他长达一年的冷暴力，对她来说，没有一星半点儿美好记忆，难怪她过不了那个坎，始终不愿意信他。

翌日，叶谙早起去了工作室，面试一个应聘她助理的小姑娘。

面试完，项泉顶着一张熬夜过度的沧桑脸过来找她，问："感觉怎么样？"

叶谙点点头，回道："还可以，让人事早点安排她入职吧。"

"好。"项泉将一份资料递给她，说，"最近有部动画电影在找角色配音，投资还不错，你看看，有没有兴趣。"

叶谙伸手接过，扫了一眼，问："谈好了？"

项泉靠在桌子旁边，说："差不多了，只看你这边的时间。"

自从上次那档配音节目播出之后，叶谙的名气和身价涨了不少，基本不用再去刻意争什么资源，就有合作方主动找上门，甚至连问她愿不愿意转行拍戏的都有。

"那就签吧。"

下午，叶谙一直待在办公室看剧本台词。五点左右，她接到谢朔的电话。

"什么时候下班？"

叶谙说："你先过去吧，不用来接我。"

"我在你工作室外面，你什么时候好了就下来。"

叶谙愣了一下，连忙收拾好东西，到洗手间补了个妆，挽着包下楼了。

刚出大楼，就见前面停着一辆熟悉的车，车窗降下一半，露出谢朔冷峻的侧脸。叶谙走过去，弯腰上车，看到车座上放着一束火红的玫瑰花，娇艳欲滴。她微微一怔，下意识抬头看向谢朔。

男人一贯淡漠的脸上露出笑意，将花递给她。叶谙沉默着接过，将花抱在怀里。黄昏霞彩满天，她侧过脸，看向车窗外，一路无话。

两个人到老宅的时候，温若瑜和谢柏言早已经到了，正在客厅里陪老爷子说话。

“谙谙。”见到叶谙，温若瑜仍旧满脸笑容。

叶谙却有些不自在，勉强挤出一个笑，没像往常那样称呼她。叶谙本来十分纠结该怎么把事情彻底说清楚，谁知他们仿佛忘记了这件事，全程都没有提及一句。温若瑜甚至笑着同她聊了聊度假的趣闻，让她有时间也跟着一起去散散心。

饭桌上，叶谙几度想开口，却始终没找到合适的机会。晚饭过后，两个人没有急着离开，去了花园散步。夜风轻柔拂过，隐隐能听见虫鸣声。

叶谙走了一段路，皱眉问谢朔：“你是不是事先跟他们说什么了？”

谢朔偏头看她，道：“我跟他们说，会把你追回来。”

她实在难以想象，他对着谢柏言他们说要追她这种话，真不要面子了吗？但不得不承认，这一刻，她的心乱了。她避开他的目光，继续往前走，手腕突然被拉住。

“谙谙。”谢朔看着她，认真地说，“以前是我不对，从今天起，我重新追你。”

叶谙停住脚步，回过头，对上他认真的眼神时，心口扑通一跳。脚边的灯如月色晕开，谢朔冷峻的眉眼浸在月色里，透着些许温柔。像是当初春夜寒雨中，她踽踽独行，他降下车窗时望过来的那一眼。

他这样看她的时候，她的抵抗力基本为零。

谢朔迟迟没有再说话，只是看着她。许久，叶谙问：“如果，你追不上呢？”

谢朔先是一愣，随后笑了。他松开她，往旁边的石桌前闲闲一倚，随后解开衬衣袖扣，露出半截手腕，抬头看着她，勾起嘴角，说：“那就试试。”

他笑着看她，眉眼间神采卓然，像是她初遇他那年，意气风发的模样。叶谙顿时心跳如擂鼓，无数光影从她眼前掠过又消散，最后留下的，仍旧只有他。

许久，叶谙也扬唇笑开，眼底光彩灼灼，道：“好哇，那就试试。”

既然无法欺骗自己，不如从头开始。她望着他，挑衅似的挑了挑眉，笑道：“我可没那么好追。”说完，她抬步往一旁走去。

谢朔嘴角噙笑，等她走出一段距离才不紧不慢地跟了上去。星河广阔，连日来的阴霾都散在了晚风中。

把话说开后，叶谙整个人都轻松了许多。

谢朔也当真摆出了追她的架势，隔天傍晚六点，准时在她工作室楼下等她。这回他没坐在车内，而是倚着车门，窄腰长腿，气质不凡，独成一道风景。

叶谙和施双双他们从工作室出来，看见他，脚下一顿。施双双搭着叶谙的肩膀，揶揄一笑：“这不是你老公吗？”

众人迅速将八卦的目光投到叶谙身上。虽然网上众说纷纭，但私下里大家还是对她是否离婚存了点儿八卦的小心思，毕竟从没见过正主秀恩爱。

这下亲眼所见，都有点儿难以置信。叶谙无端有些脸热，顿了一会儿才走上前，想起他现在还在追求阶段，故意抬了抬下巴，用其他人听不见的声音说：“如果你是来约我吃饭的话，恐怕来晚了，我已经答应跟他们一起去聚餐了。”

谢朔闻言，看了她两眼，视线扫向她身后，神色淡淡。不用他开口，众人就立刻心领神会互相推搡着往一旁走去，还冲叶谙挥了挥手：“谙谙，我们先走了。”

叶谙无语，一群没有骨气的人！

谢朔嘴角噙笑，重新看向她。叶谙有些气闷，觉得不能这么轻易让他得逞，转身欲走。

谢朔拽住她的手腕，将她拉至身前，低声说：“真要走？”

温热的气息拂过耳畔，叶谙对上他的眸子，心下微微一动。

晚高峰，夕阳绚丽，园区内人来人往，一直这样站着容易引人注目，搞不好明天就会上个头条或者热搜。叶谙没跟谢朔闹，任由他半搂着上了车。

车座上仍旧放着一束新鲜的玫瑰，馨香淡淡。

叶谙将花抱在怀里，抬手拨弄了一下花瓣，说：“你别天天送花了，家里没那么多花瓶。”

谢朔侧头，微微一笑，道：“那就只放一天。”

叶谙横他一眼，嘟囔道：“暴殄天物。”

谢朔笑了笑，目光往下挪，落在她白皙纤柔的手上。他伸手，将她的手握入掌中，轻轻捏了捏。

叶谙看着他的动作，忽然将手抽出，扬起一个纯良无辜的笑，道："在你还没有追上我之前，牵手都算逾矩。"

一直到晚餐结束，谢朔都没能再碰到她一根指头。

用餐的位置靠窗，窗外花木掩映，空气中散开淡淡的鸢尾香。吃完饭，两个人四处走了走。注意到谢朔频繁朝自己投来的目光，叶谙忽然想起他以前冷淡的模样和对自己的嫌弃，于是故意假装看不见。

回到公寓，差不多九点。夜风柔软，熏得眉眼也温柔了几分，这回谢朔倒是君子得很，没有找借口留宿，只在走之前发出邀约："明天晚上有个朋友聚会，你陪我一起去？"

"什么朋友？"

"江时衍他们。"

看在他这天表现还可以的分儿上，叶谙没再拒绝，大发慈悲地应下了。

"明天下午我过来接你。"谢朔看着她，顿了顿，温柔道，"早点儿睡，晚安。"

叶谙送他到门口，见他脚步缓慢，好像有点儿遗憾，于是抬手轻轻拍了下他的肩。

谢朔回头，一个柔软的身体忽然靠了过来，带着熟悉的淡香。

"不能牵手，但可以给你抱一下。"叶谙极轻地抱了他一下，道，"晚安。"

随后她没给他反应的时间，飞快缩回去，关上了门。谢朔微怔，看着紧闭的房门，须臾，勾起了嘴角。此时的他怎么也没想到，这个蜻蜓点水般的拥抱，将会是接下来一周，两个人最亲密的时刻。

次日下午，谢朔提前开完会，正准备去接人，突然接到了叶谙的电话，说是工作室那边临时有个访谈，跟最新的一档节目有关，结束后会比较晚，恐怕没时间陪他去参加聚会。

"要不你把地址给我，如果访谈结束还来得及的话，我再过去？"电话那头，叶谙的语气有点儿心虚。

谢朔站在办公室的落地窗前，眉头微微蹙起。

"谙谙姐！"电话那头有人在喊。

"要开始了，我回头再跟你说。"叶谙顾不上和他多说，急匆匆挂断了电话。

夕阳从窗外照进来，谢朔站了半晌，最后只能揉了揉眉心，独自一人去参加聚会。席间觥筹交错，江时衍和言斐都在。江时衍带着褚南容，言斐带着庄以念，一众人谈笑风生。

江时衍见谢朔身边的位置空着，挑了挑眉，笑得幸灾乐祸："怎么没带你家叶谙过来，真跑了呀？"

谢朔冷冷瞥他一眼，没搭理他，端起面前的茶抿了一口。

江时衍拍了拍他的肩，仗义道："要不要我传授点儿经验给你？"

大概是受不了他的聒噪，谢朔终于回击了一句："你很有经验？"

江时衍顿时语塞。当晚，叶谙没等谢朔去接，自己回了公寓。谢朔接到她已经到家的电话，便没再过去打扰。

忙完访谈的事，叶谙随即又接下了一部动画电影的配音和片尾曲工作。电影那边急着赶工，试音通过之后，她马不停蹄地投入到了配音工作当中。

这样一来，除了晚上下班的时候接她回去，谢朔几乎整天见不到她人，更别提促进感情了。他自己公司这边事情也多，又没法时时顾着，偶尔抽空约个饭，也是匆匆忙忙。

谢朔有些头疼，照这样下去，只怕到明年都没法追回她。叶谙完全没心思想这些，她每天在录音棚闷得头昏脑涨，嗓子冒烟。好在电影配音耗费的时间不像电视剧那么长，一周后，她总算完了工。

完工后，她直接瘫了一下午，正准备请个长假时，项泉突然找到了她："有个新任务，内容还算轻松，也不用早起晚睡赶工，就是不知道你愿不愿意接。"

看他一脸纠结的表情，叶谙有些纳闷，问："什么剧本，给我看看？"

项泉道："不是剧本，是袁总那边有位朋友，说很喜欢你的声音，想见见你……"

叶谙立刻向后一缩，道："我结婚了的。"

项泉轻咳一声，解释道："是想请你去当一个月私人助理，替他读读书念念文件，吃住全包，其他什么都不用干。"

叶谙听得满头问号，居然还有人有这种服务需求？

项泉顿了顿，又补充："日薪一万。"

叶谙估摸着袁禾的这位朋友可能是某位上了年纪的富豪，又恰好是声控晚期，视力不好，太过寂寞，迫切地想找人说说话。

“袁总说，他这位朋友绝对可靠，如果你不放心的话，明天他亲自过来跟你谈。”项泉说。

叶谙已经在脑子里臆想出了一位白发苍苍视力模糊的老先生形象。她倒不担心袁禾会坑她，毕竟她现在明面上还是他们的总裁夫人，只是……总觉得这份工作有哪里不对劲儿。

“我考虑一下，回头再说。”碍于袁禾的面子，叶谙没有直接拒绝。

“行，你考虑好了跟我说一声，我去回复。”项泉说完就离开了。

办公室外，斜阳向晚，天边暮色似锦，叶谙看了一眼时间，临近六点。她拿起手机，并没有谢朔的新消息。叶谙翻到他的电话，抿唇纠结半天，迟迟没有拨通。虽说约定好他重新追她，但毕竟之前放了他鸽子，现在主动打个电话也算应该吧？

她正犹豫着，谢朔就打了过来。

叶谙心口无端一松，飞快点下接听键。接通后，她又觉得自己太沉不住气，不由得有点儿懊恼。她将手机放在耳边，轻轻拨弄着桌上的一支笔，没有说话，等着他先开口。

“下班没？”谢朔低沉的嗓音传入耳中。

叶谙装出风轻云淡的样子，说：“刚下班。”

“一起去吃饭？我在你工作室楼下。”

叶谙停顿了两秒，道：“你等会儿。”

她收拾好东西，特意去洗手间补了个妆，理了理头发，才下楼。

谢朔那辆熟悉的车果然停在路边。夕阳下碎光闪烁，他坐在车内，照旧开了半扇窗，侧颜轮廓精致如工笔画。

算起来他们也有好几天没一起吃饭了，叶谙恍惚了一瞬，走过去。

“录完了？”见她上车，谢朔偏头问。

叶谙点头答道：“嗯，可以休息两天了。”

她说完，看了他一眼，等着他开口说有什么安排，比如约她去哪里玩，然而等了半天，也不见他有任何反应。

叶谙不由有些郁闷，侧过脸望向车窗外。

直到进餐厅包间坐好，谢朔才说：“我下周要出差。”

叶谙一愣，好不容易她空下来了，他又要走了。不过她早已经习惯，也没露出太意外的表情，随口问了句去哪里出差。

谢朔说了地方，问她：“你陪我一起过去？”

叶谙拿起筷子，抬头说：“你出差，我跟你去干什么？”

谢朔没再言语。

吃到一半，叶谙忽然想起先前项泉跟她说的事，忍不住当成趣事说给他听：“你知道吗？有个人可奇怪了，居然想请我过去当私人助理，专门给他读书，还出了日薪一万的高价。”

谢朔闻言抬头，看向她：“是吗？那你答应了没？”

叶谙夹了一块鱼片到碗里，说：“还没，不是很感兴趣。”

谢朔眼底闪过一丝异色，问：“为什么？”

叶谙说：“去给这种年纪大的老人家当私助，风险比较大，万一出点什么事，或者对方脾气太差，后续会很麻烦。”

谢朔握筷子的手指顿了顿，表情变得有些古怪，忍不住道：“你怎么就知道对方是个年纪大的老人家？”

叶谙抬头，答道：“不用猜就知道哇，否则的话，他为什么要花这么大价钱请人替他读书？肯定是年纪大了，眼睛不好使，才想找人帮忙。”她顿了顿，又说：“不过还是有些奇怪，他那么有钱，干吗不直接用 AI 呢？”

谢朔沉默片刻，说：“兴许是觉得你的声音好听。你要是有时间，不妨试一试。”

没想到他会劝自己接这种任务，叶谙诧异地看了他一眼。谢朔避开她的目光，贴心地替她夹了一块小排。看着碗里的小排，叶谙也没过多纠结，自动翻过了这一页。

当晚，临睡之前，叶谙躺在床上，闭眼的刹那，不知怎么，脑子里突然闪过吃饭时谢朔反常的表情，一个念头也随之冒出。

第二天上午，袁禾竟然亲自过来跟她谈这件事，大有豁出脸面求她答应的架势，他说：“就一个月时间，无论你有什么要求，都可以商量。”

叶谙心底那股不对劲儿的感觉又上来了。她沉思着，脑中再次闪过昨晚临睡前的某个念头。片刻后，她看向袁禾，问道：“我能先知道，对方叫什么名字吗？”

“他姓温。”似乎猜到她会问，袁禾也没遮遮掩掩，直接将拟好的合同递给了她，“这是初步拟定的合同。”

叶谙接过合同仔细查阅，上面只写了对方的姓名，并未说年纪，也没说身份职业，神秘得很。

但是对方姓温。看见这个姓氏，叶谙眸光微闪。她沉吟片刻，想到什么，嘴角勾起弧度，抬头笑道：“好哇，合同我可以签，不过我想先见见这位温先生。”

袁禾愣了一下。

叶谙将合同放下，纤细的手指按在纸张上，笑得眉眼弯弯，温和道：“这个要求，应该不过分吧？”

袁禾似乎有点儿为难，迟疑了几秒钟，说：“应该可以，我去问问。”

袁禾走后，新招的助理小姑娘过来敲了敲门，叫了声：“谙谙姐。”

小姑娘进来，告诉她刚配的那部动画电影后期出了点儿问题，需要补录调整。叶谙抬起头，温和道：“嗯，我知道了，等会儿就过去。”

当天下午，叶谙赶到录音棚，配合补录，结果一直工作到了晚上九点。

叶谙从大楼里出来，才发现外面在下雨，夜风裹挟着湿意扑面而来。她站在台阶上，拿出手机准备打车，忽然，旁边响起一个声音：“叶谙？”

叶谙扭头，竟然看到了许久未见的蒋宇赫。自从叶谙公开结婚的事之后，他们就几乎没再联系过了。

“好久不见。”蒋宇赫微微笑道。

叶谙也笑了笑：“好久不见。”

气氛有些尴尬，蒋宇赫撑开伞罩在她头顶，问道：“你一个人吗？”

叶谙点点头。蒋宇赫想起前阵子网上关于她离婚的传闻，想问点儿什么，又不好直接开口，最后道：“这么晚了，你一个人不安全，我送你吧。”

“不用了，我自己回去就行。”叶谙话音刚落，冷不防看到不远处停着一辆熟悉的车。

随后，一个熟悉的人影也映入眼帘。谢朔撑着伞站在车前，面色阴郁，不知已经等了多久。

夜雨清寒，男人身形修长，目光深沉。还没等她回过神，谢朔就已经大步往前，拽住她的胳膊，一把将她拉到了怀里。

熟悉的清冷气息侵入鼻间，叶谙愣怔抬头，问：“你怎么来了？”

谢朔低声道：“来接你回家。”

说完，他抬头望向蒋宇赫，目光意味不明。叶谙顺着他的目光望过去，介绍说：“这是我大学时候的学长，蒋宇赫。”

蒋宇赫对上面前男人的眼神，再看了看他揽在叶谙肩头的手，不太自然地一笑："你好。"

谢朔看着他，淡声道："你好。"说完，谢朔又低头看向叶谙，将她揽得更紧，一秒换了柔和的表情，问："冷不冷？"

叶谙沉默了，心道：你这嘘寒问暖的方式，未免也太刻意了吧？

不等她再说什么，谢朔就揽着她转身，往停车的地方走。

路灯昏暗，细雨迷蒙，他一只手撑伞，另一只手扣在她的肩头，用了很大的力气。叶谙的肩骨被他扣得有些难受，忍不住挣了挣，没想到这一挣，倒让他扣得更紧了，还低眸瞥了她一眼。

叶谙莫名其妙，不知道他又发什么大少爷脾气。不过冰凉夜雨下，他怀里倒是挺暖和。

上车后，谢朔仍旧阴沉着脸，一言不发。叶谙瞅他一眼，反应过来什么，不由想笑。想起以前他对自己的冷淡态度，她故意说："我不是说不用过来接我吗？"

谢朔偏过头，答非所问："你跟他一起配音？"

叶谙装傻："你说哪个他？跟我一起配音的人太多了，我不知道你说的谁。"

谢朔的脸色登时更难看了。叶谙的心情却愉悦起来，一天的疲惫也仿佛得到了缓解。她看了看他，忽然靠近他那边，勾起嘴角，低声道："早跟你说了，我很难追的。"

她狡黠的眸子里横波流转，谢朔顺势揽住她的腰，将她扣在怀中。叶谙伸出手指，戳了戳他的胸膛，说："松手，你越线了。"

谢朔没动，看她片刻，忽然低头去亲她。她故意别过脸，不让他亲。

司机目不斜视，适时降下了挡板。

叶谙登时耳根一热，抬头瞪着谢朔："你干什么？"

谢朔微微一笑，松开了手。叶谙坐回原位，理了理衣服。过了一会儿，她忽然又说："我饿了，想吃夜宵。"

谢朔看了她一眼，正要吩咐司机找家餐厅停下，却被她截断："不在外面吃。"

叶谙歪头，扬了扬下巴，补充道："要你亲手做的。"

谢朔看着她，停顿了几秒钟，问道："想吃什么？"

叶谙想了想，说："回去看看冰箱里有什么。"

回到公寓，谢朔摘了腕表，径直往厨房走。叶谙小步跟在他身后，眼睛里闪着光，惊喜道："你真给我做消夜呀？"

谢朔在冰箱前停下，转过头，说："不一定好吃。"

叶谙的重点不在味道上面，她摆了摆手，说："没关系，能吃就行，我才不像你那样挑剔。"

谢朔打开冰箱门，里面几乎没什么新鲜菜，只有一些面条、鸡蛋之类的东西。

"我下楼去买点儿菜。"谢朔将冰箱门重新关上。

叶谙忙拉住他："不用了，这么晚了你上哪儿买菜去？就吃面条吧，给我卧两个荷包蛋。"

"要求这么低？"

"那是因为我对你抱的期待很低。"

谢朔愣了一下。

叶谙催促他："快点儿，我都快饿过头了。"

谢朔从冰箱里拿出面条、鸡蛋和一把小葱放到料理台上，随后又取了围裙戴上。叶谙亦步亦趋地跟在他身后，主动替他系好围裙后面的系带。

谢朔打开水龙头，将锅放到水池里刷洗，说："帮我卷一下袖子。"

叶谙抬手替他卷起衣袖，露出半截结实的小臂。她一直在身后探头探脑，气息时不时拂过后颈，他有点儿受影响，转头道："你先去客厅休息，好了我叫你。"

叶谙不放心地看着他："你能行吗？"

煮个面条而已，他还能把厨房炸了吗？

"你在这里会影响我。"谢朔关掉水龙头。

叶谙不解："我又不动手，怎么就影响你了？"

谢朔斜眼瞥她："会分神。"

好吧，原本她还想欣赏一下大少爷下厨的样子呢。叶谙恋恋不舍地看了他两眼，转身往外走。走到厨房门口时，她又想起什么，回头提醒道："少下点儿面条，我吃不了多少。"

叶谙回到客厅，在沙发上坐下。她也没心思干别的，用手撑着下巴，看向厨房里忙碌的身影。

窗外夜雨沙沙，像一首连绵的曲子，淌过心田。面条煮起来很快，没过多久，谢朔就端着一碗面出来。碗里，两个金黄色的荷包蛋卧在最上面，一把小葱点缀，卖相看起来还不错，闻着也香。

叶谙接过筷子，冲他道："你再去拿个碗来，我吃不了这么多，分你一些。”

谢朔道：“我不饿。”

“不饿也可以吃呀，尝尝你自己的手艺。”

看她眼底含光，谢朔没扫她的兴，起身拿了碗筷过来。

叶谙先给他挑了点儿面条，又十分大方地匀了个荷包蛋给他：“一人一个。”

分完，她端起碗，尝了一口面条，有些惊讶。味道居然还不错，看来大少爷也不像她想的那样四体不勤五谷不分。

“怎么样？”对面响起谢朔的声音。

她弯了下唇，说：“还可以，你自己尝一下就知道了。”

叶谙其实不怎么饿，吵着要吃夜宵不过是想让他为自己下厨而已，所以吃了半碗就有点儿撑了。她喝了一口汤，放下筷子，道：“我吃饱了。”

谢朔比她吃得更少，一碗面只动了几口。

夜已经深了，雨却没有停的趋势。谢朔收拾好碗筷，洗了个手，将腕表重新戴上，准备离开。

叶谙看了一眼窗外，问他：“你什么时候出差？”

谢朔整理好衣袖，抬头道：“后天。”

叶谙看着他，心中纠结，欲言又止。

谢朔说：“我先走了，早点儿睡。”

等他走出两步，叶谙忍不住叫住了他：“这么晚了，你要不……别走了。”话说到最后，她的声音有些低。

谢朔停住脚步，转过身，看着她。叶谙被他看得有点儿不自在，避开他的目光，挺直脊背，尽量让自己显得不那么别扭，礼貌地说：“看在你给我做夜宵的分儿上，暂时让你借宿一宿。”

谢朔嘴角慢慢浮起笑意。

叶谙慌忙补充：“你别多想，是把客卧借给你。”

说完，她转身，快步进了卧室，反手将门关上。屋内一片黑暗，她抬手开灯，靠着门，无端一阵脸热。

雨下了大半夜，天明时放了晴。

叶谙睡到九点才起床。客厅里静悄悄的，她以为谢朔早已经走了，正准备随便弄点儿早餐吃，谁知他却突然从书房走了出来。他穿了件白色衬衫，看着干净简单。

叶谙微微一愣，问：“你不去公司吗？”

话音刚落，屋外门铃忽然响了。

“吃完早饭再去。”谢朔说完走过去开门，门外是送早餐的人。

他拿着早餐返回，摆到餐桌上。朝阳斜斜照入，映得四周都亮堂起来，明净如洗。叶谙看着他的身影，忽然有种回到以前两个人还没分居时的错觉。

吃完早餐，谢朔回到书房，打开笔记本回邮件。叶谙跟着过去，在书架上随手拿了本书。

公寓的书房比别墅里的要空许多，叶谙的视线不经意掠过墙角，忽然想起谢朔送她的那只“小企鹅”。搬家的时候走得急，她忘了把它带过来。

严格说起来，那算是他送她的第一份礼物。

“‘音音’还放在书房吗？”她问。

谢朔愣了愣，反应过来“音音”指的是谁后，看着她说：“你的东西，没人动过。”

“哦。”叶谙别开脸，假装听不懂，低头翻书。

谢朔问：“要不要把它给你送过来？”

叶谙脑子里浮现出小企鹅萌萌的样子，犹豫了下，说：“嗯。”

正说着，她的手机突然振动两声，是袁禾发过来的消息，说那位温先生答应跟她见面。

叶谙看了看手机上的消息，又看了看坐在电脑前的某人，心里再次升腾起疑虑，说：“你还记得我之前跟你说的那个，想请我当一个月私人助理的人吗？”

谢朔手指一顿，抬起头道：“记得，怎么了？”

叶谙走到书桌前，斜靠着桌沿，观察他的反应，慢慢说：“我说要先见到他本人，再考虑签不签合同，他同意了，约我下午见面。”

谢朔神色淡淡道：“那你就去见见。”

叶谙俯身，狐疑地瞅着他，问：“你真的觉得，我应该签这份合同，给他当私人助理吗？”

谢朔与她对视，忽然道：“你不想签的话，陪我一起出差？”

“想得美。”叶谙见从他眼睛里看不出什么，只好直起身。

谢朔关上电脑，也站了起来，手撑着桌子，靠近她，低声说：“真不去？”

叶谙耳根一阵酥麻，走到一旁，没理他。

谢朔也没强求，看了一眼腕表上的时间，说："我先走了，有事给我打电话。"

叶谙目送他出去，心中疑虑更甚。他求都不求她一下，肯定有猫腻。

下午两点半，叶谙收拾齐整出门，去赴那位温先生的约。

地点在一家仿唐风的私人会所。初夏花木繁盛，回廊处宫灯精致，木门向两侧推开，叶谙跟随侍者进去，案几上薰香袅袅。巨大的落地屏风上绘着雅致的山水画，墨色晕染间，只能看见屏风后有个模糊的影子。

叶谙在屏风这一侧的案几前坐下，有侍者上前斟茶，手法优雅，嫩绿的叶自瓷盏底部浮上来，香气清雅。等侍者离开，她盯着山水画间的影子看了片刻，轻声开口："温先生，您好。"

屏风那侧半晌没有反应，叶谙感到奇怪，往前探了探头，又唤了一声："温先生？"

还是没回应。叶谙越发笃定了心里的猜测，她撑着坐垫，慢慢直起身子，想绕过屏风去看一看。大概是察觉到她的动静，屏风那侧终于有了回应："叶小姐，你好。"

是个挺年轻的声音，却不是谢朔。叶谙一愣，难道她猜错了？

"您就是温先生？"她问。

对方不答反问："合同叶小姐应该已经看过了，不知道叶小姐还有什么顾虑？"

他的不回答，让叶谙刚消下去的怀疑又起来了。略一思索，叶谙道："合同条款没什么问题，不过我想先见见温先生本人。"

年轻男人停顿了片刻，道："这个对叶小姐来说很重要吗？"

叶谙看着屏风上的影子，语气温和："这是自然。温先生说想请我当私人助理，我总得先见上一面，再考虑要不要接这份工作。否则，万一签完合同发现不合适，对双方都不好。"

屏风那侧再次陷入沉默。半晌，模糊的影子动了动，年轻男人终于从屏风后走了出来。他西装革履，是一张陌生脸孔，叶谙以前从未见过。

他走到叶谙对面坐下，微微一笑道："叶小姐还有其他要求吗？"

叶谙忍不住往屏风那边仔细看了两眼，总怀疑后面是不是还藏着一个人，可惜什么也没看到。她转回视线，看着眼前的男人，说："原来温先生这么年轻吗？”

年轻男人没承认也没否认，只是将一式两份的合同放到茶几上，然后往她这边推了推，道：“如果叶小姐没意见的话，不妨现在就将合同签了。”

合同右下角，甲方的名字已经签好，字迹凌厉。谢朔的签名，叶谙曾经见过，跟这个有点儿像，不过没有对比，她暂时也无法确定。

见她一直盯着合同，年轻男人轻声提醒：“叶小姐？”

催得这么急，还遮遮掩掩，肯定有猫腻——更重要的，眼前男人分明没有表现出对她声音的喜欢，仿佛只是收钱办事。叶谙抬头，弯了弯唇，露出一丝狡黠的笑意：“如果您就是温先生的话，抱歉，这份合同我恐怕没法签。”

年轻男人微愣，追问：“为什么？”

叶谙故作遗憾地道：“是这样，我已经结婚了，我先生比较古板，不喜欢我私底下和年轻异性有过多接触。”

年轻男人显然没想到还有这么一茬儿，愣了几秒钟，斟酌着道：“这个请叶小姐放心，合同期间，叶小姐只需要负责阅读工作，您担心的事情也绝不会发生。”

叶谙笑了笑，说：“温先生说笑了，既然是私人助理，无论如何都避免不了会有接触。”她语声稍顿，拿起旁边的手包，礼貌道：“非常抱歉，这份合同我不能签，谢谢您的茶。”

眼见她起身准备离开，年轻男人脸色微变，连忙叫住了她：“叶小姐先等一等。”

叶谙停下动作，转过头。

年轻男人犹豫了半天，才道：“其实我是温先生的私人律师，温先生现在不方便过来，所以由我来和叶小姐商量。”

叶谙弯起嘴角，坚定道：“如果我说，一定要见他呢？”

年轻男人面露难色，但又怕她拎包走人，只得道：“请叶小姐稍候，我打个电话问问。”

他说完，起身往屏风后走，边走边拿起手机拨通电话。叶谙重新坐回去，蓦地，她灵机一动，从包里翻出手机，趁着这个时机给谢朔打了个电话。本以为会是正在通话中，没想到的是这个电话竟然打通了。

叶谙又是一愣，开始有些不确定了，她看了一眼屏风后，问道：“你现在在哪儿呢？”

谢朔的回答很简短："有事？"

叶谙犹豫了一下，试探着问："我今天下午没工作，去找你好不好？"

话音刚落，那头隐约响起钟覆的声音："谢总……"

听到这一声，叶谙忽然反应过来，他完全可以交代钟覆办这件事，不需要自己出面。

"在开会，不方便。"谢朔顿了顿，说。

开会还能接她电话？叶谙手肘撑着案几，勾起嘴角，又问："我现在在跟请我当私人助理的人谈合同，你觉得我要不要签？"

谢朔似乎在思忖要怎么回答，顿了下，才淡淡道："条件合适的话，可以签。"

这个回答让叶谙加深了怀疑，毕竟以他往日的脾气，应该不会愿意她去给人当私人助理才对。她的手指轻点着桌面，不满道："你都不问问对方是什么人吗？"

谢朔从善如流地问："什么人？"

"他没露面，请了代理律师过来跟我谈。"叶谙故意道，"我猜应该是年纪大了钱多没处烧吧，不然怎么会这么无聊？"

电话那头一阵诡异的静默。叶谙的语气突然变得十分恐慌，恐慌得有些浮夸："他不会有什么变态的癖好吧？"

谢朔静默两秒，终于开口："你要是不放心，我让人替你查一查。"

叶谙已然得到了想要的答案，抿嘴笑了笑，道："不用了，你开会吧，我不打扰你了。"

她挂断电话，又等了一会儿，年轻男人才从屏风后回来，说："温先生现在在英国，如果叶小姐一定要见他的话，我可以安排叶小姐过去。"

英国，谢朔要出差的地方也在英国。到这一刻，叶谙几乎可以确定，这位"温先生"就是某人了。亏他能想出这么幼稚无聊的把戏。她勾起嘴角，随意翻了翻合同，思忖片刻，终于松了口："那就等见面再签合同吧。"

如果真是谢朔，那她就勉为其难陪他玩一玩好了，反正最近也闲着没事。退一万步讲，假如她猜错了，接下这份工作也没什么不好。日薪一万，无论如何她都不亏。

年轻男人看了看她，似乎想劝她先签合同，但又怕适得其反，话到嘴边也咽了回去。

当晚，谢朔没有来接叶谙下班吃饭，原因是他出差时间提前，今晚就要走。叶谙回到家收拾好行李，早早便睡了，准备第二天去见那位温先生。

翌日，“温先生”特地派了人来接叶谙，动用的竟然是私人飞机。

是不是谢朔不确定，有钱倒是真的。工作这么久，叶谙还是头一次有这般待遇，不由得生出了几分期待。

抵达英国某座海岛上时，恰好是黄昏时分。海上落日熔金，霞光随波逶迤，半座岛都笼罩在金色余晖中。温先生在岛上最大的一家酒店下榻，进入酒店后，他的助理直接带着叶谙到了他的房间，里头空荡荡的，一个人都没有。

“温先生有事，可能要晚点儿才能回来，叶小姐请稍等片刻。”助理说。

叶谙也不知道这位温先生是真有事还是故意拖延，瞥了一眼自己的行李，笑说：“我先去订间房。”

助理原本打的主意是让她直接住这里，听她这么说，只能赶紧去替她订了隔壁的房间。

订好房间，叶谙将行李放过去，又回到了温先生的房间等他。海平面上，夕阳随浪起伏。叶谙坐在阳台上，看着远处的落日海景，拿出手机拍了几张照，发到朋友圈。许久后，身后传来开门声，叶谙听见响动，回过了头。

一个熟悉的身影出现在视线中，宽肩窄腰长腿，一分一寸都让人怦然心动。她果然没有猜错。叶谙起身，往前走了几步，倚着落地窗，笑意盈盈地看着他，跟他打招呼：“你好哇，温老先生。”

一个“老”字格外用力。

谢朔没有半分被拆穿的心虚感，瞥她一眼，泰然自若地褪下外套，扔在沙发上，顺势解开了衬衣领口的扣子。

叶谙从阳台走入屋内，身上依稀带着夕阳余晖。沙发前的茶几上，搁着两份合同，正是她还没签字的那两份。

“既然你不是温老先生，那这合同也不用签了。”见他不回应，叶谙弯腰拿起合同，作势要离开。

谢朔忽然伸手，拽住她的手腕，将她往身侧一拽。叶谙险些坐到他大腿上，挣了挣，抬起头，道：“你干什么？”

谢朔一只胳膊从她背后绕过，将她牢牢揽在怀中，低头道："你不是说，见到人就签字？"

两个人的腿紧挨着，姿势暧昧，叶谙几乎能清晰感知到他衬衣下的肌理。她耳根微热，抬头瞪他，故意道："我要见的是温老先生，又不是你。"

谢朔手下力度未松，与她对视，目光沉沉。叶谙弯唇，故意刺激他："怎么，你要承认自己是个五六十岁的老头子吗？"

谢朔拿起合同旁边的签字笔，塞到她手中。

"你——"叶谙一个字才出口，眼睛突然被他用另一只手蒙住。

他从背后紧搂着她，温热的气息拂过她耳畔。"什么？"他嗓音低沉，简单的两个字从他口中说出来，无端添了几分暧昧。

叶谙的视线被遮挡，只觉脖颈酥麻，不由自主被蛊惑了心神。而她不过片刻的晃神，就已经被他裹着手在合同上签下了字。

他的手掌挪开，她眼前重新恢复光亮。叶谙看着合同上自己的名字，目瞪口呆，这是什么离谱的操作！

第十九章 重归于好

看着合同上自己的名字，叶谙半晌没回神，完全不敢相信这会是谢朔能做出来的事。她扭过头想找他理论，却落入一双含笑的眸子里，气势瞬间弱了几分。

这男人，以前成天冷着张脸，怎么逗他都没用，现在倒好，笑容仿佛不要钱一样。

叶谙勉强稳住被美色迷惑了的心神，说：“这个名字是你抓着我的手签的，字迹不对，所以合同不算数。”

谢朔没有松手，将她重新揽入怀中，凑在她耳边，说：“白纸黑字，怎么就不算数？”

他一提白纸黑字，叶谙就想到自己曾经对他耍过的赖，以及强吻他的画面，底气越发弱了。她当时怎么就那么敢呢？

不过现在不是气弱的时候，叶谙挺直脊背，抬手抵在他胸前，将他推开一些，扬眉笑道：“我说不算就不算，再说了，合同上签的也不是你的名字。”

她笑起来眸子里流光溢彩，谢朔目光微凝，揽在她腰间的手紧了紧。

叶谙总觉得他又要故技重施，像刚才那样凑近撩拨，于是在他有所动作之前往旁边挪开一些，说：“没其他事的话，我回去了。”

她说着起身欲走，毫不意外地被他揽住腰，重新搂了回去。就在她准备挣开他时，他将下巴扣在她肩头，忽然道：“我前两天去了岑青彦那里。”

叶谙一听，顾不得再跟他闹腾，忙转头问："怎么了？眼睛不是好了吗？又出什么问题了？"

谢朔望着她，不说话。对上他眼底满满的笑意，叶谙反应过来什么，双颊一热，当真有些恼了。她对着他的小腿踢了一脚，不高兴道："你再拿这种事骗我，以后就一个人过吧！"

"没骗你。"谢朔胳膊一环，将她整个拥住，温柔地说，"岑教授说，我最近用眼过度，需要多休息，否则的话，可能会复发。"

叶谙心里还窝着火，白他一眼，说："你成天眼里只有工作，还怕复发吗？"

她原本白皙的耳垂此刻微微泛着红，谢朔瞥见，忍不住侧头亲了亲，嗓音低哑道："你过来帮我？"

叶谙被他亲得浑身一麻，扭过身推他："你说话就说话，少占便宜。"

谢朔抬起头，稍稍松开她，手沿着她的腕骨往下滑，覆住她纤柔的手，随后他将目光落在眼前的合同上，示弱道："你留下来帮我，我就不用那么累了。"

叶谙顺着他的目光望去，看见茶几上的合同，回想他闹的这一出，忽然又有些想笑："你这都是跟谁学的？幼稚不幼稚？"

"还温先生……"叶谙扭脸，手指戳了戳他的肩窝，"以为我真那么好糊弄呢？要是我不来，看你怎么办！"

谢朔没说话。他自然知道糊弄不了她，不过是试一试罢了。好在，他试成功了。他抱了她一会儿，松开手，往后靠着沙发，眉眼间露出些许疲惫之色。想到他刚才说的岑青彦的叮嘱，叶谙忍不住心软了，问："头疼不疼？我给你按按？"

谢朔笑了下，握住她纤细的手指，说："先吃饭吧。"

叶谙刚坐飞机过来，确实有些饿了，便点了下头。

"晚饭让人送过来，还是下楼吃？"

"下楼吧。"

谢朔起身，牵着叶谙的手出门，去了楼下餐厅。

吃过晚饭，两个人在岛上随意逛了逛，叶谙没再提离开的事。既来之，则安之，何况还有高额的工资。

翌日，叶谙陪着谢朔去见一位合作商，对方是位英国籍华裔，姓费，年近半百的模样。一见面，他就开朗地打招呼："嗨，谢。"

谢朔同他握了握手，用英文向他介绍叶谙。

大概是没想到他会带夫人过来，费先生略微有些惊讶，紧跟着夸赞了两句。叶谙微微一笑，随谢朔一同坐下，安静地听两个人交谈。听着听着，她的目光逐渐停驻在谢朔脸上。他认真谈公事的样子，有种特别的魅力，叫人挪不开眼。

结束后，叶谙喝了一会儿咖啡，陪他回到酒店。进房间时，她忽然想起一件事，偏头问："你说我要不要去进修一下？"

谢朔捏了捏她的手，不解地问："进修什么？"

叶谙同他在沙发上坐下，说："也没什么特别的，就是想多学两门外语，配音的时候也方便些。"

谢朔说："不用那么麻烦，我教你就行了。"

叶谙望着他，问："除了英语，你还会别的语种吗？"

"我还会法语，你想学的话，可以教你。"谢朔对着她，停顿片刻，忽然说了一句法语，"E t'aime."

叶谙无语。

——你当我连"我爱你"这么简单的句子都听不懂吗？

谢朔道："你跟着说一遍。"

叶谙一把拽住他的领带，将他往前拉了拉，凑到他耳边："你这个套路太老了，一点儿新意都没有。"

谢朔被她拽着往前倾，顺势揽住她纤细的腰肢，将她压倒在沙发上。叶谙没想到突然就变成了这种羞耻暧昧的姿势，愣了愣，赶忙松了手里的领带。谢朔却没有起身的意思，他单手撑在她身侧，居高临下地看着她，眼神幽深。

叶谙仰面躺着，视线内是他光洁的下颌和性感的喉结。她无端有些紧张，在他低头吻下来之前，抵住他的肩将他推开，翻身坐到旁边，提起了工作："你待会儿不是还有事吗？"

谢朔看她两眼，也没勉强，慢条斯理地将领带重新系好。叶谙心口扑通一跳——她又可耻地沦陷了。好在很快有助理敲门进来，向谢朔汇报事情。

到岛上的前几天，谢朔一直很忙，叶谙陪在他身边，帮他读读文件，偶尔和他斗斗嘴，仿佛又回到了从前。

处理完公事，两个人没有急着回国，而是留在岛上玩了两天。

风和日丽，海水逶迤向天际，浪潮一波连一波地涌过来又退去。海边沙滩上，脚印歪歪扭扭，转瞬被海浪淹没。谢朔戴着墨镜躺在躺椅上，闭目养神。叶谙穿着吊带裙趴在他身侧，背上盖着一条浴巾，露出一半雪白的肩背，蝴蝶骨翩然欲飞。

她稍稍侧头，目光掠过男人起伏的胸膛，停在线条流畅漂亮的腹肌处。她伸出一根手指，在他腹肌上戳了戳。

谢朔睁开眼，取下墨镜，转过头看她。叶谙与他对视一眼，缩回手，假装什么也没发生，裹着浴巾侧过身，往海面望去。

“哎，那边有个帅哥……”她抻长脖子想要看得更清楚些，结果眼前突然一黑，一只修长的手覆了上来，遮掩住她的视线。

“你干什么？”叶谙抓住他的腕骨，想扒拉下他的手，奈何力度不够，根本敌不过他。正挣扎时，两瓣薄唇忽然落在她的唇上。

起先是温柔的碰触，像春风缱绻，水流潺潺而过，渐渐地，温软一点一点深入，抵开了她的唇瓣。熟悉的气息充斥在唇齿间，攫取了她的呼吸。谢朔一直没有拿开覆在叶谙眼睛上的手，也没有将她转向他那边，而是侧着身子，低头细细吻着她。

海风裹挟着湿意拂过，眼前视线并未被完全遮挡，黑暗中漏出一点儿光，时有时无。周遭的声音仿佛都在慢慢远去，变得混沌不清。

叶谙的手挪向谢朔结实的小臂，手指抓紧又松开，指尖因用力而泛白，几乎要掐进肉里。她身上逐渐没了力气，只能倚入他怀中。过了许久，她唇上的温软终于离开，遮在她眼前的手也缓缓挪开。

叶谙倚着他，红唇微肿，依稀泛着水光，格外娇艳。她抬头，恰好对上他幽深的眸子，脸不由更烫了。

——这男人认真起来，她根本就不是对手！

“谁让你亲我了？”叶谙瞪他一眼，环顾四周，没发现有人注意这边，才放下心，从他怀里起身，裹紧了浴巾。

谢朔没说话，目光从她唇上掠过，笑了下，重新躺回去。

这么一闹，叶谙已然忘记了要看帅哥的事情。她侧身趴下，从旁边摸过手机，点开相机功能，对着他光明正大拍了张侧脸照。

不知道是不是白天受了过多的日光刺激，当晚回到酒店，谢朔久违地闹起了头疼，眼睛也有些不适。

这个时候的他总是格外有病美人的气质，叶谙最怕见他这样，登时便心软了，耐着性子替他按摩了半天，等到他稍微缓和了些，才扶他从腿上起来，准备回自己的房间。

“我回房了，你早点儿休息。”

叶谙说完，还没来得及起身，就被他揽入怀中。叶谙撞上他温厚的胸膛，转过头瞪他："你都头疼成这样了，还想干什么？"

以前怎么没见他这么黏人？

谢朔揽着她的腰，灯下眸子清亮，低声道："我们复合好不好？"

叶谙微微歪头，假装在认真思索。片刻后，她抬手勾了勾他的下巴，嫣然一笑，道："都说了我很难追，回去看你表现。"

她说完，从他怀里起身。谢朔嘴角微勾，忽然拽住她的手，将她重新搂了回去。

叶谙坐在他腿上，转头问："还有事？"

谢朔垂眼看着她，轻声道："今晚别走了，就睡这里？"

啧，男人……

叶谙弯起唇，给了他一个大大的笑容，然后攀着他的肩，凑到他耳畔，刻意将语调调得娇媚："想我睡这里？"

谢朔抬头，修长的手搭在她腰侧。下一秒，叶谙倏地敛起笑，一脸冷漠："想着吧。"

说完，她毫不留情地推开他，起身往屋外走，背影潇洒利落，还带着几分大仇得报的飒爽。

想想刚结婚那会儿，她百般勾引他都无动于衷，可以说是铁石心肠到一定境界了。现在风水轮流转，她不晾他一段时间，都对不住当初碰过的壁生过的气。

谢朔看着她出门，嘴角笑意依旧，他坐了片刻，起身去洗澡。

夜深人静，落地窗外，海潮声声涌动，月光洒落如鳞。两个人在岛上度过了最后一晚，于次日清早乘坐私人飞机回国。

飞机落地，恰好是黄昏时分，暮色四合，华灯初上。沿街灯火映入眼底，添了几分亲切感。叶谙有点儿累，一路上都没怎么说话。谢朔送她回到公寓，没有多留，十分自觉地离开了。

第二天，叶谙窝在家休息了一天。谢朔则忙了一天公事，直到晚上七点多才过来找她。

两个人出去吃了晚饭，谢朔送她回来，在客厅里坐下，忽然说："这周六，辛家有个晚宴，你陪我一块儿过去？"

叶谙原本在看手机上的消息，闻言抬起头，没吭声。

——如果她同意陪他一起去，就等于间接承认跟他复合，而且还是当着许多人的面。

谢朔也没催她，拉过她的手，轻轻捏了捏。

“看我那天有没有时间吧。”半晌，叶谙道。

谢朔提醒她：“你跟我签了一个月的合同，不会没有时间。”

叶谙一愣，差点儿忘了这回事。叶谙抬起下巴道：“那个不算，你都没付我工资。”

她眼眸清亮，谢朔目光微动，笑了笑，道：“一个月满了，我给你结。”

叶谙想到什么，又说：“就算合同作数，参加晚宴也属于工作职责之外的私人事务，合同上应该没有规定这一条吧？”

谢朔握着她的手，说：“这算附加任务，给你算加班费。”

叶谙没说答应也没说不答应，故意挑眉问：“那我明天是不是要早起去公司向你报到？”

谢朔顺势揽住她，嘴角笑意愈深，说：“不用早起，九点半到就行。”

叶谙又问：“我要是迟到了呢？扣不扣工资？”

“不扣。”谢朔微微一顿，低头说，“可以加班补回来。”

“谢总可真是半点儿亏都不吃。”

接下来几天，叶谙当真每天按时去谢朔那边打卡，充当他的私人助理，因此接收到了不少异样的目光。她全当看不见，尽职尽责地完成着自己的工作。

很快到了周六。谢朔直接让人送了高定礼裙到公寓，还请了专门的化妆师过去。看在礼裙漂亮的分儿上，叶谙勉为其难换上了。礼裙是黑色的，越发衬得她纤瘦高挑。为了搭配裙子，化妆师替她化了个偏冷艳的妆容。

谢朔在一旁等她，耐心地看着，全程视线几乎没挪开过。

化好妆，叶谙踩着高跟鞋娉娉婷婷地走到他面前，眨了下眼，问：“漂亮吗？”

谢朔望着她，忽然想起两个人领证结婚那日，不知道她当时是什么模样，心中有些遗憾。他眼底含笑，朝她伸出手：“漂亮。”

晚七点，宴会现场，灯火通明。

叶谙挽着谢朔的胳膊踏入宴会大厅，一进去，就受到了不少人的瞩目。虽然网上关于两个人离婚的传闻已经被压了下去，但圈子里私下还在传。毕竟他们夫妻确实很少在同一场合公开露面。此时见到两个人手挽手的亲密姿态，众人窃窃私语，表情微妙。

“哎，不是说他们已经离婚了吗？”

“谁知道呢？说不定是表面夫妻……”

…………

叶谙假装没听见，挺直脊背，目不斜视地往里走。

因为谢朔的身份，过来敬酒攀谈的人不少，叶谙陪着应酬了半天，有些招架不住，去了趟洗手间。

返回大厅后，她没有去找谢朔，反而从侍者手里接过一杯红酒，打算找个相对安静的角落待着。结果她刚走到靠近露台的地方，就听见一阵刻意压低嗓音的八卦声——

“谢家那位到底离婚没？”

“看他们刚才那样，应该没离吧？”

“你没发现他们连结婚戒指都没戴吗？八成快离了，现在就是装装样子。”

…………

蓦地，其中一人发现了叶谙的存在，连忙噤声，顺道拽了一下身边还在八卦的小姐妹。众人抬头，看见叶谙，登时脸色微变，都有些尴尬。

叶谙仿佛什么都没听见，从容淡定地在一旁坐下，悠闲地抿了一口红酒。没过一会儿，一个人影走到她身后。众人再度变了脸色。

“怎么不过去？”熟悉的嗓音在叶谙头顶响起，声线清冷。

她抬头，谢朔腿长，从这个角度看去，更显得他很高，投下的阴影几乎要将她整个罩住。

“有点儿头晕，想坐一会儿。”叶谙说。

谢朔看了一眼腕表，握着她的肩，俯身道：“再过半个小时，我们回去。”

“可以走吗？”

“打声招呼就行。”谢朔在她身侧坐下，握了握她的手。

叶谙瞥了眼周遭各怀心思的人，故意将下巴搁在他肩膀上，亲昵地偎着他：“给你一个哄我的机会，要不要？”

谢朔抬头看她。叶谙小声同他咬耳朵：“我饿了，替我拿些吃的过来。”

谢朔嘴角浮开笑意，起身端了些水果和甜点过来，耐心地替她分到小碟子里。一旁等着看戏的众人面面相觑，忍不住想：说好的离婚呢？说好的没有感情呢？大家觉得自己可能吃了个假瓜，不但吃了个假瓜，还附带赠送了一袋狗粮。

“好了，你去忙吧，我自己坐会儿。”眼见许多道目光都投向了这边，叶谙笑道。

谢朔也笑了笑，站起身离开。谢朔走后，叶谙心情愉悦，拿起叉子，叉了一块水果放入嘴里。没过多久，又有人走过来。这回是辛家大小姐，辛狸。她端着半杯红酒，在叶谙旁边坐下，奇怪道：“你怎么一个人坐在这里？”

叶谙抬头，笑了笑，说：“那边人多，在这里休息会儿。”

辛狸观察着她的脸色，突然低声问：“听说你和谢朔要离婚，真的假的？”

她要离婚的事现在是天下皆知了吗？

叶谙抬头，还没开口，辛狸就拍了拍她的肩，自顾自说：“用不着伤心，男人而已，离了就离了，没什么可惜的，回头我介绍个新的给你。”

她一脸洒脱，傲气满身，叶谙不由莞尔。

“我跟你说，男人都这样，你越是在意，他越不把你放在心上……”辛狸似乎心情不太好，聊着聊着就开始拉叶谙喝酒，原本灵动的眸子里也浮起怅然神色。

这种场合，叶谙不好拒绝，只能陪她喝了两杯。辛狸喝得急，很快就醉了，雪白的面颊上泛起薄红，说话也彻底没了顾忌。叶谙比她稍微好一些，但渐渐也支撑不住，歪在沙发上，醉眼蒙眬。

辛狸捏着高脚水晶杯，眸光潋滟。她眨了下眼，忽然又笑道：“你是不是真的要离婚？真要离的话，我就帮你介绍个帅气的小哥哥……”

谢朔应酬完，穿过人群，刚走到两个人身后，就听见这么一句，登时脸黑成了锅底。

辛狸抬起昏沉的脑袋，还想再说，结果对上了一张阴云密布的脸。辛狸立马低头不语。叶谙见到谢朔，也愣了下。她歪在沙发上，望着眼前的身影，神思有些混乱。

满堂浮华热闹，这方角落却仿佛风雨欲来。谢朔沉着脸走上前，在叶谙身侧坐下，扣住她的腰，将她揽入怀中，嗓音低沉道：“在聊什么？”

叶谙腰被他箍得疼，抬手推了推他的胳膊，没能推开，便干脆偎在了他怀里，语气含糊地笑着说：“辛狸说，要给我介绍个帅气的小哥哥……”

谢朔面色沉得几乎能滴出墨来，他揽着她的肩，扶她起身，带着她往一旁走，留下辛狸一人。

叶谙脚步不稳，靠在他怀里，懵懵懂懂地问："我们去哪里？"

"回家。"

谢朔半搂着她，穿过热闹的宴会厅，在众人讶异的目光中一路往外走。

回家的车上，叶谙趴在谢朔怀里，一会儿拽拽他的领带，一会儿戳戳他的喉结，一双眸子如同稚子，亮得惊人。闹腾了一会儿，她有些累了，靠在他身前，手指轻揪着他的衬衣。

等她稍微安静些，谢朔握着她的手，凑到她耳边，低声问："去哪儿？"

叶谙抬头，眼底带了一丝茫然，有点儿听不懂他的话："你不是说，回家吗？"

谢朔嘴角噙笑，嗓音仿佛从胸腔传出："嗯，回家。"

谢朔直接将她带回了两个人的婚房。夜风柔软，花枝裹在月色里，暗香悠远。叶谙虽然神思迷糊，却没睡着，始终睁着眼，车门打开的时候甚至还知道自己弯腰下车。只是下车后，她脚下踉跄，险些摔倒。

谢朔及时扶住她，揽着她的肩往前走。叶谙懵懂地走了几步，突然反过来扶他，语气像以前那样："你小心一点儿……"

谢朔有些无奈。看她的样子，应该是醉糊涂了。见她一步一摇晃，谢朔将她拦腰抱起，往别墅内走去。

叶谙身体悬空，双手环在他颈后，盯着他的眼睛看，迷糊地问："你眼睛看不见，怎么还能抱我？"

谢朔置若罔闻，径直抱着她上楼，进卧室后，将人放在沙发上，自己也顺势坐到一旁，抬手松了松领结。看着屋内熟悉的布局，叶谙下意识以为回到了之前谢朔还未复明的时候。她偎着他，见他松领带，也跟着动手去拽他的领带。

谢朔低头，捉住她的手指。叶谙靠在他怀里，微微仰起头，看着他。一双眸子灿若星辰。谢朔将她的手拿下来，裹在掌中，低声问："要不要喝水？"

叶谙摇摇头。他的领带没有完全解开，松松垮垮挂在脖子上，她抬起另一只手，直接将它扯了下来。扯的时候，指尖不小心划过他的喉结。

谢朔眸色一沉。这一回，没等她主动，他便低头在她唇上吻了吻，动作温柔。叶谙下意识抬手抵在他身前，却被他揽住腰扣入怀中。随后，他重新封住她的唇，不再像先前那样轻柔，吻得急切而强势。

眼前光影晃动，温度迅速攀升，他的气息几乎要将她吞没。叶谙渐渐支撑不住，只能抬起手，用力攀着他的胳膊。许久后，唇上一轻，叶谙终于得以呼吸畅通。她软在谢朔怀里，微微喘着气，眼尾泛开潋滟的光。

见她没了力气，谢朔压下继续的念头，轻轻拍了拍她的肩，低眸问："去洗澡？"

叶谙的脑子早迷糊了，晕晕乎乎起身，脚步虚浮地往衣帽间走。谢朔怕她摔倒，跟在她后面。走到衣橱前，叶谙熟练地从里头翻出男式睡袍，转身时，差点儿撞入他怀中。

谢朔接过睡袍，扔到一旁，伸手随意扒拉出一件睡裙出来，然后揽住她的肩，带着她进了浴室。叶谙拆完头上的发卡，还没等他出去，就开始脱衣服。这样的事，她不是第一次做，也并未觉得有什么不妥，反正他又看不见。

谢朔替她将睡衣放好，转头看到她的举动，目光一顿。肌肤暴露在空气中，微微有些凉，就在这一刹，叶谙突然愣了一下，瞬间清醒过来，扭头望着他。

浴室的灯光为暖色，映得叶谙肌肤如玉。谢朔的视线落在她身上，眼神幽深。空气凝滞数秒，仿佛有一把火倏地烧上头顶，叶谙脑中一片空白，耳边嗡嗡作响，刹那间酒醒了大半。她怎么忘了，他已经复明了！

短暂的僵硬过后，她一把将裙子捂在胸前，怒目而视："你怎么还不出去？"

谢朔站立不动，目光从上至下肆意扫过，幽深的眼底浮开一丝笑意。叶谙被他这么一看，感觉浑身上下都热了，急忙捞过旁边的浴巾胡乱将身体裹上。谢朔勾起嘴角，又看了她两眼才转身出去，离开时的眼神似乎有点儿意犹未尽。她以后绝对不能再随便脱衣服了！

很快，浴室内响起水声，雾气弥漫开来。叶谙被水雾一蒸，脑子逐渐又变得迷糊起来。洗完澡，她随意套上睡裙，连头发都忘了吹，迷迷糊糊趿拉着拖鞋走了出去。她回到卧室，发现谢朔已经换上了睡袍坐在床头——他去隔壁房间洗的澡。

叶谙早把他们还在分居的事忘到了九霄云外，习惯性地掀开被子上了床。她睡眼惺忪地打了个哈欠，倒头就想睡，却听到谢朔说："把头发吹干再睡。"

谢朔扶她在床头坐稳，下床拿了吹风机过来，开始给她吹头发。屋内光影轻动，他修长的手指穿过她的长发，温柔又充满耐心。满室静谧，只有吹风机的响声格外清晰。暖风烘着头皮，烘得人昏昏欲睡，叶谙坐在床头，眼皮控制不住地往下耷拉，脑袋也一啄一啄的。

最后，她直接栽在了他的肩头。谢朔将她的头发拢到一边，露出素净的后颈和肩背，肌肤细腻，在灯下白得晃眼。他盯着她的后颈，忍不住低头，轻轻吻了吻。

叶谙却毫无感觉，软绵绵靠在他身前，双眼微眯，神思迷糊，俨然一副快睡着的模样。看她这个样子，谢朔也不好再继续下去，只能扶她在床上躺下，起身将吹风机放回原处。

等他回来时，叶谙已经裹好被子睡着了，乌发堆叠在枕间，露出半张精致纤巧的面庞，颊边因酒醉而染上的红晕还未褪去。谢朔从另一侧上床，手掌撑在她枕边，看了她片刻，低头在她唇边落下一吻，随后关灯躺下，将她揽入了怀里。

一夜昏昏沉沉，再醒过来时，天光已经大亮，朝阳漫入落地窗内，澄澈明透。叶谙睁开眼，躺在床上，隔了好一会儿，才缓过神来。宿醉后，头有些疼，她抬手按了按脑袋，偏头看向旁边。枕畔已经没了人影，空荡的被窝里依稀残留着些许余温，房间里也是空荡荡的。

她放空自己，躺了片刻，昨晚的记忆一点一点闪回。卫生间忽然传来响动，谢朔推开门，从里面走出来。他还穿着睡袍，没有换衣服。

“醒了？”他缓步走近，将快掉到地上的被子往上拉了拉。

叶谙勾身坐起，扫了一眼四周，问道：“怎么回了这里？”

“这边离酒店近。”谢朔在床边坐下，从背后拥住她，下巴搁在她肩头，脸紧挨着她。这个姿势极为亲密，还透着几分温情。

叶谙心底浮起一丝异样情绪，轻轻挣了挣，提醒他：“你别忘了，我还没答应跟你复合呢。”

谢朔捉住她的手指，低眸道：“你什么时候肯答应？”

“这个嘛……”叶谙眼珠一转，挑了挑眉，说，“看我心情。”

她抬手想推开他，却被他搂得更紧。谢朔抱着她，须臾，忽然低声说了句：“对不起。”

叶谙微微一怔。她抬头，恰好对上他的眸子，里头情愫深浓。一句对不起，为以前的种种。心里最后的一点儿隔阂也彻底消失，叶谙抬手挠了挠他的下巴，笑着说：“看在你这么有诚意的分儿上，我就勉为其难给你一个机会吧。”

谢朔低头，瞥见她含笑的眸子，喉结滚动，忍不住去亲她。

叶谙被迫后仰，仰倒在被褥间。日光轻漾，映衬出她光洁的侧颜，肌肤莹白似雪。谢朔压住她，俯身就想吻下去。

叶谙急忙别开脸：“我还没刷牙。”

趁他松手的空当，她用力将他推开，翻身下床，飞快进了卫生间。谢朔跟着过去，倚在门边看她，眼神专注。

叶谙洗完脸，转头道：“你看什么？”

谢朔笑了笑，走上前，猛地扣住她的腰，将她抱上洗手台，不由分说吻了上去。

叶谙抓着他的肩膀，这次没再推开他。最后，两个人洗了个澡才一同下楼吃早饭。

周姨看到他们，有些意外，不过却很高兴，还同叶谙说了一会儿话。

吃过早饭，谢朔去了书房办公，叶谙靠在他肩头玩手机。阳光明媚，她不经意抬头，扫视一圈，忽然发现少了样东西，转头问：“音音呢？”

谢朔抬头道：“送去升级了。”

“升级？”听见这个，叶谙顿时来了兴趣，追问道，“还可以升级吗？那它升级完会不会变得很聪明？”

谢朔将笔记本电脑放到旁边桌子上，转过头瞥了她一眼，语气淡淡：“应该不会比你聪明。”

叶谙气得踹了他一脚，谢朔顺势握住她纤细的脚踝，修长的手指往上滑，而后将她搂入怀中，低头问：“什么时候搬回这里来？”

叶谙傲娇地扬了扬下巴，说：“看我最近的心情吧。”

她说着转向沙发另一侧，斜斜倚着，还嚣张地将两条腿都放了上来，姿态悠闲。谢朔笑了笑，起身坐到书桌前，继续办公。

下午，叶谙接到助理的消息，赶去工作室处理了一些事情。忙完差不多五点了，叶谙没急着回去，同施双双在工作室附近的咖啡厅闲坐。

“前阵子你闹离婚那个传闻到底怎么回事呀？”犹豫半天，施双双还是没能按捺住八卦之心，好奇地问道。

叶谙抿了口咖啡，抬头道：“不是跟你说了？没离。”

施双双又道：“我本来是不想相信的，但是传的人太多了，说得跟真的一样。而且你没发现，你已经很久没有秀过恩爱了吗？”

连之前微博上吵成那样，也不见叶谙有什么表示，完全不是她的风格。

叶谙轻轻抬头看了施双双一眼。她没说话，只是拿过搁在一旁的手机，指尖轻轻划过手机屏幕，拨通了一个电话。

“喂，老公，你什么时候来接我呀？”她的语气又娇又嗲，让人瞬间鸡皮疙瘩掉一地。

对面回了句什么，她红唇一撇，有些不高兴道：“那你快点儿，不然今天晚上就睡书房吧。”

挂断电话，叶谙重新抬头，纤纤玉指拢了下头发，优雅从容地弯唇一笑。恩爱秀得明明白白。

施双双彻底闭嘴，再没提关于叶谙离婚的事，转而说起了其他八卦。

咖啡店外，人来人往，日光渐渐染上昏黄。约莫一个小时后，谢朔赶到了咖啡店。他缓步走进来，身形颀长，眉眼冷峻，顷刻间吸引了不少目光。叶谙抬起头，一眼见到他，眼眸不由自主地亮了亮。

施双双跟着望过去，忍不住啧啧感慨：“你老公真的长了一张标准的言情小说脸。”

谢朔迈开长腿，走到两个人座位旁。“录完了？”他的眼神掠过施双双，落在叶谙身上，瞬间变得温和了些。

叶谙点了下头，十分自然地挽住他的胳膊，转头问施双双：“你要不要跟我们一起吃饭？”

施双双才不想当这个电灯泡，赶忙摆手：“不了，我跟项泉约好了，晚上要谈点儿事情。”

三个人出了咖啡厅。谢朔这天没带司机，自己开的车。上车后，他倾身过来替叶谙系安全带。叶谙盯着他近在咫尺的薄唇，没忍住，往前凑了凑，在他唇边蜻蜓点水般轻轻碰了下。

谢朔保持着倾身向她的姿态，微微抬头，目光落在她脸上。叶谙眨了眨眼，睫毛微翘，一脸的无辜，隐约还带了点儿撩拨人的得意。谢朔停顿两秒，回吻过去……

过了好一会儿，车子才发动，驶入绚烂的晚景中。

谢朔订的是一家法式餐厅，楼层很高，透过落地玻璃窗，可以俯瞰城市夜景。“明天还要去录音棚？”谢朔将切好的牛排换给她，问道。

叶谙抬头道：“不用。”

项泉不知道“温先生”的真实身份，以为她签了一个月的私人助理合同，所以最近都没有给她接新剧。更何况，她如今身价水涨船高，也不必勉强自己像以前一样什么都接。

晚饭结束，时间还早，叶谙没急着回家，拉着谢朔沿街散步。夜风温柔缱绻，裹挟着城市的烟火拂过面庞，空气中花香浮动，两个人牵着手，慢悠悠地走着。

这样的时刻，哪怕不做什么，都有种自然而然的欢喜。四下里高楼林立，霓虹灯流光溢彩，高处的LED大屏上正播放着最新的电影预告。

光影从脸上晃过，谢朔望着屏幕上的预告片，忽然问："要不要看电影？"

两个人之前几乎没有正儿八经地约过会，突然听到这么一句，叶谙不由得愣了。她抬头看着他，指尖在他掌心轻勾了两下，笑道："好哇。"

电影是很普通的爱情电影，故事有些狗血，叶谙却看得津津有味。谢朔握着她的手，几乎大半的时间都在看她。

临近尾声的时候，故事终于走向圆满结局，巨大的屏幕上，男主角取出戒指，向女主角求婚。画面背景唯美，音乐气氛也烘托得不错，叶谙差点儿真心实意地掉下眼泪。

屏幕上晦暗的光投映在她脸上，卷翘的睫毛上辉泽浅淡。谢朔看着她明丽的侧脸，不知想到什么，眸光微微一动，落在了她的左手上，那白皙纤细的指间空无一物。

看完电影，夜已经深了，两个人从电影院里出来，没再进行其他活动，直接开车回了公寓。

接下来几天，谢朔又恢复成了之前的忙碌状态，叶谙"合同"在身，只好也跟着过去了。

谢朔这个人是典型的工作狂魔，没人看着，用眼就毫无节制。叶谙担心他当真会出事，只好像以前一样，陪在一旁替他读文件，尽量减少他的用眼时长。

很快到了周六。叶谙还没睡醒，迷迷糊糊中听见谢朔起床的动静。她勉强睁开眼，哑着嗓子问："要去公司吗？"

这几天跟着他早起去公司，她已经形成了条件反射。谢朔隔着被子搂着她，在她额头上亲了亲："今天周六，不上班，你再睡会儿。"

叶谙闻言，重新合上眼，放心地继续睡了过去。她再睁眼时，已经十点多了。她揉了揉酸软的腰，拖着酸软的双腿爬起来去卫生间洗漱。洗漱完，换了条宽松的棉布裙子，趿拉着拖鞋走出卧室，发现书房的门开着，里头似乎有人。她也懒得下楼吃早餐了，直接往书房走去。

谢朔果然在里面。窗外日光透亮，他站在书桌旁，身形修长，手里拿着一份纸质文件，衬衫袖口挽起，露出一截精瘦的腕骨。这副清冷自持的模样，简直和昨晚不像一个人。

听到脚步声，他转过头道："起来了？"

叶谙走过去，探头去看他手里的东西，问："在看什么？"

谢朔却将文件挪开了，不让她看。叶谙眼尖，还是瞥见了上面的"离婚协议书"几个大字——是她之前请律师准备的那份，签了她的名字，还差他的。

之前搬过来的时候，叶谙将离婚协议书也带来了，放在书房抽屉里，之后一直没动过。

"你把这个翻出来干什么？"叶谙伸手去拿。

谢朔似乎早料到她的动作，扬手挪开，走到碎纸机旁边，打算碎掉。叶谙见状，赶忙走过去，搂着他的腰，继续抢夺："你先别碎，留着给以后，万一哪天你又对我不好了……"

谢朔瞥她一眼，按住她的手，直接将协议书塞进碎纸机里，毫不犹豫地碎掉了，还冷冷地说："不需要的东西，留着干什么？"

叶谙有些气闷，故意说："你碎掉也没用，我那儿还有复印件！"

谢朔明显不信她的话，揽着她走到沙发边坐下。他上身穿着一件白色衬衫，领口扣子松开一粒，衣摆有些松垮，不像平常出门时那样整理得一丝不苟。

叶谙很喜欢看他穿衬衫的样子，有种高贵气质，赏心悦目。她看了他两眼，被美色安慰到，心里气顺了些。当初他们约法三章，定好离婚条件，也是在书房内，天气都差不多。只是当时的他要比现在冷漠许多。

想到当时的情形，她忍不住伸出手指戳了戳他的胸口，数落道："现在知道撕协议书了？要不要我帮你回忆一下，当初你是怎么嫌弃我的，又是怎么毫不犹豫地答应复明之后就离婚的？"

谢朔不说话，仿佛她说的那些事跟他没有半点儿关系。叶谙偎着他，捏了捏他的下巴，弯起嘴角问："脸疼不疼啊谢总？"

谢朔低眸看她，捉住她的手指，俯身吻下来。叶谙抵住他的胸膛，扭头避开，一脸的高冷："别来这一招儿，不管用的！"

谢朔停顿两秒，揽着她的腰，直接将她抱到了腿上。

叶谙同他闹了一会儿，忽然双手搂住他的脖颈，说："问你个问题，你是什么时候喜欢上我的？”

谢朔微微一怔，一瞬间想起许多事：他困于黑暗时耳畔的温柔嗓音，握在掌中的手，以及复明那日……第一眼见到她时的情形。

其实他也说不清到底是什么时候开始动的心，仿佛在他不知道的某个时刻，感情便悄然而至，随后在他心底一点点生根发芽，直至繁花满树。

“干吗不回答？”叶谙凑近了些，看着他。

谢朔顺势在她唇上亲了下。

叶谙猝不及防被他亲到，往后仰了仰，开始一本正经地分析：“肯定不是刚结婚那会儿，那会儿你听到我的声音都觉得烦。”

“应该也不是约定离婚之前，不然你不会答应得那么干脆……”她认真地想了想，疑惑道，“难道是你复明的时候？”

“那你肯定是见色起意，看我长得漂亮。”不等谢朔回答，叶谙就下了结论，“肤浅！”她看着他的眼睛，问：“以后要是看到比我长得漂亮的人，你是不是就会移情别恋？”

“不会。”谢朔将她往身前搂了搂，凝神望着她，低声说，“我眼里只看得见你，看不见别人。”

叶谙先是一怔，随后扑哧乐了：“你这是哪里学来的情话？”

谢朔嘴角也浮开些许笑意，他又亲了亲她，揽着她的腰，将她抱下来：“下楼吃饭？”

叶谙起身，任由他牵着往外走。她想，她所要的，不过是他真心实意的喜欢，当初坚持离婚，是因为觉得他对自己没感情，如今他能明明白白摆出心意，她也没什么好介怀的了。

午饭过后，两个人回到书房，谢朔靠着沙发翻看文件，叶谙拿了一本书，倚在他肩头陪他。明澈的天光淌进来，画面静好。

“想不想去骑马？”谢朔看了一眼手机上的消息，忽然问。

叶谙抬起头，眸子一亮：“今天吗？”

“明天。”谢朔意有所指地瞥了眼她的腰和双腿，道，“今天你先休息。”

叶谙对上他的眼神，脸微微一热，忍不住瞪了他一眼。

谢朔勾唇微笑。叶谙瞥见他嘴角的弧度，轻轻踹了他一脚，羞恼道：“你还笑！”

谢朔顺势揽住她，屈膝跪在她腰侧，俯身去亲她。叶谙头一偏，故意闪躲，就是不让他得逞，两个人很快闹成了一团。

下午六点，吃完晚饭，谢朔忽然让叶谙换衣服，陪自己出门。

上车后，叶谙问：“去哪儿？”

谢朔捏了捏她的手，微微一笑，回道：“去了就知道了。”

车子穿过夜色，一路远去，沿途灯火闪烁。

直到下了车，叶谙才知道，他带自己来的地方是一个拍卖会现场。会场内灯光如昼，两个人在前排坐下，叶谙隐约瞥见了两三张眼熟的面孔，在之前参加过的名流宴会上见过。

谢朔侧过头，贴在叶谙耳边道：“看中什么跟我说。”

叶谙对上他眼底的亮光，心跳不由自主地漏了数拍，于是故意扬了扬眉，问：“怎么突然想着给我买礼物？”

谢朔嘴角噙笑，低声道：“哄你。”

甜言蜜语不如礼物来得实在，叶谙脸颊微热，心道，这男人最近思想觉悟倒是挺高。

很快，拍卖开始，场中报价声此起彼伏。最后，叶谙拍了一对耳环和一条手链，拍手链的时候，谢朔还跟人竞价了半天。

回到家时，已经十点半了。顾及到第二天要去骑马，谢朔难得大发慈悲，没怎么折腾叶谙，早早便拥着她睡了。

第二天，天气晴朗，两个人去了郊区的一个马场。

到那儿后，叶谙见到了好几位熟人——谢予然、辛狸、江时衍以及辛狸的哥哥，辛遇。几个人相互打过招呼，各自去换衣服挑马。

叶谙和辛狸同路，进更衣室后闲聊了几句，这回辛狸没再问她离婚的事。少时，辛狸先换完衣服，打了声招呼离开了。

叶谙是头一回来骑马，对着镜子整理了半天才出去。

春日艳阳高照，惠风和畅，碧绿的草坪潮水般逶迤向天际。谢朔已经挑好马，正在外面等叶谙。湛蓝的天空上浮云丝丝缕缕，谢朔立在阳光下，远远地看着她。见他一身黑色骑士服，身姿挺拔，眉眼冷峻，叶谙不可避免地再次心动了下。

叶谙将头发都束了起来，露出光洁的额头。她的五官明艳生动，配上干练的骑马装，英姿飒爽。她走过去，看了看谢朔牵的马，有些气弱地承认：“我不会骑。”

“我教你。”谢朔说着，扶住她的腰，让她踩着马鞍上去。

上马倒是没费什么劲儿，但上去之后，叶谙不怎么适应，身子摇了摇。等她调整好，彻底坐稳，谢朔才拉住缰绳，牵着马慢慢往前走，边走边教她。

江时衍牵了一匹马出来，刚好看到这一幕，笑着打趣了两句。谢朔没理他，叶谙却有些不自在。最近谢朔确实比以前高调了许多，上哪儿都爱带着她，也不知道单纯是因为热恋期黏她，还是想彻底澄清离婚的传闻。

走了两三圈，叶谙怕他无聊，低头道："你也去挑一匹马吧，不用管我，我自己骑一会儿。"

谢朔松了手，却没有离开，而是直接翻身上了马，坐在她身后，双臂将她环在怀中。随后，他拉着缰绳，驱马稍稍加快了速度。

叶谙有些不适应，绷紧了身子，生怕摔下去。

谢朔搂紧她，唇贴在她耳畔，嗓音沉稳："别怕。"

叶谙靠在他怀里，渐渐定下心来。天空高阔，阳光在眼前散开。跑了一会儿，叶谙坚持要自食其力，谢朔只得下马，叮嘱完注意事项，放手让她跑了两圈。

好在叶谙学习能力还行，平日也有健身，没出什么状况，只是腿有些酸。

临近中午，日头高照，大家陆续前往休息区休息。叶谙灌下半杯水，一个人去了趟洗手间，出来时，意外地撞见了辛狸和谢予然。他们就在廊道拐角处，辛狸似乎伤到了腿，谢予然伸手去扶她，被她甩开，两个人拉拉扯扯地走远了。

他们没看到叶谙，叶谙也就假装什么都不知道，转身往一旁走。回到休息区，她挨着谢朔坐下，偷偷跟他说："你有没有发现，你弟弟和辛狸好像有点儿不对劲儿？"

谢朔抬头瞥她，脸上没有半分意外神情，似乎早已经知晓。

叶谙看他的神色，疑惑道："你怎么一点儿反应都没有？是不是早就知道了？"

谢朔揽着她的肩，将她圈在怀中，说："没有很早，最近才知道。"

叶谙立刻侧了侧身，问道："那他们现在是什么情况？"

"不知道。"谢朔一副没兴趣关心的模样，揽着她起身。

叶谙撇了撇嘴。真是"塑料"兄弟情。

晚上七点半，叶谙有个工作室安排的直播活动。回家后，她抛下谢朔，强忍着腿上的不舒服，到书房开了电脑。进入直播间，她刚上麦说了声“晚上好”，屏幕上就密密麻麻飘过许多条弹幕：

“姐姐晚上好！”

“姐姐是素颜吗？这个皮肤我慕了……”

“姐姐今天的声音好温柔哇，我死了……”

…………

叶谙同大家说了会儿话，然后进入互动环节，由粉丝提出角色或者对话片段，叶谙当场配音。直播室里热火朝天，人数不断增加。叶谙仿佛精分一样切换着角色，连口水都来不及喝。

书房门突然被推开，一个身影走进来。谢朔走到她身后，将一杯柠檬茶搁在她手边。弹幕立刻炸开了：

“我好像看到了一个男人的身影……”

“是谢总吗？”

“啊啊啊，谢总是担心姐姐口渴，专门送茶过来吗？”

“嗷，好甜哪！”

…………

从视频观看者的角度只能看到谢朔的半边身子和胳膊，脸完全看不见，但这并不妨碍粉丝们激动狂欢。

谢朔放下茶杯，低头问她：“什么时候结束？”

叶谙冲他笑了笑：“还有一会儿，你先去洗澡吧。”

“别太晚。”谢朔叮嘱一句，转身出去。

“嗯。”叶谙端起茶润了润喉，继续和粉丝们互动。

忽然有粉丝眼尖，看到了角落里摆放着的“小企鹅”音音，好奇地问道：“姐姐，你房间里那是企鹅吗？”

叶谙回头看了眼，说：“是智能宠物。”

前两天升级完之后，谢朔直接让人将音音送到了这边。弹幕上飘过许多“好萌啊”之类的话。

忽然又有粉丝问：“这只企鹅不会是谢总买的吧？”

叶谙没多想，实话实说：“是他送给我的。”

“哈哈哈，笑死我了，高冷画风一秒崩塌……”

“说好的霸道总裁呢？”

“从此以后谢总的脸在我脑子里就是企鹅的样子［笑哭］。”

…………

弹幕"哈哈"一片，几乎刷了屏。甚至还有网友当真用企鹅图片做成了霸道总裁式表情包，玩梗玩得不亦乐乎。

叶谙洗完澡，靠坐在床头，捧着手机刷微博，看到图片的时候，忍不住扑哧笑出了声。

谢朔穿着睡袍，从另一侧上床，见她伏在被褥中笑得不能自已，偏头问："笑什么？"

叶谙憋住笑，将其中一张P着墨镜的企鹅图片给他看："像不像你？"

谢朔摆了摆手。看着他面无表情的俊脸，叶谙忍不住伸出食指戳了戳，故意说："不太像，你一点儿都不可爱。"

她长睫微翘，眼中光芒细碎，谢朔看了许久，忽然捉住她的手指，握在掌中。他握着她的手，一根手指一根手指地细细揉捏着，最后单独捏住了左手无名指。她的手指纤细白皙，指根处似乎缺了点儿什么。

叶谙只以为谢朔是习惯性动作，没多想。她扭身将手机放到床头柜上，关灯之前，主动在他唇上亲了亲。

不过，她向来只喜欢撩拨，不负责后续，亲完就毫不留恋地坐回去，准备躺下睡觉。下一秒，她的腰被人从背后箍住，熟悉的气息不由分说侵袭过来……

次日是周一。谢朔不到八点就起了，叶谙腿还酸痛着，躺在床上不愿意动弹。谢朔叮嘱她好好在家休息，自己则换了衣服准备去公司。

叶谙趴在枕头上，目不转睛地看着他抬手系衬衣扣子，整理袖口，戴上手表，只觉得格外赏心悦目。

整理妥当，谢朔转过头，见她睁着眼睛在看他，于是走过去，俯身在她额头上亲了亲。在他起身时，叶谙恶作剧般拽住他的领带，抬起脸在他薄唇上亲了下，温柔笑道："早安。"

不等谢朔有所反应，她飞快松手躺了回去，裹紧了被子。谢朔在床边坐下，单手撑着床榻，低头想继续吻她，却被她避开："快走吧，你要迟到了！"

谢朔一笑，摸了摸她的头："有事打电话给我。"

他起身出屋，背影挺拔。叶谙看着他离开，渐渐重新合上了眼，只觉得呼吸间还依稀残留着他身上的气息。

一直到日上三竿，叶谙才起床。她双腿酸痛，懒得出门，在家窝了一天，中途项泉发消息给她，商量参加某个新节目的事。

下午四点半，日光斜照入窗，叶谙估摸着时间，换了条漂亮的长裙，又精心化了妆，决定去公司找谢朔，陪他吃晚饭。她没有提前发消息给他，打算给他一个惊喜。

拿起包准备出门时，她想起前天拍的那条手链，转身走到放置贵重物品的玻璃表台前取出手链。她将手链戴到手腕上，高兴地看了看，不知怎么，脑中忽然闪过了昨天晚上谢朔捏她手指的画面。

当时，他着重捏的，好像是她的左手无名指？难道他是想提醒她戴婚戒？

叶谙回过味儿来，有些想笑。提醒就提醒，还非搞得这么迂回！她转身，从床头柜里翻出了婚戒，本打算自己戴上，想了想，忽然又连着戒指盒放进了包里。

日照西斜，叶谙下车，抬头看了看，走进高耸的商业大楼。以往她都是直接跟谢朔一起过来，这会儿单独出现，前台一时有些反应不及，愣了下，赶忙上前相迎："夫人。"

叶谙微微笑着点了下头，径直穿过走道，往谢朔办公室方向走，随后很快有秘书过来主动替她引路。

叶谙走进办公室的时候，谢朔正坐在办公桌前翻看文件。他穿着白衬衣，黑色西裤，鼻梁上架了一副金丝边眼镜，看着很有几分斯文败类的气质。

他以前几乎不戴眼镜，复明之后，因为用眼问题，偶尔会戴一下。谢朔抬起头，看见走过来的身影，原本严肃的脸上露出一丝温和笑意。

叶谙在办公桌前停下，斜倚着桌边，眨了眨眼，说："谢总，我来找你结一下工资。"

谢朔公事公办，扫了一眼日历，说："还不到一个月。"

叶谙立刻道："做五休二，一个月有八天假期，到今天为止我已经工作了二十二天，不多不少刚好。"说着，她朝他伸出了手。

谢朔拉过她的手，将她拽到怀里坐着，笑道："等会儿结给你。"

叶谙扫了一眼桌上的文件，问他："你还有多久？"

谢朔搂着她的腰，说："还有一会儿。"

叶谙也没催他，从他怀里起身，拖了一把椅子在他旁边坐下，双手撑着下巴，看他翻阅文件签字盖章。

谢朔握笔的手指干净修长，微微垂眼时，镜片上泛开一抹流光。叶谙看了一会儿，从包里翻出手机，悄悄调整角度，对着他拍了张照。

谢朔神情专注，完全没注意到。片刻后，他将文件收起，抬手准备摘掉金丝眼镜。

叶谙却阻止了他：“先别摘。”

谢朔停下动作，抬头看她。叶谙身子往前倾，支颐而坐，笑盈盈道：“我发现你这个样子，还挺有‘斯文败类’的气质，让我多看两眼。”

斯文败类？听到这四个字，谢朔忽然抓过她搁在桌子上的手，眼底掠过一丝意味不明的神色。

叶谙恰好捕捉到他眼底的异色。结婚这么久，再亲密的事都做过了，她自然能猜到他在动什么念头。她直接起身，坐到了他腿上，双手搂住他的脖子，凑到他耳畔轻声问：“你在想什么？”

谢朔揽住她的腰，镜片后的目光微沉，低哑道：“想‘斯文败类’应该做的事。”

有时候，越是正经严肃的地方，越容易勾起人做坏事的欲望。叶谙一只手钩着谢朔的后颈，一只手划过他的下颌，顺着喉结往下，拨弄着他的衬衣扣子。她之所以敢这么肆无忌惮，也是笃定了他不会动她。

以他工作狂魔的行事作风，她就不信，他能在这办公室对她做什么出格的事情。可惜，她显然高估了男人的自制力。

下一秒，叶谙腰间一紧，整个人身体悬空，就这么被抱到了办公桌上。她愣了愣，为什么事情发展跟她想的不一样？

谢朔将座椅往后一推，抬手解了衬衣领口的扣子，又抬起手腕，解开袖扣。

叶谙不由自主地紧张了一下，纤细的手指抓着桌子边缘，往后挪了挪。她难以置信地问：“你想干什么？这里是办公室！”

谢朔瞥她一眼，眼神里明显传达着一个意思——你说呢？

叶谙脑子飞速地转动着。谢朔倾身向前，双手撑在她两侧。叶谙敏锐地感觉到危险，赶忙主动仰脸在他唇上亲了下，而后跳下桌子，挽住他的胳膊，说：“你事情处理完了吧？我们去吃饭。”

谢朔显然不打算就这么放过她，他深深看她一眼，蓦地揽住她的腰，将她重新抱回了桌子上。

叶谙还来不及反应，唇就被封住，腰也被扣紧。她挣脱不开，只能抬手拍打他的肩膀。

半晌，谢朔才松手放开她。他直起身，理了理衬衫领口和衣袖，俨然又是那副“斯文败类”的模样。叶谙气息不稳，忍不住抬起脚尖，踢了他的小腿一下。谢朔动作一顿，斜眼瞥向她。叶谙立刻㞞了，生怕他改变主意当真在这里办了她，忙从桌子上跳下来。落地时她的腿一麻，险些摔倒，被他伸手扶住。

他身上味道干净好闻，叶谙便也没推开他，亲昵地偎着他往外走。结果刚出办公室，迎面就撞上了钟覆和两位有些眼熟的高层，以及其他助理。

叶谙僵了僵。为什么谢朔不告诉她外面有人？幸好他们没真在里面做些什么……不动声色地站直身子，端正姿态，企图挽回一点儿总裁夫人的颜面。

众人眼神微妙，静默不语。钟覆只得上前，硬着头皮开口："谢总，明天上午的会……"

谢朔不愧为"斯文败类"，丝毫没受影响，淡淡道："照旧。"

说完，他揽着叶谙穿过走道，往专属电梯处去。二人乘电梯到地下车库，叶谙上了车，仍有些尴尬，面上热意也未褪去。她低头从包里翻出小镜子，打算整理一下妆容。

翻的时候不小心碰到了放在里头的戒指盒，她微微一顿，本打算取出戒指让谢朔替自己戴上，但一抬头看见他靠着座椅，一副从容淡定的模样，再联想到刚刚办公室里的情形，顿时觉得不能让他这么得意，于是又将戒指盒塞了回去。

哼，等下次他表现良好的时候再说吧。

吃过晚饭，时间还早，两个人在餐厅外面的庭院里散了会儿步，才返程回家。回家的路上，车多拥堵。路灯绵延远去，车子在车流中蜗牛一样缓慢地挪动着。叶谙不经意偏头，透过车窗，看到街边有个小姑娘，长发披肩，正抱着一把吉他，在弹唱卖艺。

谢朔跟着看过去，似乎想起了什么，忽然说："我记得之前你唱过一首歌？"

叶谙闻言回头，骄傲地挑了下眉，道："我唱过的歌可不止一首，你说的哪首？"

谢朔看着她的眼睛，说："那次你喝醉酒，回来说要给我唱首歌，抱着吉他唱的。"

叶谙回忆了一下，反应过来他说的哪次，笑道："你说《青时》呀，那是我大学时候拍的那部电影的主题曲，没什么名气，怎么？"

谢朔握住她的手，低声道："回去再唱一次？"

叶谙忍俊不禁，凑到他面前，问：“你当时不是很嫌弃吗？怎么又想听了？”

谢朔顺势捏住她的下巴，低头亲了亲。

叶谙眼波流转，故意道：“看我心情吧。”

虽然叶谙嘴上这么说，到家后，她还是陪着谢朔去了琴房，抱出几乎已经落灰的吉他，坐在椅子上弹唱起来。

轻快悠扬的曲调响起，叶谙嗓音干净清澈，随着夜风不疾不徐地飘入谢朔耳中。叶谙一袭浅色长裙，神情专注，白皙的脸上落满辉泽，身后窗帘微微拂动，起伏如水。她轻轻拨动着细弦，眉眼间隐约浮现出几分青涩气息。

谢朔立在一旁，静静看着她，仿佛隔着漫长时光，窥见了她曾经的模样。这一刻，他脑中忽然闪过一个念头：假若当年他们初遇的时候，他开口问一问她的名字，是不是他们就能早一点儿开始？

曲调收尾，叶谙起身放下吉他，问他：“好听吗？”

这一回，谢朔没有再像上次那样静默不语。他微微一笑，及时夸赞：“好听。”

叶谙很满意这个回答，侧过头，看见旁边被布罩起来的钢琴架子，忽然问：“你是不是会弹钢琴？”

谢朔顺着她的目光望过去，轻轻“嗯”了一声。他自小学琴，纯粹就是为了陶冶情操，增加艺术细胞。

叶谙双眼一亮，抓住他的手，要求道：“那你弹给我听好不好？”

谢朔刚要走过去，忽然想到什么，眸光微闪，说：“今天不弹，等过一阵子。”

弹个钢琴还要焚香沐浴挑选黄道吉日吗？叶谙搞不懂他的脑回路。难道是太久没弹，想先练一练？

还没等她琢磨清楚，谢朔就已经揽着她出了琴房，回到卧室。因为下午的作死，这天晚上，叶谙深切体会到了什么叫真正的“斯文败类”。

第二十章 得窥天光

周四，叶谙陪谢朔去岑青彦那边复诊，检查眼睛恢复情况。

谢朔进医疗室检查之前，叶谙同第一回一样，倾身抱了抱他：“我在外面等你。”

这一次的检查没费多少时间，检查完，岑青彦叮嘱了一些注意事项，说复诊时间可以拉长到三个月一次，再过半年，应该就不用过来了。

从医疗室出来，谢朔一眼就看到了等在外面的熟悉身影。天光从远处漫进来，温柔地覆了叶谙一身。

出事的那一年多里，他困于黑暗中，经历太多失望，一度情绪焦躁，不愿意检查，也不愿意做手术，觉得毫无意义。可不知道从什么时候开始，他不再害怕和排斥，因为——她总会在这里等他。

无论是什么样的结果，无论他能不能看见。

听见响动，叶谙回过头来，如同以往一样，弯唇笑开，眼底光芒细碎。谢朔也笑了笑，站在原处朝她伸出手。叶谙笑着，飞奔过去，扑入了他怀中，轻声道：“我们回家。”

从研究所回来没多久，谢朔再次飞往外地出差，这次是在海城。叶谙本想跟着一块儿过去，但因为工作室新接的一部电影配音出了问题，临时需要她去救场，只得作罢。

等到叶谙忙完，从录音棚里解脱出来，已经是四天后。这几天，她和谢朔除了偶尔休息的时候会互通一下消息，平常几乎全程无交流。

以前没表明心意的时候，她还不觉得有什么，现在才分别几天，就有种如隔三秋的漫长感觉。下午四点，叶谙回到家，窝在沙发上给谢朔发消息："我忙完放假啦。"

她顺道发了个可爱的卖萌表情包。谢朔估计在忙，好半天才回消息，而且十分简短："好好休息。"

叶谙："你还有多久回来？"

谢朔："三天左右。"

连句"想我了"都没有，看来确实很忙，十分符合他事务繁忙的总裁属性。

谢朔不在的时候，叶谙总感觉房间里冷清了不少，显得空荡荡的。她握着手机想了想，脑子里突然闪过一个念头。她翻身坐起，订了一张最近时间飞往海城的机票，随后飞快收拾行李，出门赶去机场。

飞机落地是晚上八点多，举目望去，满城灯火繁华。叶谙戴着口罩，在街头拦了辆出租车。她只知道谢朔下榻的酒店，并不知道具体的房间号，所以上车后，她给钟覆打了个电话，让他到酒店大厅来接她，并叮嘱他先不要告诉谢朔。

接到电话的时候，钟覆刚从谢朔房间出来，闻言赶忙乘电梯下楼，提前在大厅门口等着。

约莫半个小时后，叶谙出现在酒店外，长发被风吹得有些乱。钟覆快步上前，接过她手中的小行李箱，唤道："夫人。"

叶谙抿唇一笑，问："他睡了吗？"

钟覆道："还没。"

叶谙跟着钟覆乘电梯上楼，快到谢朔房间门外时，她偏头问道："房卡你有吗？"

钟覆从兜里掏出谢朔的房卡，递给她。叶谙接过房卡，微微笑着小声道："你去休息吧，我自己进去找他。"

钟覆应道："好。"

叶谙拿着房卡，打开了谢朔的房间门，放轻脚步走进玄关。里头开着灯，浴室方向传来清晰的水声。

看来是在洗澡。叶谙略松了口气，放心大胆地走到里面，将行李箱里的衣服挂到衣橱里，而后坐在沙发上等他。不多时，水声停歇，开门的响动传来。叶谙忙从沙发上起身，悄悄躲到玄关处。

脚步声渐近，谢朔一身白色睡袍，缓步出现在灯光下。他正好背对着叶谙的方向，拿着毛巾在擦头发。

叶谙蹑手蹑脚地走到他身后，小孩子恶作剧一样抬手去捂他的眼睛。结果还没碰到他，她的手腕就被抓住了。谢朔转过头，看见是她，怔了一下，随后反手用力，一把将她拽到身前，揽着他的腰，低声道：“你怎么来了？”

叶谙在他身前仰起脸，挑眉一笑，说：“突袭查岗，看你有没有背着我干不好的事。”

谢朔望着她，嘴角浮起笑意：“什么不好的事？”

叶谙微微踮脚，主动吻上去。谢朔托着她的后脑勺，很快反客为主。她被迫扬起下巴，唇齿间全是他的气息。渐渐地，她有些站立不稳，葱白般的手指紧紧抓着他身上的睡袍，耳根处晕开薄红。

头顶灯光照下，视线朦胧不清，像是沉溺在梦境里。过了许久，唇上的温热稍稍离开，沿着下颌往脖颈处去，叶谙终于能自由喘口气了。她抬手抵在他胸前，别开脸，不让他继续，说：“我才刚下飞机，还没洗澡。”

谢朔从她颈间抬起头，搂着她的腰，指腹在她唇边摩挲了下，问：“吃晚饭没？”

叶谙抓住他的手，说：“在飞机上吃了点儿。”

谢朔手上力度略松，揽着她到一旁坐下，问：“还饿不饿？我让人送餐过来？”

叶谙摇了摇头，说：“不用了，我去洗澡。”

她起身，拿了睡衣进浴室。谢朔在书桌前坐下，桌上摆着笔记本电脑，修长的手指正飞快敲击着。见她洗完澡出来，他最后敲下一行字，合起电脑。

叶谙穿着吊带睡裙，裙摆下两条腿修长白净。她用毛巾擦了擦头发，毫不客气地将吹风机递给他，使唤他：“帮我吹头发。”

谢朔接过，起身同她在沙发边坐下，随后一只手撑开她散落的长发，另一只手拿着吹风机，温柔细致地帮她吹着。

夜色深浓，风拂动窗帘，隐约可见对面零星的灯火。吹完头发，叶谙有些累，懒散地靠在谢朔怀里，不愿意动弹。谢朔靠着沙发，手指有意无意地在她腰间轻轻摩挲。他的睡袍领口宽松，露出小片胸膛和锁骨，配上冷峻的面容，格外性感。

几天没见，叶谙忍不住多瞄了两眼。这两眼恰好被谢朔捕捉到。他低头，噙着笑问：“看什么？”

叶谙收回视线，故作淡定道：“没看什么。”

谢朔笑了下，一只手揽着她的腰，一只手横过她膝弯，直接将她抱到了腿上，低头去亲她。叶谙故意往后仰，不让他得逞。下一秒，她身体腾空，下意识搂住了他的脖子。

谢朔抱着她起身，大步走到床边，将她放下，随后压了上去。他的双臂撑在她身侧，阴影和气息覆在她的身体上方，有种强烈的压迫感。叶谙陷在柔软的被褥中，抬起手指碰了碰他的喉结，随后趁他不备往旁边躲去。

两人笑着闹腾了一会儿，最终叶谙敌不过他的力气，被他按住。呼吸重新被攫取，头顶光影沉沉浮浮，仿佛有海水翻涌进来，淹没一切……

后半夜，叶谙蜷缩在被窝里沉沉睡去，谢朔则倚在床头，借着昏黄的灯光，伸手取过了一个小巧的丝绒盒子。他打开盒子，里头是一枚崭新的钻戒，光芒在灯下格外耀眼。

第二天，谢朔早起去谈合作，让叶谙在酒店休息。叶谙觉得无聊，拖着酸软的身子从床上爬起来，换好衣服，同他一起过去。她之前常替他读文件，陪他谈合作，已经积攒出了一定的经验，现在完全能游刃有余地应对这种场合，甚至连他们谈的内容都能听懂一些。

晚上，叶谙陪他回到酒店，开玩笑说："你应该另外再给我发一份工资。"

谢朔笑看着她，忽然说："给你分点儿股权，把你调到公司来？"

叶谙吓了一跳，生怕他真这么做，忙道："那倒不用，给工资就行。"

谢朔揽着她坐下，握了握她的手，说道："我没跟你说笑，你现在的工作室有人打理，时间允许的话，你可以考虑往上再走走。"

叶谙最近正想做个职业规划，听他这么说，不由得有些心动，犹豫道："可是我好像什么都不太会……"

谢朔道："你要是感兴趣，可以先跟在我身边学习一年，我慢慢教你。"

叶谙心底涌起一股暖流，抬头看他，故意笑着问："那我要缴学费吗？"

谢朔低头，慢慢凑近，笑道："要。"

话音刚落，他俯身吻住了她。

三天后，谢朔出差要办的事全部完成，陪着叶谙在海城玩了几天才返程。盛夏将至，天气一天比一天热。回去没休息两天，叶谙就迎来了一个室内采访节目，主要是为了给工作室做宣传。

参加这期节目的，除了叶谙，还有圈内其他知名配音人士。叶谙不是头一回参加这种节目，所以早已经适应。她从容不迫地上了台，结果目光扫到观众席后愣了愣。

第一排的座位上，坐着一个熟悉的身影——谢朔不知何时过来了，正在台下看着她。灯光下他的面容有些模糊，嘴角隐约浮现几丝笑意。他穿着黑色衬衣，五官冷峻，气场强大，当即便吸引了不少目光。

叶谙回过神儿，在主持人的引导下坐到了自己的位置上，视线却克制不住地往谢朔那里飘去。活跃气氛的开场白过后，便是各人的配音表演。

高台之上，灯光璀璨，叶谙走到中央，光华顷刻间覆了她满身，映衬得她眉眼灼灼，明艳动人。台下，粉丝们鼓掌欢呼，谢朔坐在其中，静静地看着她，幽深的眼底也凝着光，仿佛暗夜星辰。

节目结束，观众们陆续退场，谢朔转到后台等叶谙。他单手插兜，被西裤包裹的两条大长腿格外引人瞩目。叶谙同节目组的人打过招呼，拎着裙摆，迫不及待地小跑到他面前。她眸底泛着细碎的光，脸上满是欢喜，问："你怎么来了？不是说公司有事？"

录节目之前她给他打过电话，他说公司有事，这天晚上不能来接她，没想到他竟突然出现在台下。谢朔微微一笑，没回答，只是牵过叶谙的手，在一众工作人员的目光中揽着她往外面走。一直到出了录制现场，叶谙的心都还扑通乱跳着，脸也被夜风吹得微红。

"去吃饭？"上车后，谢朔偏头问。

叶谙笑得眉眼弯弯，答道："好哇。"

录节目之前，她简单地吃过一点儿东西，不过没吃饱，现在正好陪他一起。很快，司机就将车停在了一家餐厅外面。

开门下车的时候，叶谙总觉得四周的景物布局有种似曾相识的感觉，仿佛什么时候来过这里，可一时又记不起来。

餐厅内灯光柔和，氛围浪漫，洁白如雪的桌布上，摆了一束百合。谢朔让服务生倒了半杯红酒，搁在她面前。

叶谙托着下巴笑问："什么日子，突然这么隆重？"

谢朔抬头，微微一笑，说："嗯，很重要的日子。"

神神秘秘的……叶谙不知道他葫芦里卖的什么药，配合地抿了两口酒，等着他安排。吃过晚饭，两个人从餐厅出来，没急着回家，沿着长街悠闲散步。夜风柔软，路边植了几株木兰花树，空气中散着淡淡的花香。

走了一会儿，叶谙终于反应过来，为什么她会觉得似曾相识——

这好像是通往她大学校园的那条路。再往深了想，当初他就是在这里遇上她，将她送回了学校，这也算得上是他们初遇的地方。

只不过那一夜下着雨，而今晚月白风清，是难得的好夜色。六年过去，景和物变化很大，但大致的布局还在。朦胧的光裹着树影，成团成簇的花朵缀在枝头，偶尔掉落一瓣，随风飘走。

“怎么突然想着来这里？”叶谙心头微动，钩着他的手问道。

谢朔偏头看着她，笑了下，说：“记起来了？”

“我当然记得。”叶谙扬了扬下巴，嘴角不自觉地翘起，却还是矜持地说，“我是以为你早就忘了。”

谢朔没言语，捏着她的手指，望向前面，眉眼笼在夜色里。早先他确实不记得，因为没放在心上。后来经她提醒，他的记忆像是重启一样，慢慢清晰起来，甚至连她当时坐在路边，穿的什么裙子，是什么表情，都一点一点清晰地在脑海中浮现。

两个人走了一段路，拐到另外一条街上时，叶谙忽然道：“你还记不记得上回我拉你出来逛街，那条街就是当年你送我回学校经过的地方？”

怪不得她当时问他有没有来过，原来是这个原因。谢朔脑中再次闪过当年的画面。

见他一直不说话，叶谙拽了拽他的手，问道：“在想什么？”

谢朔从沉思中回神，偏头看她，眼角眉梢染上一丝笑意：“在想……我当时为什么没有问一问你的名字。”

如果他当初肯多费一分心，或许他们能早一些开始。要不是她一直念念不忘，主动到他身边，他们很可能就错过了。

叶谙微微一怔，明白过来他的意思，小声道：“还能为什么？你当时就是对我没意思，没把我扔路边自生自灭就算不错了。”

不是谁的初遇都能拿到一见钟情的剧本，他自小顶着天之骄子的光环长大，什么样的女孩子没见过，怎么会轻易被一个冒冒失失撞到他的小姑娘吸引？更何况，她当时那么狼狈，估计美貌都早没了，只剩下楚楚可怜。他肯帮她，也不过是因为动了恻隐之心，无关风月。

退一万步讲，他那时候要真对她表露出兴趣，以她当时偏激的思想，说不定会把他当成和那个投资方一样的人，认为他见色起意，乘人之危。

“其实那时候我想过，你会不会也见色起意。”叶谙说，“谁知道你还真一点儿念头都没有。”

谢朔单手插在裤兜内，摩挲着指间的丝绒小盒子，望着她含笑的眉眼，良久没说话。

两个人边走边聊，散了半个小时的步才回家。

到家后，叶谙准备回卧室，却被谢朔牵着走到了琴房门口。她疑惑地看了看他，抬手推开门，一抹红色映入眼帘。房间显然被提前布置过，清香弥漫，还摆了大束的玫瑰花，光晕中花瓣娇艳欲滴。钢琴架子上的布罩子已经被揭去，露出光洁如新的琴身。

叶谙愣愣地望着眼前情形，一时有些蒙。谢朔偏头一笑："不是想听琴？"

他说着，松开她的手，走到钢琴架前坐下，修长干净的手指搭上琴键，轻轻弹奏起来。舒缓的曲子如月色，缓缓流淌开来。光笼罩在他身上，勾勒出英俊的侧脸，衬得他整个人优雅又高贵。

思绪仿佛瞬间回到很久以前，她初见他的第一眼。彼时惊鸿一瞥，心间自此开出花，常盛不败。叶谙怔怔立在原地，良久都没有回神儿。

一曲结束，谢朔起身，拉着她在钢琴前坐下，忽然从兜里掏出一个精巧的丝绒盒子。盒子打开，里头是一枚精致的钻戒，光芒璀璨夺目。这段时间，他想过各种求婚的场面，反复设想又否决，最后选择了这样简单的一种。

"谙谙，嫁给我。"谢朔单膝跪地，抬头望着她，神情专注，眸子幽深如海，只映着她一个人的模样。

叶谙愣怔不动，搁在腿上的手指蜷起，眼角不自觉地泛了红。有些事，她不主动去求，是因为早已经习惯，却没想到他一直记在心里。

她别开眼，憋回眼角的湿意，半晌，故作不满地绽开一个笑，说："你也知道还欠我一个求婚？"

谢朔笑了笑。叶谙看着他的眼睛，将手递给他。谢朔拉过她的手，将钻戒套在她无名指上，缓缓推到了指根处。她白皙纤细的手指与钻戒相得益彰。

他单手撑在她身侧，缓缓起身，指腹抚过她眼角，低头在她额间落下一吻，嗓音前所未有地温柔："我爱你。"

——我爱你，不因见色起意，不因怜悯生情。

——只因为，我爱你。

求婚后的第二天，是周六，叶谙陪着谢朔去老爷子那边吃饭。

老宅依山傍水，即便到了夏天也不是太热。两个人到那儿的时候，老爷子正在书房下棋，窗前一丛绿竹，郁郁葱葱。

陪老爷子下棋的是谢朔的堂妹。她手里执了一枚棋子，看着棋盘，苦思冥想，半晌都没有落下。老爷子面露困意，也没催她。堂妹抬头，看见谢朔和叶谙走进来，双眼一亮，仿佛看到了救星，忙唤道："哥，嫂子。"

"爷爷。"两个人上前道。

老爷子见他们手挽着手，脸上不由露出了笑容。

"哥，你快帮我看看，接下来该怎么下？"堂妹说。

谢朔扫了眼惨不忍睹的棋局，淡淡扔下一句："不用下了。"

必输之局。也就老爷子惯着孙女儿，有耐心陪她消磨时间。堂妹自尊心受到重挫，又不敢说他，干脆三下五除二结束掉这局棋，将位置让给他。

谢朔和老爷子下了三局棋，刚好到吃饭时间。饭桌上，大家都很安静。老爷子突然提起谢朔的一位表姐孩子满月，让他挑份礼物送过去。

谢朔应下，忽然说："爷爷，我想补办一下婚礼。"

叶谙一愣，抬头看向他。谢朔没避开她的目光，回望过去，眼底笑意浓浓。当初他们结婚时，因为谢朔失明，只简单摆了个家宴，现在补办婚礼倒也应该。

老爷子点了点头。"是该好好补办一场，热闹热闹，"他问，"跟你爸妈说了没有？"

谢朔道："还没。"

叶谙心道，连我都是刚刚才知道呢。

晚饭过后，两个人离开老宅，返回公寓。车窗外路灯昏黄，一盏一盏绵延远去。车子驶出很长一段距离，叶谙还沉浸在刚才的惊喜中，眸子里闪着光。

她搂着他的胳膊，抬头问："婚礼的事你是什么时候决定的？怎么之前都没听你提过？"

谢朔微微一笑，说："想给你个惊喜。"早在求婚之前，他就在准备这件事了，只是一直没告诉她。

叶谙凑过去，高兴地在他嘴角亲了一下。

谢朔拉过她的手，与她十指相扣，低头问："婚礼想在哪儿办？"

叶谙靠在他肩头，仰脸看他，说："我也不知道，要不你挑几个地方，让我选？"

谢朔笑了笑："好。"

经过一番商议，两个人将婚期定在了六月。原本谢朔打算等到十月份，去国外某座可以看极光的岛上举办婚礼，但考虑到路程和老爷子的身体等原因，只能作罢，改在了附近的一座庄园内。

谢柏言和温若瑜收到消息，提前结束度假，赶回了国。

六月初，婚礼一切事宜基本敲定，叶谙期盼已久的婚纱也终于做好了。

纯白为底色的衣裙，花瓣一样重重叠叠铺展开，裙摆上落满细碎的星光，轻纱如月色逶迤而下，精致华丽，叫人挪不开眼。

叶谙迫不及待地换上，从更衣室出来，拎着裙摆在镜子前转了半圈。她没有戴发冠，长发垂在肩头，削肩细腰，纤秾合度。

谢朔单手插兜，在一旁静静看着她。叶谙回头，恰巧捕捉到他眼中一闪而过的惊艳。她走上前，双手勾着他的脖子，仰脸给了他一个奖励的吻，夸奖道："你眼光不错。"

谢朔揽住她纤细的腰肢，低眸看着她精致的面庞，轻轻笑了下，认可了她的评价："嗯，是不错。"

婚纱礼服做好，接下来就是婚纱照。叶谙挑了好几个摄影师，正发愁要请谁时，恰巧在陪谢朔参加朋友聚会的时候撞上了庄以念。

听说叶谙要找人拍婚纱照，庄以念便向她推荐了自己的工作室，表示可以空出档期帮他们拍摄。庄以念在业内的名声不小，给不少明星都拍过照，有她帮忙，叶谙自然求之不得，当即便欣然应下了。

为了拍婚纱照，两个人去了许多地方，从国内走到国外，仿佛蜜月旅行一般。

日子在忙碌和兴奋中过去，婚礼当天，晴空万里，风和日丽。叶谙早起化了妆，将头发绾起，戴上水晶冠，换好婚纱。窗边朝阳渐渐漫进屋内，七点左右，谢朔过来接她，赶往婚礼举办的庄园。

宾客们陆陆续续到来，等着婚礼开始，施双双也如愿当了伴娘。看见叶谙身上的婚纱，施双双惊艳了半天，拿着手机不停拍照，边拍边提醒她："待会儿记得把捧花丢给我。"

叶谙莞尔，眼角眉梢明艳动人，她温柔地说："你站近一点儿，到时候我直接给你，或者等结束后给你也行。"

施双双一脸正气，表示拒绝："不，缘分天定，我要靠自己的实力。"

"那你加油。"

正午时分，婚礼开始。

日光明媚，偌大的庄园内鲜花成团成簇，热闹肆意地开了满园。风中散开花香，悠扬舒缓的音乐声流淌在日光之下。叶谙披着轻纱，穿过花路，一步一步走向红毯尽头等待她的颀长身影，雪白的裙摆上辉泽熠熠，如缀星辰。

谢朔一身新郎服，明透的光影中，他身姿挺拔，高贵优雅。他看着叶谙从另一端缓缓走过来，唇边漾开轻浅笑意，而后朝她伸出手，手指修长如玉。

叶谙将手放入他掌心，被他握住，带到身前。周遭的一切仿佛在刹那间化为虚无，对视的眼底，映出彼此的模样。他半掀起轻纱，低头吻住了她。曾经的遗憾，至此终于圆满。

宴会一直持续到了晚上，婚礼流程走完后，两个人换上寻常的礼服，招待宾客。宴会厅内，灯火如昼，水晶杯流光溢彩，处处奢华。有谢朔护着，叶谙倒是没喝多少酒。但酒不醉人人自醉，宴会结束时，她颊边也泛开了红晕。

两个人没在庄园内留宿，直接坐车回家。谢朔有些醉了，一路上都微合着眼，靠在叶谙肩头。

叶谙低声埋怨：“不是让你少喝点儿酒？”

谢朔没说话，握着她的手揉了揉。

仲夏的夜，空气有点儿闷热，寂静中隐隐传来虫鸣声。到家后，叶谙拎着裙子下车，转过身去扶谢朔。他睁开眼睛，按了按额角，搭着她的手弯腰下车。

地灯如月华晕开，叶谙扶着谢朔往里走，细细的高跟险些踩到裙摆。

谢朔见状，揽住她的腰，俯身想去抱她，却被她推开：“都醉成这样了，还抱我，你小心别把我给摔了……”

谢朔低眸，笑了笑，说：“不会。”

叶谙才不信他，搀扶着他，踉踉跄跄上了楼。

虽说今晚算是新婚夜，但他们毕竟已经做了一年多夫妻，也没什么新奇或紧张可言。回到卧室后，叶谙便如往常一样，从衣帽间拿了睡衣，扶他进浴室洗澡。

她刚将衣服放下，准备转身出去，手腕突然被拽住。她回过头，还没回过神，温热的气息便扑面而来。

叶谙被拉着在里头闹腾了一个多小时，最后衣服裙子被水淋透，凌乱地掉落一地，完全没眼看。闹腾结束，谢朔总算清醒了些，叶谙却被折腾得一肚子气，尤其是在看到他脸上微醺的笑容之后，这股气就越发不顺了。她揉了揉腰和手腕，懒得再管他，裹着浴巾，出了浴室。

白天风和日丽，晚上却忽然下起了急雨，噼里啪啦地砸在玻璃窗上。听着外面的雨声，叶谙的心无端静了下来。她走到窗前，借着屋内的灯光，看着窗外的雨景，曾经的记忆再度涌上脑海。

六年前的那个雨夜过后，叶谙不止一次地梦到过当时的情形，直到时日渐久，才慢慢淡了。她曾经一度以为，她和他不会再有交集，没想到兜兜转转，最后竟然走到了他身边。

许久，身后传来脚步声，谢朔也换上睡袍出来了。

“下雨了。”叶谙没回头，兀自道。

谢朔走到她身后，从后面拥住她，呼吸轻浅，拂过她耳畔。雨继续下着，水雾在灯光中弥漫，倒映出两人模糊的身影，仿佛融在了一处。

经过浴室那一通闹腾，谢朔没再拉着她做什么。两个人在窗边腻歪了一会儿，躺到床上，小声说着话。雨声渐渐弱了，叶谙靠在他怀里，困意上头，慢慢合上了眼。彻底睡过去之前，她迷迷糊糊说了句：“晚安。”

谢朔拥着她，在她额间落下一吻，轻声道：“晚安。”

屋内陷入寂静中，唯有雨声依稀。凌晨五点多，不知道怎么回事，叶谙突然醒了过来。她的脑子格外清醒，还隐隐有一点儿兴奋，仿佛这天才是婚礼。她睡不着，索性睁开眼，看着近在咫尺的熟睡面庞。

天还没彻底亮起来，窗外只露了点儿熹微的晨光，凉如露水。借着这点儿光，她伸出手指，拨弄起谢朔卷翘的睫毛来。

大概是酒醉的缘故，谢朔睡得很沉，任由她动作了半天，也没什么反应。他的皮肤也很好，没有一点儿瑕疵，她凑过去，在他唇上亲了一口，眉眼间满是欢喜。

谢朔仍旧没动静。她看了看他，又去亲下巴。这回谢朔终于醒了，大掌往叶谙背后一揽，将她按入怀中。他低头，伏在她脖颈间，初醒的嗓音带了一丝低哑：“怎么醒得这么早？”

颈间拂过温热，叶谙伸臂环住他，轻嗅着他身上干净的气息，笑盈盈说：“睡不着。”

谢朔感受着怀中的柔软，翻身将她压住，目光深沉。他俯身去亲她，叶谙却突然侧过脸，看向窗外，双眼亮晶晶的，她满是兴奋地说：“我们起来看日出好不好？”

“等会儿。”谢朔轻轻捏住她的下巴，重新去捉她的唇。

“再等太阳就出来了！”

谢朔还没亲两下，就被她兴致勃勃地从床上拉了起来，去了外面的露台上。天色晦暗，深浓的墨色一直蔓延到天际，雨已经停了，空气中还残留着草木清香以及湿润泥土的气息。

叶谙靠着扶栏，望向远处，谢朔就守在她身侧。漫长的黑夜渐渐过去，朝阳一点一点从天边沁出，金色的光绚丽耀眼，潮水般铺满山峦草木，最后染上二人的眉眼。

叶谙的眼睫上落满辉泽，眸子里也光彩熠熠。谢朔看着她被朝阳笼罩的侧脸，心口微微一动，许多的记忆再次闪过脑海——

黑暗中始终陪伴在耳边的说笑声，肆意鲜活；夜间入睡时，枕畔熟悉的气息；复明那日，见到她的第一眼……

谢朔忽然伸臂将叶谙拥入怀中。

他的呼吸拂过叶谙额际，叶谙在他怀里抬起脸，看着他，忽然笑道：“我是不是还有句话没跟你说？”

谢朔低头，眼底映入她的笑脸，眉弯如月，明眸如星。

叶谙凑到他耳边，嗓音温柔，似清晨的风：“我也爱你。”

夜尽天明，旭日自远山之后跃出，照亮所有。

——你我都曾深陷黑暗，如今，终于得窥天光。

（正文完）

番外一 南极

夏夜闷热，虫鸣声断断续续传来，天幕上星河璀璨。

叶谙从花园里散完步回屋，一个人窝在沙发上捧着手机和施双双闲聊。屋内冷气开得低，她盖了一条薄毯，只有脚尖露在外面。

距离她和谢朔的婚礼已经过去一个多月，谢朔又恢复到了婚礼之前的忙碌状态，甚至比以前更忙。叶谙倒是清闲，上周刚配完一部电视剧，之后也没接什么新任务，工作室也有她新招的小助理，更没多少事需要她操心。

施双双好奇地问："你最近这么闲，没跟你们家谢总去度蜜月？"

叶谙想起千月山的那次蜜月，回她："早度过了。"

其实补办完婚礼之后，她也想再正式补一个蜜月，奈何谢朔实在太忙，提都没提，她也就只能压下这个念头。唉，谁叫她嫁了个工作狂魔呢？

说到这里，她给谢朔发了条消息："你什么时候回来？"

谢朔那边没回复，叶谙估摸着他在忙，也就没再追问，和施双双聊了几句，放下手机准备先去洗澡。她刚要起身，突然被人从背后搂住。对方的下巴搁在她肩窝，呼吸灼热，喷洒在颈间。

叶谙转过头，看见近在咫尺的熟悉面容，立刻露出粲然的笑容："你回来了？"

谢朔搂着她的腰，"嗯"了一声。叶谙伸出葱白般的食指勾了勾他的下巴，夸奖他："今天回来得还算早，以后要保持。"

谢朔笑了笑，低声问她："明天陪我去公司？"

“这个要看我心情。”叶谙揪住他的领带，将他拉近，在他唇上亲了一下，问，“喝酒了没？”

谢朔没回答，只是顺着她的动作低头，然后按住她的后脑勺，加深了这个吻。分开时，叶谙已经成了坐在谢朔腿上的姿势。他的领带被扯下扔在一旁，衬衣领口的扣子也松开了两粒，锁骨处泛着红。

这模样，勾得人心痒难耐。叶谙按捺住心中蠢蠢欲动的念头，推了推他的胸膛，一脸嫌弃地说：“身上都是汗，快去洗澡。”

谢朔扣着她又亲了两下，才松开她起身。叶谙在他后面洗。等她从浴室出来，卧室里空荡荡的，谢朔不见人影。

叶谙走出卧室，往书房方向一看，果然发现里面的灯光穿过半掩的门，在地面投下长长一道。她走过去，悄悄推开门，看见谢朔正坐在书桌前，对着电脑在敲键盘，鼻梁上架着的眼镜镜片反射出一抹流光。

叶谙摇了摇头。好不容易早回来一次，还要在家加班，这人一忙起来就没个节制。想到他的眼睛问题，叶谙径直走了进去。

谢朔听见响动，抬头看了她一眼，继续忙他的事。叶谙走到他旁边，侧身靠坐在椅背上，将手肘往他肩头一搭，凑近他耳边问：“还不睡？”

沐浴露的清香飘过来，谢朔捏了捏她的指尖，说：“你先去睡。”

叶谙趴在他肩头，抬起手，本欲摘下他的眼镜，想了想，又改变了主意。她勾着嘴角，从轻软的睡裙底下伸出脚尖，轻轻蹭着他的小腿。

前几下，谢朔没反应。叶谙又凑到他耳边，吹了口气，柔声喊：“老公……”刚吹完，她的腰间一紧，谢朔直接伸臂将她抱到了腿上。

叶谙单手勾着他的脖子，白皙的指尖顺着他的喉结往上攀爬，眼底笑意流转，问：“真不睡？”

谢朔目光一沉，终于摘下眼镜，捏住她的下巴，低头去亲她。叶谙仰头由着他亲了一会儿，蓦地推开他，眨了下眼，笑得一脸无辜，道：“既然你不想睡，那我先睡了，晚安。”

她说完就从他身上跳下来，飞快出了书房，回到卧室，抓过被子将自己裹住。很快，脚步声响起，一直到床边才停下。叶谙裹紧被子，挑衅他：“你不是不睡吗？”

很显然，这种逃避方式只是自欺欺人。谢朔看着她，慢条斯理地上床，扯开了她身上的被子。叶谙笑着往一旁躲，却被他按住……屋内的响动一直持续到了半夜，两个人又重新洗了个澡。

叶谙浑身无力地缩在谢朔怀里，昏昏欲睡，忽然听见他问：“想去哪里度蜜月？”

她耷拉着眼皮，迷迷糊糊道：“就你天天忙成这样，有时间度蜜月吗？”

谢朔没说话，只是亲了亲她的额头。叶谙困得不行，随口胡扯：“去非洲吧，我想去挖钻石，变得比你有钱。”

上回说南极，这回又是非洲，她的脑回路总是异于常人。叶谙完全没注意他的反应，搂着他的腰，往他怀里蹭了蹭，沉沉睡去。

第二天，谢朔照旧早起去了公司，叶谙也没睡懒觉，在他走后半个小时就起了，准备去公司找他。站在镜子前洗漱的时候，叶谙突然想起前一晚他问的话，顿了下。他终于想起来还有蜜月没补吗？

然而，这之后，谢朔却再没提起过关于度蜜月的事。叶谙估摸着他可能是动了那个念头，但又实在分身乏术，也没太放在心上。毕竟，他们以后在一起的时间还长，等什么时候空下来，想补随时可以补上。

日子在忙碌中过去，秋去冬来，草木枯黄。十一月底的某天，谢朔突然拉着叶谙去医院体检。

叶谙被他这一番举动弄得有些忐忑。最近老爷子他们又开始催生，难不成他终于按捺不住想要孩子了？她倒也不是排斥生孩子，只是总觉得太过突然，事先都没商量一下，而且备孕工作也没做。

当晚，叶谙洗完澡上床，见谢朔坐在床头翻看一份打印文件，凑过去问：“你今天为什么突然想着去体检，是不是爷爷和爸妈又催了？”

谢朔抬头，眼底闪过一丝愣怔。

见他这个反应，叶谙以为自己猜对了，往他那边挪了挪，紧挨着他，有些犹豫道：“这么重要的事，你怎么也不跟我商量一下——”

话未说完，她忽然瞥见了他手中文件上的一行字——南极旅游规划。她一愣，问：“这是什么？”

谢朔将手中文件递给她，道：“你不是说想去南极度蜜月？”

还真去南极呀？叶谙一脸震惊。她回过神儿后一把抢过规划书，仔细看了起来。“你什么时候开始计划的？”叶谙抬起头，满脸惊喜。

谢朔笑了笑：“不想去？”

“当然想去！”

难怪他下半年忙得脚不沾地，任凭她怎么念叨都没用，原来是为了腾出时间来准备这个。

叶谙搂住他的脖子，在他脸上重重地亲了下："我爱你！"

谢朔揽着她的腰，突然话锋一转："想要孩子了？"

"不想！"叶谙一脸冷漠地推开他，转向一旁，低头自顾自看起旅游规划来。看到上面的出发日期，她不由有些担忧："下个月初就要出发，我还什么都没准备，会不会来不及？"

谢朔怕她一研究就是一个晚上，抽走她手里的纸张，放到床头柜上。

叶谙伸手去抢，被他揽入怀中："我都安排好了，你带上你的人就行。"

叶谙靠在他身前，一个高兴，又对着他的下巴亲了亲。她眼睛里闪着光，仿佛已经到了南极的冰天雪地中，看到了成群的企鹅。

十二月初，夫妻俩准备妥当，踏上了去南极度蜜月的旅途。临行前，叶谙摸着书房里音音的小脑袋，笑着说："我们去看你的亲人啦！"

音音兴奋地扑棱着小翅膀，说："我也想去！我也想去！"

叶谙忍俊不禁，同它挥了挥手，挽着谢朔的胳膊出屋。

这次行程初步预定的期限为一个月，先乘私人飞机到乔治王岛，在那里登上游轮，朝南极半岛行进。踏上游轮的当天，叶谙趁着手机还有信号，拍了张照片发到朋友圈，配文："南极蜜月之旅"。

照片发出没一会儿，立即被众人的评论刷了屏——

"南极？"

"有生之年系列！求攻略！"

"可以代购一只企鹅回来吗？不然海豹也行。"

…………

沿途风光无限，两个人一路欣赏着风景，仿佛进入了另外一个世界。

十二月，南极日照时间长，天气还算得上温暖。碧蓝的海面上，冰川漂浮，再往远处看去，是一望无垠的皑皑白雪。漫天冰雪中，叶谙终于亲眼见到了活的企鹅，它们成群结队，笨拙而可爱地行走着。她靠在谢朔怀里，笑得眉眼弯弯。

谢朔揽着她的肩，替她掖了掖围巾，低声问："要不要上岸走走？"

叶谙点点头，牵着谢朔的手，同其他人一起登岸。

后来，两个人在岛上拍了合照，画面定格的刹那，时光仿佛凝固，并肩而立的身影也仿佛同南极万年不变的冰雪融为了一体。

番外二 日常

叶谙和谢朔的第一个宝宝来得有些突然。

这天，叶谙正在录音棚给一部电影配音，配到情绪激动处，突然一阵干呕。录音棚内其他工作人员都愣了愣，台本上好像没这段啊？

隔了两秒，才有人反应过来，急急上前问：“叶老师，您没事吧？”

刚开始叶谙还以为自己只是因为这几天没睡好凉了胃，便摆摆手，调整了一下状态，示意大家继续。等她强忍着不适结束录音，冲到厕所干呕了半天之后，终于意识到了不对劲儿。

她脑子里闪过某个念头，急匆匆离开工作室回了家。她和谢朔备孕已经将近半年，头两个月她还时不时紧张一下，后来一直没动静，再加上其间因为胃不舒服闹过一次乌龙，她渐渐也就放平了心态。

虽然这次的直觉很强烈，但她怕又是空欢喜一场，所以到家后先用验孕棒测了一下。看着验孕棒上显示的结果，她面露喜色，拿出手机准备给谢朔打个电话，忽然想起来他这天有个重要会议，于是让司机先送她去了医院。

很快，检查结果就出来了，确实已经怀孕六周，胎儿健康状况良好。叶谙记下孕期注意事项和产检时间，又让司机送自己去公司。

到了公司，谢朔已经开完会，正一个人在办公室里看文件。见叶谙进来，他笑着起身，揽着她在沙发上坐下，问：“怎么突然过来了？”

叶谙坐到他腿上，双手搂住他的脖子，眼角的笑意掩饰不住，她说：“有个惊喜要告诉你。”

谢朔摩挲着她的后腰，低头在她唇上亲了亲，问：“什么惊喜？”

叶谙眨了眨眼，说："你猜？"

谢朔看着她含笑的眸子，做出思忖的样子。

不等他想出答案，叶谙便凑到他耳边，笑盈盈地说："恭喜你，要当爸爸了。"

谢朔愣住。叶谙拉过他的手，放在自己腹部。他难以置信地低头，大掌隔着一层布料贴在她小腹上，仿佛当真感受到了新生命的跳动。

好半天，他才回过神儿，抬头问："去医院检查了吗？"

他扶着她的手变得格外小心翼翼，平日那样沉着冷静的人，此刻面上竟露出了一丝紧张。见他这副模样，叶谙忍不住一乐，道："你怎么比我还紧张？检查过了，医生说，已经六周了。"

谢朔含笑又问："吃晚饭了没？"

叶谙摇了摇头。

"我陪你去吃饭。"谢朔手横过她腿弯，直接将她抱了起来。

眼见他要抱着自己出办公室，叶谙赶忙拍了拍他的肩膀，小声道："你干什么？快放我下来！"

要是让公司那些下属看到，她还要不要面子了？

到了办公室门口，谢朔总算放下了叶谙。叶谙瞪了他一眼。他脸上笑意未消，改为揽着她的肩往外走去。

两个人在外面吃了晚饭，一同回家。回家之后，叶谙再度犯起了恶心。

谢朔倒了一杯柠檬水，喂她喝下后，将杯子放到茶几上，关切地问："好点儿没？"

叶谙靠在他怀里，摸着自己的肚子，满脸的"生无可恋"道："还有十个月，好久啊……"

谢朔握着她纤细的手揉了揉，低声安慰她："没有十个月，从现在开始算，只剩不到八个多月了。"

都什么时候了，他的逻辑居然还没掉线。有孕在身，叶谙没敢乱来，配完已经签约的电影和电视剧，就没再接新剧本，专心在家养胎。

除了家里的管家、阿姨，谢朔还另外请了专业照顾孕妇的人过来照顾叶谙，一日三餐也按照营养配好。她衣来伸手饭来张口，感觉自己快成了一个生活都不能自理的"废人"。

至于谢朔自己，则一改以前的状态，每天尽早回家陪她，偶尔实在有推不开的应酬，也几乎滴酒不沾。头几个月，因为妊娠反应，叶谙的情绪不太稳定，到五六个月后才渐渐恢复正常。

第二年海棠花开的时候，叶谙生下了一个女儿。

生产过程不是很顺利，谢朔在产房外守了几个小时，脸色一点一点沉下去。终于，产房门开，听到“恭喜，母女平安”几个字后，等在外面的人都松了口气。

谢朔直接进去，快步走到了产床前，叶谙躺在上面，头发湿漉漉地贴在额际，面色发白，整个人看起来十分虚弱。

谢朔握住她的手，在她额头上吻了吻，轻声唤道：“谙谙。”

叶谙睁开眼，见他蹙着个眉头，冲他笑了笑，嗓音微哑：“我没事，宝宝呢？”

“在这儿呢。”温若瑜从护士手中接过一个粉粉嫩嫩的婴儿，走上前交给谢朔。谢朔头一回抱这么小的孩子，十分不习惯。他小心翼翼地托着，将宝宝放在了叶谙身侧。

初生的婴儿，小脸皱巴巴的，并不怎么好看。叶谙伸出手指轻轻碰了碰她的脸蛋，笑着说：“宝宝，我是妈妈。”说着她又抬头，看向谢朔，和孩子说：“这是爸爸。”

婴儿的眼睛眯成一条缝，似乎睡着了。夫妻俩默契地相视一笑。

在确认叶谙的身体没有大碍之后，谢朔便带着她和宝宝回了家。回家第一晚，宝宝几乎哭了一整夜。叶谙刚生产完，身子虚，没法全程照料，交给月嫂和阿姨又不太放心，所以重任就落在了谢朔这个新上任的爸爸身上。

一夜下来，谢朔焦头烂额，哄个婴儿竟然比他刚接管公司那会儿不眠不休跟竞争对手斗智斗勇要累多了。

早上，叶谙睡醒，见他阴沉着脸从婴儿房里出来，身上衬衣皱巴巴的，既心疼又想笑。她撑着床坐起来，伸手抱了抱他，忍笑说：“辛苦啦，我抱抱你。”

闻到她身上的淡香，谢朔脸色缓和了些，抚了抚她的头发，说：“你再睡一会儿，我去洗个澡。”

叶谙却没再睡，起床洗漱完，便到婴儿房去看宝宝。

闹了一宿，宝宝这会儿已经睡着了。叶谙坐在婴儿床旁边，看着她粉嫩的小脸，心底柔软，不自觉地扬起了唇。谢朔洗完澡，过来看了她们一眼，才安心地回房睡下。

女儿的名字是由夫妻俩一起定的，叫谢棠意。海棠花意，正符合她出生的时节。

周岁之前，小棠意特别能闹腾，动不动就扯着嗓子哭，有时候闹得凶了，叶谙和谢朔双双上阵都没法哄好她。

叶谙被她闹得头疼，忍不住看向谢朔，问："你成天冷着脸，话也少，怎么女儿这么爱闹？"

谢朔觑她一眼，神情不言而喻。叶谙感觉被内涵到，恼怒地掐了谢朔一下。他笑着将她揽入怀中，低头吻住了她。

新手爸妈，难免手忙脚乱，但随着小棠意渐渐长大，他们也慢慢适应了自己的新身份。谢朔虽然忙，但在照顾女儿方面表现得相当称职。他一有时间就会回来陪她，许多事情都亲力亲为。

小棠意周岁的时候，谢家替她办了个周岁宴。这时候，她的五官已经长开了些，完美继承了父母的颜值，唇红齿白，一双乌黑清澈的大眼睛，笑起来漂亮又可爱。温若瑜和谢柏言轮番抱她，都舍不得松手。

两岁之后，小棠意的性子慢慢沉稳下来，不再像之前那样爱闹腾，安安静静不说话的时候，甚至有了几分谢朔的影子。

叶谙大有"吾家有女初长成"的感觉。无论多忙，夫妻俩每周都会抽出一定的时间陪着孩子。

在陪孩子这一方面，叶谙的专业技能发挥了极大的优势。每天晚上，小棠意都要听她讲一个故事才肯乖乖去睡觉。

耳濡目染之下，小棠意也学会了模仿各种声音，而且记忆力超群，教她的东西她往往很快就会了。她很喜欢小企鹅音音，完全把它当成了好朋友，一有空就搬着小凳子坐在它面前，同它说话。

音音已经升级到最新版本，几乎能畅通无碍地和人交流。

小棠意五岁时，叶谙再次怀了身孕。

这一胎要比怀小棠意时辛苦一些，宝宝在肚子里就开始闹腾，经常闹得她直到半夜都睡不着，情绪也不太稳定。

这天，谢朔因为出席一个推脱不掉的晚宴，很晚都没有回来。叶谙洗了澡坐在床上等他，越等心情越烦躁，想睡又睡不着。

十点左右，门口终于传来细微响动。谢朔轻手轻脚进屋。他本以为叶谙已经睡了，见她还坐在床头，不由得问："怎么还没睡？"

叶谙抬头，看着他，语气不满道："谁让你回来得这么晚？"

谢朔俯身抱住她，在她鼻尖亲了下，安抚道："最近事情多，忙完这两天就好了。"

叶谙凑近闻了闻，没在他身上闻到什么酒味，心里稍微舒畅了些。

"你先睡，我去洗澡。"谢朔扶她躺下，替她盖好被子，转身去了衣帽间。

浴室里响起哗啦哗啦的水声，叶谙听着听着，渐渐有了睡意。等谢朔洗完澡上床，她已经睡得迷迷糊糊了。她感觉到谢朔替她掖了掖被子，又低头在她额间轻轻吻了吻。因为怕影响到肚子里的宝宝，他没有抱她，而是在被子底下握住了她的手。

叶谙动了动睫毛，却睁不开眼睛。

后半夜，她睡得不太安稳，梦到了很多混乱的画面，都跟谢朔有关。她梦到他们根本没有相爱结婚，重逢也只是陌生人，她叫他的名字，而他却完全没有认出她，冷漠地走远。夜深人静，叶谙从梦中惊醒，下意识伸手往旁边一摸，摸到温热的躯体。

谢朔睡在旁边，呼吸绵长。叶谙转过头看着他，黑暗中看不清轮廓，只能感知到熟悉的气息。她往他那边靠了靠，重新闭眼，却怎么也睡不着，最后索性伸长胳膊，开了床边的睡眠灯。

暖色的光晕开，覆上身侧熟睡的面庞，叶谙借着灯光，凝神看了谢朔一会儿，轻手轻脚下了床。

夜空广袤，风凉如水。她走到阳台上待了片刻，担心吵醒谢朔，又转身出了卧室。她本来想去女儿的房间看看，可这大半夜的，万一吓到女儿……于是最后，她只能一个人去了书房。

音音被搬到了小棠意的房间，书房冷冷清清的，叶谙从书架上随手摸了本书，坐在窗边看起来。才翻了几页，她就没了耐心，放下书，准备去阳台透透气。刚起身，书房门忽然被人推开，谢朔从外面进来，轻轻走到她跟前。

"睡不着？"他扫了眼桌上的书，揽过她的肩，低声问，"还是哪里不舒服？"

叶谙幽怨地看着他，顿了两秒，说："我梦到你说你不喜欢我，要跟我离婚。"

谢朔一时无言。她最近情绪敏感，他也清楚，于是耐着性子将她往怀里揽了揽，下巴抵着她的发顶，柔声道："没有的事，别胡思乱想。"

叶谙靠在他怀里，无端有点儿委屈。她埋首在他颈间，感受着他的体温和心跳，渐渐安下心来。

谢朔轻抚着她的背，在她额角亲了亲，低声道："睡不着，我陪你说说话？"

被他这么一安抚，叶谙已经恢复了正常状态，摇摇头道："这么晚了，你快去睡吧，明天还要去公司。"

谢朔却没听她的，而是牵着她的手到了琴房。叶谙起先有些蒙，等他坐到钢琴前，才反应过来他是想弹琴给她听。

灯光下，男人侧颜英俊，修长的手指搭上琴键，轻缓悠扬的曲子如月华般自指尖流淌开来。

夜色朦胧，叶谙靠坐在旁边的椅子上，静静听着，神思渐渐恍惚。没过多久，她便歪着头，合眼睡了过去。

谢朔回头，看着椅子上安静的身影，确认她睡着了之后，才停下弹琴的手，走到她身边，将她抱回了房间。

这一晚的后半夜，叶谙睡得格外香甜。

第二天早上，她给小棠意梳头发的时候，小棠意忽然说："妈妈，昨天晚上我梦到有人在弹琴。"

叶谙微微一笑："是吗？弹的什么曲子，意意听出来了吗？"

小棠意歪着脑袋认真想了想，说："好像是爸爸经常弹的那首。"

她转过脸，向旁边的谢朔投去疑惑的目光，问："爸爸，你昨天晚上弹琴了吗？"

谢朔笑了笑，没回答，看向叶谙。叶谙抬头，与他对视一眼，嘴角不自觉地扬起。

几天后，谢朔不再那么忙碌，大部分时间都在家陪着叶谙，办公也尽量在家进行。叶谙虽然仍旧因为怀着身孕而难受，但心态却明显好转，每天乐此不疲地尝试各种胎教。

日子一天一天过去，终于到了生产的时候。提前好几天，叶谙便去了医院待产，谢朔也推了大部分的工作，在医院陪她。

这一胎很顺利，是个男孩儿，取名叫明隽。得知自己多了个弟弟，小棠意十分高兴，趴在婴儿床边看了又看。

叶谙原本以为，以小明隽在肚子里那股闹腾劲儿，出生后肯定更加闹腾。谁知，他却出奇的乖巧听话。

哄他睡觉，他很快就睡了，夜里很少哭闹，平常也安安静静的。

有这么一个乖巧的宝宝，叶谙和谢朔不知道多省心，完全不像当初带小棠意那样焦头烂额。

小明隽的五官跟谢朔神似，配上他安静高冷的性子，简直就是缩小版的谢朔，漂亮又帅气，谁见了都忍不住夸赞两句。

小棠意很喜欢自己的这个弟弟，每天放学第一件事就是去看他，然后搬着小凳子坐在旁边同他说话。等小明隽长大些，学会了说话走路，小棠意就拉着他一起玩儿。姐弟俩自娱自乐，一个小游戏都能玩一下午，甚至不用大人看管着。

不仅如此，小明隽还非常好学，教他什么他就学什么，态度极其认真。看着他坐在椅子上专注学琴和背诗的模样，叶谙仿佛看到了小时候的谢朔。

番外三 岁月长

叶谙和谢朔结婚的第十年，一家四口去某个海岛度假。

出发的当天早上，阳光明媚，叶谙还没从睡梦中醒过来，就听到了敲门声。前一晚她和谢朔折腾得有点儿久，所以睡得也迟。敲门声响了好几声，她不耐烦地翻了个身，正想推一把谢朔，让他起床开门，没想到谢朔已经十分自觉地起身下了床。

他打开门就见小棠意拉着小明隽站在门口，乌黑的眸子里盛满亮光。

小棠意清脆地叫了声："爸爸！"

见到女儿灿烂的笑容，谢朔的脸色柔和了些，让两个小不点儿进屋。与小棠意的兴奋不同，小明隽显然还没怎么睡醒，边走还边揉眼睛，脚步也有些不稳当。

"妈妈！"

听见女儿的声音，叶谙撑着床坐了起来，目光落在小明隽身上时顿了顿，忍着笑问："你这衣服……谁帮你换的？"

小明隽睡眼惺忪地站在床边，衣服扣子扣得歪歪扭扭，领口胡乱翻卷着，头发也乱糟糟的。

小棠意一脸骄傲地道："妈妈，是我！"

被他们这么一闹，叶谙也睡不下去了，只得起床，然后把小明隽抱到腿上，替他重新整理了一下衣服。

谢朔将给小明隽买的新鞋子拿过来，又从叶谙怀里接过儿子，低声道："我来吧。"

他难得主动抱儿子，叶谙松了手，起身去洗漱。

小明隽坐在谢朔怀里，眼睛一眨不眨地盯着他，忽然奶声奶气唤了声：“爸爸。”

谢朔抬头：“嗯？”

小明隽抓着他的衣服，抿了下小嘴，说：“我自己可以。”

谢朔笑了下，将鞋子交给他。小明隽接过鞋子，弯腰套到自己的脚上。谢朔单手揽着他，避免他掉下去。

吃完早餐，一家人一起出了门。

这次度假，坐的是私人飞机。晴空万里，一望无际，繁华的城市“镶嵌”在山川河流之间。小棠意和小明隽扒在飞机窗口，看着外面的蓝天白云，满脸兴奋地说着话。

谢朔坐在另一边，低头认真地看着文件；叶谙偎在他身侧，手里捧着一本书，侧颜姣好。

飞机掠过长空，最后降落在风景秀美的海岛上。下了飞机，叶谙和谢朔带着两个小孩子到预订好的酒店下榻，一路上有不少人投来艳羡的目光。

到酒店房间后，谢朔先开了一个小时的视频会议，叶谙在一旁整理行李，小棠意则拉着弟弟到阳台上看远处的大海。

开完会议，谢朔有些累，揉了揉额角，靠着沙发睡着了。叶谙收拾好东西，回过头，见他一脸疲惫，就拿了一条毯子替他盖上，动作放得极轻。

谢朔这一觉睡得有点儿久，耳边寂静无声，意识昏昏沉沉。他恍惚又回到了很久以前，他置身于漫无边际的黑暗中，独自一人，什么也看不见。没有人在身边撒娇胡闹，也没有人偎着他入睡。他的世界里只剩下黑暗和冷清。

他蹙了蹙眉，猛地睁开眼，光亮顷刻间涌进眼中。所幸只是梦。房间里空荡荡的，谢朔无端觉得心慌，下意识扭头寻找，最后在阳台上找到了熟悉的身影。

叶谙陪着一双儿女坐在小桌子前，正拿着刀叉，在耐心地帮他们分吃的，同时叮嘱他们：“爸爸在睡觉，你们小声一点儿，不要吵醒爸爸。”

时近黄昏，落日西斜，夕阳轻轻覆下，染上她的面颊，越发衬得她眉眼温柔。谢朔的心忽然就安定了下来。

他自小性子冷，哪怕是最年少轻狂的时候，也比大多数同龄人要沉稳冷静。从小到大，他人生的每一步也几乎都是规划好的：完成学业，接手公司……

唯独遇见叶谙，是一个意外。在遇到她之前，他一度觉得，自己最后大概会选一个家世相当，或许喜欢或许不那么喜欢的妻子，结婚生子，共度余生。

可命运突然转折，让他遭遇了那一场劫难，把她送到他身边。是什么时候开始对她动心的呢？他其实也说不清楚。或许，是她在喧嚣的街道上抱着他说会陪他一辈子的那刻；或许是那个午后，她读着诗集，靠在他肩头熟睡过去的刹那；也或许……是复明后见到她的第一眼。

鲜活热烈如她，总是能轻易牵动他的情绪，让他不自觉地想要将她留在身边。

叶谙端着一份慕斯蛋糕进屋，见谢朔眼神温柔地看着自己，微微一笑："醒了？"

她挨着他坐下，舀了一勺蛋糕，递到他嘴边。失明那会儿，她就爱这样喂他吃东西，这个习惯到现在都没改过来。

小棠意原本在低头吃蛋糕，不经意间瞥见屋内的动静，悄悄拽了拽小明隽。两个小孩子睁着乌黑清亮的大眼睛，目不转睛地看着屋里的爸爸妈妈。

过了好一会儿，叶谙才注意到他们的目光。在孩子面前，她有些不好意思，收回了勺子，说道："出来吃饭吧。"

谢朔却毫不避忌，笑着在她唇上亲了亲。

小棠意眨了眨眼，抬起手捂住了小明隽的眼睛。一向安静乖巧的小明隽这回却用力去掰她的手指，可惜力气太小，未能如愿。

吃过晚饭，小棠意迫不及待地吵着要去海边玩儿，谢朔想洗个澡换身衣服，叶谙便和随行的保镖带着两个孩子先出了门。

落日已经临近海平线，海面上波光粼粼，碎金闪烁，浪潮轻轻拍打着海岸，吹过来的风裹挟着湿意。小棠意拉着弟弟在沙滩上跑来跑去，跑累了就蹲下来用沙粒和石子搭建房子。

叶谙在一旁守着，时不时回头看一眼。没过多久，谢朔也过来了。叶谙回头，远远看见他的身影，叮嘱姐弟俩不要乱跑，快步朝他那边走去。

夕阳下，谢朔的轮廓渐渐变得清晰，岁月在他脸上并未留下多少印迹，反而添了些成熟魅力。还差几步时，叶谙直接跑过去，扑入了他怀中，仿佛情窦初开的小姑娘。

谢朔搂住她的腰，替她撩开被晚风吹乱的长发，眼底浮起笑意。他揽着她，走到小棠意和小明隽面前。

小棠意抬起头，看到他过来，高兴地邀功："爸爸，我们在搭房子。"

叶谙问："搭房子给谁住呢？"

小棠意还没开口，小明隽就奶声奶气地回答："爸爸妈妈。"

小棠意立刻不高兴了："那我呢？"

小明隽补充道："还有姐姐。"

叶谙扑哧一乐，心想，真是人小鬼大。她陪了姐弟俩一会儿，和谢朔牵着手去旁边散步。落日余晖下，海波连绵起伏，晚风轻柔拂过。走了一段路，叶谙忽然趴到谢朔背上，搂住他的脖子，撒娇道："走不动了，你背我。"

谢朔顺势将她背起来，沿着海岸线缓缓往前走。叶谙凑在他耳边，小声跟他说着话。两个人身后，一串脚印绵延向远方。

另一头，姐弟俩努力许久，终于搭建出一栋带花园的"豪宅"，小棠意激动地抬起头，朝远处的谢朔和叶谙喊道："爸爸！妈妈！"

稚嫩的声音被海风吹散，传到谢朔这边时已经破碎不清，所以两个人都没太在意，只回头望了一眼，见没什么事，保镖也在旁边守着，便继续往前走，边走边轻声低语，眉眼间落满余晖。

"弟弟，爸爸和妈妈在一起，就看不到我们了。"小棠意说完叹了口气，忧伤地看着天边的落日，一副少年老成的模样。

小明隽不太能理解姐姐的"忧伤"，自顾自地捡起一块石头，在堆好的房子旁边写字。小棠意短暂地忧伤了几秒钟，也学着弟弟开始划分地盘写字。她先写了自己的名字，又歪歪扭扭写下一句诗：大漠孤烟直，长河落日圆。

写完，她问小明隽："昨天妈妈教你背的诗你会背了吗？"

小明隽点点头，背了起来，嗓音稚嫩："春眠不觉晓，处处闻啼鸟。夜来风雨声，花落知多少。"

"好了，放我下来吧。"

眼看两个小不点儿的身影已经模糊不清，叶谙从谢朔背上下来。双足落地的刹那，她趁他不备，飞快在他唇上亲了一下。她转身欲逃，却被他扣住了手腕。

叶谙笑着回过头来，娇俏道："你先前亲过我了，现在我还回来，正好抵消。"

谢朔将她拽到身前，低头想亲她，她故意扭脸，不让他得逞。落日彻底沉入海平线，夜幕降临，海边亮起灯光。最后，谢朔还是在叶谙额间落下了一吻。

明月初升，皎洁的一轮，悬挂在天幕上。两个人牵着手往回走，十指相扣，无名指上婚戒成对。

海潮阵阵，不远处传来孩童肆意的欢笑声。这是他们相守的第一个十年，往后年年岁岁，时光悠长，他们会一直在一起，一如此夜月圆。

番外四 假如

谢朔从混沌中醒来时，雨已经停了，车窗外夜色清寒，弥漫着潮湿的水汽。他抬手按了按额角，觉得自己好像做了一个很长的梦，但梦中的情形很是模糊。

身侧传来细微的响动，他偏过头，看见坐在旁边的女生，这才想起来，自己刚随手救了一个女孩子，正在送她回学校的路上。那女生坐姿局促，偷偷地看了他一眼，黑白分明的眸子里盛着紧张与好奇，泛红的眼角泪迹未干。

她刚刚才伤心地哭过一场，脸色有些苍白。谢朔看着她清瘦的面庞，不知怎么，突然生出一丝类似心疼的情绪，差点儿忍不住出声安慰。他强行遏制住，收回了视线，面上仍是惯常的冷淡表情。

女生也没再看他，而是扭头望向车窗外。晦暗的光线下，依稀看到她的唇微微抿起，透着一股倔强。车子很快到了她所在的大学校门外，她推开车门准备下车。

眼见她就要离开，谢朔脑子仿佛不受控制一般，突然问了句：“你叫什么名字？”这话问出口，他自己都觉得意外。

女生闻声回头，显然也有些惊讶。她愣愣看着他，忐忑地回道：“叶谙。”

谢朔想说什么，可又不知道该说什么，最后递了一张名片过去，承诺道：“以后如果有什么困难，可以联系我。”

前座的助理钟覆惊诧地往后视镜看了一眼。女生接过名片，又看了他两眼，可能是太过紧张，连道谢的话都没说一句，便稀里糊涂地下了车。

对于自己这番反常的举动，谢朔并没有太放在心上。他想，他不过是看她可怜，一时动了恻隐之心罢了。然而，谢朔没想到，当晚自己竟然梦到了那个叫叶谙的女生。梦中的她与现在不太一样，要成熟一点儿，胆子也更大，总爱坐在他怀里和他撒娇笑闹。甚至，他还梦到跟她……

醒来后，谢朔进浴室冲了个澡才冷静下来。他不禁想，自己怎么会做这样的梦呢？之后的一段时间，谢朔总会时不时想起叶谙。他等着她来找自己帮忙，然而她却始终没有联系他。

这天，忙了一天公事的谢朔准备去吃晚饭，这时，脑子里忽然又闪过了叶谙的身影。既然放不下，他索性顺其自然，问钟覆："那天晚上，那个叫叶谙的小姑娘，能查到她在哪个班吗？"

钟覆一愣，差点儿以为自己听错了。

谢朔挑了下眉，问道："不能查？"

"应该可以。"

确认他不是在说笑，钟覆立刻打开电脑查找叶谙的信息，没过一会儿就查到了她的班级信息。

斜阳向晚，给草木晕染上一层温柔的光。叶谙和室友一同走出宿舍楼，室友突然激动地拽了一下她的胳膊，惊讶道："我的天！我们学校竟然还有这么高质量的帅哥？"

叶谙闻声抬头，看到不远处的树荫下立着一个颀长的身影。那个男人白衣黑裤，眉眼冷峻，目光正落在她身上。

叶谙愣住。室友也发现了不对，来回看了看，说："哎，他好像在看我们这边呢！"

叶谙回过神儿，冲室友道："你先去吃饭吧，我有点儿事。"

说完，她不等室友反应，便快步走到了谢朔面前。"您怎么来这里了？"她有些紧张地问。

谢朔看着她，随口胡诌了个理由："来跟你们学校领导谈点儿事情，顺便逛一逛。"

叶谙闻到他身上冷冽的气息，脑子有些乱，"哦"了一声，也没去想他怎么就逛到女生宿舍楼下了。她看他一眼，假装镇定地笑了笑，说："那晚的事，忘了跟您说谢谢。"

看出了她的紧张，谢朔单手插兜，嘴角隐隐勾起一点儿弧度，说：

“现在谢也不迟。”

叶谙又是一愣，有点儿没明白他的意思。

谢朔提醒她：“我还没吃晚饭。”

叶谙这才反应过来，有些磕巴地说：“那我……请您吃晚饭吧。”

谢朔嘴角噙笑，点了点头。直到跟着他上了车，叶谙都还有些迷糊。她蜷起手指，偏头问他：“您想吃什么？”

谢朔望着她明澈的眸子，不答反问：“我看起来很老吗？”

叶谙噎了下，越发紧张了，连忙否认：“没有……”

谢朔笑道：“那你怎么一口一个‘您’？”

叶谙脸微热，及时改了口：“你想吃什么？”

谢朔道：“这附近我不熟，你挑个地方吧。”

学校附近大多是适合学生消费的地方，叶谙只能硬着头皮挑了个相对高档点儿的餐厅。

点完餐，两个人都安静下来。谢朔抬头看着叶谙。与那晚的狼狈不同，她这天整个人都干干净净，灯下容颜明丽，漂亮得晃眼。

“怎么后来没见你联系我？”他突然问。

听到问话，叶谙顿了下，笑道：“那天已经很麻烦你了。”

事实上，她从来没想过要联系他。他那样的身份，当时或许只是随口一说，她哪能真的觍着脸缠上他？

听了她的话，谢朔没再提那晚的事，转而问起她的专业。两个人有一句没一句地聊着，平和地吃完了一顿饭。

叶谙准备买单，谢朔却起身道：“不用了，我已经买过了。”

叶谙一愣，抬头道：“不是说好我请……”

谢朔一笑。“耽误你的时间陪我吃饭，已经算是感谢了。”他看了眼腕表上的时间，说，“不早了，我送你回学校。”

单已经结了，叶谙也没法再跟他争，只能接受了他的请客。谢朔将她送到宿舍楼下，离开前要走了她的电话号码。

叶谙心里乱得很，当晚几乎一夜未眠。这以后，谢朔时不时会约她出去吃顿饭，两个人渐渐熟稔起来。叶谙没问谢朔到底是什么意思，也不敢问。像他这样的豪门贵公子，大概只是心血来潮，消遣她而已。

三周后的周六，风和日丽，谢朔约她出门散心，谁知临时却因为要跟合作方谈点事情脱不开身，只能让钟覆过来接她。叶谙有些犹疑，本想说不去了，但最后还是没能说出口。

到谢朔谈事情的私人俱乐部时，那位合作方还在。合作方是个四十多岁的中年男人，也带了女伴。女伴衣饰妆容精致，巧笑嫣然，与她相比，叶谙俨然就是一副涉世未深的青涩学生模样。

见叶谙过来，谢朔抬头朝她笑了笑："来了？"

有陌生人在，叶谙有些拘谨，弯唇露了个浅浅的笑，在他身侧坐下，不敢多说什么。

谢朔仍是惯常的从容模样，偏头靠近，问她："想喝什么？"

叶谙越发不自在了，胡乱点了杯橙汁。坐在对面的合作方看了叶谙两眼，又和谢朔聊了几句，便起身离开了。人走后，谢朔转头问叶谙："我们去打会儿球？"

旁边就是高尔夫球场，叶谙迟疑着点点头，跟他一起去换衣服。

换好衣服，叶谙跟在他身后踏入碧草如茵的球场，终于忍不住小声开口："我不太会。"

"没关系，我教你。"谢朔温和一笑，从工作人员手里接过球杆，递给她。

午后天光湛湛，落在他眉眼间，叶谙心跳不禁漏了一拍，下意识握紧了塞到手里的球杆。谢朔站到她身后，裹住她的双手，开始手把手地教她。叶谙被他拥在怀里，呼吸间满是他身上的气息，神经不自觉紧绷起来。

"别紧张，放松。"谢朔低头在她耳边轻声安抚，温热的气息扫过她的肌肤。

相识以来，他对她一直都很绅士，还从未有过这样亲密的举动。叶谙脑子乱成一团糨糊，心跳陡然加快。她抿了抿唇，勉强让自己镇定下来，按照他的指点对准球挥杆。

等她差不多学会了，谢朔便松开了她，让她自由发挥。渐渐地，叶谙的动作变得熟练起来，人也没了先前的紧张，脸上笑容明媚。这时候的她才终于显露出了几分学生的朝气。

谢朔在一旁看见，也弯起了嘴角。日影西斜，六点左右，两个人离开球场，换了衣服去吃饭。吃完晚饭，夜幕已经落下，外面华灯四起。从包间里出来往外走时，叶谙险些被路过的人撞上，谢朔及时伸手，揽住她的肩，将她往怀里带了带。

叶谙的手臂擦过他身前的衬衫，隔着一层布料，可以清晰感受到他的体温。她在他怀里抬头，对上他的视线，再次心跳加速，耳根发烫。

谢朔看她一眼，松开她的肩膀，手却顺势往下，牵住了她的手。他的力度很轻，叶谙稍微一挣就能挣开。然而她却只是停顿了一下，蜷起手指，并未挣开他。

回到车上，谢朔看了一眼手机上的消息，忽然又问她："明天上午你有课吗？"

叶谙摇摇头道："明天周日，一天都没课。"

谢朔说："再陪我去个地方？"

这会儿已经八点半，再去别的地方，回学校估计得很晚了，有可能还要在外面过夜……

叶谙迟疑地看着谢朔，明知道不该答应，但还是没能敌过自己的内心，点了点头，说："好。"

谢朔重新露出笑意，开车带着她到了郊区的一座私人庄园。这晚月白风清，庄园里灯影朦胧，花香氤氲。叶谙跟着谢朔下车往里走，最后上楼，进了一间豪华套房。房门一关上，叶谙立刻紧张起来，连手脚都变得僵硬了。

谢朔解了衬衫袖扣，转头看向她，柔声问："要不要喝水？"

叶谙摇摇头，蜷起手指，强迫自己露了个笑。谢朔走进客厅，从酒柜里取了一瓶红酒出来，另外又拿了两个高脚水晶杯，转过身道："那喝点儿酒吧，可以助眠。"

叶谙隐约感觉要发生些什么，没再拒绝，和他一起走到阳台上的圆桌前坐下。谢朔倒了小半杯红酒递给她，叶谙接过，捏着细细的杯脚，微垂眼帘，轻抿了口酒。

谢朔给自己也倒了一杯酒，目光落在她纤长的睫毛上，问道："你今天晚上怎么好像不太高兴？"

叶谙抬头，对上他看过来的眼神，勉强笑了笑："没有哇。"

谢朔看着她的眼睛，说："要是有什么不开心的事，你可以跟我说。"

叶谙撞见他幽深的眸子，微怔片刻，突然有种开口问问他到底是什么意思的冲动。

可话到嘴边，她又不敢开口。她怕自取其辱，更怕开口之后局面会变得无法挽回。正迟疑时，阳台外突然有亮光冲天而起，叶谙闻声转头，只见夜空下一簇簇烟花骤然绽开，火树银花，重重交叠，似一场瑰丽的雪，纷纷而下。叶谙望着头顶绚烂的烟花，愣怔半晌，回转过脸去看谢朔。

谢朔微微一笑，说：“特地为你放的，喜欢吗？”

叶谙心口犹如小鹿乱撞，不敢和他对视，别开眼，胡乱点头应道：“喜欢。”

烟花映照出她姣好的侧颜，谢朔看着她，嘴角弯起明显的弧度。

两个人静静坐在一处，过了许久，谢朔又说：“现在已经不早了，回学校可能来不及，不如在这边住一晚，明天我再送你回去？”

叶谙早料到会是这种结果，“嗯”了一声，没有反对。

谢朔搁下手里的红酒杯，忽然从兜里掏出一个丝绒盒子，放到她面前说：“前两天看到，觉得很适合你，你戴上试试？”

叶谙又是一愣。谢朔见状直接打开了盒子，里面是一条镶嵌着红宝石的银色手链，灯下流光溢彩，瑰丽夺目。然而，叶谙看着眼前漂亮精致的手链，却再次陷入了不安中。这阵子，因为他经常去学校接她，开的又是价格不菲的豪车，已经有一些不堪入耳的传言。现在又送她昂贵的手链，更加像是印证了那些传言。

叶谙抬头看了看谢朔，欲言又止，心底情绪复杂。其实，他要是真的只是想玩玩，大可不必如此迂回。

见她没碰手链，谢朔问：“怎么了，是不是不喜欢？”

叶谙摇摇头，又看了他一眼，终于忍不住，试探着问：“你为什么突然送我这么贵重的礼物？”

谢朔靠在椅背上，望着她，忽而一笑，说：“我在追你，这还不明显吗？”

叶谙心跳静止了一瞬。谢朔拉过她的手，压低嗓音，轻声问：“可以做我的女朋友吗？”

低缓的声音传入她的耳中，像是梦里的幻觉。叶谙看着他含笑的眸子，不知怎么，鼻头一涩，突然湿了眼眶。她弯起唇，点了点头。

谢朔笑着取过手链，将它戴在叶谙纤细的手腕上。“很衬你。”戴好后，他端详一番，夸赞了一句，始终没有放开她的手。

叶谙仿佛身在梦中，忍不住抬头看了他好几眼，眸底碎光闪烁，满是笑意。谢朔目光落在她嫣红的双唇上，忽然又说了句：“现在名正言顺了。”

还没等叶谙反应过来这话是什么意思，他已经低头吻住了她。

两个人头顶上烟花重重，盛大而璀璨。